Ein früher Morgen im Lissabon der 1950er Jahre. In einem Mietshaus nahe am Fluss erwacht das Leben. Der Schuster Silvestre öffnet seine Werkstatt, Isaura, die ihre Wohnung mit drei anderen Frauen teilt, setzt sich an die Nähmaschine. Justina plagt sich mit ihrem nörgelnden Mann herum. Dona Lídia, die als Geliebte eines reichen Fabrikanten als Einzige keine finanziellen Sorgen hat, raucht ihre erste Zigarette ... Die Atmosphäre ist geprägt von Armut, Melancholie und Stillstand. Erst als Silvestre einen Untermieter aufnimmt, kommt frischer Wind in die Hausgemeinschaft – mit ungeahnten Folgen.

José Saramago, geboren am 16. November 1922 in Azinhaga in der portugiesischen Provinz Ribatejo, entstammt einer Landarbeiterfamilie. Nach dem Besuch des Gymnasiums arbeitete er als Maschinenschlosser, technischer Zeichner und Angestellter. Später war er Mitarbeiter eines Verlags und Journalist bei verschiedenen Lissabonner Tageszeitungen. Seit 1966 widmete er sich verstärkt der Schriftstellerei. Der Romancier, Erzähler, Lyriker, Dramatiker und Essayist erhielt 1998 den Nobelpreis für Literatur. José Saramago verstarb am 18. Juni 2010 auf Lanzarote.

José Saramago bei btb
Die Reise des Elefanten. Roman (74287)
Kain. Roman (74286)
Der Doppelgänger. Roman (74531)
Das Zentrum. Roman (74530)

José Saramago

Claraboia
oder Wo das Licht einfällt

Roman

*Aus dem Portugiesischen
von Karin von Schweder-Schreiner*

btb

Die Originalausgabe erschien 2011 unter dem Titel *Claraboia* im Verlag Editorial Caminho, S.A. Lissabon.

Fundação José Saramago
www.josesaramago.org

Das Diderot-Zitat auf S. 124 ff. wurde folgender Ausgabe entnommen: Denis Diderot, Die Nonne. Über die Frauen. Erzählung und Essay. Übersetzt von C.S. Cramer, neu bearbeitet von Carola Wohlgemuth, Deutscher Bücherbund, Stuttgart und Hamburg 1967.

Verlagsgruppe Random House FSC® N001967
Das für dieses Buch verwendete FSC®-zertifizierte
Papier *Lux Cream* liefert Stora Enso, Finnland.

1. Auflage
Genehmigte Taschenbuchausgabe Oktober 2014
btb Verlag in der Verlagsgruppe Random House GmbH, München
Copyright © 2011 by the Estate of José Saramago and Editorial Caminho, Lissabon
Copyright © der deutschsprachigen Ausgabe 2013 bei Hoffmann und Campe Verlag GmbH, Hamburg, www.hoca.de
Vermittelt über Literarische Agentur Mertin, Inh. Nicole Witt e.K., Frankfurt am Main
Umschlaggestaltung: © semper smile, München nach einem Entwurf von Katja Maasböl, Hamburg
Umschlagmotiv: © plainpicture/és
Druck und Einband: CPI – Clausen & Bosse, Leck
MI · Herstellung: sc
Printed in Germany
ISBN 978-3-442-74654-5

www.btb-verlag.de
www.facebook.com/btbverlag
Besuchen Sie auch unseren LiteraturBlog www.transatlantik.de

Das einst verlorengegangene und wiedergefundene Buch

Saramago war gerade dabei, sich zu rasieren, da klingelte das Telefon. Er hielt den Hörer an die nicht eingeseifte Seite und sagte nicht viel: »Tatsächlich? Das kommt überraschend. Machen Sie sich keine Umstände, ich bin in einer knappen halben Stunde da.« Er legte auf. So schnell war er noch nie im Bad fertig. Dann sagte er zu mir, er wolle einen Roman abholen, den er Ende der vierziger, Anfang der fünfziger Jahre geschrieben habe und der seitdem verschollen gewesen sei. Als er zurückkam, hatte er *Claraboia* unter dem Arm, das heißt einen Stapel mit der Maschine beschriebener Blätter, weder vergilbt noch beschädigt, vielleicht weil die Zeit dem Manuskript gegenüber mehr Respekt bewiesen hatte als die Menschen, denen es 1953 zugegangen war. »Es wäre dem Verlag eine Ehre, das bei einem Umzug gefundene Werk zu veröffentlichen«, sagte man zu José Saramago in jenen Tagen des Jahres 1988, als er die letzten Seiten von *Das Evangelium nach Jesus Christus* schrieb. »Nein danke, jetzt nicht«, antwortete er und verließ den Verlag mit dem wiedergefundenen Roman und endlich der Antwort, die man ihm siebenundvierzig Jahre zuvor, als er einunddreißig und voller Träume war, verweigert hatte. Das damalige Verhalten des Verlags hatte ihn in leidvolles, unabänderliches, Jahrzehnte währendes Schweigen versinken lassen.

»Das einst verlorengegangene und wiedergefundene Buch«, so wurde *Claraboia* bei uns genannt. Alle, die den Roman lasen, versuchten den Autor davon zu überzeugen, dass er ihn veröffentlichen müsse, doch José Saramago weigerte sich beharrlich und sagte, zu seinen Lebzeiten werde das Buch nicht erscheinen. Mit keiner weiteren Begründung als der so oft schriftlich und mündlich benannten Richtschnur seines Lebens: Niemand ist verpflichtet, einen anderen zu lieben, aber wir alle sind verpflichtet, einander zu achten. Nach dieser Logik befand Saramago, kein Verlag sei verpflichtet, die dort eingereichten Manuskripte zu veröffentlichen, wohl aber habe er die Pflicht, dem eine Antwort zu geben, der Tag für Tag, Monat für Monat ungeduldig, ja sogar ruhelos darauf wartet, denn das eingereichte Buch, das Manuskript, ist mehr als ein Stapel Blätter, darin steckt ein ganzer Mensch mit seiner Intelligenz und seiner Sensibilität. Wir fürchteten, dass die Demütigung, die es für den jungen Saramago bedeutet hatte, nicht einmal ein paar schlichte Zeilen erhalten zu haben: ein kurzes, förmliches »Unsere Programmplanung ist abgeschlossen«, jedes Mal wieder aufbrechen würde, sobald die Rede auf das Buch käme. Also drängten wir nicht weiter zu einer Veröffentlichung. Auf diese alte Verletzung führten wir es zurück, dass er das Manuskript einfach zwischen tausend anderen Papieren auf seinem Schreibtisch liegen ließ. José Saramago las *Claraboia* nicht, vermisste das Manuskript auch nicht, als ich es wegbrachte, um es in Leder binden zu lassen, und fand, ich übertreibe, als ich es ihm schenkte. Dennoch wusste er – denn er war der Autor –, dass es nicht schlecht war, dass einige Themen in seinem künftigen literarischen Werk wiederkehrten und dass sich schon andeutete, was sich später zu voller Blüte entfaltete: seine ganz eigene Erzählstimme.

»Alles kann auch anders erzählt werden«, sagte Saramago, nachdem er Wüsten durchquert und stürmische Meere überwunden hatte. Wenn wir diese Aussage akzeptieren, müssen wir, nachdem alle Fakten und Vermutungen offengelegt wurden, Zeichen interpretieren und seine Besessenheit im Licht eines erfüllten, engagierten und von dringendem Mitteilungsbedürfnis geprägten Lebens verstehen. »Sterben heißt, da gewesen zu sein und nicht mehr da zu sein«, sagte José Saramago. Und es ist wahr, er ist gestorben und nicht mehr da, doch dort, wo *Claraboia* veröffentlicht wurde, in Portugal und Brasilien, den Ländern seiner Muttersprache, geht auf einmal ein neues Buch von Hand zu Hand, und die Menschen unterhalten sich abermals bewegt und überrascht über die Lektüre. Man entdeckt, dass Saramago noch ein Buch geschrieben hat, einen Roman von enormer Frische, der unsere Gefühle anspricht und uns begeisterte und staunende Ausrufe entlockt, und wir begreifen, endlich begreifen wir, dass dies das Geschenk ist, das der Autor hinterlassen wollte, um weiterhin dabei zu sein, nachdem er ja nun endgültig nicht mehr da ist. Unermüdlich hört man: Dieses Buch ist ein Juwel, wie ist es möglich, dass ein junger Mann von Ende zwanzig mit solcher Reife, solcher Sicherheit schreiben konnte, die bereits literarische Ambitionen verrät sowie seinen Arbeitsplan und sein Einfühlungsvermögen so deutlich erkennen lässt? Ja, diese Fragen stellen sich die Leser. Woher nahm Saramago die Weisheit, die Fähigkeit, Figuren so subtil und mit so sparsamen Mitteln zu charakterisieren, harmlose und ebenso tiefsinnige wie allgemeingültige Situationen zu schildern, Grenzen auf so brutal gelassene Art zu überschreiten? Ein junger Mann, wir erinnern uns, noch keine dreißig Jahre alt, der nicht die Universität besucht hat, Sohn und Enkel von Analphabeten, Mechaniker von Beruf, dann Büroangestellter, der es wagt, den Kosmos, den ein Mietshaus bildet, mit seinem eigenen Kompass und mit Pessoa,

Shakespeare, Eça de Queirós, Diderot und Beethoven als freundlichen Begleitern zu erkunden. Dies ist der Eintritt in das Universum Saramago, so wurde es schon damals umrissen.

In *Claraboia* finden sich Saramagos männliche Figuren wieder, der einfach H Genannte aus *Das Handbuch der Malerei und der Kalligraphie*, Ricardo Reis aus *Das Todesjahr des Ricardo Reis*, Raimundo Silva aus *Geschichte der Belagerung von Lissabon*, Dom José aus *Alle Namen*, der Musiker aus *Eine Zeit ohne Tod*, Kain, Jesus Christus, Cipriano Algor, all die wortkargen, einsamen, freien Männer, die eine Liebesbegegnung brauchen, um für einen Augenblick ihr konzentriertes und introvertiertes Dasein zu durchbrechen.

Auch Saramagos starke Frauen werden in *Claraboia* sichtbar. Wenn der Autor sich an den weiblichen Figuren delektiert, zeigt sich seine Fähigkeit, gegen Regeln zu verstoßen, besonders deutlich und unverhohlen: Lídia, von einem Geschäftsmann ausgehalten, erteilt diesem eine Lektion in Würde, es geht um lesbische Liebe, die tradierte Unterwürfigkeit, die sich im Schoß der Familie als pathetisch erweist, die unerträgliche gesellschaftliche Verurteilung, Vergewaltigung, Trieb, die Kraft, sich zu behaupten, die Beschränktheit der kleinen Lebensverhältnisse und die Ehrlichkeit, die in manchen Figuren steckt, auch wenn sie es leid sind, so viel Mangel und Unglück zu ertragen.

Claraboia ist ein Roman, der von seinen Charakteren lebt. Er spielt in Lissabon Anfang der fünfziger Jahre, als der Zweite Weltkrieg beendet ist, nicht aber die Salazar-Diktatur, die wie ein Schatten oder ein Schweigen über allem liegt. Es ist kein politischer Roman, folglich wäre es falsch, zu glauben, er sei der strengen Zensur zum Opfer gefallen und deshalb seinerzeit nicht veröffentlicht worden. Allerdings hat angesichts der damals herrschenden Fügsamkeit zu der Entscheidung, das Buch nicht zu veröffentlichen, fraglos Folgendes beigetragen: Es ist ein Roman, der geltende Werte missachtet, in dem die Familie kein Synonym für Heim ist, sondern für Hölle, wo der äußere Schein mehr zählt als die wahre Realität, wo gewisse Utopien, die zunächst löbliche Ziele zu sein scheinen, ein paar Seiten weiter relativiert werden und wo die Misshandlung von Frauen ausdrücklich verurteilt wird oder ganz selbstverständlich von gleichgeschlechtlicher Liebe die Rede ist, zwar unter Beklemmung von der betreffenden Figur geäußert, doch ohne Verurteilung seitens des Autors. Allzu stark, allzu gewagt, aus der Feder eines Unbekannten, viel zu mühselig, es gegenüber der Gesellschaft zu verteidigen, gemessen daran, wie wenig man damit verdienen würde. Wahrscheinlich blieb das Buch deshalb liegen, ohne ein verbindliches Ja, ohne ein Nein, das auch für die Zukunft gegolten hätte. Vielleicht, und damit wenden wir uns wieder der Spekulation zu, hat man es für später liegen lassen, wenn die Zeiten sich geändert hätten, ohne zu ahnen, dass es Jahrzehnte dauern würde, bis die sogenannte politische Öffnung allmählich erkennbar wurde. In der Zwischenzeit gingen und kamen Generationen und mit ihnen das Vergessen. In der Welt und im Verlag. Auch José Saramago hatte eine andere Beschäftigung, er arbeitete als Lektor, hatte sein Schweigen und seine Einsamkeit überwunden und bereitete sich darauf vor, weitere Bücher zu schreiben.

Das Leben war nicht einfach für José Saramago. Zu der Kränkung, von dem Verlag keine Antwort zu *Claraboia* erhalten zu haben, das er spätabends nach anstrengenden Arbeitstagen in prekären Beschäftigungen geschrieben hatte, kamen weitere Brüskierungen, weil er unbekannt war, nicht studiert hatte, nicht der Elite angehörte – wichtige Faktoren in einer kleinen Gesellschaft wie der Lissabons in den fünfziger und sechziger Jahren. Seine späteren Kollegen machten sich über ihn lustig, weil er stotterte, und wegen dieses Problems, das er überwinden konnte, blieb er immer zurückhaltend; das große Wort überließ er anderen, er beobachtete und lebte fest verankert in seiner inneren Welt, vielleicht konnte er deshalb so viel schreiben. Nachdem er *Claraboia* eingereicht hatte, vergingen zwanzig Jahre, bis er wieder etwas veröffentlichte. Er machte einen Neuanfang mit Lyrik – *Os Poemas Possíveis* und *Provavelmente Alegria* –, der dritte Band, *O Ano de 1993*, schlägt bereits eine Brücke zum Erzählen. Des Weiteren zwei Bücher mit Zeitungschroniken, die Kurzprosa sind. Auch *Claraboia* kommt darin vor, obgleich niemand wusste, dass dieser Roman existierte, aufgespart für den Zeitpunkt, da er dem Leser mehr bedeuten würde als nur ein verlorengegangenes Buch.

Claraboia ist das Geschenk, das Saramagos Leser verdienen. Damit schließt sich nicht etwa eine Tür, im Gegenteil, sie wird weit geöffnet, damit man sein Werk noch einmal liest, nun im Licht und aus der Perspektive dessen, was der Schriftsteller als junger Mann schon sagte. *Claraboia* ist das Tor zu Saramago und wird für jeden Leser eine Entdeckung sein. Als schlösse sich nun ein Kreis. Als gäbe es den Tod nicht.

Pilar del Río,
Präsidentin der
Fundação José Saramago

Claraboia oder
Wo das Licht einfällt

In Erinnerung an Jerónimo Hilário,
meinen Großvater

In allen Seelen, wie in allen Häusern,
ist etwas hinter der Fassade verborgen.

Raul Brandão

1

Durch die Schleier, die in seinem Schlaf wehten, vernahm Silvestre erstes Klappern von Geschirr, und er hätte schwören können, dass Lichter durch die großen Maschen der Schleier schimmerten. Er wollte schon ärgerlich werden, doch plötzlich wurde ihm bewusst, dass er gerade erwachte. Er blinzelte ein paarmal, gähnte, blieb regungslos liegen und spürte, wie der Schlaf langsam wich. Mit einem Ruck setzte er sich im Bett auf. Reckte sich, sodass die Gelenke in den Armen ordentlich knackten. Unter dem Unterhemd schoben sich die Rückenmuskeln zitternd hin und her. Er hatte einen kräftigen Oberkörper, kräftige, feste Arme und über den Schulterblättern starke Muskelstränge. Diese Muskeln brauchte er für sein Schusterhandwerk. Seine Hände waren wie versteinert, die Haut auf den Handinnenflächen so dick, dass man sie mit Nadel und Faden durchstechen konnte, ohne dass es blutete.

Mit einer langsamen Drehung schwenkte er die Beine aus dem Bett. Die dünnen Schenkel und die Kniescheiben, inzwischen weiß, weil die Hosenbeine die Härchen abscheuerten, machten Silvestre zutiefst traurig. Sein Oberkörper erfüllte ihn mit Stolz, keine Frage, doch auf seine Beine war er wütend, so mickrig, kaum zu glauben, dass es seine waren.

Während er lustlos seine auf dem Teppich ruhenden nackten Füße betrachtete, kratzte er sich den graumelierten Kopf. Dann fuhr er sich mit der Hand übers Gesicht, betastete die

Knochen und den Bart. Unwillig stand er auf und ging ein paar Schritte durchs Schlafzimmer. Er bot einen etwas sonderbaren Anblick: in Schlüpfer und Unterhemd auf langen, stelzenartigen Beinen, der Haarschopf wie mit Pfeffer und Salz gesprenkelt, die große Hakennase und dann der mächtige Rumpf, den die Beine kaum tragen konnten.

Er suchte nach der Hose, fand sie aber nicht. Den Hals zur Tür hin gereckt, rief er:

»Mariana! He, Mariana! Wo ist meine Hose?«

(Stimme von drinnen:)

»Kommt gleich!«

Marianas Gang verriet, dass sie dick war und sich nicht schnell bewegen konnte. Silvestre musste eine ganze Weile warten, und er wartete geduldig. Seine Frau erschien in der Tür.

»Hier ist sie.«

Sie trug die Hose zusammengelegt über dem rechten Arm, einem Arm, der dicker war als Silvestres Beine, und sprach weiter:

»Ich weiß nicht, was du mit den Hosenknöpfen machst. Jede Woche ist einer weg. Wie es aussieht, muss ich sie wohl in Zukunft mit Draht annähen …«

Marianas Stimme war so füllig wie sie selbst. Und so offen und gutmütig wie ihre Augen. Sie dachte nicht im Entferntesten, dass sie etwas Witziges gesagt hatte, aber ihr Mann lachte mit allen Falten seines Gesichts und den wenigen Zähnen, die er noch besaß. Er nahm die Hose entgegen, zog sie unter dem nachsichtigen Blick seiner Frau an und war zufrieden, denn angezogen wirkte sein Körper besser proportioniert. So eitel Silvestre bezüglich seines Körpers war, so gleichgültig war Mariana gegenüber dem, was die Natur ihr zugestanden hatte. Keiner von beiden machte sich über den anderen Illusionen, und sie wussten sehr wohl, dass das Feuer der Jugend für immer erloschen war, doch sie liebten sich so zärtlich wie vor dreißig Jahren, als sie geheiratet hatten. Vielleicht war ihre Liebe jetzt sogar größer, weil sie nicht mehr von realer oder imaginärer Vollkommenheit zehrte.

Silvestre folgte seiner Frau in die Küche. Er verschwand im Badezimmer und kam zehn Minuten später frisch gewaschen heraus. Gekämmt hatte er sich nicht, denn es war unmöglich, den Schopf zu bändigen, der auf seinem Kopf buchstäblich thronte – der »Bootsschrubber«, wie Mariana ihn nannte.

Die beiden Kaffeeschalen auf dem Tisch dampften, in der Küche roch es angenehm frisch und sauber. Marianas runde Wangen glänzten, und ihr ganzer voluminöser Körper bebte und schwankte, während sie sich in der Küche bewegte.

»Du wirst immer dicker, Frau!«

Silvestre lachte. Mariana lachte mit. Wie zwei Kinder, genau so. Sie setzten sich an den Tisch. Tranken langsam den heißen Kaffee, schlürften laut, nur zum Spaß. Wer konnte lauter schlürfen?

»Also, was machen wir?«

Nun lachte Silvestre nicht mehr. Auch Mariana wurde ernst. Selbst ihre Wangen wirkten weniger rosig.

»Ich weiß nicht. Du entscheidest.«

»Ich hab's schon gestern gesagt. Die Sohlen werden immer teurer. Die Kunden jammern, dass ich zu viel verlange. Aber es sind die Sohlen ... Ich kann doch nicht zaubern. Ich sag immer, sie sollen mir mal jemand zeigen, der günstiger arbeitet. Und trotzdem jammern sie noch ...«

Mariana unterbrach ihn. So kamen sie nicht weiter. Mit der Frage Untermieter ja oder nein: Damit mussten sie sich jetzt befassen.

»Ja, schlecht wär es nicht. Es würde uns helfen, die Miete zu zahlen, und wenn es ein alleinstehender Mann ist und du machst ihm die Wäsche, dann kommen wir zurecht.«

Mariana kippte den Rest süßen Kaffee aus der Schale und antwortete:

»Also, mir soll's recht sein. Immerhin wär es eine Hilfe ...«

»Ja, eben. Aber dass wir wieder untervermieten, nachdem wir die Dame los sind ...«

»Es nützt ja nichts! Wenn es ein freundlicher Mensch ist ... Ich vertrag mich mit allen, wenn die sich mit mir vertragen.«

»Dann versuchen wir es noch mal ... Ein alleinstehender Mann, der nur zum Schlafen kommt, so einen brauchen wir. Gleich heute Nachmittag gebe ich die Anzeige auf.« Noch auf dem letzten Stück Brot kauend, erhob Silvestre sich und erklärte: »So, ich gehe arbeiten.«

Er schlurfte wieder ins Schlafzimmer und wandte sich zum Fenster. Er zog den Vorhang zurück, der einen kleinen Teil des Zimmers abtrennte. Dort befand sich ein Podest, und darauf stand sein Arbeitstisch. Pfrieme, Leisten, Garn, Dosen mit kleinen Nägeln, Sohlen- und Lederabschnitte. In einer Ecke das Päckchen französischer Tabak und die Streichhölzer.

Silvestre öffnete das Fenster und warf einen Blick hinaus. Nichts Neues. Wenige Menschen gingen vorbei. Nicht weit entfernt pries eine Frau Saubohnen an. Silvestre konnte sich nicht erklären, wovon die Frau lebte. Niemand in seiner Bekanntschaft aß Saubohnen, er selbst hatte sie seit mehr als zwanzig Jahren nicht gegessen. Andere Zeiten, andere Sitten, andere Speisen. Nachdem er das Problem mit diesen Worten zusammengefasst hatte, setzte er sich. Er öffnete das Tabakpäckchen, fischte das Zigarettenpapier aus dem Wust von Dingen, mit dem der Arbeitstisch vollgestopft war, und drehte sich eine

Zigarette. Er musste ein paar Vorderkappen flicken, eine Arbeit, bei der immer sein ganzes Können gefragt war.

Ab und zu warf er einen Blick nach draußen. Nach und nach wurde es heller, obwohl der Himmel noch bedeckt war und ein leichter Dunst die Konturen der Menschen und Dinge verwischte.

Aus den vielfältigen Geräuschen, die inzwischen das Haus erfüllten, hörte Silvestre das Klappern von Absätzen auf der Treppe heraus. Er erkannte es sofort. Als die Haustür geöffnet wurde, beugte er sich hinaus.

»Guten Morgen, Fräulein Adriana!«

»Guten Morgen, Senhor Silvestre.«

Die junge Frau blieb unter dem Fenster stehen. Sie war klein und trug eine Brille mit dicken Gläsern, hinter denen ihre Augen wie zwei unruhige Kugeln aussahen. Sie war auf halbem Weg zwischen dreißig und vierzig Jahren, und in ihrer schlichten Frisur glänzte schon das eine oder andere graue Haar.

»Geht's zur Arbeit, ja?«

»Genau. Auf Wiedersehen, Senhor Silvestre.«

So war es jeden Morgen. Wenn Adriana das Haus verließ, stand der Schuster schon im Erdgeschoss am Fenster. Unmöglich, sich davonzustehlen, ohne die wirre Mähne zu sehen und ohne den unvermeidlichen Gruß zu hören und zu erwidern. Silvestre blickte ihr nach. So von weitem sah sie, seinen Worten zufolge, »wie ein schlecht zusammengebundener Sack« aus. Als Adriana die Straßenecke erreichte, drehte sie sich um und winkte zum zweiten Stock hinauf. Dann verschwand sie.

Silvestre legte den Schuh weg und reckte den Kopf aus dem Fenster. Er war kein Schnüffler, er mochte die Nachbarinnen aus dem zweiten Stock, nette Leute und gute Kundinnen. Mit verzerrter Stimme, weil er den Hals drehte, grüßte er nach oben.

»Hallo, Fräulein Isaura! Wie sieht's aus heute?«

Aus dem zweiten Stock kam, durch die Entfernung gedämpft, die Antwort:

»Nicht so schlecht. Der Nebel ...«

Ob der Nebel die Schönheit des Morgens beeinträchtigte oder nicht, war nicht mehr zu erfahren. Isaura brach die Unterhaltung ab und schloss das Fenster. Sie hatte nichts gegen den Schuster, seine nachdenkliche und zugleich heitere Art, doch an diesem Morgen war ihr nicht nach einem Schwatz. Sie hatte eine Menge Hemden bis zum Wochenende fertig zu machen. Am Samstag musste sie die Hemden abliefern, ganz gleich was geschah. Ginge es nach ihr, würde sie den Roman zu Ende lesen. Es waren nur noch fünfzig Seiten, und sie war gerade in einem hochspannenden Kapitel. All die heimlichen Liebschaften, die unzählige Wendungen und Widrigkeiten überstanden, fesselten sie. Außerdem war der Roman gut geschrieben. Isaura hatte genug Erfahrung als Leserin, um das beurteilen zu können. Sie zögerte. Aber dann sah sie ein, dass sie nicht zögern durfte. Die Hemden warteten. Von drinnen hörte sie Stimmen – die Mutter und die Tante redeten. Was diese Frauen redeten! Was hatten sie den lieben langen Tag über zu sagen, was nicht schon tausendmal gesagt worden war?

Sie ging durch das Zimmer, in dem sie mit ihrer Schwester schlief. Der Roman lag am Kopfende. Sie warf einen sehnsüchtigen Blick auf das Buch, ging aber weiter. Vor dem Kleiderschrank blieb sie stehen, der Spiegel zeigte sie von Kopf bis Fuß. Ihr Hauskittel schmiegte sich eng an ihren großen schmalen, aber geschmeidigen Körper. Mit den Fingerspitzen strich sie sich über die blassen Wangen, wo erste Falten feine, eher zu erahnende als sichtbare Furchen zogen. Sie seufzte dem Bild zu, das der Spiegel ihr zeigte, und wandte sich ab.

Die beiden alten Frauen in der Küche redeten immer noch. Sie sahen sich sehr ähnlich, beide vollkommen ergraut, braune Augen, die gleichen schwarzen, schlicht geschnittenen Kleider, und sie sprachen schnell und schrill, ohne Pausen, alles in derselben Tonlage:

»Ich sag es dir. Die Kohle besteht nur aus Erde. Wir müssen uns beim Kohlenhändler beschweren«, sagte die eine.

»Ist gut«, sagte die andere.

»Worum geht es?«, fragte Isaura, als sie die Küche betrat.

Die eine der beiden Frauen, die mit dem lebhafteren Blick und der aufrechteren Kopfhaltung, antwortete:

»Um die Kohle, es ist ein Elend. Wir müssen uns beschweren.«

»Ist gut, Tante Amélia.«

Tante Amélia war sozusagen die Wirtschafterin im Haus. Sie kochte, rechnete ab und verteilte die Portionen auf die Teller. Cândida, die Mutter von Isaura und Adriana, kümmerte sich um die Einrichtung, die Wäsche, die gestickten Deckchen, die in großer Zahl die Möbel schmückten, und um die schmalen, hohen Vasen mit Papierblumen, die nur an Feiertagen durch echte Blumen ersetzt wurden. Cândida war die Ältere und wie Amélia verwitwet. Zwei Witwen, die das Alter ruhiger hatte werden lassen.

Isaura setzte sich an die Nähmaschine. Bevor sie mit der Arbeit begann, blickte sie auf den breiten Fluss, das andere Ufer war vom Nebel verdeckt. Als wäre es das Meer. Die Dächer und Schornsteine störten die Illusion, trotzdem, wenn man sich bemühte, sie zu ignorieren, formten sich die wenigen Kilometer Wasser zu einem Ozean. Linker Hand stieß ein hoher Fabrikschornstein Rauchwolken in den weißen Himmel.

Isaura liebte diese Momente, wenn sie den Blick und die Gedanken schweifen ließ, bevor sie den Kopf über die Nähmaschine beugte. Das Panorama war immer gleich, doch als monoton empfand sie es nur an den hartnäckig blauen und strahlend hellen Sommertagen, wenn alles klar und eindeutig war. Ein dunstiger Morgen wie dieser, mit feinem Nebel, der die Sicht jedoch nicht vollkommen behinderte, legte etwas von Unbestimmtheit und Traum über die Stadt. Isaura genoss das alles. Sie hatte noch länger Freude daran. Auf dem Fluss glitt eine Schaluppe vorbei, so sanft, als schwebte sie auf einer Wolke. Das rote Segel färbte sich durch den Nebelgazeschleier rosa. Plötzlich tauchte das Boot in eine dickere Wolke ein, die das Wasser leckte, und als es eigentlich wieder in Isauras Blickfeld gelangen sollte, verschwand es hinter einer Hausfront.

Isaura seufzte. Es war der zweite Seufzer an diesem Morgen. Sie schüttelte den Kopf wie ein Schwimmer, der nach längerem Tauchen an die Oberfläche kommt, und die Nähmaschine ratterte los. Der Stoff glitt unter dem Nähfuß dahin, die Finger führten ihn so automatisch, als wären sie Teil des Mechanismus. Die vom Geratter leicht betäubte Isaura hatte das Gefühl, dass jemand zu ihr sprach. Sie hielt das Rad abrupt an, Stille kehrte ein. Sie drehte sich um.

»Was ist?«

Die Mutter sagte noch einmal:

»Findest du nicht, dass es etwas zu früh ist?«

»Zu früh? Wieso?«

»Das weißt du genau ... Der Nachbar ...«

»Aber was soll ich denn machen, Mutter? Was kann ich dafür, dass der Nachbar von unten nachts arbeitet und tagsüber schläft?«

»Du könntest wenigstens noch ein bisschen warten. Ich will keinen Ärger mit den Nachbarn.«

Isaura zuckte die Achseln. Sie trat wieder aufs Pedal und sagte mit erhobener Stimme über den Maschinenlärm hinweg:

»Und ich soll dann zum Geschäft gehen und sagen, dass sie warten müssen, ja?«

Cândida schüttelte langsam den Kopf. Sie war meist ratlos und unschlüssig, litt unter der Dominanz ihrer drei Jahre jüngeren Schwester und unter dem schlechten Gewissen, ihren Töchtern auf der Tasche zu liegen. Ihr größter Wunsch war, niemanden zu stören und gar nicht wahrgenommen zu werden, konturenlos wie ein Schatten in der Dunkelheit. Sie wollte antworten, doch als sie Amélias Schritte hörte, verstummte sie und ging in die Küche zurück.

Unterdessen konzentrierte sich Isaura auf ihre Arbeit und verbreitete im ganzen Haus Lärm. Der Fußboden vibrierte. Ihre blassen Wangen wurden nach und nach rosiger, auf der Stirn bildete sich ein Schweißtropfen. Wieder spürte sie, dass jemand den Raum betrat, und verlangsamte ihr Tempo.

»Du musst nicht so schnell arbeiten. Davon wirst du nur müde.«

Tante Amélia sagte nie ein Wort zu viel. Nur das Notwendige und Unerlässliche. Aber das sagte sie so, dass jeder die Knappheit zu schätzen wusste. Es war, als entstünden die Wörter in ihrem Mund im selben Augenblick, in dem sie ausgesprochen wurden – noch voller Bedeutung und Sinn, ganz unverbraucht. Deshalb wirkten sie gebieterisch und überzeugend. Isaura drosselte ihr Tempo.

Kurz darauf klingelte es an der Tür. Cândida ging öffnen, kam nach ein paar Augenblicken ängstlich und betreten zurück und murmelte:

»Hab ich's nicht gesagt? ...«

Amélia blickte auf.

»Was ist?«

»Die Nachbarin von unten kommt sich beschweren. Der Lärm ... Geh du hin ...«

Ihre Schwester ließ das Geschirr stehen, das sie gerade abspülte, wischte sich die Hände an einem Tuch trocken und ging zur Tür. Auf dem Treppenabsatz stand die Nachbarin.

»Guten Tag, Dona Justina. Was kann ich für Sie tun?«

Amélia war jederzeit und in jeder Situation die Höflichkeit in Person. Doch wenn sie besonders höflich wurde, wirkte sie eiskalt. Ihre winzigen Pupillen gruben sich in das Gesicht ihres Gegenübers und erzeugten ein Gefühl von Unbehagen und Verlegenheit, dem man sich kaum entziehen konnte.

Die Nachbarin hatte sich mit Amélias Schwester freundlich unterhalten und hatte ihr Anliegen schon fast vorgebracht. Nun hatte sie ein weniger schüchternes Gesicht und einen direkteren Blick vor sich. Sie stammelte:

»Guten Tag, Dona Amélia. Mein Mann ... Er arbeitet die ganze Nacht bei der Zeitung, wie Sie wissen, und kann sich erst morgens zum Schlafen hinlegen ... Er wird immer böse, wenn man ihn weckt, und ich muss mir das dann anhören. Wenn Sie mit der Nähmaschine etwas weniger Lärm machen würden, wäre ich dankbar ...«

»Ich weiß ja. Aber meine Nichte muss arbeiten.«

»Das verstehe ich. Mir selbst macht das nichts aus, aber Sie wissen doch, wie die Männer sind ...«

»Ja, ja. Und ich weiß auch, dass Ihr Mann sich nicht viel um den Schlaf der Nachbarn schert, wenn er mitten in der Nacht nach Hause kommt.«

»Was soll ich tun? Ich habe es aufgegeben, ihm beizubringen, dass er die Treppe ordentlich hinaufgeht.«

Justinas langes, verhärmtes Gesicht wurde lebhaft. In ihren Augen glomm ein kleines, bösartiges Licht auf. Amélia beendete das Gespräch:

»Wir warten noch ein bisschen. Machen Sie sich keine Sorgen.«

»Vielen Dank, Dona Amélia.«

Amélia murmelte ein kurzes »Sie gestatten!« und schloss die Tür. Justina ging die Treppe hinunter. Sie trug Trauerkleidung, und mit ihrer hochgewachsenen, düsteren Gestalt, das schwarze Haar durch einen breiten Scheitel geteilt, wirkte sie wie eine schlecht proportionierte Gliederpuppe, für eine Frau zu groß und ohne jeden Anflug von weiblichem Liebreiz. Nur ihre schwarzen Augen, tief in den gequälten Augenhöhlen einer Diabetikerin, waren paradoxerweise schön, aber so schwermütig und ernst, dass man keine Anmut darin fand.

Auf ihrem Treppenabsatz angelangt, blieb sie vor der Tür gegenüber ihrer eigenen stehen und hielt das Ohr daran. Von drinnen drang kein einziges Geräusch. Verächtlich verzog sie das Gesicht und wandte sich ab. Als sie ihre Wohnung betreten wollte, hörte sie, dass im Stockwerk über ihr eine Tür geöffnet wurde, und gleich darauf ertönten Stimmen. Sie rückte die Fußmatte zurecht, um einen Vorwand zu haben, nicht hineinzugehen.

Von oben kam ein lebhafter Dialog.

»Zur Arbeit gehen, das ist es, was sie nicht will!«, sagte eine weibliche Stimme in scharfem Ton.

»Egal, was es ist. Man muss auf das Mädchen aufpassen.

Sie ist in einem gefährlichen Alter«, antwortete eine Männerstimme. »Man weiß nie, was dabei herauskommt.«

»In gefährlichem Alter, wieso das denn? Du bist unverbesserlich. Mit neunzehn in einem gefährlichen Alter? Also wirklich ...«

Justina hielt es für besser, die Fußmatte kräftig zu schütteln, um sich bemerkbar zu machen. Die Unterhaltung oben brach ab. Der Mann kam die Treppe herunter und sagte noch:

»Zwing sie nicht, zu gehen. Wenn es etwas Neues gibt, ruf mich im Büro an. Wiedersehen.«

»Wiedersehen, Anselmo.«

Justina grüßte den Nachbarn mit einem Lächeln, doch ohne Freundlichkeit. Anselmo ging an ihr vorbei, hob die Hand zu einer förmlichen Berührung der Hutkrempe und äußerte mit wohlklingender Stimme einen höflichen Gruß. Als er auf die Straße trat, fiel die Haustür eindrucksvoll ins Schloss. Justina grüßte nach oben.

»Guten Morgen, Dona Rosália.«

»Guten Morgen, Dona Justina.«

»Was hat denn Ihre Claudia? Ist sie krank?«

»Woher wissen Sie das?«

»Ich war gerade dabei, die Fußmatte auszuklopfen, und habe Ihren Mann gehört. Es klang mir danach ...«

»Das ist nur Theater. Mein Anselmo hält es nicht aus, wenn seine Tochter jammert. Sein armer Liebling ... Sie behauptet, sie hat Kopfschmerzen. Faulheit, das ist es. Ihre Kopfschmerzen sind so schlimm, dass sie schon wieder schläft!«

»Man weiß nie, Dona Rosália. So war es auch, als ich meine Tochter verloren habe, Gott hab sie selig. Nein, nein, es ist nichts, hieß es immer, und dann hat die Meningitis sie dahingerafft ...« Sie zog ein Taschentuch heraus und schnäuzte sich kräftig. Dann sprach sie weiter: »Die Ärmste ... Mit acht Jahren ... Unvergessen ... Zwei Jahre ist es jetzt fast her, erinnern Sie sich, Dona Rosália?«

Rosália erinnerte sich und trocknete sich eine Anstandsträne ab. Auf das scheinbare Mitgefühl der Nachbarin gestützt, wollte Justina weitersprechen, längst bekannte Einzelheiten ausbreiten, aber da unterbrach sie eine heisere Stimme.

»Justina!«

Justinas blasses Gesicht erstarrte. Sie redete weiter, bis die Stimme lauter und heftiger wurde.

»Justina!!!«

»Was ist?«, fragte sie.

»Würdest du bitte reinkommen. Ich will kein Gerede im Treppenhaus. Wenn du das Arbeiten so satthättest wie ich, dann würde dir das Schnattern vergehen!«

Justina zuckte gleichgültig die Achseln und redete weiter. Doch Rosália, von der Szene peinlich berührt, verabschiedete sich. Justina ging in ihre Wohnung. Rosália kam ein paar Stufen herunter und horchte. Durch die Tür drangen schroffe Worte. Dann plötzlich Stille.

So war es immer. Man hörte den Mann schimpfen, dann sagte die Frau ein paar Worte, die man nicht verstehen konnte, und der Mann schwieg. Rosália fand das sehr merkwürdig. Justinas Mann galt als Flegel, mit seinem aufgeschwemmten Körper und seinen groben Manieren. Er war noch keine vierzig, wirkte aber älter wegen des schlaffen Gesichts, den vorstehenden Augen und der immer hängenden feuchtglänzenden Unterlippe. Niemand verstand, warum zwei so unterschiedliche Menschen geheiratet hatten. Tatsächlich konnte sich niemand erinnern, sie jemals zusammen auf der Straße gesehen zu haben. Und es konnte auch niemand verstehen, wie zwei

Menschen, die wahrhaft nicht schön waren, eine so entzückende Tochter wie die kleine Matilde hatten bekommen können. Man sollte meinen, die Natur habe sich geirrt und ihren Irrtum, nachdem sie ihn erkannt hatte, damit wettgemacht, dass sie das Kind verschwinden ließ.

Jedenfalls war es so, dass der brutale und schroffe Caetano Cunha, Setzer beim *Diário do Dia*, der vor Fett, Neuigkeiten und schlechtem Benehmen strotzte, nach drei aggressiven Beschimpfungen schon auf ein Gemurmel seiner schwächlichen, diabetischen Frau Justina hin verstummte.

Es war ein unerklärliches Geheimnis. Rosália wartete noch einen Moment, doch es blieb vollkommen still. Also ging sie zurück in ihre Wohnung und schloss die Tür vorsichtig, um die Tochter nicht zu wecken.

Die schlief oder tat so, als schliefe sie. Rosália spähte durch den Türspalt. Sie glaubte zu sehen, dass die Lider ihrer Tochter zitterten. Sie stieß die Tür ganz auf und ging zum Bett. Maria Claudia presste die Augen vergeblich zusammen. Winzige, von der Anstrengung geformte Falten zeigten an, wo sich später die Krähenfüße bilden würden. Auf ihren vollen Lippen fanden sich noch Lippenstiftreste vom Vortag. Das kurzgeschnittene braune Haar verlieh ihr das Aussehen eines jungen Raufboldes, weshalb ihre Schönheit aufreizend wirkte, fast zweideutig.

Rosália betrachtete ihre Tochter, sie misstraute deren tiefem Schlaf. Sie seufzte kurz auf. Dann drückte sie mütterlich liebevoll die Decke fester um den Hals der Tochter. Die Reaktion erfolgte sofort. Maria Claudia schlug die Augen auf. Sie lachte, wollte es noch überspielen, aber es war zu spät.

»Du hast mich gekitzelt, Mama!«

Wütend, weil sie getäuscht worden war, und vor allem, weil

ihre Tochter sie bei einer Geste mütterlicher Liebe ertappt hatte, erwiderte Rosália missgelaunt:

»So schläfst du also, aha! Hast keine Kopfschmerzen mehr, nein? Du willst nur nicht arbeiten, das ist es, du Faulpelz!«

Wie um der Mutter recht zu geben, reckte sie sich gemächlich und dehnte genüsslich die Muskeln. Als ihr Brustkorb sich hob, sprang das mit Spitzen verzierte Nachthemd auf und gab den Blick auf zwei kleine runde Brüste frei. Zwar hätte Rosália nicht zu sagen vermocht, warum ihr diese unbedachte Bewegung peinlich war, doch konnte sie ihren Unmut darüber nicht unterdrücken und knurrte:

»Sieh zu, dass du dich bedeckst! Ihr geniert euch heutzutage nicht mal mehr vor der eigenen Mutter!«

Maria Claudia riss die Augen auf. Sie waren blau, von einem leuchtenden Blau, aber kalt, so wie die Sterne, die weit weg sind, weshalb wir nur ihr Leuchten wahrnehmen.

»Aber was ist denn dabei? So, fertig, alles zugedeckt.«

»Hätte ich mich in deinem Alter so vor meiner Mutter aufgeführt, hätte ich eine Ohrfeige bekommen.«

»Wirklich kein Grund, schon zu schlagen …«

»Findest du? Verdient hättest du es aber.«

Maria Claudia streckte die Arme hoch, um sich unauffällig zu rekeln. Dann gähnte sie.

»Die Zeiten haben sich geändert, Mama.«

Rosália öffnete das Fenster und antwortete:

»Ja, das haben sie. Zum Schlechteren.« Dann drehte sie sich zum Bett um. »Also, was ist: Gehst du arbeiten oder nicht?«

»Was sagt die Uhr?«

»Fast zehn.«

»Jetzt ist es zu spät.«

»Vorhin war es das aber noch nicht.«

»Da hatte ich Kopfschmerzen.«

Die kurzen Sätze verrieten Gereiztheit auf beiden Seiten. Rosália kochte innerlich vor Wut, Maria Claudia war über die moralisierenden Bemerkungen der Mutter verärgert.

»Kopfschmerzen! Von wegen Kopfschmerzen! Theater hast du gespielt!«

»Ich sage, ich hatte Kopfschmerzen. Was willst du noch von mir?«

Rosália platzte.

»Ist das eine Art zu antworten? Ich bin deine Mutter, hast du gehört?«

Maria Claudia ließ sich nicht einschüchtern. Sie zuckte die Achseln, womit sie zu verstehen geben wollte, dass darüber zu diskutieren sich nicht lohnte, und erhob sich mit einem Satz aus dem Bett. Barfuß stand sie da, das Seidennachthemd umspielte ihren wohlgeformten, geschmeidigen Körper. Auf Rosálias glühende Gereiztheit traf die frische Schönheit der Tochter, und die Gereiztheit versickerte wie Wasser in trockenem Sand. Rosália empfand Stolz auf Maria Claudia, auf ihren schönen Körper. Was sie dann sagte, waren Worte einer Kapitulation.

»Man muss im Büro Bescheid geben.«

Maria Claudia ließ nicht erkennen, dass sie sich über den veränderten Tonfall freute. Sie antwortete gleichgültig:

»Ich gehe zum Telefonieren nach unten zu Dona Lídia.«

Rosália wurde wieder gereizt, vielleicht weil die Tochter einen Hauskittel angezogen hatte und sie nun, so unscheinbar gekleidet, nicht mehr begeistern konnte.

»Du weißt genau, dass ich es nicht gern sehe, wenn du zu Dona Lídia gehst.«

Maria Claudia blickte unschuldiger denn je.

»Wieso das denn? Das verstehe ich nicht.«

Hätten sie das Gespräch fortgeführt, hätte Rosália Dinge aussprechen müssen, über die sie lieber nicht reden wollte. Ihr war klar, dass ihre Tochter davon wusste, aber sie war der Meinung, dass es Angelegenheiten gab, über die man im Beisein eines unverheirateten jungen Mädchens lieber nicht sprechen sollte. Aus ihrer eigenen Erziehung hatte sie die Vorstellung bewahrt, dass zwischen Eltern und Kindern ein gewisser Respekt herrschen musste – und sie handelte danach. Also tat sie, als hätte sie die Frage nicht gehört, und verließ den Raum.

Maria Claudia, nun allein, lächelte. Sie stellte sich vor den Spiegel, knöpfte den Kittel auf, öffnete das Nachthemd und betrachtete ihre Brüste. Sie erzitterte. Leichte Röte verfärbte ihr Gesicht. Wieder lächelte sie, nun ein wenig nervös, aber zufrieden. Was sie getan hatte, hatte ein angenehmes Gefühl in ihr ausgelöst, mit einem Hauch von Sünde. Sie knöpfte den Kittel wieder zu, warf noch einen Blick in den Spiegel und ging aus dem Zimmer.

In der Küche trat sie auf die Mutter zu, die gerade Brotscheiben toastete, und gab ihr einen Kuss. Rosália konnte nicht leugnen, dass sie den Kuss genoss. Sie erwiderte ihn nicht, doch ihr Herz schlug vor Freude.

»Geh dich waschen, Mädchen, der Toast ist gleich fertig.«

Maria Claudia schloss sich im Badezimmer ein. Taufrisch kam sie zurück, die Haut glatt und glänzend, die ungeschminkten Lippen vom kalten Wasser leicht angeschwollen. Die Augen der Mutter funkelten bei ihrem Anblick. Maria Claudia setzte sich an den Tisch und begann mit Appetit zu essen.

»Ganz schön, hin und wieder zu Hause zu bleiben, oder?«, fragte Rosália.

Maria Claudia lachte fröhlich.

»Siehst du? Ich hab doch recht, oder nicht?«

Rosália spürte, dass sie zu weit nachgegeben hatte. Um ihre Worte zu relativieren, sagte sie:

»Schon gut, aber besser, man übertreibt es nicht.«

»Im Büro ist niemand unzufrieden mit mir.«

»Sie könnten es aber werden. Und du darfst die Arbeit nicht verlieren. Dein Vater verdient nicht viel, das weißt du genau.«

»Mach dir keine Sorgen. Ich weiß, was ich tun muss.«

Rosália hätte gern erfahren, was genau, wollte aber nicht fragen. Sie aßen schweigend zu Ende. Maria Claudia stand auf und sagte:

»Ich gehe zu Dona Lídia und frage, ob ich telefonieren darf.«

Die Mutter wollte noch einen Einwand vorbringen, schwieg aber – die Tochter war schon im Flur.

»Die Tür kannst du offen lassen, du bist ja gleich wieder da.«

Rosália hörte in der Küche, wie die Tür ins Schloss fiel. Sie wollte sich nicht vorstellen, dass die Tochter sie absichtlich geschlossen hatte, um sie zu ärgern. Sie ließ Wasser in die Schüssel ein und begann, das Frühstücksgeschirr zu spülen.

Maria Claudia teilte nicht die Bedenken ihrer Mutter, dass der Umgang mit der Nachbarin von unten unpassend sei, im Gegenteil, sie fand Dona Lídia nett. Bevor sie klingelte, zupfte sie den Kragen ihres Kittels zurecht und fuhr sich mit den Händen durchs Haar. Sie bedauerte, dass sie nicht etwas Farbe auf die Lippen aufgetragen hatte.

Die Klingel gab einen schrillen Ton von sich, der durch das stille Treppenhaus hallte. Einem kleinen Geräusch entnahm sie, dass Justina sie durch das Guckloch beobachtete. Sie wollte sich provokativ umdrehen, doch im selben Augenblick öffnete Dona Lídia die Tür.

»Guten Tag, Dona Lídia.«

»Guten Tag, Claudia. Was führt dich zu mir? Willst du nicht hereinkommen?«

»Wenn ich darf ...«

Im halbdunklen Flur umfing sie die lauwarme, parfümierte Wohnungsluft.

»Also, was gibt's?«

»Ich komme Sie schon wieder belästigen, Dona Lídia.«

»Ach was, du belästigst mich doch nicht. Du weißt, dass ich mich freue, wenn du zu mir kommst.«

»Danke. Ich wollte Sie fragen, ob ich im Büro anrufen darf, um Bescheid zu geben, dass ich heute nicht komme.«

»Kein Problem, Claudia.«

Sie schob sie sanft in Richtung Schlafzimmer. Maria Claudia wurde immer verlegen, wenn sie diesen Raum betrat. Die Luft in Lídias Schlafzimmer machte Maria Claudia benommen. Die Möbel waren schöner als alle, die sie je gesehen hatte, es gab Spiegel, Vorhänge, ein rotes Sofa, einen flauschigen Teppich, Parfümflakons auf der Frisierkommode, den Geruch nach teurem Tabak, doch nichts davon löste für sich allein ihre Verwirrung aus. Vielleicht war es alles zusammen, vielleicht Lídias Anwesenheit, etwas Vages, nicht Greifbares, wie ein Gas, das sämtliche Filter durchdringt und zerstörerisch wirkt. In der Atmosphäre dieses Schlafzimmers verlor sie stets die Fassung. Ihr wurde schwindlig, als hätte sie Champagner getrunken, und sie bekam unwiderstehliche Lust, Dummheiten zu machen.

»Da ist das Telefon«, sagte Lídia. Sie machte Anstalten, den Raum zu verlassen, doch Maria Claudia sagte schnell:

»Meinetwegen brauchen Sie nicht zu gehen, Dona Lídia. Das hier ist ganz unwichtig ...«

Sie sagte den letzten Satz in einem Tonfall und mit einem

Lächeln, die zu verstehen geben wollten, dass ganz andere Dinge wichtig seien und dass Dona Lídia sehr wohl wisse, welche. Sie stand im Zimmer, und Lídia forderte sie auf:

»Setz dich, Claudia! Setz dich aufs Bett.«

Maria Claudia setzte sich mit zitternden Beinen. Sie legte die freie Hand auf die mit blauem Satin bezogene Steppdecke, und ohne sich dessen bewusst zu sein, begann sie fast wollüstig darüberzustreicheln. Lídia wirkte gleichgültig. Sie hatte eine Schachtel Zigaretten geöffnet und sich eine Camel angezündet. Sie rauchte nicht, weil sie süchtig war oder weil sie es brauchte, Zigaretten gehörten zu einem ganzen Netz von Körperhaltungen, Worten und Gesten, die alle ein und demselben Zweck dienten: Eindruck zu machen. Das war für sie inzwischen zu einer zweiten Natur geworden – sobald sie Gesellschaft hatte, galt es Eindruck zu machen, ganz gleich wer ihre Gesellschaft war. Die Zigarette, das langsame Anreißen des Streichholzes, der erste Rauch, den sie bedächtig und verträumt ausstieß, all das war Teil ihres Spiels.

Maria Claudia erklärte am Telefon mit lebhafter Gestik und vielen Ausrufen, welch »grauenhafte« Kopfschmerzen sie habe. Sie verzog den Mund zu einer Schnute, verzog ihn so, als wäre sie sehr krank. Lídia beobachtete sie verstohlen. Schließlich legte Maria Claudia auf und erhob sich.

»So, erledigt. Und vielen Dank, Dona Lídia.«

»Ich bitte dich! Du weißt doch, du kannst jederzeit telefonieren kommen.«

»Wenn Sie gestatten, hier sind die fünf Tostões für den Anruf.«

»Dummerchen. Steck das ein. Wann gewöhnst du dir das endlich ab, mir fürs Telefonieren Geld geben zu wollen?«

Sie sahen einander an und lächelten. Plötzlich bekam Maria

Claudia Angst. Es gab nichts, wovor sie Angst haben musste, zumindest nicht diese plötzliche, physische Angst, doch von einer Sekunde auf die andere spürte sie etwas Beängstigendes im Raum. Vielleicht verursachte die Luft, die sie kurz zuvor nur benommen gemacht hatte, ihr nun auf einmal Atemnot.

»Ja, dann gehe ich jetzt. Und noch einmal vielen Dank.«
»Willst du nicht noch ein bisschen bleiben?«
»Ich habe zu tun. Meine Mutter wartet auf mich.«
»Dann will ich dich nicht aufhalten.«

Lídia trug einen roten Morgenmantel aus steifem Taft, der so grünlich schillerte wie die harten Flügel mancher Käfer, und verströmte eine intensive Duftwolke. Während Maria Claudia das Rascheln des Stoffs hörte und vor allem den warmen, betäubenden Duft einatmete, einen Duft, der nicht nur von Lídias Parfüm herrührte, sondern auch von ihrem ganzen Körper, spürte sie, dass sie kurz davor war, endgültig die Fassung zu verlieren.

Nachdem Claudia mit nochmaligem Dank gegangen war, kehrte Lídia in ihr Schlafzimmer zurück. Die Zigarette glomm im Aschenbecher vor sich hin. Sie drückte sie an der Spitze aus. Dann legte sie sich aufs Bett. Sie faltete die Hände im Nacken und kuschelte sich an die weiche Steppdecke, die Maria Claudia gestreichelt hatte. Das Telefon klingelte. Mit einer ungemein trägen Bewegung nahm sie den Hörer ab.

»Ja, bitte ... Ja ... Ah ja! ... Doch, doch. Was gibt es heute? ... Gut. Das geht. ... Nein, das nicht. Hmm! Gut, ja. ... Und welches Obst? ... Das mag ich nicht. ... Sparen Sie sich die Mühe. Ich mag es nicht. ... Das ja. ... Gut. Bringen Sie es nicht zu spät. ... Und denken Sie daran, die Monatsrechnung mitzuschicken. ... Auf Wiederhören.«

Sie legte den Hörer auf und ließ sich wieder aufs Bett sinken.

Sie gähnte ausgiebig, so ungehemmt wie alle, die keinen indiskreten Beobachter fürchten, ein Gähnen, bei dem sich zeigte, dass ihr einer der hinteren Backenzähne fehlte.

Lídia war nicht hübsch. Bei einer genauen Analyse ihrer einzelnen Züge wäre man zu jenem Typ gelangt, der von Schönheit genauso weit entfernt ist wie von Gewöhnlichkeit. In diesem Augenblick gereichte ihr zum Nachteil, dass sie nicht geschminkt war. Ihr Gesicht glänzte von der Nachtcreme, und ihre Augenbrauen mussten an den Enden gezupft werden. Lídia war in der Tat nicht hübsch, ganz abgesehen von dem wesentlichen Umstand, dass der Kalender schon den Tag angezeigt hatte, an dem sie zweiunddreißig geworden war, und dass der dreiunddreißigste Geburtstag nicht mehr in weiter Ferne lag. Aber ihre ganze Erscheinung strahlte etwas unwiderstehlich Verführerisches aus. Ihre Augen waren dunkelbraun, das Haar schwarz. Ihr Gesicht bekam eine männliche Härte, wenn sie müde war, vor allem um den Mund und die Nasenflügel herum, doch wusste Lídia es mit einer kleinen Veränderung schmeichelnd, verführerisch zu machen. Sie war recht geschickt darin, in sich selbst ein Beben auszulösen, das ihre Liebhaber um den Verstand brachte, sodass sie sich nicht mehr gegen das wehren konnten, was sie für natürlich hielten, die simulierte Welle, in der sie versanken, weil sie sie als echt erachteten. Lídia wusste es. All das waren Elemente ihres Spiels – und ihr Körper, schlank wie eine Gerte und vibrierend wie ein Stab aus Stahl, war ihr größter Trumpf.

Sie schwankte, ob sie einschlafen oder aufstehen sollte. Sie dachte an Maria Claudia, an deren frische jugendliche Schönheit, und obwohl sie jeglichen Vergleich mit einem Kind ihrer selbst für unwürdig hielt, spürte sie, wie sich sekundenlang ihr Herz verkrampfte und Neid ihre Stirn in Falten legte. Sie wollte sich fertig machen, sich schminken, zwischen Maria Claudias Jugend und ihrer Verführungskraft als erfahrene Frau den größtmöglichen Abstand herstellen. Mit einem Ruck stand sie auf. Den Boiler hatte sie schon vorher eingeschaltet, das Wasser für das Bad war fertig. Mit einer einzigen Bewegung legte sie den Morgenrock ab. Dann hob sie das Nachthemd am Saum an und zog es über den Kopf aus. Nun war sie vollkommen nackt. Sie prüfte die Wassertemperatur und ließ sich in die Wanne gleiten. Sie wusch sich langsam. Wie wichtig Reinlichkeit in ihrer Situation war, wusste sie.

Sauber und erfrischt wickelte sie sich in den Bademantel und ging in die Küche. Bevor sie ins Schlafzimmer zurückkehrte, zündete sie den Gasherd an und stellte einen Wasserkessel für den Tee aufs Feuer.

Im Schlafzimmer zog sie ein schlichtes, aber hübsches Kleid an, das ihre Formen betonte und sie jünger aussehen ließ, beschäftigte sich kurz mit ihrem Gesicht, war zufrieden mit sich und der Creme, die sie benutzte. Dann ging sie zurück in die Küche. Das Wasser kochte bereits. Sie nahm den Kessel vom Feuer. Als sie die Teedose öffnete, musste sie feststellen, dass sie leer war. Verärgert verzog sie das Gesicht. Sie stellte die Dose weg und ging zurück ins Schlafzimmer. Sie wollte im Lebensmittelladen anrufen, hatte schon den Hörer in der Hand, doch als sie jemanden draußen sprechen hörte, öffnete sie das Fenster.

Der Nebel hatte sich verzogen, der Himmel war blau, von einem blassen Blau, wie immer zu Beginn des Frühjahrs. Die Sonne kam von weit her, von so weit her, dass die Luft erfrischend kühl war.

Aus dem Fenster links im Erdgeschoss erteilte eine Frau einem blonden Jungen einen Auftrag, der vor Anstrengung, ihre Worte zu verstehen, mit gekräuselter Nase zu ihr aufblickte. Sie sprach mit spanischem Akzent und wie ein Wasserfall. Der Junge hatte inzwischen verstanden, dass die Mutter Pfeffer für zehn Tostões haben wollte, und war im Begriff zu gehen, doch sie wiederholte ihren Auftrag mehrmals, einzig um des Vergnügens willen, mit dem Sohn zu sprechen und sich selbst zu hören. Denn anscheinend hatte sie keinen weiteren Auftrag. Lídia rief:

»Hallo, Dona Carmen!«

»*Quien me llama?* Wer ruft mich da? Ah, *buenos dias*, Dona Lídia!«

»Guten Morgen. Ist es Ihnen recht, dass Henrique etwas für mich im Laden besorgt? Ich brauche Tee …«

Sie nannte dem Jungen ihren Wunsch und warf einen Zwanzig-Escudos-Schein hinunter. Henrique rannte die Straße entlang, als würde er von Hunden gehetzt. Lídia bedankte sich bei Dona Carmen, die ihr in einem Kauderwelsch aus spanischen und portugiesischen Wörtern antwortete, wobei diese in ihrer Aussprache wie zerhackt klangen. Lídia, die sich nicht gern im Fenster zeigte, verabschiedete sich. Kurz darauf erschien Henrique, vom Laufen ganz rot im Gesicht, mit dem Päckchen Tee und dem Wechselgeld. Sie belohnte ihn mit zehn Tostões und einem Kuss – und der Junge ging nach Hause.

Mit gefüllter Teetasse, daneben einen Teller mit trockenem Gebäck, machte Lídia es sich wieder auf dem Bett bequem. Während sie aß, las sie ein Buch, das sie aus einem kleinen Schrank im Esszimmer geholt hatte. Sie füllte die Leere ihrer Tage mit der Lektüre von Romanen, sie besaß einige – von guten wie schlechten Autoren. In diesem Augenblick war sie gefesselt von der oberflächlichen und prinzipienlosen Welt der Familie *Maia* im gleichnamigen Roman. Sie trank den Tee in kleinen Schlucken, knabberte an einem Löffelbiskuit und las ein Stück, just jene Stelle, wo Maria Eduarda Carlos mit der Erklärung schmeichelt, dass »nicht nur ihr Herz erstarrt, sondern auch ihr Körper immer kalt geblieben war, kalt wie Marmor …«. Der Satz gefiel Lídia. Sie suchte nach einem Bleistift, um ihn anzustreichen, fand aber keinen. Mit dem Buch in der Hand erhob sie sich und ging zur Frisierkommode. Mit ihrem Lippenstift malte sie auf den Rand der Seite ein Zeichen, einen roten Strich, der auf ein Drama oder eine Farce hinwies.

Aus dem Treppenhaus kam ein Besengeräusch. Gleich darauf setzte Doña Carmens schrille Stimme zu einem melancholischen Lied an. Und im Hintergrund waren das Rattern einer Nähmaschine und die kurzen Schläge eines Hammers auf Schuhsohlen zu hören.

Lídia klemmte sich vorsichtig einen Löffelbiskuit zwischen die Zähne und wandte sich wieder ihrer Lektüre zu.

2

Die alte Uhr im Wohnzimmer, die Justina nach dem Tod der Eltern geerbt hatte, gab neun schnarrende Schläge von sich und dann das Ächzen einer ermüdeten Mechanik. Die Wohnung war so still, als wäre sie unbewohnt. Justina trug Filzpantoffeln und glitt leise wie ein Gespenst von einem Raum in den anderen. Sie passten so gut zueinander – sie und die Wohnung –, dass jeder sofort verstand, warum jede für sich nicht anders sein konnte, als sie war. Justina konnte nur in dieser Wohnung leben, und die Wohnung, so nackt und still, hätte ohne Justina nicht so sein können. Vom Fußboden, von den Möbeln her roch es muffig. Die ganze Luft roch muffig. Die ständig geschlossenen Fenster sorgten für Friedhofsatmosphäre – und Justina war so langsam und träge, dass die Wohnung niemals komplett geputzt war.

Das Schlagen der Uhr, das die Stille vertrieben hatte, verhallte immer leiser und ferner. Nachdem sie alle Lampen ausgeschaltet hatte, setzte Justina sich auf einen Stuhl ans Fenster mit Blick auf die Straße. Sie saß gern dort, regungslos, ohne Beschäftigung, die Hände einfach im Schoß, den Blick in die Dunkelheit gerichtet, in welcher Erwartung, das wusste sie selbst nicht. Die Katze kam und rollte sich zu ihren Füßen zusammen, die Einzige, die ihr abends Gesellschaft leistete. Sie war ein stilles Tier mit fragendem Blick und gewundenen Bewegungen, offenbar hatte sie das Miauen verlernt. Wie ihre

Herrin hatte sie sich an Stille gewöhnt und fügte sich darein wie sie.

Die Zeit verging langsam. Das Ticktack der Uhr schob die Stille vor sich her, wollte sie ganz vertreiben, doch die Stille setzte ihr ihre dichte, schwere Masse entgegen, in der jegliche Laute untergingen. Unablässig kämpften alle beide, der Laut mit dem Starrsinn der Verzweiflung und der Gewissheit seines Todes, die Stille mit der Verachtung der Ewigkeit.

Dann mischte sich ein lauteres Geräusch dazwischen: Menschen kamen die Treppe herunter. Wäre es noch Tag, hätte Justina fraglos durch den Spion geäugt, eher weil sie nichts anderes tun wollte oder zu tun hatte denn aus Neugier, doch am Abend war sie immer erschöpft und kraftlos und verspürte den sinnlosen Wunsch, zu weinen und zu sterben. Dennoch hätte sie, ohne zu zögern, gewettet, dass es Rosália, ihr Mann und ihre Tochter waren, die ins Kino gingen. Sie erkannte das am Lachen Maria Claudias, die ganz versessen auf Kinobesuche war.

Kino ... Wann war Justina zuletzt im Kino gewesen? Ja, der Tod ihrer Tochter ... Doch schon vorher, wann war sie da zum letzten Mal im Kino? Matilde war mit ihrem Vater ins Kino gegangen, während sie immer zu Hause blieb. Warum? Weiß der Himmel! Sie ging nicht mit. Sie zeigte sich draußen nicht gern mit ihrem Mann. Sie war groß und dünn und er dick und untersetzt. Am Tag ihrer Hochzeit hatten die Straßenbengel gelacht, als sie aus der Kirche traten. Dieses Gelächter hatte sie nie vergessen, so wie sie auch das Foto nicht vergessen konnte, auf dem die Trauzeugen und Gäste auf den Kirchenstufen standen wie Zuschauer auf einem Fußballplatz. Sie versteinert mit herabhängendem Brautstrauß, die schwarzen Augen vor Ratlosigkeit getrübt; und er, schon damals dick, in seinen Gehrock gezwängt, mit dem geliehenen Zylinder. Sie hatte das lächerliche Foto tief in einer Schublade vergraben und es nie wieder ansehen wollen.

Der Dialog zwischen Uhr und Stille wurde abermals unterbrochen. Von draußen kam das dumpfe Geräusch von Gummireifen auf dem unregelmäßigen Pflaster. Das Auto hielt. Dann folgte ein Durcheinander von Geräuschen: die Handbremse, das typische Geräusch der Tür beim Öffnen, der kurze Knall beim Schließen, das Geklapper von Schlüsseln. Justina brauchte nicht aufzustehen, um zu wissen, wer da eintraf. Dona Lídia bekam Besuch, ihren Besuch, den Mann, der sie dreimal in der Woche beehrte. Gegen zwei Uhr nachts würde er wieder gehen. Er blieb nie über Nacht. Er war methodisch, pünktlich, korrekt. Justina mochte die Nachbarin von nebenan nicht. Sie mochte sie nicht, weil sie hübsch war, aber vor allem weil sie eine von denen war, die sich aushalten ließen, und außerdem weil sie eine elegante Wohnung hatte, eine Putzfrau bezahlen, sich ihr Essen aus einem Restaurant kommen lassen und mit Schmuck behängt und Parfümdüfte verströmend aus dem Haus gehen konnte. Doch war sie ihr dankbar, weil sie ihr den Vorwand geliefert hatte, endgültig mit ihrem Mann zu brechen. Dank Lídia hatte sie zu ihren tausend Gründen den wichtigsten dazubekommen.

Mühselig und langsam, als wollte der Körper die Bewegung verweigern, erhob sie sich und knipste das Licht an. Das Esszimmer, in dem sie sich befand, war geräumig, aber die Birne, die es beleuchtete, so schwach, dass von der verdrängten Dunkelheit in den Ecken Halbschatten zurückblieben. Die nackten Wände, die harten, unbequemen Stühle mit senkrechten Lehnen, der glanzlose Tisch ohne Blumen, die matten, fast kahlen Möbel – und in dieser kalten Umgebung Justina, allein, sehr groß und dünn, im schwarzen Kleid, mit schwarzen, tiefliegenden, stummen Augen.

Die Uhr drehte zwei Rädchen zurück und schlug schüchtern ein Mal. Viertel nach neun. Justina gähnte gemächlich. Dann knipste sie das Licht aus und ging ins Schlafzimmer. Das Bild der Tochter auf der Kommode strahlte sie fröhlich lachend an, der einzige Lichtblick in dem dunklen, muffigen Zimmer. Resigniert seufzend legte Justina sich hin.

Sie schlief nie gut. Die ganze Nacht träumte sie wirre Träume und wachte davon erschöpft und zerschlagen auf. Obwohl sie sich größte Mühe gab, gelang es ihr nie, einen Traum zu rekonstruieren. Das Einzige, was sie nicht vergessen konnte – und auch dies war eher eine Ahnung oder die Erinnerung an eine Ahnung als eine Gewissheit –, war, dass sich stets jemand hinter einer Tür befand, die keine Macht der Welt hätte öffnen können. Bevor sie einschlief, hämmerte in ihrem Kopf die Erinnerung an Matildes Gesicht, an ihre Stimme, ihre Bewegungen, ihr Lachen, ja sogar an ihr totes Antlitz, als könnte dies alles die Tür aus dem Traum aufbrechen. Vergeblich. Sobald sie die Lider schloss, versteckte Matilde sich, sie versteckte sich so gut, dass Justina ihr erst ganz ohne Mysterium wieder begegnete, wenn sie am nächsten Tag aufwachte. Aber ihr ohne Mysterium begegnen bedeutete, sie zu verlieren; sie wie zu ihren Lebzeiten sehen hieß, sie zu übersehen.

Ihre Lider senkten sich langsam unter dem Druck von Stille und Schatten. Ebenso langsam drangen Stille und Schatten in Justinas Hirn ein. Und bald begann der Reigen der Träume, abermals mit der beängstigenden fremden Person – und der verschlossenen Tür, dahinter das Mysterium. Plötzlich war aus weiter Ferne dumpfes, verzweifeltes Wimmern zu hören. Die Nacht wurde beängstigend gespenstisch. Justina schlug die

Augen auf, ihr schon umwölkter Blick richtete sich in die Dunkelheit. Über Berge und Täler drang das Wimmern, es hallte wider aus dunklen Grotten und Aushöhlungen uralter Bäume, schickte tausendfach tragisches Echo in die Nacht, das Wimmern kam näher und war nun schon Weinen und jeder Klagelaut eine Träne, die wie eine geballte Faust fiel, mit der Kraft einer geballten Faust.

Justinas hilfloser Blick kämpfte gegen die beängstigenden Laute in ihren Ohren. Ihr war, als würde sie zu einem tiefen, schwarzen Abgrund geschleppt, und sie wehrte sich, um nicht hineinzustürzen. Als sie fiel, lächelte Matilde ihr strahlend zu. Verzweifelt klammerte sie sich an sie und versank im Traum.

Durch die Wände drang die Musik und stieg auf zu den Sternen, der langsame Satz der *Eroica*, der den Schmerz beklagt und die Ungerechtigkeit des menschlichen Todes.

3

Die letzten Takte des *Trauermarsches* schwanden dahin wie Veilchen, die in das Grab des Helden sinken. Dann eine Pause. Eine Träne, die rinnt und verrinnt. Und gleich darauf die dionysische Vitalität des Scherzo, noch schwer vom Schatten des Hades, doch schon erfüllt von Lebenslust und Siegesfreude.

Ein Zittern lief über die gebeugten Köpfe. Der magische Lichtkranz, der von der Decke fiel, vereinte die vier Frauen in ihrer Faszination. Auf den ernsten Gesichtern lag der angespannte Ausdruck derer, die dem Zelebrieren von geheimnisvollen, undurchschaubaren Riten beiwohnen. Die Musik mit ihrer hypnotischen Kraft öffnete in den Köpfen der Frauen verborgene Türen. Sie sahen sich nicht an. Ihre Augen waren konzentriert auf die Arbeit gerichtet, an der jedoch nur ihre Hände beteiligt waren.

Die Musik flutete ungehindert durch die Stille, und die Stille empfing sie mit ihren stummen Lippen. Die Zeit verging. Wie ein Fluss, der aus den Bergen herabkommt, die Ebene überschwemmt und sich im Meer auflöst, endete die Sinfonie in tiefer Stille.

Adriana schaltete das Radio aus. Ein kurzes Klicken, wie von einem Riegel im Schloss. Das Mysterium hatte ein Ende.

Tante Amélia blickte auf. Ihre Pupillen, für gewöhnlich hart, glänzten feucht. Cândida murmelte:

»Das ist so hübsch!«

Sie war nicht redselig, die schüchterne, zögerliche Cândida, aber ihre farblosen Lippen bebten, so wie die Lippen junger Mädchen beben, wenn sie den ersten Liebeskuss erhalten. Tante Amélia war mit der Beurteilung nicht zufrieden.

»Hübsch? Hübsch ist jedes beliebige Liedchen. Das hier ist … es ist …«

Sie stockte. Das Wort, das sie sagen wollte, lag ihr auf der Zunge, doch meinte sie, wenn sie es ausspräche, würde sie es entweihen. Es gibt Wörter, die sich entziehen, sich verweigern – weil sie für unsere von so vielen Wörtern erschöpften Ohren zu bedeutungsschwer sind. Amélia war nicht mehr ganz so sicher in ihrer Äußerung. Schließlich murmelte Adriana mit zittriger Stimme, als verriete sie ein Geheimnis:

»Schön, Tante Amélia.«

»Ja, Adriana. Das ist es wirklich.«

Adriana blickte hinunter auf den Strumpf, den sie gerade stopfte. Eine prosaische Beschäftigung, so wie die Isauras, die ein Hemd mit Knopflöchern versah, wie die ihrer Mutter, die an einer Häkelarbeit die Maschen abzählte, und die von Tante Amélia, die sämtliche Ausgaben des Tages zusammenrechnete. Beschäftigungen von hässlichen, schlichten Frauen, Beschäftigungen eines unbedeutenden Lebens, eines Lebens ohne Perspektive. Die Musik war vorbei. Die Musik, die ihre Abende begleitete, ihnen ein täglicher Besucher war, Trost und Anregung schenkte – und nun konnten sie über Schönheit sprechen.

»Warum wohl kommt uns das Wort ›schön‹ so schwer über die Lippen?«, fragte Isaura lächelnd.

»Ich weiß es nicht«, antwortete ihre Schwester. »Aber so ist es. Genau genommen müsste es eigentlich ein Wort wie jedes andere sein. Einfach auszusprechen, nur eine einzige Silbe … Ich verstehe es auch nicht.«

Tante Amélia, noch bestürzt über ihre Wortlosigkeit kurz zuvor, wollte es erklären.

»Ich verstehe das. Es ist wie das Wort Gott für die, die an ihn glauben. Ein heiliges Wort.«

Ja. Tante Amélia sagte immer das Richtige. Aber das unterband eine Diskussion. Es war alles gesagt. Das Schweigen, die Stille ohne Musik, dämpfte die Stimmung. Cândida fragte:

»Gibt es nichts mehr?«

»Nein. Das restliche Programm ist uninteressant«, antwortete Isaura.

Adriana träumte, der Strumpf lag in ihrem Schoß. Sie dachte an Beethovens Totenmaske, die sie vor vielen Jahren im Schaufenster eines Musikgeschäfts gesehen hatte. Noch immer hatte sie das breite, kraftvolle Gesicht vor Augen, das trotz der Ausdruckslosigkeit des Gipses das Genie erkennen ließ. Einen ganzen Tag hatte sie geweint, weil sie nicht das Geld besaß, sich die Maske zu kaufen. Das war, kurz bevor sie den Vater verlor. Sein Tod, die Verschlechterung ihrer wirtschaftlichen Lage, die Notwendigkeit, aus der alten Wohnung auszuziehen – und der Traum von Beethovens Totenmaske war heute noch unerfüllbarer als damals.

»Woran denkst du, Adriana?«, fragte ihre Schwester.

Adriana zuckte lächelnd die Achseln.

»Nichts Besonderes.«

»Hattest du heute Ärger?«

»Nein. Es ist immer dasselbe – eingehende Rechnungen, ausgehende Rechnungen, Lastschriften und Gutschriften über Geld, das nicht uns gehört …«

Beide lachten. Tante Amélia beendete ihre Rechnerei und stellte eine Frage:

»Über Gehaltserhöhung wird da nicht gesprochen, oder?«

Wieder zuckte Adriana die Achseln. Sie hörte diese Frage nicht gern. Das klang für sie so, als fänden die anderen, dass sie zu wenig verdiente, und das kränkte sie. Trocken erwiderte sie:

»Angeblich werden keine Geschäfte gemacht …«

»Immer dieselbe Geschichte. Die einen kriegen viel, andere wenig und wieder andere gar nichts! Wann werden sie endlich lernen, das zu zahlen, was wir zum Leben brauchen?«

Adriana seufzte. Tante Amélia war unbeugsam, wenn es um Geld, Arbeitgeber und Angestellte ging. Nicht dass sie neidisch war, aber sie empörte sich über die Verschwendung in dieser Welt, wo Millionen von Menschen im Elend lebten und Hunger litten. Bei ihnen herrschte keine Not, und zu jeder Mahlzeit stand Essen auf dem Tisch, doch das Haushaltsgeld war knapp, alles Überflüssige war gestrichen, selbst der notwendige Überfluss, ohne den das Leben des Menschen sich fast auf der Ebene von Tieren abspielt. Tante Amélia ließ nicht locker.

»Du musst es ansprechen, Adriana. Seit zwei Jahren bist du in der Firma, aber dein Gehalt reicht kaum für die Straßenbahn.«

»Was soll ich denn machen, Tante Amélia?«

»Was du machen sollst? Mich ansehen, genau so, mit deinen großen Augen!«

Der Satz traf Adriana wie ein Schlag. Isaura sah die Tante streng an.

»Tante Amélia!«

Amélia drehte sich zu ihr um. Dann sah sie Adriana an und sagte:

»Entschuldigt.«

Sie stand auf und verließ den Raum. Adriana erhob sich ebenfalls. Die Mutter forderte sie auf, sich wieder zu setzen.

»Nimm es dir nicht zu Herzen, mein Kind. Du weißt, dass

sie die Einkäufe macht. Sie zerbricht sich den Kopf, damit das Geld reicht, aber es reicht nicht. Ihr arbeitet, verdient Geld, aber sie, die Ärmste, quält sich. Wie sehr, das weiß nur ich.«

Tante Amélia erschien in der Tür. Sie wirkte mitgenommen, trotzdem klang ihre Stimme nicht minder brüsk, oder vielleicht konnte sie gerade deshalb nicht anders klingen.

»Wollt ihr eine Tasse Kaffee?«

(Wie in alten Zeiten … eine Tasse Kaffee! Also gut, eine Tasse Kaffee, Tante Amélia! Komm, setzt dich her zu uns, so, mit deinem versteinerten Gesicht und deinem wachsweichen Herzen. Trink eine Tasse Kaffee und stell morgen deine Berechnungen neu an, denk dir Rezepte aus, streich Kosten, streich auch diese Tasse Kaffee, diese unnötige Tasse Kaffee!)

Das abendliche Zusammensein setzte sich fort, nun aber schleppender und schweigsamer. Zwei alte Frauen und zwei, die ihre Jugend schon hinter sich hatten. Die Vergangenheit zum Erinnern, die Gegenwart zum Leben, die Zukunft zum Fürchten.

Gegen Mitternacht schlich sich Schläfrigkeit ein. Hier und da ein Gähnen. Cândida schlug vor (immer kam dieser Vorschlag von ihr):

»Wollen wir nicht langsam schlafen gehen?«

Sie standen auf, Stühle wurden geschoben. Wie üblich, blieb nur Adriana sitzen und wartete ab, bis die anderen ins Bett gegangen waren. Dann räumte sie das Nähzeug weg und ging ins Schlafzimmer. Ihre Schwester las ihren Roman. Adriana nahm aus ihrer Handtasche ein Schlüsselbund und schloss eine Schublade der Kommode auf. Mit einem zweiten, kleineren Schlüssel öffnete sie einen Kasten und entnahm ihm ein dickes Heft. Isaura blickte über ihr Buch hinweg und lächelte.

»Aha, das Tagebuch! Irgendwann bekomme ich zu sehen, was du da schreibst.«

»Dazu hast du kein Recht!«, antwortete die Schwester unwirsch.

»Schon gut! Reg dich nicht auf …«

»Manchmal möchte ich es dir am liebsten zeigen, nur damit du nicht immer dasselbe sagst.«

»Ärgert es dich?«

»Nein, aber du könntest den Mund halten. Ich finde es ziemlich gemein, immer mit diesem Spruch zu kommen. Habe ich etwa nicht das Recht, unter Verschluss zu halten, was mir gehört?«

Adrianas Augen funkelten gereizt hinter den dicken Brillengläsern. Das Heft an die Brust gepresst, bot sie dem ironischen Lächeln der Schwester die Stirn.

»Doch, natürlich«, sage Isaura. »Schreib nur. Es wird der Tag kommen, da wirst du selbst mir dein Tagebuch zu lesen geben.«

»Darauf kannst du lange warten«, antwortete Adriana.

Und verließ das Zimmer. Isaura machte es sich unter der Bettdecke bequemer, legte das Buch in einen geeigneten Winkel und dachte nicht mehr an ihre Schwester. Diese ging, nachdem sie das schon dunkle Zimmer passiert hatte, in dem die Mutter und die Tante schliefen, ins Badezimmer und schloss sich ein. Nur dort, vor der Neugier der Familie geschützt, fühlte sie sich sicher genug, ihre Eindrücke vom Tag aufzuschreiben. Sie hatte das Tagebuch angefangen, kurz nachdem sie ihre Stelle angetreten hatte. Inzwischen hatte sie Dutzende von Seiten geschrieben. Sie schüttelte den Füller und begann.

»Mittwoch, 19. 3. 52, fünf Minuten vor Mitternacht. Tante Amélia ist heute besonders kratzbürstig. Ich kann es nicht leiden, wenn man mich darauf anspricht, dass ich so wenig verdiene. Das kränkt mich. Fast hätte ich entgegnet, dass ich mehr verdiene als sie. Aber zum Glück habe ich es mir anders überlegt. Arme Tante Amélia ... Mama sagt, sie macht sich kaputt, so viel rechnet sie hin und her. Das glaube ich. Mir geht es genauso. Heute Abend haben wir die 3. Sinfonie von Beethoven gehört. Mama sagte, die Musik sei hübsch, ich sagte, sie sei schön, und Tante Amélia stimmte mir zu. Ich habe Tante Amélia lieb. Ich habe Mama lieb. Auch Isaura. Aber sie wissen nicht, dass ich dabei nicht an die Sinfonie oder an Beethoven dachte, das heißt nicht nur daran ... Ich dachte auch an ... Ich dachte sogar an Beethovens Maske und wie gern ich sie gekauft hätte ... Aber ich dachte auch an ›ihn‹. Ich bin heute froh. ›Er‹ hat sehr nett mit mir gesprochen. Als ›er‹ mir die Rechnungen zum Kontrollieren brachte, hat ›er‹ mich mit der rechten Hand an der Schulter berührt. Das war so schön! Ich habe innerlich am ganzen Körper gezittert und gespürt, dass ich bis zu den Ohren rot wurde. Ich musste den Kopf senken, damit es niemand sieht. Das Schlimmste kam dann. Er dachte, ich könne es nicht hören, und unterhielt sich mit Sarmento über ein blondes Mädchen. Ich habe nur deshalb nicht geweint, weil es sich nicht gut gemacht hätte und weil ich mich nicht verraten wollte. ›Er‹ hat sich ein paar Monate mit dem Mädchen vergnügt und sie dann verlassen. Mein Gott, wird mir dasselbe passieren? Zum Glück weiß er nicht, dass ich ihn mag. Womöglich würde er mich auslachen. Wenn er das täte, würde ich mich umbringen!«

Sie hielt inne und kaute auf der Füllerspitze. Erst hatte sie geschrieben, dass sie froh sei, und jetzt sprach sie davon, dass sie sich umbringen würde. Das gefiel ihr nicht. Sie dachte kurz nach und schloss mit diesem Satz:

»Es war so schön, wie er mich an der Schulter berührt hat!«

So, ja. Das war ein Schluss, wie er sein sollte, ein wenig Hoffnung, ein wenig Freude. Ihr war wichtig, in ihrem Tagebuch nicht ganz aufrichtig zu sein, wenn die Ereignisse des Tages sie bedrückt und traurig gemacht hatten. Sie las noch einmal durch, was sie geschrieben hatte, dann klappte sie das Heft zu.

Sie hatte aus dem Schlafzimmer ihr Nachthemd mitgebracht, ein weißes Nachthemd, hochgeschlossen und mit langen Ärmeln, denn die Nächte waren noch kühl. Sie zog sich rasch aus. Ihr fülliger, von der einengenden Kleidung befreiter Körper wurde noch schwerer und unförmiger. Der Büstenhalter quetschte ihr den Rücken ein. Als sie ihn auszog, blieb ein roter Streifen rund um ihren Oberkörper zurück, wie der Striemen von einem Peitschenhieb. Sie schlüpfte in das Nachthemd, beendete ihre Abendtoilette und ging zurück ins Schlafzimmer.

Isaura war von ihrem Buch gefesselt. Sie hielt ihren freien Arm über den Kopf gebeugt, sodass ihre schwärzliche Achsel und der Brustansatz zu sehen waren. Sie war so in ihre Lektüre vertieft, dass sie sich nicht rührte, als Adriana sich hinlegte.

»Es ist spät, Isaura. Mach jetzt Schluss«, murmelte Adriana.

»Ja, gleich!«, antwortete Isaura gereizt. »Ich kann nichts dafür, dass du nicht gern liest.«

Adriana zuckte die Achseln, eine für sie typische Bewegung. Sie drehte ihrer Schwester den Rücken zu, zog die Bettdecke hoch, damit ihr das Licht nicht in die Augen schien, und war kurz darauf eingeschlafen.

Isaura las weiter. Sie musste in dieser Nacht mit dem Buch fertig werden, weil die Leihfrist am nächsten Tag ablief. Es war kurz vor eins, als sie den letzten Satz las. Die Augen brannten ihr, im Kopf war sie hellwach. Sie legte das Buch auf den

Nachttisch und machte das Licht aus. Adriana schlief. Sie hörte ihre rhythmischen, regelmäßigen Atemzüge, und kurz überkam sie schlechte Laune. Ihrer Meinung nach war Adriana eiskalt – und das Tagebuch eine Kinderei, mit der sie glauben machen wollte, es gäbe in ihrem Leben Geheimnisse. Im Raum herrschte gedämpftes Licht, das von einer Straßenlaterne rührte. Das Nagen eines Holzwurms war in der Dunkelheit zu hören. Aus dem Nebenzimmer kamen gedämpfte Stimmen: Tante Amélia redete im Schlaf.

Das ganze Haus schlief. Isaura lag mit offenen Augen in der Dunkelheit, die Hände hinter dem Kopf gefaltet, und dachte nach.

4

»Seid leise. Ihr wisst doch, dass ich die Nachbarn nicht wecken will«, flüsterte Anselmo.

Er stieg mit Frau und Tochter im Schlepptau die Treppe hinauf und leuchtete ihnen mit brennenden Streichhölzern. Von den eigenen Worten abgelenkt, verbrannte er sich. Unwillkürlich stieß er einen Laut aus, dann riss er ein neues Streichholz an. Maria Claudia bekam vor Lachen kaum Luft. Ihre Mutter schimpfte leise:

»Bist du wohl still, was soll das!«

Sie erreichten ihre Wohnung. Traten auf Zehenspitzen ein, wie Diebe. Kaum waren sie in der Küche, sank Rosália auf einen Hocker.

»Oh, was bin ich müde!«

Sie zog die Schuhe und Strümpfe aus und zeigte ihre angeschwollenen Füße.

»Seht euch das an!«

»Du hast Wasser, das ist es«, erklärte ihr Mann.

»Ach was!« Maria Claudia lachte. »Jetzt übertreib es mal nicht gleich, Papa.«

»Wenn dein Vater sagt, dass ich Wasser habe, dann stimmt es auch«, erwiderte die Mutter.

Anselmo nickte ernst. Er sah sich die Füße seiner Frau genau an und leitete daraus weitere Argumente für seine Diagnose ab.

»Es ist, wie ich sage ...«

Maria Claudias kleines Gesicht verzog sich missgestimmt. Der Anblick der Füße ihrer Mutter und der Gedanke an eine damit verbundene Krankheit waren ihr unangenehm. Alles Hässliche war ihr unangenehm.

Eher um sich der Unterhaltung zu entziehen als aus Liebe zur Arbeit holte sie drei Tassen aus dem Schrank und goss Tee ein. Sie stellten immer die gefüllte Thermoskanne für die Rückkehr bereit. Die fünf Minuten, die sie diesem kleinen Imbiss widmeten, schenkten ihnen ein ganz besonderes Gefühl, als hätten sie plötzlich die Mittelmäßigkeit ihres Lebens hinter sich gelassen und wären auf der Skala des Wohlstands ein paar Stufen aufgestiegen. Die Küche verschwand, und an ihrer Stelle entstand ein kleiner Salon mit teuren Möbeln, Bildern an den Wänden und einem Klavier in der Ecke. Rosália hatte kein Wasser mehr in den Beinen, Maria Claudia war nach neuester Mode gekleidet. Nur Anselmo veränderte sich nicht. Er blieb immer derselbe. Ein großer, vornehmer, gutaussehender, leicht gebeugter Mann mit Glatze, der seinen schmalen Schnurrbart strich. Die Miene gleichbleibend ausdruckslos, das Ergebnis jahrelanger Bemühung, Gefühle zu unterdrücken und sich damit Achtbarkeit zu sichern.

Leider währte es nur fünf Minuten. Rosálias nackte Füße setzten sich durch, und Maria Claudia ging als Erste schlafen. In der Küche begann der Monolog-Dialog, wie ihn Ehepaare führen, die seit mehr als zwanzig Jahren verheiratet sind. Banalitäten, Wörter, die nur dahingesagt werden, ein schlichtes Vorspiel für den ruhigen Schlaf im reifen Alter.

Nach und nach wurden die Geräusche leiser, bis schließlich die erwartungsvolle Stille herrschte, die dem Einschlafen vorausgeht. Danach wurde die Stille noch tiefer. Nur Maria

Claudia lag noch wach. Sie hatte immer Schwierigkeiten einzuschlafen. Der Film hatte ihr gefallen. Im Kino hatte ein junger Mann sie in den Pausen lange angesehen. Beim Hinausgehen war er ihr sogar so nah gekommen, dass sie seinen Atem in ihrem Nacken spüren konnte. Aber dass er ihr nicht gefolgt war, verstand sie nicht. Dann wäre es besser gewesen, er hätte sie nicht so lange angesehen. Ihre Gedanken schweiften vom Film zu ihrem Besuch bei Dona Lídia ab. Wie schön Dona Lídia war! »Viel schöner als ich …« Sie war traurig, dass sie nicht wie Dona Lídia aussah. Plötzlich fiel ihr ein, dass sie das Auto vor der Tür gesehen hatte. Schlagartig war sie hellwach, unmöglich, einzuschlafen. Sie hatte keine Ahnung, wie spät es war, doch vermutete sie, dass die Uhr bald zwei schlagen würde. Wie alle im Haus wusste sie, dass Dona Lídias nächtlicher Besuch gegen zwei Uhr ging. War es der Film, der junge Mann oder ihr morgendlicher Besuch bei der Nachbarin – jedenfalls wurde sie sehr neugierig, obwohl sie ihre Neugier etwas ungehörig fand. Sie wartete ab. Wenige Minuten später hörte sie im Stockwerk unter ihnen das Geräusch eines Schlossriegels und einer Tür, die geöffnet wurde. Undeutliche Stimmen und Schritte die Treppe hinunter.

Vorsichtig, um die Eltern nicht zu wecken, glitt sie aus dem Bett. Auf Zehenspitzen ging sie zum Fenster und schob den Vorhang beiseite. Das Auto parkte immer auf der gegenüberliegenden Seite. Sie sah die gedrungene Gestalt des Mannes die Straße überqueren und ins Auto steigen.

Das Auto fuhr an und verschwand rasch aus Maria Claudias Blickfeld.

5

Dona Carmen hatte ihre ganz eigene Art, die Vormittage zu genießen. Sie gehörte nicht zu denen, die bis mittags im Bett liegen blieben, das war ihr auch gar nicht möglich, denn sie musste Henrique fertig machen und für die Mahlzeit ihres Mannes sorgen, aber niemand durfte ihr damit kommen, sie solle sich vor zwölf Uhr waschen und kämmen. Sie liebte es, vormittags so durch die Wohnung zu gehen, mit offenem Haar, ungepflegt und überhaupt nicht zurechtgemacht. Ihr Mann verabscheute solche Gewohnheiten, sie widersprachen seinen Ordnungsgrundsätzen. Unzählige Male hatte er versucht, seine Frau davon abzubringen, doch irgendwann hatte er einsehen müssen, dass er damit nur seine Zeit vergeudete. Zwar schrieb ihm sein Beruf als Handelsvertreter keine strikte Arbeitszeit vor, dennoch verließ er frühmorgens das Haus, um nicht den ganzen Tag schlechte Laune zu haben. Carmen ihrerseits wurde ungeduldig, wenn ihr Mann nach dem Frühstück zu Hause herumtrödelte. Nicht dass sie sich deswegen genötigt sah, von ihren liebgewonnenen Gewohnheiten abzulassen, doch die Anwesenheit ihres Mannes minderte ihr vormittägliches Vergnügen. Weshalb ein Tag, an dem dies geschah, für beide ein missratener Tag war.

Als Emílio Fonseca an diesem Morgen seinen Musterkoffer zurechtlegte, um sich auf den Weg zu machen, stellte er fest, dass jemand Muster und Preise durcheinandergebracht hatte.

Die Ketten waren nicht da, wo sie hingehörten, sondern zwischen den Armbändern und Broschen, und alles zusammen in einem Wirrwarr von Ohrringen und Sonnenbrillen. Das konnte nur sein Sohn angerichtet haben. Erst wollte er ihn befragen, fand dann aber, das lohne nicht. Wenn der Sohn es leugnete, würde er ihn verdächtigen, zu lügen, und das wäre nicht gut; wenn er es aber gestand, würde er ihn ausschimpfen oder schlagen müssen, was noch schlimmer wäre. Ganz abgesehen davon, dass seine Frau gleich wie eine Furie eingreifen und alles mit großem Gezänk enden würde. Und von Gezänk hatte er nun wirklich genug. Er legte den Musterkoffer auf den Esstisch und machte sich wortlos daran, die Unordnung zu beseitigen.

Emílio Fonseca war ein kleiner, dürrer Mann. Er war nicht dünn, er war dürr. Knapp über dreißig. Das Haar blond, von einem blassen, verblichenen Blond, und schütter, dazu eine hohe Stirn. Auf seine hohe Stirn war er immer stolz gewesen. Nun, da sie wegen der beginnenden Glatze noch größer wurde, hätte er lieber eine niedrigere Stirn gehabt. Doch hatte er gelernt, sich mit dem Unvermeidlichen abzufinden – und unvermeidlich war nicht nur der Mangel an Haar, sondern auch die Notwendigkeit, den Musterkoffer aufzuräumen. In acht Jahren gescheiterter Ehe hatte er gelernt, ruhig zu bleiben. Sein Mund war hart, mit Falten der Verbitterung. Wenn er lächelte, zog er ihn ein wenig schief, was seinem Gesichtsausdruck einen sarkastischen Anstrich gab, den seine Worte nicht Lügen straften.

Mit der verlegenen Miene des Täters, der an den Ort seiner Schandtat zurückkehrt, kam Henrique zusehen, was der Vater machte. Er hatte ein Engelsgesicht, blond wie der Vater, doch von einem wärmeren Blond. Emílio würdigte ihn keines

Blickes. Vater und Sohn liebten sich nicht, weder sehr noch wenig – sie sahen sich lediglich jeden Tag.

Aus dem Flur war zu hören, wie Carmen hin und her lief, es klang aggressiv, beredter als tausend Worte. Emílio war mit dem Ordnen fast fertig. Carmen warf von der Tür einen Blick ins Esszimmer, um abzuschätzen, wie lange ihr Mann noch brauchen würde. Für sie dauerte es schon viel zu lange. In diesem Augenblick klingelte es. Carmen runzelte die Stirn. Sie erwartete niemanden um diese Uhrzeit. Der Bäcker und der Milchmann waren schon da gewesen, und für den Briefträger war es noch zu früh. Wieder klingelte es. Mit einem ungeduldigen »Komme schon!« begab sie sich zur Tür, den Sohn im Schlepptau. Vor ihr stand eine kleine Frau mit Umschlagtuch, die eine Zeitung in der Hand hielt. Misstrauisch sah Carmen sie an und fragte auf Spanisch:

»*Qué desea?*« Es gab Situationen, in denen sie um nichts in der Welt Portugiesisch gesprochen hätte.

Die Frau lächelte bescheiden.

»Guten Tag, Senhora. Ich habe gelesen, dass es hier ein Zimmer zu vermieten gibt, richtig? Könnte ich es mir ansehen?«

Carmen war verblüfft.

»Ein Zimmer zu vermieten? Nein, hier gibt es kein Zimmer zu vermieten.«

»Aber in der Zeitung steht eine Anzeige …«

»Eine Anzeige? Darf ich mal sehen?«

Ihre Stimme zitterte vor kaum unterdrücktem Ärger. Sie atmete tief ein, um sich zu beruhigen. Die Frau wies mit einem Finger, der eine Nagelbettentzündung hatte, auf die Anzeige. Da stand es, in der Rubrik »Zimmer zu vermieten«. Es war eindeutig. Alles stimmte: der Name der Straße, die Hausnummer und die unmissverständliche Angabe Parterre links. Sie gab die Zeitung zurück und erklärte kurz und knapp:

»Hier gibt es kein Zimmer zu vermieten!«

»Aber in der Zeitung ...«

»Ich sagte doch schon ... Und außerdem steht da, für einen Herrn!«

»Zimmer sind so knapp, dass ich ...«

»Sie gestatten!«

Damit schlug sie der Frau die Tür vor der Nase zu und ging zu ihrem Mann. Ohne ins Esszimmer zu treten, fragte sie:

»Hast du eine Anzeige aufgegeben?«

Emílio Fonseca, in jeder Hand eine bunte Perlenkette, blickte sie an, zog eine Augenbraue hoch und antwortete ruhig und in ironischem Ton:

»Eine Anzeige? Höchstens, um neue Kunden zu werben.«

»Um ein Zimmer zu vermieten.«

»Ein Zimmer? Nein, meine Liebe. Wir leben in Gütergemeinschaft und Gleichberechtigung, nie würde ich es wagen, über ein Zimmer zu verfügen, ohne dich zu fragen.«

»Mach dich nicht lustig.«

»Ich meine es ernst. Wer würde es wagen, sich über dich lustig zu machen?«

Carmen antwortete nicht. Aufgrund ihrer nicht perfekten Kenntnis des Portugiesischen unterlag sie bei einem Schlagabtausch wie diesem immer. Also erklärte sie in sanftem Ton, in dem ein Hintergedanke mitschwang:

»Es war eine Frau. Sie hatte eine Zeitung dabei, und da stand die Anzeige drin. Für unser Haus, eindeutig. Und weil es eine Frau war, dachte ich, du hättest die Anzeige aufgegeben ...«

Emílio Fonseca schloss den Musterkoffer mit einem Knall.

Obwohl die Worte seiner Frau nicht ganz deutlich waren, hatte er sie verstanden. Er blickte auf, sah sie mit seinen kalten hellen Augen an und erwiderte:

»Wenn es ein Mann gewesen wäre, hätte ich also daraus schließen sollen, dass du die Anzeige aufgegeben hast?«

Carmen lief rot an.

»Du Flegel!«

Henrique, der aufmerksam zugehört hatte, schaute den Vater an, gespannt, wie er reagieren würde. Aber Emílio zuckte langsam die Achseln und murmelte nur:

»Du hast recht. Entschuldige.«

»Ich will nicht, dass du dich entschuldigst«, erwiderte Carmen, nun aufgebracht. »Wenn du dich entschuldigst, nimmst du mich nicht ernst. Dann schlag mich lieber!«

»Ich habe dich noch nie geschlagen.«

»Wage es bloß nicht!«

»Keine Sorge. Du bist größer und stärker als ich. Lass mir die Illusion, dass ich zum starken Geschlecht gehöre. Die letzte Illusion, die ich noch habe. Und jetzt Schluss mit der Diskussion!«

»Wenn ich aber noch weiterdiskutieren möchte?«

»Das wäre nicht klug. Ich habe immer das letzte Wort. Ich setze den Hut auf und gehe. Und komme erst abends zurück. Oder überhaupt nicht ...«

Carmen ging in die Küche und holte das Portemonnaie. Sie gab Henrique Geld und schickte ihn in den Laden, Bonbons kaufen. Henrique wollte etwas einwenden, doch die Verlockung der Bonbons war stärker als seine Neugier und sein Mut, der von ihm verlangt hätte, für die Mutter Partei zu ergreifen. Kaum war die Wohnungstür ins Schloss gefallen, kehrte Carmen ins Esszimmer zurück. Ihr Mann hatte sich ans Tischende gesetzt und eine Zigarette angesteckt. Carmen diskutierte sofort weiter:

»Du kommst nicht zurück, he? Wusste ich es doch! Du hast eine Bleibe, ja? Ich hab's ja geahnt! So ein Scheinheiliger! Und ich schufte hier wie eine Sklavin den ganzen Tag, für den Fall, dass der Herr nach Hause zu kommen beliebt ...«

Emílio lachte. Carmen wurde wütend.

»Lach nicht!«

»Aber natürlich lache ich. Warum sollte ich nicht? Das ist doch alles Blödsinn. Es gibt so viele Pensionen in der Stadt. Wer hindert mich daran, in eine Pension zu gehen?«

»Ich!«

»Du? Also, jetzt hör auf mit diesem Unsinn. Ich muss arbeiten. Schluss damit!«

»Emílio!«

Carmen, ein wenig größer als er, stellte sich ihm bebend in den Weg. Trotz ihres kantigen Gesichts mit dem vorspringendem Kinn sowie zwei tiefen Falten von den Nasenflügeln zu den Mundwinkeln fanden sich noch Spuren fast verwelkter Schönheit, die Erinnerung an einen warm schimmernden Teint, an einen Blick aus feuchten, samtigen Augen, an Jugend. Sekundenlang sah Emílio sie, wie sie vor acht Jahren ausgesehen hatte. Ein Aufblitzen – dann erlosch die Erinnerung.

»Emílio! Du betrügst mich!«

»Unsinn. Ich betrüge dich nicht. Wenn du willst, kann ich auch schwören ... Aber wenn es so wäre, was könnte dir das ausmachen? Für so ein Gejammer ist es zu spät. Wir sind seit acht Jahren verheiratet, aber wenn man diese ganze Zeit zusammenrechnet, wie lange waren wir glücklich? In den Flitterwochen, oder vielleicht nicht einmal da. Wir haben uns geirrt, Carmen. Wir haben mit dem Leben gespielt und zahlen jetzt dafür. Man sollte nicht mit dem Leben spielen, nicht wahr? Was meinst du, Carmen?«

Seine Frau hatte sich weinend gesetzt. Unter Tränen stieß sie hervor:

»Mein Leben ist verpfuscht!«

Emílio griff nach dem Musterkoffer. Mit der freien Hand strich er seiner Frau ungewohnt zärtlich über den Kopf und murmelte:

»Unser beider Leben. Auf unterschiedliche Art, aber es gilt für uns beide, das kannst du mir glauben. Vielleicht für mich noch mehr. Du hast wenigstens Henrique …« Seine weiche Stimme wurde unvermittelt hart. »Schluss jetzt. Es kann sein, dass ich nicht zum Mittagessen komme, aber zum Abendessen komme ich bestimmt. Auf Wiedersehen.«

Im Flur drehte er sich um und fügte mit ironischem Unterton hinzu:

»Und was die Anzeige betrifft, das muss ein Irrtum sein. Vielleicht kommt sie von nebenan.«

Er öffnete die Wohnungstür, den Musterkoffer in der rechten Hand, wobei die Schulter wegen des Gewichts ein wenig nach unten hing. Unwillkürlich rückte er seinen Hut zurecht, einen grauen Hut mit breiter Krempe, der sein Gesicht und seine Gestalt noch kleiner machte und seine hellen, abwesend blickenden Augen überschattete.

6

Dona Carmen schickte noch zwei weitere Zimmersuchende weg, dann entschloss sie sich, der Vermutung ihres Mannes nachzugehen. Und als sie, vom Ehestreit und der Diskussion mit den potenziellen Untermietern erhitzt, dies tat, war sie zu Silvestre nicht sehr freundlich. Doch der Schuster, der nun endlich eine Erklärung für das bis dahin unerklärliche Ausbleiben von Interessenten hatte, gab es ihr im gleichen Ton zurück, und als hinter ihm die runde Gestalt seiner Frau Mariana auftauchte, die sich mit bereits aufgekrempelten Ärmeln und in die Hüften gestemmten Händen näherte, musste Carmen das Feld räumen. Um weitere Störungen zu vermeiden, schlug Silvestre vor, ein Schild an der Tür anzubringen, das Interessenten an seine Wohnung verwies. Carmen wandte ein, sie wolle keine Zettel herumhängen haben, worauf der Schuster erwiderte, dann habe sie den Schaden, denn sie würde allen aufmachen müssen, die noch kämen. Widerstrebend willigte sie schließlich ein, und Silvestre verfasste auf einem halben Bogen Briefpapier einen Hinweis. Carmen erlaubte ihm nicht, den Zettel anzubringen – sie selbst befestigte ihn mit Klebstoff an ihrer Tür. Ihr Pech war, dass sie, weil der nächste Interessent nicht lesen konnte, noch einmal ihre Tür öffnen und auf die längst bekannte Frage antworten musste. Was sie von Silvestre und seiner Frau dachte, war weit schlimmer als das, was sie sagte, doch was sie sagte, war bereits alles andere als höflich und gerecht. Wäre Silvestre ein streitbarer Mensch gewesen, hätte sich daraus ein internationaler Konflikt entwickelt. Mariana schäumte vor Wut, doch ihr Mann bremste ihr Ungestüm.

Der Schuster kehrte an sein Fenster zurück und grübelte darüber, wie es zu dem Irrtum gekommen sein konnte. Er wusste natürlich, dass er keine besonders schöne Schrift hatte, doch für einen Schuster fand er sie sehr gut, verglichen mit der Schrift von so manchem Doktor. Er fand keine andere Erklärung, als dass man sich bei der Zeitung vertan hatte. Sein Fehler war es nicht, das wusste er genau. Er sah das Formular noch vor sich, das er ausgefüllt hatte, und er hatte Parterre rechts geschrieben. Während er nachdachte, saß er konzentriert an seiner Arbeit, warf aber ab und zu einen Blick nach draußen, um zu erkennen, wer von den wenigen Passanten vielleicht wegen des Zimmers kam. Der Vorteil dabei war, dass, sollte es darauf zum Gespräch mit einem Interessenten kommen, er sich bereits für eine Antwort entschieden hätte. Silvestre hielt sich zugute, Menschen nach ihrem Gesicht beurteilen zu können. Als junger Mann hatte er sich angewöhnt, die Menschen geradeheraus anzusehen, um zu erfahren, wer sie waren und was sie dachten, damals, als es fast eine Frage auf Leben und Tod war, ob man einem anderen vertrauen konnte oder nicht. Diese Gedanken, die ihn in seine Vergangenheit führten, lenkten ihn vom Beobachten ab.

Der Vormittag war schon fast vorbei, in der Wohnung duftete es bereits nach dem Mittagessen, aber kein passender Interessent war erschienen. Silvestre bedauerte, dass er so anspruchsvoll gewesen war. Er hatte Geld für die Anzeige ausgegeben, mit der Nachbarin (die zum Glück keine Kundin war) Krach gehabt und saß noch immer ohne Untermieter da.

Er nagelte gerade Beschläge unter ein Paar Stiefel, da erschien auf dem Fußweg auf der anderen Straßenseite ein Mann, er ging langsam mit erhobenem Kopf und betrachtete die Häuser und die vorübergehenden Menschen. Er hatte keine Zeitung in der Hand und allem Anschein nach auch keine in der Tasche. Gegenüber von Silvestres Fenster blieb er stehen und sah sich das Haus Stockwerk für Stockwerk an. Der Schuster tat, als wäre er in seine Arbeit vertieft, und beobachtete ihn heimlich. Er war mittelgroß, brünett, wohl höchstens dreißig Jahre alt. Gekleidet war er auf die unverwechselbare Art, die besagt, dass der Betreffende von Armut und Mittelschicht gleich weit entfernt ist. Der Anzug war ungepflegt, wenn auch aus gutem Stoff. Die Bügelfalten der Hose so wenig vorhanden, dass Mariana darüber verzweifelt wäre. Er trug einen Rollkragenpullover und nichts auf dem Kopf. Anscheinend war er mit dem Ergebnis seiner Besichtigung zufrieden, rührte sich aber nicht vom Fleck.

Silvestre wurde unbehaglich zumute. Er hatte nichts zu befürchten, war nie mehr belästigt worden, seit … seit er damals die Finger davon gelassen hatte, und jetzt war er alt, aber ihn beunruhigte, dass der Mann so selbstverständlich und reglos dastand. Seine Frau trällerte in der Küche, wie üblich falsch, woran Silvestre seine Freude hatte und worüber er ständig Witze machte. Als er das Abwarten nicht mehr aushielt, hob der Schuster den Kopf und sah den Fremden an. Da dieser gerade mit der Betrachtung des Gebäudes fertig war, richtete er seinen Blick just im selben Moment auf Silvestres Fenster. Die beiden Männer sahen sich direkt an, der Schuster ein wenig misstrauisch, der Fremde eindeutig neugierig. Silvestre wandte den Blick ab, um nicht provozierend zu wirken. Der Mann lächelte und überquerte langsam, aber entschlossen die Fahrbahn. Silvestre merkte, dass er zitterte, während er darauf wartete, dass es klingelte. Das geschah nicht so schnell, wie er gedacht hatte. Wahrscheinlich las der Mann noch den Zettel. Endlich klingelte es. Marianas Gesang brach mitten in einer kläglichen Dissonanz ab. Silvestres Herzschlag beschleunigte sich so sehr, dass er sich selbstironisch sagte, er solle sich nicht einbilden, dass der Mann aus Gründen zu ihnen käme, die nichts mit dem Zimmer zu tun hätten, wohl aber mit den Ereignissen von vor langer Zeit, als er … Der Fußboden erbebte unter Marianas Gewicht, als sie sich näherte. Silvestre schob den Vorhang ein Stück beiseite.

»Was ist?«

»Da ist einer wegen des Zimmers. Willst du hingehen?«

Was Silvestre empfand, war nicht unbedingt Erleichterung. Sein kurzer Seufzer drückte Bedauern aus, so als hätte man ihm gerade eine Illusion, seine letzte, geraubt. Es gab keinen Zweifel, er hatte es sich eingebildet …

Mit dem Gedanken, er sei alt und erledigt, ging er an die Tür. Seine Frau hatte schon den Preis genannt, doch da der Mann das Zimmer sehen wollte, sollte Silvestre sich kümmern. Als der junge Mann den Schuster erblickte, lächelte er – ein so verhaltenes Lächeln, dass es praktisch nur in den Augen stand. Er hatte kleine glänzende, sehr schwarze Augen unter dichten, aber schön geschwungenen Brauen. Sein Teint war bräunlich, wie Silvestre schon bemerkt hatte, das Gesicht klar geschnitten, ohne weiche Linien, doch auch nicht übermäßig hart. Ein männliches Gesicht, lediglich durch den feminin geformten Mund abgemildert. Silvestre gefiel das Gesicht.

»Sie möchten also das Zimmer sehen?«

»Wenn es keine Umstände macht. Der Preis sagt mir zu, mal sehen, ob das Zimmer mir auch zusagt.«

»Treten Sie bitte ein.«

Der junge Mann, was er in Silvestres Augen war, kam ganz ungezwungen herein. Er ließ den Blick über die Wände und den Fußboden schweifen, was die gute Mariana erschreckte, fürchtete sie doch immer, man könnte ihr mangelnde Reinlichkeit nachweisen. Das Zimmer hatte ein Fenster zum Hintergarten, wo Silvestre in seiner knappen Freizeit ein wenig Kohl pflanzte und Küken großzog. Der junge Mann sah sich um, dann sagte er zu Silvestre:

»Das Zimmer gefällt mir. Aber ich kann es nicht nehmen!«

Der Schuster fragte leicht missgestimmt:

»Warum nicht? Finden Sie es zu teuer?«

»Nein. Der Preis ist mir recht, das sagte ich ja schon. Nur leider ist das Zimmer nicht möbliert.«

»Ach, Sie wollten ein möbliertes Zimmer?«

Silvestre sah seine Frau an. Sie gab ihm ein Zeichen, worauf der Schuster weitersprach:

»Daran soll es nicht scheitern. Wir hatten hier ein Bett und eine Kommode stehen, die haben wir rausgenommen, weil wir eigentlich unmöbliert vermieten wollten … Sie verstehen … Man weiß ja nie, wie die Leute mit den Sachen umgehen … Aber wenn Sie interessiert sind …«

»Und es wäre dieselbe Miete?«

Silvestre kratzte sich am Kopf.

»Ich will Sie nicht schädigen«, sagte der junge Mann.

Durch diese Bemerkung fühlte sich Silvestre bei der Ehre gepackt. Wer ihn gut kannte, hätte genau diese Worte gesagt, um zu erreichen, dass er das Zimmer möbliert für dasselbe Geld vermieten würde wie unmöbliert.

»Also, möbliert oder unmöbliert, das ist egal«, entschied Silvestre. »Genau genommen kommt uns das sogar gelegen.

Dann ist unsere Wohnung nicht so vollgestopft. Ist doch so, Mariana, oder?«

Hätte Mariana sagen können, was sie dachte, hätte sie zu Recht gesagt: »Nein, ist es nicht.« Aber sie sagte nichts. Sie beschränkte sich darauf, gleichgültiges Achselzucken mit missbilligendem Nasenrunzeln zu verbinden. Der junge Mann nahm ihre Mimik wahr und lenkte ein.

»Nein, so nicht. Ich gebe Ihnen fünfzig Escudos mehr. Ist das in Ordnung?«

Mariana jubelte, der junge Mann gefiel ihr. Silvestre seinerseits machte innerlich Freudensprünge. Nicht wegen des guten Geschäfts, sondern weil er sich nicht geirrt hatte. Der Untermieter war ein anständiger Mensch. Der junge Mann ging ans Fenster, betrachtete den Hintergarten, lächelte über die Küken, die in der Erde scharrten, und sagte:

»Sie wissen nicht, wer ich bin. Ich heiße Abel ... Abel Nogueira. Sie können Erkundigungen über mich bei meinem Arbeitsplatz und in dem Haus einholen, wo ich jetzt ausziehe. Hier sind die Anschriften.«

Er schrieb auf der Fensterbank zwei Adressen auf einen Zettel und reichte ihn Silvestre. Dieser wehrte mit einer Handbewegung ab, so sicher war er, dass er keinen Schritt tun würde, um »Erkundigungen einzuholen«, dann nahm er den Zettel doch entgegen. Der junge Mann und die beiden Alten standen in dem leeren Zimmer und sahen einander an. Alle drei waren zufrieden, in ihren Augen stand jenes Lächeln, das mehr wert ist als jedes Lächeln mit Lippen und Zähnen.

»Also, dann ziehe ich heute ein. Am Nachmittag bringe ich meine Sachen. Und was meine Wäsche betrifft, so hoffe ich, dass ich mich mit Ihnen, Senhora, einigen kann ...«

Mariana antwortete:

»Das hoffe ich auch. Sie brauchen die Wäsche nicht wegzugeben.«

»Gut. Soll ich Ihnen beim Einräumen der Möbel helfen?«

Silvestre beeilte sich, zu antworten:

»Nein, Senhor, nicht nötig. Wir machen das.«

»Sehen Sie …«

»Nein, das ist nicht nötig. Die Möbel sind nicht schwer.«

»Gut. Dann auf Wiedersehen.«

Sie begleiteten ihn lächelnd zur Tür. Als er schon auf dem Treppenabsatz war, erinnerte der junge Mann sie daran, dass er einen Schlüssel brauchen würde. Silvestre versprach, ihn noch am selben Nachmittag machen zu lassen, und der junge Mann verließ das Haus. Die beiden Alten gingen zurück in das Zimmer. Silvestre hielt den Zettel in der Hand, auf den der Untermieter die Adressen geschrieben hatte. Er steckte ihn in die Westentasche und fragte seine Frau:

»Und? Wie findest du den Mann?«

»Wenn du mich fragst, mir gefällt er. Aber was das Verhandeln betrifft, bist du ein Genie …«

Silvestre grinste.

»Wieso! Wir haben doch nichts verloren …«

»Nein, das nicht, aber immerhin sind es fünfzig Escudos mehr! Ich weiß nur nicht, was ich für das Waschen seiner Wäsche nehmen soll.«

Der Schuster hörte nicht hin. Er machte ein verärgertes Gesicht, wodurch seine Nase noch länger wurde.

»Was ist mit dir?«, fragte seine Frau.

»Was mit mir ist? Wir haben geschlafen. Der junge Mann hat gesagt, wie er heißt, und wir haben geschwiegen, er ist zur Mittagszeit gekommen, aber wir haben ihm nichts angeboten … Das ist es!«

Mariana sah darin keinen Grund, so verärgert zu sein. Wie sie hießen, das konnten sie immer noch sagen, und was das Mittagessen betraf, Silvestre musste doch wissen, was für zwei reichte, reichte nicht unbedingt für drei. Da er seiner Frau ansah, dass die Sache für sie nicht die geringste Rolle spielte, wechselte er das Thema.

»Wollen wir jetzt umräumen?«

»Ja. Das Essen dauert noch etwas.«

Die Möbel waren schnell eingeräumt. Das Bett, der Nachttisch, die Kommode und ein Stuhl. Mariana zog saubere Laken auf und legte letzte Hand an. Dann traten beide einen Schritt zurück und betrachteten den Raum. Sie waren nicht zufrieden. Das Zimmer wirkte leer. Dabei war der freie Raum gar nicht groß. Im Gegenteil, zwischen Bett und Kommode konnte man nur seitlich hindurchgehen. Aber es fehlte etwas, das den Raum freundlicher und bewohnter hätte wirken lassen. Mariana ging hinaus und kam kurz darauf mit einem Deckchen und einer Vase zurück. Silvestre nickte zustimmend. Die Möbel, bis dahin matt und lustlos, kamen in Stimmung. Ein Bettvorleger nahm dem Fußboden etwas von seiner Nacktheit. Noch etwas hier und da, und das Zimmer strahlte bescheidene Behaglichkeit aus. Mariana und Silvestre lächelten sich an, als gratulierten sie einander zu einer erfolgreichen Aktion.

Dann setzten sie sich zum Essen.

7

Lídia legte sich jeden Tag nach dem Mittagessen hin. Sie neigte etwas zum Abnehmen und beugte dem damit vor, dass sie täglich zwei Stunden ruhte. Auf dem breiten, weichen Bett, den Morgenrock gelockert, beide Hände neben dem Körper, den Blick zur Decke gerichtet, entspannte sie Muskeln und Nerven und überließ sich widerstandslos der Zeit. In ihrem Kopf und im Zimmer entstand so etwas wie ein Vakuum. Die Zeit verstrich mit dem gleichen seidigen Geräusch wie Sand im Stundenglas.

Lídias halbgeschlossene Augen folgten ihren vagen, unbestimmten Gedanken. Der Faden riss ab, Schatten schoben sich wie Wolken dazwischen. Dann zeigte er sich klar und deutlich, um gleich darauf unter Schleiern zu verschwinden und in der Ferne wieder zu erscheinen. Wie ein verletzter Vogel, der sich hinschleppt, flattert, auftaucht und wieder verschwindet, bis er tot umfällt. Unfähig, die Gedanken über den Wolken zu halten, schlief Lídia ein.

Sie wachte vom lauten Klingeln der Türglocke auf. Verwirrt, die Augen noch voller Schlaf, setzte sie sich im Bett auf. Es klingelte wieder. Lídia stand auf, schlüpfte in die Pantoffeln und ging in den Flur. Vorsichtig äugte sie durch den Spion. Ihre Miene verzog sich missmutig, und sie öffnete die Tür.

»Komm rein, Mutter.«

»Guten Tag, Lídia. Darf ich hereinkommen?«

»Ja, habe ich doch schon gesagt.«

Die Mutter trat ein. Lídia führte sie in die Küche.

»Ich störe wohl gerade.«

»Wie kommst du darauf! Setz dich.«

Die Mutter setzte sich auf einen Hocker. Sie war knapp über sechzig und trug über ihrem grauen Haar eine schwarze Mantille, ebenso schwarz war ihr Kleid. Ihre weichen, fast faltenlosen Wangen hatten die Farbe von schmutzigem Elfenbein. Die wenig lebhaften, trüben Augen wurden von den fast wimpernlosen Lidern kaum beschützt. Die Augenbrauen waren dünn und wie ein Zirkumflex geformt. Das ganze Gesicht wirkte erstarrt und abwesend.

»Ich hatte dich heute nicht erwartet«, sagte Lídia.

»Ich weiß, es ist nicht mein Tag, und ich komme sonst auch nicht um diese Zeit«, antwortete die Mutter. »Geht es dir gut?«

»Wie üblich. Und dir?«

»Es geht so. Wenn nicht das Rheuma wäre …«

Lídia wollte beweisen, dass sie sich für das Rheuma der Mutter interessierte, wirkte dabei aber so wenig überzeugend, dass sie schließlich das Thema wechselte.

»Ich habe geschlafen, als du geklingelt hast. Ich bin hochgeschreckt.«

»Du siehst nicht gut aus«, bemerkte die Mutter.

»Findest du? Bestimmt, weil ich geschlafen habe.«

»Kann sein. Zu viel Schlaf ist nicht gut.«

Keine von beiden machte sich mit den Banalitäten, die sie sagten und hörten, etwas vor. Lídia kannte ihre Mutter und wusste, dass sie nicht gekommen war, um festzustellen, ob sie gut oder schlecht aussah; die Mutter ihrerseits hatte die Unterhaltung nur deshalb so begonnen, um nicht geradeheraus anzusprechen, weswegen sie gekommen war. In diesem Augenblick fiel Lídia ein, dass es fast vier Uhr war und sie aus dem Haus gehen musste.

»Was hat dich dann heute hierhergeführt?«

Die Mutter strich sich eine Falte im Rock glatt. Sie beschäftigte sich damit so konzentriert, als hätte sie die Frage nicht gehört.

»Ich bräuchte etwas Geld …«, murmelte sie schließlich.

Lídia war nicht überrascht. Genau das hatte sie erwartet. Dennoch konnte sie ihr Missfallen nicht ganz überspielen.

»Jeden Monat kommst du früher …«

»Das Leben ist nicht einfach, das weißt du …«

»Schon gut, aber ich finde, du solltest etwas sparsamer sein.«

»Ich bin ja sparsam, aber es ist immer so schnell weg.«

Die Stimme der Mutter war ruhig, so als wäre sie sicher, dass sie erreichen würde, was sie wollte. Lídia sah sie an. Die Mutter hielt den Blick noch immer fest auf die Falte im Rock gerichtet und folgte damit den Bewegungen der Hand. Lídia ging aus der Küche. Sofort ließ die Mutter vom Rock ab und blickte auf. Ihre Miene drückte Zufriedenheit aus, die Zufriedenheit dessen, der etwas gesucht und gefunden hat. Als sie die Tochter zurückkommen hörte, nahm sie wieder ihre bescheidene Haltung ein.

»Hier, nimm«, sagte Lídia und streckte ihr zwei Hundert-Escudo-Scheine entgegen. »Mehr kann ich dir jetzt nicht geben.«

Die Mutter nahm das Geld, steckte es ins Portemonnaie und versenkte dieses tief in ihrer Handtasche.

»Danke. Du willst also ausgehen?«

»Ja, in die Baixa. Ich bin es leid, ständig zu Hause zu sitzen. Ich gehe Tee trinken und Schaufenster ansehen.«

Die kleinen Augen der Mutter, starr und unbeweglich wie

die Augen eines ausgestopften Tieres, ließen sie nicht aus dem Blick.

»Nach meiner unwichtigen Meinung solltest du nicht zu oft ausgehen.«

»Ich gehe nicht oft aus. Nur wenn mir danach ist.«

»Nun ja. Aber das gefällt vielleicht Senhor Morais nicht.«

Lídias Nasenflügel bebten. Langsam, in sarkastischem Ton, antwortete sie:

»Du machst dir offenbar mehr Sorgen als ich, was Senhor Morais denken könnte …«

»Es ist nur zu deinem Besten. Wo du jetzt dieses Verhältnis hast …«

»Danke für deine Fürsorge, aber ich bin alt genug und brauche keine Ratschläge mehr. Ich gehe aus, wann ich will, und mache, was ich will. Ob es gut oder schlecht ist, muss ich selbst verantworten.«

»Ich sage das, weil ich deine Mutter bin und möchte, dass es dir gutgeht.«

Lídia lachte kurz gereizt auf.

»Dass es mir gutgeht … Ob es mir gutgeht, das interessiert dich erst seit drei Jahren. Davor war es dir ziemlich egal.«

»Das ist nicht wahr«, erwiderte die Mutter, abermals mit ihrer Rockfalte beschäftigt. »Ich habe mich immer um dich gekümmert.«

»Meinetwegen. Aber jetzt kümmerst du dich viel mehr … Ach, lassen wir das! Ich habe nicht die geringste Lust, zu alten Zeiten zurückzukehren, als du dich nicht um mich gekümmert hast … Ich meine, nicht so sehr wie heute …«

Die Mutter stand auf. Sie hatte erreicht, was sie wollte, und das Gespräch nahm eine unangenehme Wendung, da war es besser, sie ging. Lídia hielt sie nicht zurück. Sie war wütend, weil sie ausgebeutet wurde und weil die Mutter sich erlaubte, ihr Ratschläge zu geben. Am liebsten hätte sie sie in eine Ecke gedrängt und nicht gehen lassen, bevor sie ihr gesagt hatte, was sie von ihr hielt. All ihre Fürsorge, ihre Mutmaßungen, ihre Angst, Senhor Morais' Missfallen zu erregen, waren nicht auf die Liebe zu ihrer Tochter, sondern auf die Sorge um den Erhalt ihrer monatlichen Unterstützung zurückzuführen.

Mit noch immer vor Wut bebenden Lippen ging Lídia zurück in ihr Schlafzimmer, um sich umzuziehen und zu schminken. Sie wollte Tee trinken gehen und sich in der Baixa Schaufenster ansehen, wie sie gesagt hatte. Nichts harmloser als das. Doch die Andeutungen ihrer Mutter weckten in ihr fast den Wunsch, wieder das zu tun, was sie während so vieler Jahre getan hatte: sich mit einem Mann in einem möblierten Zimmer in der Stadt zu treffen, einem Zimmer für ein paar Stunden, mit dem unvermeidlichen Bett, dem unvermeidlichen Wandschirm, den unvermeidlichen Möbeln mit leeren Schubladen. Während sie die Creme im Gesicht verteilte, dachte sie daran zurück, was sich an jenen Nachmittagen und Abenden in solchen Zimmern abgespielt hatte. Und die Erinnerung stimmte sie traurig. Damit wollte sie nicht wieder anfangen. Nicht, weil sie Paulino Morais liebte – ihn zu betrügen hätte ihr nicht das geringste schlechte Gewissen bereitet, sie betrog ihn vor allem deshalb nicht, weil sie ihre Sicherheit schätzte. Sie kannte die Männer zu gut, um sie zu lieben. Wieder damit anfangen, nein! Wie oft hatte sie nach einer Befriedigung gesucht, die ihr immer verwehrt wurde? Sie machte es für Geld, klar, und das bekam sie, weil sie es verdiente … Wie oft war sie beklommen, entwürdigt, betrogen nach Hause gegangen! Wie oft hatte sich all das – Zimmer, Mann und Frustration – wiederholt! Der nächste Mann konnte ein anderer sein, das Zimmer ein anderes, aber die Frustration blieb, wurde nicht die Spur geringer.

Auf der Marmorplatte der Frisierkommode lag zwischen Flakons und Tiegeln neben dem Foto von Paulino Morais der zweite Band von *Die Maias*. Sie blätterte darin, suchte die Passage, die sie mit ihrem Lippenstift angestrichen hatte, und las sie noch einmal. Dann ließ sie das Buch langsam sinken, richtete den Blick fest auf den Spiegel, in dem ihr Gesicht jetzt einen erstaunten Ausdruck zeigte, ähnlich dem ihrer Mutter, und vergegenwärtigte sich in wenigen Sekunden ihr Leben – Licht und Schatten, Farce und Tragödie, Unzufriedenheit und Täuschung.

Es war fast halb fünf, als sie zum Gehen fertig war. Sie sah hübsch aus. Sie kleidete sich mit Geschmack, ohne zu übertreiben. Sie hatte ein graues Kostüm angezogen, das ihrem Körper die Konturen einer Skulptur mit vollkommenen Rundungen verlieh. Ein Körper, nach dem die Männer sich auf der Straße umdrehen mussten. Wunderwerk einer Schneiderin. Instinkt einer Frau, deren Körper ihr Broterwerb war.

Sie ging die Treppe mit dem leichten Schritt hinunter, der ein lautes Knallen der Absätze auf den Treppenstufen vermeidet. Vor Silvestres Tür waren Menschen. Beide Türflügel standen offen, und der Schuster half einem jungen Mann, einen großen Koffer hineinzutragen. Auf dem Treppenabsatz stand Mariana mit einem kleineren Koffer. Lídia grüßte.

»Guten Tag.«

Mariana erwiderte den Gruß. Silvestre hielt zum Grüßen inne und drehte sich um. Lídias Blick ging über ihn hinweg und richtete sich neugierig auf das Gesicht des jungen Mannes. Abel sah sie ebenfalls an. Als der Schuster den fragenden Blick seines Untermieters sah, grinste er und kniff ein Auge zu. Abel verstand.

8

Der Tag ging langsam zur Neige, und die Nacht kündigte sich an in der friedlichen Dämmerung, die kein Lärm einer Stadt zu stören vermochte, als Adriana eilig um die Ecke bog. Sie hastete die Treppe hinauf und nahm zwei Stufen auf einmal, obwohl ihr Herz gegen die Anstrengung protestierte. Sie klingelte mit Nachdruck, ungeduldig, weil sie etwas warten musste. Die Mutter erschien.

»Guten Abend, Mammilein. Hat es schon angefangen?«, fragte sie und küsste die Mutter.

»Immer mit der Ruhe, Mädchen, ganz ruhig … Nein, noch nicht. Wieso bist du so gerannt?«

»Ich hatte Angst, zu spät zu kommen. Sie haben mich im Büro mit dringenden Briefen aufgehalten.«

Sie gingen in die Küche. Das Licht brannte schon. Das Radio spielte leise. Isaura saß im Küchenerker über ein rosa Hemd gebeugt und nähte. Adriana gab ihrer Schwester und der Tante einen Kuss. Dann setzte sie sich und verschnaufte.

»Uff! Ich bin kaputt! Isaura, was nähst du da Hässliches?!«

Die Schwester blickte auf und lachte.

»Der Mann, der dieses Hemd tragen wird, muss der größte Dummkopf sein. Ich sehe ihn schon vor mir, wie er im Geschäft dieses Prachtstück mit großen Augen bewundert, bereit, sein letztes Geld dafür herzugeben!«

Beide lachten. Cândida bemerkte:

»Immer müsst ihr alle Welt schlechtmachen!«

Amélia stellte sich auf die Seite ihrer Nichten.

»Findest du etwa, so ein Hemd zeugt von gutem Geschmack?«

»Jeder zieht sich an, wie es ihm gefällt«, wandte Cândida ein.

»Hör mal, das ist keine Meinung!«

»Psst!«, machte Isaura. »Sonst verstehe ich nichts.«

Der Sprecher kündigte ein Musikstück an.

»Das ist es noch nicht«, sagte Adriana.

Neben dem Radio lag ein Päckchen. Der Größe und Form nach konnte es ein Buch sein. Adriana nahm es in die Hand und fragte:

»Was ist das? Noch ein Buch?«

»Ja«, antwortete die Schwester.

»Wie heißt es?«

»*Die Nonne.*«

»Wer hat es geschrieben?«

»Diderot. Ich habe noch nie etwas von ihm gelesen.«

Adriana legte das Buch wieder hin und dachte kurz darauf nicht mehr daran. Sie hatte kein großes Interesse an Büchern. Musik liebte sie, so wie ihre Schwester, Mutter und Tante, doch Bücher fand sie langweilig. Um eine Geschichte zu erzählen, wurden Seiten um Seiten vollgeschrieben, dabei ließ sich doch jede Geschichte mit wenigen Worten zusammenfassen. Sie hatte kein Verständnis dafür, dass Isaura stundenlang las, mitunter bis spätnachts. Musik hingegen ja. Musik konnte sie eine ganze Nacht lang hören, ohne ihrer überdrüssig zu werden. Und zum Glück liebten sie alle Musik. Wäre es nicht so, hätte es oft Streit gegeben.

»Jetzt geht es los«, sagte Isaura. »Mach lauter.«

Adriana drehte an einem Knopf. Die Stimme des Sprechers hallte durch die Wohnung:

»… *Der Totentanz* von Honegger, Text von Paul Claudel. Mit Jean-Louis Barrault. Achtung!«

In der Küche pfiff ein Wasserkessel. Tante Amélia nahm ihn vom Feuer. Man hörte das Kratzen der Nadel auf der Schallplatte, und gleich darauf ließ die dramatische, mitreißende Stimme von Jean-Louis Barrault die vier Frauen erzittern. Keine rührte sich. Sie starrten auf das magische Auge des Radioapparats, als käme die Musik von dort. In der Pause zwischen der ersten Platte und der zweiten hörten sie aus der Nachbarwohnung schrille Bläser mit einem Ragtime, dass ihnen die Trommelfelle fast platzten. Tante Amélia runzelte die Augenbrauen, Cândida seufzte, Isaura bohrte die Nadel mit Macht in das Hemd, Adriana bombardierte die Wand mit mörderischen Blicken.

»Stell es lauter«, sagte Tante Amélia.

Adriana drehte den Ton weiter auf. Die Stimme von Jean-Louis Barrault donnerte *j'existe!*, die Musik wirbelte über die *vaste pleine* – und die hektischen Töne des Ragtime mischten sich gleichsam ketzerisch in den Tanz *sur le pont d'Avignon*.

»Lauter!«

Mit tausendfachem Schrei der Verzweiflung und Not beklagte der Chor der Toten sein Leid und bekundete seine Reue, und das Thema des *dies irae* übertönte die Triller einer zappeligen Klarinette. Honegger setzte sich über den Lautsprecher durch und brachte den anonymen Ragtime zum Schweigen. Vielleicht war Maria Claudia ihre Lieblingssendung mit Tanzmusik langweilig geworden, vielleicht hatte sie der göttliche Furor erschreckt, den die tosende Musik transportierte. Als die letzten Töne des *Totentanzes* verklungen waren, machte sich

Amélia brummelnd ans Abendessen. Aus Furcht vor dem Donnerwetter, aber ebenso empört, zog Cândida sich zurück. Tief beeindruckt von der Musik, kochten die beiden Schwestern vor heiligem Zorn.

»Das kann doch nicht sein«, erklärte schließlich Amélia. »Nicht dass ich mich über andere erheben will, aber es kann doch nicht sein, dass es Leute gibt, die diese Verrücktenmusik mögen!«

»Doch, die gibt es, Tante Amélia«, sagte Adriana.

»Das sehe ich!«

»Nicht alle sind so erzogen wie wir«, fügte Isaura hinzu.

»Das weiß ich auch. Aber ich finde, alle Menschen müssten in der Lage sein, die Spreu vom Weizen zu trennen. Was gut ist, auf die eine Seite; was schlecht ist, auf die andere.«

Cândida, die gerade die Teller aus dem Schrank nahm, wagte einen Einwand:

»Das geht nicht. Das Gute und das Böse, das Schöne und das Schlechte treten immer vermischt auf. Niemand und nichts ist vollkommen gut oder vollkommen schlecht. Finde ich jedenfalls«, fügte sie schüchtern hinzu.

Amélia drehte sich zu ihrer Schwester um, in der Hand den Löffel, mit dem sie die Suppe abschmeckte.

»Das ist nicht übel. Dann bist du dir also nicht sicher, ob das, was dir gefällt, gut ist?«

»Nein, bin ich nicht.«

»Warum gefällt es dir dann?«

»Weil ich glaube, dass es gut ist, aber ob es das wirklich ist, weiß ich nicht.«

Amélia kräuselte verächtlich die Lippen. Die Tendenz ihrer Schwester, sich bei keiner Sache sicher zu sein, alles differenziert zu betrachten, kollidierte mit ihrem Sinn fürs Praktische, ihrer Art, die Welt vertikal zu unterteilen. Cândida war verstummt, sie bereute, so viel gesagt zu haben. So subtil zu diskutieren war eigentlich nicht ihre Art; das hatte sie sich im Zusammenleben mit ihrem Mann angewöhnt, und was bei ihm besonders kompliziert gewesen war, hatte sich bei ihr vereinfacht.

»Das ist alles schön und gut«, Amélia ließ nicht locker. »Wer weiß, was er will und was er hat, der läuft Gefahr, zu verlieren, was er hat, und nicht zu bekommen, was er vielleicht haben möchte.«

»Wie kompliziert«, bemerkte Cândida lächelnd.

Die Schwester sah ein, dass sie sich nicht klar ausgedrückt hatte, was sie noch gereizter machte.

»Das ist nicht kompliziert, das ist die Wahrheit. Es gibt gute Musik und schlechte Musik. Es gibt gute Menschen und schlechte Menschen. Es gibt das Gute und das Böse. Jeder kann sich entscheiden ...«

»Schön wäre es. Aber wie oft weiß man nicht, wofür man sich entscheiden soll, weil man es nicht gelernt hat ...«

»Es soll ja Menschen geben, die sich nur für das Schlechte entscheiden können, weil sie von Natur aus schlecht sind!«

Cândida verzog das Gesicht, als täte ihr etwas weh. Dann erwiderte sie:

»Du weißt nicht, was du da sagst. Das gibt es nur, wenn der Mensch geisteskrank ist. Wir sprechen jetzt aber von Menschen, die sich, wie du sagst, entscheiden können ... Einer, der so krank ist, kann sich nicht entscheiden!«

»Du willst mich verwirren, aber das gelingt dir nicht. Reden wir jetzt also von gesunden Menschen. Ich kann mich zwischen Gut und Schlecht entscheiden, zwischen guter und schlechter Musik!«

Cândida hob die Hände, als wollte sie zu einer langen Rede ansetzen, ließ sie jedoch gleich wieder müde lächelnd sinken.

»Lassen wir mal die Musik beiseite, die macht es nur kompliziert. Sag du mir, falls du es weißt, was gut ist und was schlecht. Wo hört das eine auf, und wo fängt das andere an?«

»Das weiß ich nicht, das kann man auch nicht fragen. Ich weiß nur, dass ich erkenne, was gut und was schlecht ist, egal wo ...«

»Je nachdem, was du dafür hältst ...«

»Anders geht es gar nicht. Ich kann doch nicht danach urteilen, was andere denken!«

»Genau das ist der Punkt. Du vergisst, dass die anderen auch ihre Vorstellungen von Gut und Schlecht haben. Und dass die vielleicht richtiger sind als deine ...«

»Wenn alle so dächten wie du, käme man nie auf einen Nenner. Es muss Regeln geben, Gesetze!«

»Und wer macht die? Und wann? Und wofür?«

Sie schwieg einen Augenblick, dann fragte sie mit verschlagen unschuldigem Lächeln:

»Und überhaupt – denkst du nach deinen eigenen Vorstellungen oder nach den Regeln und Gesetzen, die du nicht gemacht hast ...?«

Darauf wusste Amélia nichts zu antworten. Sie drehte ihrer Schwester den Rücken zu und beendete die Diskussion.

»Ist gut. Ich müsste längst wissen, dass man mit dir nicht reden kann!«

Isaura und Adriana schmunzelten. Diskussionen wie diese hatten sie schon zu Dutzenden gehört. Die armen alten Frauen, nur noch mit Hausarbeit beschäftigt, längst vergangen die Zeiten, da ihre Interessen breiter, lebhafter waren, da die wirtschaftliche Sorglosigkeit ihnen diese Interessen erlaubte! Nun, da sie faltig und gebeugt, ergraut und tatterig waren, spuckte das frühere Feuer die letzten Funken, kämpfte gegen die sich häufende Asche. Isaura und Adriana sahen sich an. Sie fühlten sich jung und voller Schwung, wohlklingend wie die gespannte Saite eines Klaviers – verglichen mit dem Alter, das so bröckelte.

Dann gab es das Abendessen. Vier Frauen um den Tisch. Dampfende Teller, ein weißes Tischtuch, das Zeremoniell der Mahlzeit. Diesseits – oder vielleicht jenseits – der unvermeidlichen Geräusche eine tiefe, quälende Stille, die inquisitorische Stille der Vergangenheit, die uns beobachtet, und die ironische Stille der Zukunft, die uns erwartet.

9

Du siehst nicht gut aus, Anselmo!«

Anselmo strengte sich an, zu lächeln, er gab sich so große Mühe, dass das Ergebnis besser hätte sein müssen. Die Besorgnis war zu groß, um dem Spiel der Lachmuskeln nachzugeben. Heraus kam eine Grimasse, die komisch gewesen wäre, hätte ihm nicht die Verzweiflung in den Augen gestanden, bis zu denen die Bewegungen der Mundmuskulatur nicht gelangte.

Sie saßen in der Küche beim Mittagessen. Anselmos Uhr auf dem Tisch zeigte ihm an, wie viel Zeit er noch hatte. Das leise Ticken unterbrach die Stille, die nach Rosálias Ausruf eingetreten war.

»Was hast du?«, fragte sie wieder.

»Ach … Nur Mist …«

War er allein mit seiner Frau, war Anselmo nicht wählerisch in seiner Ausdrucksweise, und er kam auch gar nicht auf die Idee, dass sie ihm das übelnehmen könnte. Rosália nahm es ihm tatsächlich nicht übel.

»Was denn für ein Mist?«

»Sie haben meinen Zahlschein nicht akzeptiert. Und bis zum Monatsende sind es noch zehn Tage …«

»Ja, und ich habe kein Geld mehr. Ich musste schon heute im Laden so tun, als hätte ich mein Portemonnaie vergessen.«

Anselmo knallte die Gabel auf den Tisch. Der letzte Satz seiner Frau hatte ihn wie eine Ohrfeige getroffen.

»Mich würde mal interessieren, wofür das Geld eigentlich draufgeht!«, erklärte er.

»Du denkst doch wohl nicht, dass ich es verschwende. Meine Mutter hat mir beigebracht, sparsam zu sein, und ich glaube nicht, dass man noch sparsamer sein kann.«

»Niemand sagt, dass du nicht sparsam bist, aber wenn man bedenkt, dass hier zwei verdienen, müsste es uns besser gehen.«

»Was Claudia verdient, reicht kaum für sie selbst. Es ist nicht egal, wie meine Tochter sich präsentiert.«

»In ihrer Gegenwart redest du aber anders …«

»Wenn ich ihr freie Hand ließe, sähe es schlecht aus für mich. Oder glaubst du, ich weiß nicht, was ich tue?«

Anselmo kaute den letzten Bissen. Er setzte sich anders hin, lockerte den Gürtel und streckte die Beine aus. Das graue Licht des regnerischen Tages, das durch die Fensterscheiben des Erkers fiel, schuf in der Küche Schatten. Rosália aß mit gesenktem Kopf weiter. Am freien Tischende wartete Maria Claudias Teller.

Den Blick in die Ferne gerichtet, die Micne ernst – niemand hätte zu behaupten gewagt, dass Anselmo nicht in tiefschürfende Überlegungen versunken sei. Unter der glänzenden, von der beginnenden Verdauungsarbeit leicht geröteten Glatze sondierte das Gehirn Ideen, alle mit demselben Ziel: so viel Geld zu beschaffen, dass es bis zum Monatsende reichte. Aber weil sich die Verdauung vielleicht kompliziert gestaltete, förderte Anselmos Gehirn keine brauchbare Idee zutage.

»Denk nicht so viel nach. Es wird sich schon alles finden«, versuchte Rosália ihn aufzumuntern.

Ihr Mann, der nur auf diese Worte gewartet hatte, um nicht mehr an ein so unbequemes Thema denken zu müssen, sah sie gereizt an.

»Wenn nicht ich nachdenke, wer denn dann?«

»Aber es bekommt dir nicht, jetzt, so kurz nach dem Mittagessen ...«

Anselmo ließ mutlos die Arme sinken und schüttelte den Kopf, als könnte er dem unerbittlichen Verhängnis nicht entkommen:

»Ihr Frauen habt keine Ahnung davon, was im Kopf eines Mannes vorgeht!«

Hätte Rosália ihm das erforderliche Stichwort gegeben, dann hätte Anselmo zu einem langen Monolog angesetzt und zum wiederholten Male seine felsenfesten Überzeugungen hinsichtlich des Daseins des Menschen im Allgemeinen und eines Büroangestellten im Besonderen dargelegt. Viele Überzeugungen hatte er nicht, aber die er hatte, waren felsenfest. Und die wichtigste, von der sich alle anderen ableiteten, war die Überzeugung, dass Geld die Haupttriebfeder des Lebens war. Und dass, um zu Geld zu kommen, jegliches Vorgehen gut war, sofern nicht die Würde darunter litt. Diese Einschränkung war ihm sehr wichtig, denn Anselmo achtete wie nur wenige Menschen auf Würde.

Rosália lieferte ihm das Stichwort nicht, doch keineswegs weil sie die tausendfach dargelegten Theorien ihres Mannes leid war, sondern weil sie sich allzu sehr in die Betrachtung seines Antlitzes vertieft hatte, dieses Antlitzes, das so im Profil, wie sie es jetzt sah, an einen römischen Kaiser erinnerte. Anselmos leichte Gereiztheit, weil sie ihm keinen Anlass zum Sprechen gab, wurde dadurch wettgemacht, dass er sich respektvoll aufmerksam betrachtet fühlte. In seinen Augen war ihm seine Frau weit unterlegen, doch sich derart verehrt zu wissen schmeichelte ihm, sodass er gern auf die Freude verzichtete, ihr seine Überlegenheit in Worten vorzuführen, wenn er in ihrem Blick Respekt und Furcht erkannte.

Ein Seufzer war zu hören: Rosália hatte den Höhepunkt erreicht, das lyrische Intermezzo war beendet. Aus den Höhen der Anbetung stieg sie herab zu irdischer Nüchternheit.

»Weißt du, wer jetzt einen Untermieter hat?«

Für Anselmo war die Komödie noch nicht beendet. Er tat, als schreckte er zusammen, und fragte:

»Wie bitte?«

»Ob du weißt, wer jetzt einen Untermieter hat?«

Wohlwollend lächelnd, wie ein Bewohner des Olymps, der bereit ist, zu den Ebenen hinabzusteigen, fragte Anselmo:

»Wer denn?«

»Der Schuster. Diesmal ist es ein junger Mann. Ziemlich schäbig gekleidet, nebenbei bemerkt ...«

»Gleiche Lumpen, gleiche Lappen!«

Das war einer von Anselmos Lieblingssprüchen. Womit er auf seine Art sagen wollte, dass ein armer Schlucker bei einem anderen armen Schlucker wohne, daran sei nichts verwunderlich. Sein nächster Satz aber entsprach einer Sorge.

»Ein Untermieter, der käme uns gut zupass ...«

»Wenn wir Platz hätten ...«

Da sie aber keinen Platz hatten, konnte Anselmo sagen:

»Ich möchte gar nicht so einen Mischmasch. Ich habe das nur so dahingesagt ...«

Es klingelte dreimal kurz.

»Das ist die Kleine«, sagte Anselmo. Mit einem Blick auf die Uhr fügte er hinzu: »Und sie ist zu spät dran.«

Als Maria Claudia eintrat, schwanden die Schatten in der Küche. Maria Claudia erinnerte an das bunte Titelblatt einer jener amerikanischen Illustrierten, die der Welt zeigen, dass man in Amerika Menschen und Gegenständen immer erst einen neuen Anstrich verpasst, bevor man sie fotografiert. Maria

Claudia hatte ein untrügliches Gespür dafür, die Farben zu wählen, die ihre Jugend am besten unterstrichen. Ohne zu zögern, fast instinktiv, wählte sie von zwei ähnlichen Farbtönen den passenderen. Das Ergebnis war betörend. Anselmo und Rosália, dumpfe Geschöpfe mit matter Gesichtsfarbe und dunkel gekleidet, konnten sich der Ausstrahlung solcher Frische nicht entziehen. Und da sie sie nicht imitieren konnten, bewunderten sie sie.

Mit ihrem sechsten Sinn fürs Schauspielern blieb Maria Claudia so lange stehen, bis sie die Eltern mit ihrem hübschen Anblick für sich gewonnen hatte. Sie wusste, dass sie zu spät gekommen war, und wollte keine Erklärungen abgeben. Genau im richtigen Augenblick trippelte sie wie ein anmutiges Vöglein zum Vater und gab ihm einen Kuss. Dann wirbelte sie herum und fiel der Mutter um den Hals. All das wirkte so natürlich, dass es keiner von ihnen für angebracht hielt, befremdet auf diese Täuschungskomödie zu reagieren, die sie miteinander spielten.

»Ich sterbe vor Hunger!«, sagte Maria Claudia. Und ohne abzuwarten, lief sie, noch im Regenmantel, in ihr Zimmer.

»Zieh den Mantel hier aus, Claudia«, sagte die Mutter. »Sonst machst du alles nass.«

Sie erhielt keine Antwort, rechnete auch nicht damit. Sie hatte niemals auch nur die leiseste Hoffnung, dass ihre Ermahnungen und Bemerkungen befolgt wurden, sprach sie dennoch aus, weil sie sich damit die Illusion mütterlicher Autorität verschaffte. Selbst die wiederholten Niederlagen ihrer Autorität hatten ihrer Überzeugung nichts anhaben können.

Anselmos zufriedenes Gesicht verdüsterte sich plötzlich. Ein Funken Misstrauen glomm in seinen Augen auf.

»Geh mal nachsehen, was sie da im Zimmer macht«, wies er seine Frau an.

Rosália gehorchte und ertappte die Tochter dabei, wie sie zwischen den Gardinen nach draußen auf die Straße äugte. Als Maria Claudia die Mutter hörte, drehte sie sich teils frech, teils verlegen lächelnd um.

»Was machst du hier? Warum ziehst du nicht den Mantel aus?«

Sie ging ans Fenster und öffnete es. Genau gegenüber stand ein junger Mann draußen im Regen. Rosália knallte das Fenster wieder zu. Sie wollte schon schimpfen, da begegnete sie dem Blick ihrer Tochter aus eiskalten Augen, in denen bösartiger Groll funkelte. Sie erschrak. Maria Claudia legte ganz in Ruhe ihren Regenmantel ab. Ein paar Wassertropfen waren auf den Teppich gefallen.

»Hatte ich nicht gesagt, du sollst den Mantel ausziehen? Sieh dir nur den Fußboden an!«

Anselmo erschien in der Tür. Da sie sich nun unterstutzt fühlte, klagte die Mutter:

»Stell dir vor, sie ist hier ans Fenster gegangen und hat zu einem Dummkopf rausgeschaut, der da drüben stand. Garantiert sind sie zusammen hergekommen. Deshalb hat sie sich verspätet!«

Als befände er sich auf einer Bühne und hielte sich an Regieanweisungen, durchmaß Anselmo den Raum und trat auf seine Tochter zu. Claudia hielt den Blick gesenkt, doch nichts an ihr verriet Verlegenheit. Ihre ruhige Miene wirkte abweisend. Viel zu sehr darauf konzentriert, was er sagen wollte, um die Haltung seiner Tochter wahrzunehmen, setzte Anselmo an:

»Also, Claudia, du weißt doch genau, dass sich das nicht gehört. Ein junges Mädchen wie du darf sich nicht einfach begleiten lassen. Was werden die Nachbarn sagen? Wenn die den Mund aufmachen, streuen sie nur Gift. Außerdem enden solche Bekanntschaften nie gut und schaden nur deinem Ruf. Wer ist der Bursche?«

Maria Claudia schwieg. Rosália schäumte vor Empörung, sagte aber nichts. Fest davon überzeugt, dass seine Geste garantiert wirken würde, legte Anselmo seiner Tochter eine Hand auf die Schulter. Und fuhr mit leicht zitternder Stimme fort:

»Du weißt, dass wir dich sehr gernhaben und uns wünschen, dass es dir gutgeht. Du solltest dich nicht für so einen dahergelaufenen Burschen interessieren. Das hat keine Zukunft. Verstehst du?«

Maria Claudia hob den Blick. Mit einer knappen Schulterbewegung schüttelte sie die Hand ab und antwortete:

»Ja, Papa.«

Anselmo frohlockte. Seine pädagogische Methode funktionierte.

Und mit dieser Überzeugung verließ er das Haus, vor dem stärker gewordenen Regen geschützt und entschlossen, auf einem Vorschuss zu bestehen. Das war er der angeschlagenen Haushaltskasse und seiner Rolle als Ehemann und Vater schuldig.

10

An zwei Kissen gelehnt, noch etwas benommen, weil er gerade erst aufgewacht war, wartete Caetano Cunha auf das Mittagessen. Da das Licht der Nachttischlampe schräg von der Seite auf ihn fiel, blieb sein Gesicht zur Hälfte im Halbschatten, während der Lichtschein die Rötung der beleuchteten Wange noch stärker betonte. Mit einer Zigarette im Mundwinkel, das Auge auf dieser Seite wegen des Rauchs halb zusammengekniffen, glich er einem Schurken aus einem Gangsterfilm, der vom Drehbuch in das Hinterzimmer eines düsteren Hauses verbannt worden war. Auf der Kommode zu seiner Rechten das Foto eines Kindes, das Caetano Cunha anlächelte, ein starres, ein beunruhigend starres Lächeln.

Caetano sah nicht zum Foto. Dass er lächelte, lag also nicht am Lächeln seiner Tochter. Auch war das Lächeln auf dem Foto seinem Lächeln nicht ähnlich. Das auf dem Foto war offen und fröhlich, und störend war daran lediglich die Erstarrung. Caetanos Lächeln war lüstern, fast abstoßend. Wenn Erwachsene so grinsen, sollte das Lächeln von Kindern nicht in der Nähe sein, auch nicht auf Fotografien.

Nach Dienstschluss bei der Zeitung hatte Caetano ein Abenteuer gehabt, ein schmutziges Abenteuer, und die hatte er am liebsten. Deshalb grinste er. Solche Sachen konnte er genießen und sich daran gleich zweimal erfreuen: wenn er es erlebte und wenn er daran zurückdachte.

Justina verdarb ihm die zweite Freude. Sie brachte das Tablett mit seinem Mittagessen und setzte es auf seinen Knien ab. Caetano sah sie mit dem beleuchteten Auge höhnisch an; die Lederhaut wirkte blutunterlaufen und machte seinen Blick noch bösartiger.

Seine Frau nahm den Blick nicht wahr, so wie sie auch die Erstarrung im Lächeln ihrer Tochter nicht mehr wahrnahm, an beides hatte sie sich längst gewöhnt. Sie ging zurück in die Küche, wo ihr Diabetiker-Essen, frugal und fade, auf sie wartete. Sie aß fast immer allein. Beim Abendessen war ihr Mann nicht da, mit Ausnahme des Dienstags, seines freien Tages; mittags aßen sie getrennt: er im Bett, sie in der Küche.

Die Katze stieg von ihrem Kissen am Kamin, wo sie träumend geschlummert hatte. Sie krümmte den Rücken und rieb sich mit hoch erhobenem Schwanz an Justinas Beinen. Caetano rief nach ihr. Die Katze sprang aufs Bett und blickte ihn mit sacht wedelndem Schwanz an. Ihre grünen Augen, die das rote Licht nicht zu verfärben vermochte, starrten auf die Teller auf dem Tablett. Sie wartete auf die Belohnung für ihre Fügsamkeit. Zwar wusste sie nur zu gut, dass sie von Caetanos Hand nie etwas anderes als Schläge erhalten würde, dennoch gab sie nicht auf. Vielleicht regte sich in ihrem Tiergehirn Neugier, die Neugier, zu erfahren, wann ihr Herr das Schlagen leid sein würde. Caetano war es noch nicht leid – er griff nach einem Pantoffel und warf ihn. Die Katze war schneller und ergriff mit einem Satz die Flucht. Caetano lachte.

Die Stille, die wie ein Block über der Wohnung lag, barst bei seinem Lachen. Man konnte meinen, die Möbel hätten sich geduckt, weil der Lärm für sie so ungewohnt war. Die Katze, von dem Gelächter erschreckt, dachte nicht mehr an Hunger und wandte sich wieder dem Schlaf des Vergessens zu. Nur Justina rührte sich nicht, als hätte sie nichts gehört. Im Haus machte sie den Mund nur auf, um das Allernotwendigste zu sagen, und für die Katze Partei zu ergreifen schien ihr nicht notwendig zu sein. Ihr Leben spielte sich in ihrem Inneren ab, als träumte sie einen Traum ohne Anfang und Ende, einen Traum ohne Gegenstand, aus dem sie nicht aufwachen wollte, einen Traum voller Wolken, die geräuschlos über einen Himmel glitten, dessen Existenz sie längst vergessen hatte.

11

Die Krankheit ihres Sohnes hatte Carmens gemütliche Faulenzervormittage durcheinandergebracht. Henrique lag seit zwei Tagen mit einer Angina im Bett. Wäre es nach der Mutter gegangen, hätte man den Arzt geholt, doch im Hinblick auf die damit verbundenen Kosten erklärte Emílio, es sei nicht nötig. Die Krankheit sei harmlos. Ein paarmal gurgeln, ein paarmal mit Mercurochrom bepinseln, ihn besonders verwöhnen, und schon bald würde der Junge wieder aufstehen können. Dies war seiner Frau Anlass genug, ihm Gleichgültigkeit gegenüber seinem Sohn vorzuwerfen, und wo sie nun schon den Weg der Vorwürfe eingeschlagen hatte, schüttete sie den ganzen Sack voller Beschwerden über ihm aus. Emílio hörte ihr einen Abend lang zu, ohne zu antworten. Damit die Sache sich nicht weiter zuspitzte und sich bis spät in die Nacht hineinzog, stimmte er seiner Frau schließlich zu. Hätte er zu früh zugestimmt, wäre Carmens ewiger Widerspruchsgeist nicht angestachelt worden. Es jetzt zu akzeptieren würde ihr keine Linderung verschaffen. Kaum hatte er zugestimmt, ging sie dazu über, genauso heftig oder noch heftiger zu attackieren, was sie zuvor verteidigt hatte. Erschöpft und benommen gab Emílio den Kampf auf und überließ es seiner Frau, nach eigenem Gutdünken zu entscheiden. Was sie in eine gewisse Verlegenheit stürzte. Einerseits hätte sie gern ihren ursprünglichen Willen durchgesetzt, andererseits konnte sie nicht dem Wunsch widerstehen, gegen den Willen ihres Mannes zu handeln, und sie wusste, dass sie das tun würde, wenn sie den Arzt jetzt nicht holte. Henrique, der von diesem ganzen Streit nichts ahnte, löste das Problem auf die einfachste Art: Er wurde gesund. Als gute Mutter freute Carmen sich darüber, doch tief drinnen wäre ihr eine Verschlimmerung seines Zustands (sofern damit nicht eine echte Gefahr verbunden gewesen wäre) nicht unrecht gewesen, damit ihr Mann einsah, wie vernünftig sie war.

Wie dem auch sei, solange Henrique im Bett lag, war es mit dem morgendlichen Faulenzen vorbei. Carmen musste einkaufen gehen, bevor ihr Mann das Haus verließ, und sie konnte nicht lange wegbleiben, damit sie ihn nicht daran hinderte, seiner Arbeit nachzugehen. Hätte eine solche Behinderung nicht ihrerseits die Haushaltskasse geschädigt, dann hätte sie sich die Gelegenheit nicht entgehen lassen, ihrem Mann einen Strich durch die Rechnung zu machen, doch das Leben war schon schwierig genug, man musste es nicht noch durch Befriedigung kleinlicher Rachegelüste erschweren. Selbst in diesem Punkt hielt Carmen sich für vernünftig. Wenn sie allein war und weinend ihrer Verzweiflung freien Lauf lassen konnte, beklagte sie, dass ihr Mann ihre guten Eigenschaften nicht zu schätzen wusste, er, der nur Fehler hatte, verschwenderisch, leichtfertig, an Heim und Sohn nicht interessiert war, unerträglich mit seiner ewigen Opfermiene, als fühlte er sich fehl am Platz und unerwünscht. In der ersten Zeit hatte Carmen sich oft gefragt, was die Gründe für die ständigen Reibereien zwischen ihnen waren. Sie waren ein Pärchen gewesen wie alle, hatten sich gerngehabt, und dann war plötzlich alles vorbei. Die Szenen hatten angefangen, die Diskussionen, sarkastische Bemerkungen – und seine Opfermiene, die sie am meisten reizte. Jetzt war sie davon überzeugt, dass er eine Freundin hatte, eine Geliebte. Ihrer Meinung nach beruhte jeder Ehestreit darauf, dass die Männer eine Freundin hatten ... Männer sind wie Hähne, wenn sie gerade auf der einen Henne sitzen, denken sie schon an die nächste.

An diesem Morgen ging Carmen sehr widerwillig einkaufen, denn es regnete. In der Wohnung wurde es still, von der Welt abgeschirmt durch die Ruhe der Nachbarn und das gedämpfte Geräusch des Regens. Im Haus herrschte einer der seltenen wunderbaren Momente der Stille und Friedlichkeit, als beherbergte es keine Geschöpfe aus Fleisch und Blut, sondern Gegenstände, Gegenstände, die eindeutig nicht beseelt waren.

Für Emílio Fonseca hatten die Stille und Friedlichkeit nichts Beruhigendes. Es bedrückte ihn vielmehr, als wäre die Luft schwer und stickig geworden. Er empfand es als angenehme Pause, dass die Frau nicht da war und der Sohn still, aber ihn bedrückte die Gewissheit, dass es lediglich eine Pause war, nur ein Aufschub, aber keine Lösung. An das Fenster zur Straße gelehnt, blickte er in den sanften Regen und rauchte, vergaß die Zigarette aber die meiste Zeit zwischen den nervösen Fingern.

Aus dem Nebenzimmer rief der Sohn. Er legte die Zigarette in einem Aschenbecher ab und ging zu ihm.

»Was ist?«

»Ich hab Durst ...«

Auf dem Nachttisch stand ein Glas mit abgekochtem Wasser. Er richtete den Sohn halb auf und gab ihm zu trinken. Henrique schluckte langsam, sein Gesicht war schmerzverzerrt. Er wirkte so fragil, so geschwächt von dem unfreiwilligen Fasten, dass Emílio spürte, wie sein Herz sich vor plötzlicher Sorge zusammenkrampfte. »Welche Schuld hat dieses Kind auf sich geladen?«, fragte er sich. »Und welche Schuld habe ich auf mich geladen?« Als der Junge genug getrunken hatte, sank er zurück ins Bett und bedankte sich mit einem Lächeln. Emílio ging nicht wieder ans Fenster. Er setzte sich auf die Bettkante und sah seinen Sohn wortlos an. Anfangs erwiderte Henrique den Blick des Vaters und schien sich zu freuen, dass er da saß. Doch ein paar Augenblicke später merkte Emílio, dass Henrique verlegen wurde. Er wandte den Blick ab und machte Anstalten, sich zu erheben. Im selben Moment hielt ihn etwas zurück. Ein neuer Gedanke war ihm gekommen. (War er wirklich neu? Hatte er ihn nicht tausendmal verscheucht, weil er ihn störte?) Warum fühlte er sich in der Nähe seines Sohnes so unwohl? Warum schien sich sein Sohn in seiner Nähe eindeutig nicht wohlzufühlen? Was stand zwischen ihnen? Er holte die Zigarettenschachtel heraus. Steckte sie wieder weg, weil ihm einfiel, dass der Rauch Henriques Hals schaden würde. Er konnte zum Rauchen woandershin gehen, aber er ging nicht weg. Wieder sah er seinen Sohn an. Unvermittelt fragte er:

»Hast du mich gern, Henrique?«

Die Frage war so ungewöhnlich, dass der Junge nicht sehr überzeugend antwortete:

»Ja.«

»Sehr gern?«

»Ja.«

»Worte«, dachte Emílio. »Nichts als Worte. Wenn ich jetzt stürbe, würde er sich in einem Jahr nicht mehr an mich erinnern.«

Henriques Füße hoben die Bettdecke neben ihm an. Liebevoll, aber eher gedankenlos drückte Emílio sie. Henrique fand das lustig und lachte, er lachte vorsichtig, damit ihm der Hals nicht wehtat. Emílio drückte fester. Da es dem Vater offenbar gefiel, beschwerte Henrique sich nicht, aber als der die Hand wegnahm, war er erleichtert.

»Wenn ich nicht mehr da wäre, täte dir das leid?«
»Ja …«, murmelte Henrique verblüfft.
»Nach einiger Zeit würdest du mich vergessen …«
»Ich weiß nicht.«

Konnte er eine andere Antwort erwarten? Natürlich wusste der Junge nicht, ob er ihn vergessen würde. Niemand weiß, ob er etwas vergessen wird, bevor er es vergessen hat. Könnte man das im Voraus wissen, ließen sich viele schwierige Dinge einfach lösen. Wieder bewegten sich Emílios Hände zu der Tasche hin, in der die Zigaretten steckten. Mitten in der Bewegung jedoch hielten sie inne, als hätten sie vergessen, was sie vorhatten. Und nicht nur die Hände verrieten Ratlosigkeit. Sie zeigte sich auch in seinem Gesicht, als wäre er an einen Kreuzweg gelangt, an dem es keine Richtungshinweise gab oder wo die Schilder in einer ihm unbekannten Sprache beschriftet waren. Ringsum nur Wüste, niemand, der ihm sagte: »Dorthin.«

Henrique sah den Vater neugierig an. Noch nie hatte er ihn so erlebt. Noch nie solche Fragen von ihm gehört.

Emílios Hände erhoben sich langsam, aber kraftvoll und entschieden. Die Handflächen wiesen nach oben und bestätigten, was sein Mund nun aussprach:

»Doch, du würdest mich vergessen, ganz bestimmt …«

Er hielt einen Moment inne, aber das unwiderstehliche Verlangen, zu sprechen, setzte sich gegen das Zögern durch. Er war sich nicht sicher, ob sein Sohn ihn verstand, aber das spielte keine Rolle. Er wünschte sich sogar, dass er ihn nicht verstand. Bei der Wahl seiner Worte wollte er nicht danach gehen, ob sie für ein Kind verständlich waren. Das Wesentliche war für ihn, zu sprechen, sprechen, bis er alles gesagt hatte oder nichts mehr zu sagen wusste.

»Doch, du würdest mich vergessen. In einem Jahr würdest du

dich nicht mehr an mich erinnern. Wahrscheinlich schon früher. Dreihundertfünfundsechzig Tage nicht da, und mein Gesicht wäre für dich etwas Vergangenes. Später würdest du dich, selbst wenn du ein Foto von mir sähest, nicht mehr an mein Gesicht erinnern können. Und noch später würdest du mich nicht einmal erkennen, wenn ich vor dir stünde. Nichts würde dir sagen, dass ich dein Vater bin. Für dich bin ich ein Mann, den du jeden Tag siehst, der dir Wasser zu trinken gibt, wenn du krank bist und Durst hast, ein Mann, den deine Mutter duzt, ein Mann, mit dem deine Mutter schläft. Du hast mich gern, weil du mich jeden Tag siehst. Aber nicht, weil ich der bin, der ich bin, du hast mich gern für das, was ich tue oder nicht tue. Du weißt nicht, wer ich bin. Hätte man mich, als du geboren wurdest, gegen einen anderen eingetauscht, hättest du davon nichts gemerkt, und du hättest den anderen genauso gern. Und wenn ich eines Tages zurückkäme, würdest du lange brauchen, um dich an mich zu gewöhnen, oder vielleicht hättest du, obwohl ich dein Vater bin, den anderen lieber. Auch ihn würdest du jeden Tag sehen, auch er würde mit dir ins Kino gehen ...«

Emílio hatte fast ohne Pause gesprochen und dabei den Sohn nicht angesehen. Er konnte seinem Verlangen nicht mehr widerstehen und zündete sich eine Zigarette an. Bei einem kurzen Blick auf den Sohn sah er dessen ratlose Miene und empfand Mitleid. Aber er war noch nicht fertig.

»Du weißt nicht, wer ich bin, und wirst es auch nie wissen. Niemand weiß es ... Ich weiß auch nicht, wer du bist. Wir kennen einander nicht ... Ich könnte weggehen, du würdest nur den Lebensunterhalt verlieren, den ich verdiene ...«

Das war aber eigentlich nicht, was er sagen wollte. Er zog den Rauch tief ein und sprach weiter. Während er die Wörter von sich gab, kam der Rauch mit ihnen stoßweise aus seinem

Mund. Henrique beobachtete gespannt den Rauch, ohne im Geringsten darauf zu achten, was der Vater sagte:

»Wenn du groß bist, wirst du glücklich sein wollen. Vorläufig denkst du nicht daran, und gerade deshalb bist du es jetzt. Wenn du daran denkst, wenn du glücklich sein willst, wirst du es nicht mehr sein. Nie mehr! Vielleicht nie mehr! Hast du gehört? Nie mehr. Je mehr du dir wünschen wirst, glücklich zu sein, desto unglücklicher wirst du sein. Glück kann man nicht zwingen. Man wird dir sagen, man könne es doch. Glaub es nicht. Das Glück ist da oder nicht.«

Auch dies führte ihn weg von seinem Ziel. Wieder sah er den Sohn an. Seine Lider waren geschlossen, das Gesicht friedlich, sein Atem ging ruhig und gleichmäßig. Er war eingeschlafen. Da flüsterte er sehr leise, den Blick fest auf das Antlitz des Kindes gerichtet:

»Ich bin unglücklich, Henrique, sehr unglücklich. Irgendwann werde ich weggehen. Wann, weiß ich nicht, aber ich weiß, dass ich gehen werde. Glück kann man nicht erobern, aber ich will es erobern. Hier geht es nicht mehr. Alles ist tot ... Mein Leben ist gescheitert. Ich lebe in diesem Haus wie ein Fremder. Ich habe dich lieb und, vielleicht, auch deine Mutter, aber irgendetwas fehlt mir. Ich lebe wie in einem Gefängnis. Und diese Szenen, dieses ... All das ... Irgendwann gehe ich ...«

Henrique schlief tief und fest. Eine Strähne seines blonden Haars fiel ihm in die Stirn. Zwischen den leicht geöffneten Lippen leuchteten die kleinen Zähne. Auf seinem ganzen Gesicht lag die Andeutung eines Lächelns.

Plötzlich spürte Emílio, wie ihm Tränen in die Augen traten. Warum er weinte, wusste er nicht. Die Zigarette verbrannte ihm die Finger, und das lenkte ihn ab. Er ging zurück ans Fenster. Der Regen fiel noch immer eintönig und still. Als er daran dachte, was er gesagt hatte, fand er, er habe sich lächerlich gemacht. Und sei unvorsichtig gewesen. Etwas hatte der Junge ganz bestimmt verstanden. Er konnte der Mutter davon erzählen. Er hatte keine Angst, natürlich nicht, aber er wollte keine Szenen. Wieder Gezänk, wieder Tränen, wieder Proteste – nein! Er war es leid. Ich bin es leid, hast du gehört, Carmen?

Draußen ging dicht am Fenster seine Frau vorbei, vom Regenschirm kaum verdeckt. Emílio sagte noch einmal laut:

»Ich bin es leid, hast du gehört, Carmen?«

Er ging ins Esszimmer, um seinen Musterkoffer zu holen. Carmen kam herein. Sie verabschiedeten sich kühl. Sie hatte den Eindruck, dass ihr Mann verdächtig schnell die Wohnung verließ. Und sie vermutete, dass irgendetwas geschehen war. Sie ging nach nebenan und sah es sofort. Auf der Frisierkommode lag neben dem Aschenbecher eine Zigarettenkippe. Als sie die Asche wegschob, sah sie den dunklen Fleck im angebrannten Holz. Ihre Empörung war so groß, dass sie mit bösen Worten aus ihr herausbrach. Ihr ganzer Kummer machte sich Luft. Sie beklagte das Möbelstück, ihr Schicksal, ihr düsteres Leben. Alles im Flüsterton, dazwischen schluchzte und schniefte sie. Sie sah sich um, befürchtete weitere Schäden. Dann, nachdem sie die Frisierkommode mit liebevollem, aber resigniertem Blick betrachtet hatte, ging sie zurück in die Küche.

Während sie das Mittagessen vorbereitete, legte sie sich zurecht, was sie zu ihrem Mann sagen wollte. Er sollte nicht glauben, dass sie die Sache auf sich beruhen ließ. Er würde sich anhören müssen, was sie zu sagen hatte. Wenn er etwas kaputt machen wollte, sollte er Sachen kaputt machen, die ihm gehörten, aber nicht die Möbel im Schlafzimmer, die sie vom Geld ihrer Eltern gekauft hatten. So dankte er es ihnen also!

»Kaputt, kaputt, alles kaputt machen ...«, murmelte sie und

lief zwischen Schornstein und Esstisch hin und her. »Das ist alles, was er kann!«

Und dann kam der Herr Emílio Fonseca und führte große Reden ... Er hatte recht gehabt, ihr Vater, der gegen diese Heirat gewesen war. Warum nur hatte sie nicht statt seiner den Vetter Manolo geheiratet, der eine Bürstenfabrik in Vigo besaß? Sie hätte jetzt eine Dame sein können, eine Fabrikbesitzerin, die Hausmädchen kommandierte ... Wie dumm sie war, wie dumm! Verflucht die Stunde, da sie auf die Idee gekommen war, nach Portugal zu fahren und eine Zeit bei Tante Micaela zu verbringen! Sie hatte im ganzen Viertel Aufsehen erregt! Alle wollten mit der Spanierin flirten! Das war ihr zum Verhängnis geworden. Sie hatte es genossen, umschwärmt zu werden, mehr als bei sich zu Hause, und das waren jetzt die Folgen ihrer Blindheit. Ihr Vater hatte vergeblich gewarnt: Carmen, das ist kein Mann für dich! Sie hatte nicht auf seinen Rat gehört, hatte sich stur gestellt, hatte den Vetter Manolo und seine Bürstenfabrik verschmäht ...

Sie blieb mitten in der Küche stehen, um sich eine Träne abzuwischen. Fast sechs Jahre hatte sie Manolo nicht mehr gesehen, sie bekam Sehnsucht. Sie weinte über das, was ihr entgangen war. Jetzt könnte sie Fabrikbesitzerin sein – Manolo hatte sie immer sehr gerngehabt. Ach, ich Unselige!

Henrique rief aus seinem Zimmer. Er war plötzlich aufgewacht. Carmen eilte zu ihm.

»Was ist, mein Kind?«

»Ist der Papa weggegangen?«

»Ja.«

Henriques Lippen fingen an zu zittern, sie zitterten immer stärker, und die verärgerte und zugleich verzweifelte Mutter vernahm verblüfft ein leises, unterdrücktes Schluchzen.

12

Auf dem Arbeitstisch standen aufgeschlitzte Schuhe und verlangten nach Reparatur, aber Silvestre tat, als sähe er sie nicht, und griff zur Zeitung. Er las sie von vorn bis hinten, vom Leitartikel bis zu Unruhen und Überfälle. Er war immer über internationale Ereignisse auf dem Laufenden, beobachtete, wie sie sich weiter entwickelten, und machte seine Voraussagen. Wenn er sich irrte, wenn er auf Weiß getippt hatte, aber Schwarz herauskam, gab er die Schuld der Zeitung, sie brachte nie das Wichtigste, verwechselte oder vergaß Nachrichten, weiß der Himmel in welcher Absicht! An diesem Tag war die Zeitung nicht schlechter, aber auch nicht besser als üblich, doch Silvestre konnte sie nicht ertragen. Immer wieder sah er ungeduldig auf die Uhr. Er spottete über sich selbst und wandte sich erneut der Zeitung zu. Versuchte, sich mit der politischen Situation in Frankreich und dem Indochinakrieg zu beschäftigen, der Blick glitt über die gedruckten Zeilen, aber das Gehirn erfasste nicht den Sinn der Wörter. Er ließ die Zeitung ruckartig sinken und rief nach seiner Frau.

Mariana erschien in der Tür, ihre stämmige Gestalt füllte sie fast ganz aus. Sie hatte gerade das Geschirr gespült und trocknete sich noch die Hände ab.

»Geht die Uhr richtig?«, fragte Silvestre.

Bedächtig betrachtete Mariana die Stellung der Uhrzeiger.

»Ich glaube, ja …

»Hm …«

Mariana wartete darauf, dass er etwas sagte, denn aus dem Gebrummel konnte man nichts Verständliches heraushören. Silvestre griff nach der Zeitung, diesmal wütend. Er fühlte sich ertappt und sah ein, dass seine Ungeduld lächerlich war oder zumindest kindisch.

»Lass gut sein, der Junge kommt bald …«, Mariana lächelte. Silvestre blickte abrupt auf.

»Wieso, der Junge? Was soll das? Der ist nun so unwichtig wie nur was …«

»Warum bist du dann so nervös?«

»Ich nervös? Du bist gut!«

Mariana lächelte noch breiter und amüsierter. Silvestre ging in sich, er merkte, dass er ganz ungerechtfertigt übertrieben empört reagiert hatte, und lachte nun auch.

»Der verflixte Kerl … Verhext hat er mich!«

»Von wegen, verhext … Bei deiner Schwäche hat er dich erwischt, beim Damespiel … Dein Verhängnis!« Damit ging sie in die Küche zurück.

Der Schuster zuckte gut gelaunt die Achseln, warf noch einen Blick auf die Uhr und drehte sich eine Zigarette, um sich die Wartezeit zu vertreiben. Eine halbe Stunde verging. Es war fast zehn Uhr. Silvestre dachte schon, ihm bliebe nichts anderes übrig, als sich an die Schuhe zu machen, da hörte er den Schlüssel im Schloss. Die Tür vom Esszimmer, wo er saß, führte in den Flur. Er griff nach der Zeitung, setzte eine aufmerksame Miene auf, tat, als nähme er nicht wahr, wer hereinkam. Doch innerlich lachte er vor Freude. Abel ging im Flur vorbei.

»Guten Abend, Senhor Silvestre«, mit diesen Worten ging er weiter zu seinem Zimmer.

»Guten Abend, Senhor Abel«, antwortete Silvestre. Auf der

Stelle legte er zum wiederholten Mal die zerlesene Zeitung weg und beeilte sich, das alte Damespielbrett vorzubereiten.

Sowie Abel sein Zimmer betreten hatte, machte er es sich bequem. Er zog eine alte Hose an, schlüpfte aus den festen Schuhen in Espadrilles und zog sein Jackett aus. Er öffnete den Koffer, in dem er seine Bücher hatte, nahm eins heraus, legte es auf das Bett und wollte mit der Arbeit beginnen. Niemand sonst hätte das als Arbeit bezeichnet, aber für Abel war es das. Vor ihm lag der zweite Band einer französischen Übersetzung der *Brüder Karamasow*, die er zum zweiten Mal las, um Meinungen zu überprüfen, die er sich bei der ersten Lektüre gemacht hatte. Bevor er sich zum Lesen hinsetzte, suchte er nach Zigaretten. Er fand keine. Er hatte alle geraucht und vergessen, neue zu kaufen. Also verließ er sein Zimmer, bereit, sich noch einmal nass regnen zu lassen, um nicht ohne Zigaretten dazusitzen. Als er am Esszimmer vorbeikam, hörte er Silvestre fragen:

»Gehen Sie aus, Senhor Abel?«

Er erklärte:

»Ich habe keine Zigaretten mehr. Ich gehe nur zur Kneipe nebenan, vielleicht gibt es da welche.«

»Ich habe Tabak. Ob Sie den mögen, weiß ich nicht. Lose gekauft ...«

Abel ließ sich nicht bitten.

»Mir ist alles recht. Ich habe da keine Vorlieben.«

»Dann bedienen Sie sich!«, rief Silvestre und streckte ihm den Tabak und die Schachtel mit den Blättchen entgegen.

Bei dieser Bewegung ließ er das Spielbrett sehen, das er bislang verdeckt hatte. Abel warf einen kurzen Blick auf den Schuster und entdeckte in dessen Augen einen bekümmerten Ausdruck. Unverzüglich drehte er sich unter Silvestres kritischem Blick eine Zigarette und zündete sie an. Aus Stolz bemühte sich der Schuster jetzt, das Spielbrett mit seinem Körper zu verdecken. Abel stellte fest, dass die gläserne Obstschale, die üblicherweise in der Tischmitte stand, zur Seite geschoben worden war und dass gegenüber von Silvestre ein Stuhl stand. Er begriff, dass der Stuhl für ihn bestimmt war, und murmelte:

»Ich hätte Lust auf ein Spielchen. Sie auch, Senhor Silvestre?«

Der Schuster verspürte ein Kribbeln in der Nasenspitze, das untrügliche Zeichen von Rührung. In diesem Augenblick wurde ihm zur Gewissheit, dass er Abel in sein Herz geschlossen hatte, wobei er aber nicht so recht wusste, warum. Er antwortete:

»Genau das wollte ich Ihnen gerade vorschlagen ...«

Abel ging in sein Zimmer, legte das Buch weg und kehrte zu Silvestre zurück.

Der Schuster hatte inzwischen die Spielsteine verteilt, den Aschenbecher so hingestellt, dass Abel ihn erreichen konnte, und hatte sogar den Tisch ein wenig weitergerückt, damit das Licht der Deckenlampe keinem Hindernis begegnete, das möglicherweise Schatten auf das Spielbrett werfen würde.

Sie begannen zu spielen. Silvestre strahlte. Abel gab das Lächeln nicht ganz so ausdrucksstark zurück und beobachtete den Schuster sehr aufmerksam.

Mariana hatte ihre Arbeit beendet und ging schlafen. Die beiden Männer blieben sitzen. Gegen Mitternacht, nach einer Partie, in der er besonders wenig Glück gehabt hatte, erklärte Abel:

»Genug für heute! Sie spielen viel besser als ich, Senhor Silvestre. Als Lektion reicht es mir!«

Silvestre verzog etwas enttäuscht das Gesicht, beließ es aber dabei. Er sah ein, dass sie lange genug gespielt hatten und es vernünftig war, aufzuhören. Abel griff nach dem Tabak, drehte sich noch eine Zigarette, sah sich im Raum um und fragte:

»Wohnen Sie schon lange hier, Senhor Silvestre?«

»Schon seit mehr als zwanzig Jahren. Ich bin der älteste Mieter im Haus.«

»Dann kennen Sie also alle anderen Mieter?!«

»O ja, natürlich.«

»Sind es nette Leute?«

»Die einen mehr, die anderen weniger. Letztlich so wie überall ...«

»Ja. Wie überall.«

In Gedanken verloren, begann Abel die Spielsteine zu stapeln, immer abwechselnd einen weißen und einen schwarzen. Dann stieß er den Stapel um und fragte:

»Der Nachbar hier nebenan ist, wie es scheint, keiner von den Netteren?«

»Er ist kein schlechter Mensch. Aber wortkarg ... Ich mag keine wortkargen Leute, aber er ist kein schlechter Mensch. Sie ist eine Giftschlange. Und obendrein noch eine Galicierin ...«

»Aus Galicien? Was ist daran schlecht?«

Silvestre bereute, dass er das Wort Galicierin so abwertend ausgesprochen hatte.

»Das sagt man so. Und Sie kennen doch sicherlich unser Sprichwort: ›Aus Spanien kommen weder gute Winde noch gute Ehen.‹«

»Ah, ja. Sie meinen also, dass die sich nicht gut verstehen?«

»Davon bin ich überzeugt. Ihn hört man nicht, aber sie keift wie ein Wasch... ich meine, sie redet sehr laut ...«

Abel lächelte, weil Silvestre verlegen geworden war und sich um eine ordentliche Ausdrucksweise bemühte.

»Und die anderen?«

»Die Leute im ersten Stock links sind mir ein Rätsel. Er arbeitet beim *Notícias* und ist ein Rüpel. Entschuldigung, aber das ist er wirklich. Sie, die arme Frau, seit ich die kenne, sieht sie aus, als ob sie bald stirbt. Von Tag zu Tag wird sie dünner …«

»Ist sie krank?«

»Sie hat Diabetes. Das hat sie jedenfalls meiner Mariana erzählt. Aber wenn ich mich nicht sehr täusche, ist da garantiert Tuberkulose im Spiel. Die Tochter ist an Meningitis gestorben. Seitdem sieht die Mutter dreißig Jahre älter aus. Wenn Sie mich fragen, die sind bestimmt nicht glücklich. Die Frau … Und er, der ist, wie gesagt, ein Idiot. Ich repariere ihm die Schuhe, weil ich mein Brot verdienen muss, doch wenn es nach mir ginge …«

»Und daneben?«

Silvestre grinste maliziös. Er glaubte zu wissen, dass das Interesse seines Untermieters an den Nachbarn ein Vorwand war, um »Dinge« über die Mieterin im ersten Stock zu erfahren. Deshalb war er verwirrt, als Abel hinzufügte:

»Gut. Über die weiß ich schon Bescheid. Und was ist mit denen ganz oben?«

»Im letzten Stock … Rechts wohnt ein Kerl, den ich nicht ausstehen kann. Selbst wenn man den auf den Kopf stellte, würde nicht eine Münze rausfallen, aber wenn man ihn sieht, denkt man, das ist ein … ein Kapitalist …«

»Offenbar mögen Sie Kapitalisten nicht, Senhor Silvestre«, sagte Abel lächelnd.

Silvestre machte einen Rückzieher. Leise sagte er:

»Mögen … oder nicht mögen … Was man halt so redet …«

Abel gab nicht zu erkennen, ob er es gehört hatte.

»Und der Rest der Familie?«

»Die Frau ist eine dumme Gans. Mein Anselmo hier, mein Anselmo da … Und die Tochter, nach meiner unbedeutenden Ansicht wird die den Eltern noch eine Menge Kopfschmerzen machen. Und weil sie deren Ein und Alles ist, umso schlimmer ...«

»Wie alt ist sie?«

»Maria Claudia muss um die zwanzig sein. Hoffentlich irre ich mich, was sie betrifft ...«

»Und auf der anderen Seite?«

»Da wohnen vier Frauen. Sehr ordentliche Leute. Früher ging es ihnen wohl ganz gut. Dann ein paar Schicksalsschläge ... Die wissen, was sich gehört. Stehen hier nicht im Treppenhaus herum und reden schlecht über andere, und das allein ist schon zu bewundern. Zurückhaltende Leute ...«

Abel war nun damit beschäftigt, die Spielsteine zu Vierecken zu legen. Als der Schuster verstummte, hob Abel den Kopf und sah ihn erwartungsvoll an. Doch Silvestre war nicht dazu aufgelegt, weiterzusprechen. Er hatte das Gefühl, hinter den Fragen des Untermieters stecke eine bestimmte Absicht, und auch wenn er nichts Kompromittierendes gesagt hatte, bereute er nun, dass er so viel geredet hatte. Er dachte wieder an sein anfängliches Misstrauen und tadelte sich für seine Gutgläubigkeit. Abels Bemerkung zu den Kapitalisten schien ihm verfänglich, womöglich war es sogar eine richtige Falle.

Das Schweigen wurde Silvestre unbehaglich und beunruhigte ihn, zumal der Untermieter sich offenbar ganz wohl fühlte. Die Spielsteine lagen jetzt in einer Reihe über die ganze Tischlänge, wie Schrittsteine in einem Flusslauf. Diese kindliche Spielerei machte Silvestre gereizt. Als das Schweigen unerträglich wurde, legte Abel irritierend sorgfältig die Steine alle zusammen auf das Spielbrett und gab unvermittelt eine Frage von sich:

»Warum haben Sie keine Erkundigungen über mich eingeholt, Senhor Silvestre?«

Die Frage passte so präzise zu Silvestres Gedanken, dass er sekundenlang vor Verblüffung keine Antwort parat hatte. Um Zeit zu gewinnen, fiel ihm nichts Besseres ein, als zwei Gläser und eine Flasche aus dem Schrank zu holen und zu fragen:

»Mögen Sie Kirschlikör?«

»Ja.«

»Mit oder ohne?«

»Mit.«

Während er über eine Antwort grübelte, füllte er die Gläser, doch da es seine ganze Aufmerksamkeit erforderte, die Kirschen herauszuholen, wusste er am Ende noch immer nicht, was er antworten sollte. Abel schnupperte am Likör und sagte harmlos:

»Sie haben mir auf meine Frage noch nicht geantwortet …«

»Ach! Ihre Frage …« Silvestre war sichtlich unbehaglich zumute. »Ich habe keine Erkundigungen eingeholt, weil ich dachte … weil ich dachte, das wär nicht nötig …«

Er gab diesen Worten einen solchen Unterton, dass ein aufmerksames Gehör darin das angedeutete Misstrauen erkannt hätte. Abel verstand.

»Und denken Sie das immer noch?«

Da er spürte, dass er in die Enge getrieben wurde, versuchte Silvestre zum Angriff überzugehen.

»Sie können offenbar Gedanken lesen, Senhor Abel …«

»Ich habe die Angewohnheit, jedes Wort zu hören, das man zu mir sagt, und darauf zu achten, wie es gesagt wird. Das ist nicht schwierig … Stimmt es denn nun, dass Sie mir misstrauen, oder nicht?«

»Aber warum sollte ich Ihnen misstrauen?«

»Ich warte darauf, dass Sie mir das sagen. Ich habe Ihnen die Gelegenheit gegeben, zu erfahren, wer ich bin. Sie haben sie nicht nutzen wollen …« Er nippte an seinem Likör, schnalzte kurz mit der Zunge und fragte, den Blick lächelnd auf Silvestre gerichtet: »Oder möchten Sie lieber, dass ich es Ihnen sage?«

Silvestres Neugier war augenblicklich geweckt, und er konnte nicht vermeiden, dass er sich verräterisch nach vorn beugte. Mit derselben maliziösen Miene schob Abel die nächste Frage nach:

»Aber wer sagt Ihnen, dass ich Ihnen nichts vormache?«

Der Schuster fühlte sich so, wie sich eine Maus in den Krallen der Katze fühlen muss. Einen Moment lang hätte er den jungen Mann am liebsten zurechtgewiesen, doch dann wich dieser Wunsch, und er wusste nicht, was er sagen sollte. Als erwartete er auf seine beiden Fragen keine Antwort, setzte Abel an:

»Ich mag Sie, Senhor Silvestre. Ich mag Ihre Wohnung und Ihre Frau, und ich fühle mich hier wohl. Kann sein, dass ich nicht lange hierbleibe, aber wenn ich ausziehe, werde ich bestimmt schöne Erinnerungen behalten. Schon am ersten Tag habe ich bemerkt, dass Sie, mein Freund … Gestatten Sie mir, dass ich Sie so anrede?«

Silvestre, der gerade damit beschäftigt war, die Kirsche zwischen Zunge und Zähnen zu zerdrücken, nickte zustimmend.

»Danke«, antwortete Abel. »Ich habe ein gewisses Misstrauen bei Ihnen bemerkt, vor allem in Ihren Blicken. Ganz gleich, welcher Art Ihr Misstrauen ist, mir scheint es angebracht, Ihnen zu sagen, wer ich bin. Allerdings war da neben diesem Misstrauen eine – wie soll ich sagen? –, eine Herzlichkeit, die mich beeindruckte. Und auch jetzt, in diesem Moment, empfinde ich diese Herzlichkeit und dieses Misstrauen …«

Silvestres Gesichtsaudruck veränderte sich. Er wechselte von reiner Herzlichkeit zu reinem Misstrauen und kehrte schließlich zur anfänglichen Miene zurück. Abel sah sich das Auf- und Absetzen von Masken belustigt lächelnd an.

»Es ist so, wie ich es sage. Beides ist da … Wenn ich mit meiner Geschichte fertig bin, hoffe ich, dass ich nur noch Herzlichkeit sehe. Also, meine Geschichte. Gestatten Sie, dass ich mich noch einmal bei Ihrem Tabak bediene?«

Silvestre hatte keine Kirsche mehr im Mund, hielt es aber nicht für nötig, zu antworten. Das zwanglose Verhalten des jungen Mannes kränkte ihn ein wenig, und er fürchtete, aggressiv zu werden, wenn er ihm antwortete.

»Die Geschichte ist etwas länger«, fing Abel an, nachdem er sich die Zigarette angezündet hatte, »aber ich kürze sie ab. Es ist schon spät, und ich möchte Ihre Geduld nicht überstrapazieren … Ich bin achtundzwanzig Jahre alt und habe keinen Militärdienst absolviert. Ich habe keinen festen Beruf, Sie werden gleich sehen, warum. Ich bin frei und ungebunden, ich kenne die Gefahren und die Vorteile der Freiheit und des Alleinseins und komme damit gut zurecht. Seit zwölf Jahren, seit ich sechzehn bin, lebe ich so. Erinnerungen an meine Kindheit tun hier nichts zur Sache, zumal ich auch noch nicht alt genug bin, um gern davon zu erzählen, und weil sie nichts an Ihrem Misstrauen oder Ihrer Herzlichkeit ändern würden. Ich war ein guter Schüler in der Grundschule und im Gymnasium. Und ich schaffte es, sowohl bei meinen Schulkameraden als auch bei den Lehrern beliebt zu sein, was selten vorkommt. Wobei ich Ihnen versichern kann, dass ich nicht die Spur berechnend war – weder schmeichelte ich den Lehrern, noch ordnete ich mich meinen Kameraden unter. So ging es bis zu meinem sechzehnten Geburtstag, als … Ich habe noch nicht gesagt, dass ich ein Einzelkind war und mit meinen Eltern zusammenlebte. Sie können sich jetzt vorstellen, was Sie wollen. Dass sie bei einem Verkehrsunfall ums Leben gekommen sind oder sich getrennt haben, weil sie nicht miteinander leben konnten. Entscheiden Sie. So oder so, es kommt auf dasselbe heraus: Ich war allein. Wenn Sie die zweite Möglichkeit gewählt haben, könnten Sie sagen, ich hätte doch bei einem von beiden bleiben können. Wenn es so ist (wir sprechen von der zweiten Möglichkeit), sollten Sie sich vorstellen, dass ich bei keinem von ihnen bleiben wollte. Vielleicht, weil ich sie nicht liebte. Vielleicht, weil ich sie beide in gleichem Maße liebte und mich nicht zwischen ihnen entscheiden konnte. Sie dürfen denken, was Sie wollen, denn, ich sage es noch einmal, es kommt auf dasselbe heraus: Ich war allein. Mit sechzehn (erinnern Sie sich?), mit sechzehn ist das Leben wunderbar, zumindest für manche Menschen. Ich sehe Ihrem Gesicht an, dass das Leben für Sie in diesem Alter nichts Wunderbares mehr war. Für mich schon, leider, und ich sage leider, weil mir das nichts nützte. Ich ging von der Schule ab und suchte mir eine Arbeit. Verwandte auf dem Land wollten mich bei sich aufnehmen. Ich lehnte ab. Ich hatte mit Lust von der Frucht der Freiheit und des Alleinseins gekostet und war nicht bereit, mir das nehmen zu lassen. Damals wusste ich noch nicht, dass diese Frucht auch ziemlich bittere Stellen hat ... Langweile ich Sie?«

Silvestre verschränkte die muskulösen Arme vor der Brust und antwortete:

»Nein, und das wissen Sie genau.«

Abel lächelte.

»Sie haben recht. Also weiter. Für einen Jungen von sechzehn Jahren, der nichts weiß – und was ich wusste, war so viel wie nichts – und entschlossen ist, allein zu leben, ist es nicht so einfach, eine Arbeit zu finden, auch wenn er nicht wählerisch ist. Ich war nicht wählerisch. Ich nahm das Erste, was sich mir bot, und das fand sich in einer Anzeige, in der eine Hilfe für ein Café gesucht wurde. Es gab ziemlich viele Bewerber, wie ich dann erfuhr, aber der Chef entschied sich für mich. Ich hatte Glück. Vielleicht spielten bei der Entscheidung mein sauberer Anzug und meine bescheidene Art eine Rolle. Als ich später eine neue Stelle suchte, machte ich die Gegenprobe. Ich trat ungepflegt und unhöflich auf … Man würdigte mich keines Blickes. Ich verdiente damals gerade genug zum Verhungern. Aber ich hatte Reserven aus sechzehn Jahren guter Ernährung und hielt durch. Als meine Reserven aufgebraucht waren, sah ich keine andere Lösung, als meine Mahlzeiten mit Kuchen meines Chefs zu vervollständigen. Heute kann ich keinen Kuchen sehen, ohne dass ich Brechreiz bekomme. Spendieren Sie mir noch einen Likör?«

Silvestre schenkte ihm ein. Abel benetzte sich die Lippen und fuhr fort:

»Natürlich wäre selbst die ganze Nacht zu kurz, wenn ich mich weiter bei solchen Einzelheiten aufhielte. Es ist schon nach eins, und ich bin noch bei meiner ersten Stelle. Ich hatte viele verschiedene, und deshalb habe ich Ihnen gesagt, dass ich keinen festen Beruf habe. Zurzeit bin ich Aufseher auf einem Bau in Areeiro. Was ich morgen sein werde, weiß ich nicht. Vielleicht arbeitslos. Es wäre nicht das erste Mal … Ich weiß nicht, ob Sie wissen, was es heißt, keine Arbeit, kein Geld und keine Wohnung zu haben. Ich weiß es. Einmal wurde ich in so einer Situation für den Militärdienst gemustert. Ich war körperlich derart geschwächt, dass ich nicht genommen wurde. Ich war einer von denen, die das Vaterland nicht wollte … Mir machte das nichts aus, das gebe ich offen zu, auch wenn es von Vorteil gewesen wäre, Essen und Bett garantiert zu haben. Kurz darauf fand ich wieder eine Arbeit. Sie werden lachen, wenn ich Ihnen sage, als was. Ich wurde Vertreter für einen Wundertee, der jede Krankheit heilte ... Das finden Sie nicht lustig? Hätten Sie mich reden hören, dann hätten Sie es lustig gefunden. Noch nie in meinem Leben habe ich so viel gelogen, und ich habe nicht geahnt, dass so viele Menschen bereit sind, Lügen zu glauben. Ich bereiste einen großen Teil des Landes und verkaufte Leuten, die an mich glaubten, meinen Wundertee. Ich hatte nie ein schlechtes Gewissen. Der Tee schadete niemandem, das kann ich versichern, und meine Worte schenkten den Leuten, die ihn kauften, so viel Hoffnung, dass ich denke, eigentlich sind sie mir noch Geld schuldig. Denn Hoffnung kann man gar nicht teuer genug bezahlen ...«

Silvestre nickte zustimmend.

»Sie geben mir recht, nicht wahr? Also, das wäre es. Noch mehr aus meinem Leben zu erzählen ist fast sinnlos. Ich habe mehrmals gehungert und gefroren. Ich habe Überfluss und Entbehrung erlebt. Ich habe gegessen wie ein Wolf, der nicht weiß, ob er am nächsten Tag Beute erjagen wird, und ich habe gefastet, als hätte ich mir vorgenommen, zu verhungern. Und jetzt bin ich hier. Ich habe in allen Teilen der Stadt gewohnt. Habe in Schlafsälen übernachtet, wo es Flöhe und Wanzen zu Tausenden gab. Habe bei einigen netten Mädchen, die es in dieser Stadt Lissabon zu Hunderten gibt, so etwas wie ein Heim gehabt. Abgesehen von den Kuchen meines Chefs habe ich nur ein einziges Mal gestohlen. Das war im Park Jardim da Estrela. Ich hatte Hunger. Und ich, der sich damit auskennt, kann sagen, dass ich einen solchen Hunger noch nie erlebt hatte. Das schönste Mädchen, das ich je gesehen habe, kam auf mich zu. Nein, nicht, was Sie denken ... Es war ein kleines Mädchen, vielleicht vier Jahre alt, nicht mehr. Und vielleicht bezeichne ich sie als schön, um sie für meinen Diebstahl zu entschädigen. Sie hielt eine Scheibe Brot mit Butter in der Hand, noch kaum angebissen. Die Eltern oder das Hausmädchen mussten in der Nähe sein. Daran dachte ich mit keinem Gedanken. Sie schrie nicht, weinte nicht, und wenige Augenblicke später stand ich schon hinter der Kirche und aß mein Brot mit Butter.«

In Silvestres Augen glänzten Tränen.

»Ich bin niemals meine Zimmermiete schuldig geblieben. Das sage ich, damit Sie beruhigt sind ...«

Der Schuster zuckte gleichgültig die Achseln. Er wünschte sich, dass Abel weitersprach, weil er ihm gern zuhörte, aber vor allem weil er nichts zu antworten wusste. Etwas fragen, ja, das wollte er, aber er fürchtete, dafür sei es noch zu früh. Abel kam ihm zuvor.

»Dies ist das zweite Mal, dass ich jemandem davon erzähle. Das erste Mal war es eine Frau. Ich dachte, sie würde es verstehen, aber ich hatte mich getäuscht, Frauen verstehen nichts. Sie wollte ein richtiges Heim und glaubte, mich halten zu können. Irrtum. Jetzt habe ich es Ihnen erzählt, warum, weiß ich nicht. Vielleicht, weil Sie mir sympathisch sind, vielleicht, weil es schon ein paar Jahre her ist, dass ich es zum ersten Mal erzählt habe, und weil ich das Bedürfnis hatte, es mir von der Seele zu reden. Vielleicht auch aus einem ganz anderen Grund ... Ich weiß es nicht ...«

»Sie haben es mir erzählt, damit ich Ihnen nicht mehr misstraue«, sagte Silvestre.

»Oh, nein! Viele Leute haben mir misstraut, aber nichts erfahren ... Vielleicht war es die Uhrzeit, unser Damespiel, das Buch, das ich jetzt lesen würde, wäre ich nicht zu Ihnen gekommen, wer weiß ... Wie dem auch sei, nun wissen Sie es.«

Silvestre kratzte sich mit beiden Händen die wirre Mähne.

Dann füllte er sein Glas und leerte es in einem Zug. Er wischte sich den Mund mit dem Handrücken ab und fragte:

»Was ist der Grund dafür, dass Sie so leben? Entschuldigen Sie, wenn ich indiskret bin.«

»Das sind Sie nicht. Ich lebe so, weil ich es will, weil ich nicht anders leben will. So wie andere leben, das reizt mich nicht. Ich will nicht festgehalten werden, und das Leben ist ein Krake mit vielen Tentakeln. Schon ein einziger Tentakel genügt, um einen Mann zu umklammern. Wenn ich das Gefühl habe, dass ich festgehalten werde, schneide ich den Tentakel durch. Mitunter ist das schmerzhaft, aber es geht nicht anders. Verstehen Sie?«

»Ich verstehe sehr gut. Aber das bringt Ihnen doch keinerlei Nutzen.«

»Nutzen interessiert mich nicht.«

»Ganz bestimmt haben Sie anderen damit Kummer bereitet …«

»Ich habe mich bemüht, das möglichst zu vermeiden. Aber wenn das nicht ging, habe ich nicht gezögert.«

»Sie sind hart!«

»Hart? Nein. Ich bin verletzlich, wirklich. Und weil ich mir dieser Verletzlichkeit so bewusst bin, weiche ich jeder Bindung aus. Wenn ich mich nicht wehre, mich festhalten lasse, bin ich verloren.«

»Bis eines Tages … Ich bin alt. Ich habe Erfahrung …«

»Ich auch.«

»Aber meine ist viele Jahre alt …«

»Und was sagt sie Ihnen?«

»Dass das Leben viele Tentakel hat, wie Sie es eben genannt haben. Und ganz gleich, wie viele man durchschneidet, einer bleibt immer übrig und hält uns am Ende fest.«

»Ich hatte nicht gedacht, dass Sie so ein ... wie soll ich sagen ...«

»Ein Philosoph bin? Schuster haben immer etwas von einem Philosophen. Das haben schon andere gesagt ...«

Beide lachten. Abel sah auf die Uhr.

»Zwei Uhr, Senhor Silvestre. Höchste Zeit, schlafen zu gehen. Aber vorher möchte ich Ihnen noch etwas sagen. Als ich anfing, so zu leben, war es eine Laune, dann wurde es zur Überzeugung, und jetzt ist es Neugier.«

»Das verstehe ich nicht.«

»Gleich werden Sie es verstehen. Ich habe das Gefühl, dass das Leben hinter einem Vorhang lauert und sich kaputtlacht darüber, wie sehr wir uns bemühen, es kennenzulernen. Ich will es kennenlernen.«

Silvestre lächelte mild mit einem Anflug von Desillusion.

»Es gibt diesseits des Vorhangs so viel zu tun, mein Freund ... Selbst wenn Sie tausend Jahre alt würden und die Erfahrung aller Menschen hätten, würde es Ihnen nicht gelingen, das Leben kennenzulernen!«

»Möglich, dass Sie recht haben. Aber zum Aufgeben ist es noch zu früh ...«

Er stand auf und reichte Silvestre die Hand.

»Bis morgen!«

»Bis morgen ... mein Freund.«

Als er allein war, drehte Silvestre sich ganz gemütlich eine Zigarette. Auf seinen Lippen lag noch immer das milde, müde Lächeln. Sein Blick war auf die Tischplatte gerichtet, als bewegten sich darauf Figuren einer längst vergangenen Zeit.

13

Aus Adrianas Tagebuch:

»Sonntag, 23. 3. 52, um halb elf Uhr abends. Es hat den ganzen Tag geregnet. Kaum zu glauben, dass wir Frühling haben. Als ich klein war, so kann ich mich erinnern, waren die Frühlingstage schön, und die schönen Tage fingen gleich am 21. an. Jetzt haben wir schon den 23., aber nichts als Regen. Ich weiß nicht, ob es am Wetter liegt, aber mir ist nicht gut. Ich war den ganzen Tag zu Hause. Mama und Tante Amélia haben nach dem Mittagessen die Cousinen in Campolide besucht. Tante Amélia kam verärgert zurück, wegen irgendetwas, worüber sie sich da unterhalten haben. Ich habe nichts erfahren. Sie brachten für uns Kuchen mit, aber ich habe keinen gegessen. Isaura wollte auch keinen. Der Tag war sehr langweilig. Isaura hat das Buch, das sie gerade liest, keine Sekunde aus der Hand gelegt. Sie nimmt es überallhin mit, man könnte meinen, sie versteckt es. Ich habe an meinem Laken gestickt. Den Stoff in den Stickrahmen spannen dauert sehr lange, aber es eilt ja nicht … Womöglich werde ich nie mein Bett damit beziehen. Ich bin traurig. Hätte ich das gewusst, wäre ich mit ihnen nach Campolide gefahren. Lieber dahin als so einen Tag erleben. Am liebsten würde ich weinen. Am Regen liegt es nicht, bestimmt nicht. Gestern hat es auch geregnet … Es ist auch nicht seinetwegen. Anfangs war es für mich schwer, ihn sonntags nicht zu sehen. Jetzt geht es. Langsam komme ich zu der Überzeugung, dass er mich nicht mag. Sonst würde er nicht solche Telefonate führen. Es sei denn, er will mich damit eifersüchtig machen … Ich bin wirklich blöd! Wie soll er mich eifersüchtig machen wollen, wenn er gar nicht weiß, dass ich ihn mag? Und warum sollte er mich mögen, wenn ich hässlich bin? Doch, ich weiß, dass ich hässlich bin, das muss man mir nicht sagen. Wenn die Leute mich ansehen, weiß ich genau, was sie denken. Aber ich bin mehr wert als die anderen. Beethoven war auch hässlich, er wurde von keiner Frau geliebt, aber er war Beethoven. Er brauchte es nicht, geliebt zu werden, um das zu schaffen, was er geschaffen hat. Er musste nur lieben und hat geliebt. Hätte ich zu seiner Zeit gelebt, dann wäre ich imstande gewesen, ihm die Füße zu küssen, und das, wette ich, hätte keine schöne Frau getan. Meiner Ansicht nach wollen schöne Frauen nicht lieben, nur geliebt werden. Ich weiß, Isaura sagt, dass ich von diesen Dingen nichts verstehe. Vielleicht, weil ich keine Romane lese. Genau genommen weiß sie anscheinend nicht mehr als ich, obwohl sie Romane liest. Ich finde, sie liest zu viel. Heute zum Beispiel. Sie hatte ganz rote Augen, als hätte sie geweint. Und war so nervös, wie ich sie noch nie erlebt habe. Irgendwann berührte ich sie am Arm, um ihr etwas zu sagen, was, weiß ich nicht mehr. Sie schrie auf, sodass ich einen richtigen Schreck bekam. Ein anderes Mal kam ich gerade aus unserem Zimmer, und sie war am Lesen. (Ich habe den Verdacht, dass sie das Buch schon zu Ende gelesen und wieder von vorn angefangen hat.) Sie machte ein merkwürdiges Gesicht, wie ich es noch nie bei jemandem gesehen habe. Als hätte sie Schmerzen, wäre aber gleichzeitig zufrieden. Nein, zufrieden sah sie nicht aus. Ich kann es nicht erklären. Es war so, als ob diese Schmerzen ihr angenehm wären oder als ob dieses angenehme Gefühl ihr Schmerzen bereitete. Was schreibe ich hier für ein Durcheinander … Mein Kopf tickt heute nicht richtig. Die anderen liegen schon alle im Bett. Ich gehe schlafen. Was für ein trister Tag! Wäre doch schon morgen!«

Ausschnitt aus dem Roman *Die Nonne* von Diderot, den Isaura in derselben Nacht liest:

Mit der Zeit wurde die Äbtissin unruhig. Sie büßte ihre Fröhlichkeit ein, magerte ab und konnte nicht mehr schlafen.

Eines Nachts, als alles schlief und Stille im ganzen Haus herrschte, stand sie auf. Nachdem sie etliche Zeit durch die Gänge geirrt war, kam sie zu meiner Zelle.

Ich habe einen leichten Schlaf und glaubte sie gehört zu haben. Sie blieb bei mir stehen, legte offensichtlich ihren Kopf gegen meine Tür und verursachte dabei genügend Geräusch, um mich zu wecken, falls ich noch geschlafen hätte. Ich rührte mich nicht. Mir kam es so vor, als hörte ich eine Stimme klagen und seufzen. Zuerst überlief mich ein leichter Schauder, dann entschloss ich mich, ein Ave zu sagen. Statt mir zu antworten, schlich die fremde Person leise davon. Kurz darauf jedoch kam sie zurück; ich hörte es von neuem klagen und seufzen, sagte nochmals Ave, und zum zweiten Mal entfernte sie sich. Ich beruhigte mich und schlief wieder ein. Während ich schlief, kam jemand in meine Zelle und setzte sich auf den Rand meines Bettes. Eine Hand zog meine Vorhänge auf, eine andere hielt eine kleine Wachskerze, deren Lichtschein mir ins Gesicht fiel; und die Frau, die die Kerze trug, schaute mir zu, wie ich schlief – das jedenfalls war mein Eindruck, als ich schließlich die Augen aufschlug. Die Frau war unsere Äbtissin.

Ich fuhr hoch; sie sah, dass ich zu Tode erschrocken war, und sagte zu mir:

»Seien Sie nur ruhig, Susanne, ich bin es.«

Ich legte mich zurück in meine Kissen und fragte:

»Liebe Mutter, was wollen Sie zu dieser späten Stunde hier bei

mir? Was nur kann Sie zu mir geführt haben? Warum schlafen Sie nicht?«

»Ich kann nicht schlafen«, antwortete sie; »ich werde lange Zeit nicht wieder schlafen können. Mich quälen böse Träume. Kaum habe ich die Augen zugemacht, stehen alle Leiden, die Sie ausgestanden haben, vor meiner Seele. Ich sehe Sie in den Händen dieser Unmenschen. Das Haar hängt Ihnen ins Gesicht, Ihre Füße sind ganz blutig, Sie haben eine Fackel in der Hand und den Strick um den Hals. Ich glaube, man will Sie umbringen; mich schaudert; ich zittere; kalter Schweiß bricht mir aus allen Poren. Ich will Ihnen zu Hilfe eilen; ich schreie laut auf, erwache, und vergebens warte ich darauf, dass ich wieder einschlafe. So ist es mir heute Nacht ergangen. Ich habe gefürchtet, der Himmel kündige mir irgendein Unglück an, das meiner Freundin zugestoßen sei. Ich bin aufgestanden und zu Ihrer Tür gegangen; ich habe gelauscht, und mir schien, als schliefen sie nicht. Sie haben gesprochen, und ich bin wieder weggegangen. Dann kam ich zurück, und wieder haben Sie gesprochen, und ich habe mich abermals entfernt. Dann kam ich zum dritten Mal; und da ich glaubte, Sie schliefen, bin ich hereingekommen. Ich stehe schon seit einer ganzen Weile hier bei Ihnen. Ich fürchtete, Sie aufzuwecken. Zuerst war ich unschlüssig, ob ich Ihre Vorhänge aufziehen sollte. Ich wollte schon wieder gehen, weil ich mich scheute, Ihre Ruhe zu stören. Aber ich habe dem Wunsch nicht widerstehen können, mich vom Wohlbefinden meiner lieben Susanne zu überzeugen. Ich habe Sie angeschaut. Wie wunderschön sehen Sie aus, selbst wenn Sie schlafen!«

»Meine liebe Mutter, Sie sind so gut zu mir!«

»Ich habe mich erkältet; aber jetzt weiß ich, dass ich nichts Schlimmes für mein liebes Kind zu besorgen habe – ich glaube, ich werde wieder schlafen können. Geben Sie mir die Hand!«

Ich gab sie ihr.

»Wie ruhig Ihr Puls schlägt! Wie gleichmäßig! Nichts bringt ihn in Aufruhr.«

»*Ich schlafe recht ruhig.*«

»*Wie glücklich sind Sie dran!*«

»*Liebe Ehrwürdige Mutter, Sie werden sich noch schlimmer erkälten.*«

»*Sie haben recht. Leben Sie wohl, schöne Freundin, leben Sie wohl; ich gehe!*«

Sie ging jedoch keineswegs, sondern schaute mich weiter unverwandt an; zwei Tränen rollten ihr über das Gesicht.

»*Liebe Mutter*«, *sagte ich*, »*was haben Sie nur? Sie weinen! Es tut mir wirklich von Herzen leid, dass ich Ihnen von meinem Kummer und von meinen Schmerzen erzählt habe.*«

In diesem Augenblick verriegelte sie die Tür, löschte ihre Kerze aus und stürzte sich auf mich. Sie hielt mich fest umschlungen und lag neben mir auf meiner Decke. Sie schmiegte ihr Gesicht an das meine, und ich wurde nass von ihren Tränen. Sie seufzte und sagte zu mir mit fast erstickter, zitternder Stimme:

»*Liebe Freundin, haben Sie doch Mitleid mit mir!*«

»*Liebe Mutter*«, *antwortete ich*, »*was haben Sie? Fühlen Sie sich nicht wohl? Was kann ich denn für Sie tun?*«

»*Ich zittere*«, *gab sie zur Antwort;* »*mich schaudert; die Kälte erfüllt mich wie eine Totenstarre.*«

»*Soll ich aufstehen und Ihnen mein Bett überlassen?*«

»*Nein*«, *erwiderte sie*, »*es ist nicht nötig, dass Sie aufstehen. Nehmen Sie nur die Bettdecke ein bisschen hoch, damit ich mich neben Sie legen kann, dann wird mir sicher gleich wieder warm, und ich fühle mich wieder wohl.*«

»*Aber liebe Mutter*«, *sagte ich*, »*das ist doch verboten! Was würde man sagen, wenn das bekannt würde? Ich habe erlebt, dass Nonnen schon um viel geringerer Verfehlungen willen streng bestraft worden sind. In Sankt Marien ist es einmal passiert, dass eine Nonne nur ein einziges Mal nachts in die Zelle einer anderen Nonne ging, mit der sie befreundet war; ich kann Ihnen nicht sagen, wie schlecht man darüber dachte. Unser*

Beichtvater hat mich ein paarmal gefragt, ob mir niemand vorgeschlagen habe, mit mir in einem Bett zu schlafen; und er hat mich sehr eindringlich gewarnt, es auf keinen Fall zu dulden. Ich habe ihm übrigens auch von den Zärtlichkeiten erzählt, die Sie, liebe Mutter, mir erweisen. Ich halte sie für vollkommen harmlos; aber er ist anderer Meinung. Ich weiß gar nicht, wie ich seine Ratschläge so völlig habe vergessen können; ich hatte mir doch fest vorgenommen, mit Ihnen darüber zu sprechen.«

»Liebe Freundin«, erwiderte sie, »das ganze Haus schläft, niemand wird etwas erfahren. Ich bin es, die hier straft und belohnt; der Beichtvater mag sagen, was er will, ich weiß nicht, was unrecht daran ist, wenn eine Freundin eine andere Freundin an ihrer Seite aufnimmt, weil sie, von Unruhe gepackt, aufgewacht und mitten in der Nacht trotz der kalten Jahreszeit gekommen ist, um zu sehen, ob ihrer geliebten Freundin nicht etwas zugestoßen sei. Susanne, haben Sie denn bei Ihren Eltern niemals mit einer Ihrer Schwestern im selben Bett geschlafen?«

»Nein, nie.«

»Wenn sich aber eine Gelegenheit dazu ergeben hätte, hätten Sie es dann nicht bedenkenlos getan? Wenn eine Ihrer Schwestern voller Angst und vor Kälte zitternd zu Ihnen gekommen wäre – hätten Sie ihr dann den Platz an Ihrer Seite verweigert?«

»Ich glaube nicht.«

»Und bin ich denn nicht Ihre liebe Mutter?«

»Ganz gewiss, das sind Sie; trotzdem ist es verboten!«

»Aber, liebe Freundin, ich bin es doch, die es den anderen verwehrt und die es Ihnen erlaubt, ja Sie sogar darum bittet. Ich möchte mich nur einen Augenblick bei Ihnen aufwärmen, dann gehe ich. Geben Sie mir Ihre Hand ...«

Ich gab sie ihr.

»Da«, sagte sie, »fühlen Sie! Sehen Sie selbst, wie mich schaudert und wie ich zittere. Ich bin eiskalt, durch und durch ...«

Es war tatsächlich wahr.

»Ach, liebe Mutter«, sagte ich, »Sie werden noch ganz krank von alledem werden. Warten Sie, ich will auf die Seite rücken, und Sie können sich an meinen warmen Platz legen.«

Ich rückte beiseite, hob die Decke hoch, und sie legte sich an meinen Platz. Es ging ihr wirklich elend. Sie zitterte an allen Gliedern wie Espenlaub; sie wollte es zu mir sagen und dichter an mich heranrücken; aber sie brachte keinen Ton heraus und konnte sich nicht rühren. Endlich flüsterte sie:

»Susanne, liebe Freundin, kommen Sie ein bisschen näher …«

Sie streckte ihre Arme nach mir aus; ich drehte ihr den Rücken zu; sie fasste mich sanft an den Schultern und zog mich an sich; ihren rechten Arm schob sie unter mich, und den linken legte sie über meinen Leib.

»Ich bin so kalt wie Eis. Mir ist so kalt, dass ich Angst habe, Sie zu berühren, aus lauter Besorgnis, ich könnte Ihnen wehtun!«

»Fürchten Sie nichts, liebe Mutter!

Sie legte mir eine Hand auf die Brust, mit der anderen fasste sie mich um die Hüfte. Ihre Füße hatte sie unter meine Füße geschoben, und ich drückte sie, um sie zu erwärmen.

»Ach, beste Freundin«, meinte die liebe Mutter, »sehen Sie nur, wie rasch meine Füße warm geworden sind, weil nichts mehr da ist, was sie von Ihren Füßen trennt.«

»Was hindert Sie denn«, meinte ich, »am ganzen Körper auf diese Weise wieder warm zu werden?«

»Nichts, wenn Sie nichts dagegen haben.«

Ich hatte mich umgedreht. Sie hatte bereits ihr Hemd ausgezogen, und ich wollte es ihr gerade nachtun, als es plötzlich zweimal heftig an meine Tür klopfte. Erschrocken sprangen wir aus dem Bett, ich auf der einen Seite und die Äbtissin auf der anderen Seite. Wir lauschten und hörten jemanden auf den Zehenspitzen zu der Nachbarzelle zurückeilen.

»Ah!«, sagte ich, »es ist Schwester Sainte-Therese. Sie hat Sie bestimmt gesehen, wie Sie den Gang entlanggingen und zu mir hereinkamen. Gewiss hat sie gehorcht und uns bei unserer Unterhaltung überrascht. Was wird sie bloß sagen?«

Ich war mehr tot als lebendig.

»In der Tat, sie war es«, sagte die Äbtissin gereizt. »Es ist gar kein Zweifel möglich. Aber ich hoffe, sie wird noch lange an diese Unverschämtheit denken!«

»Liebe Mutter«, bat ich, »tun Sie ihr nichts!«

»Susanne«, erwiderte sie, »leben Sie wohl! Gute Nacht! Legen Sie sich wieder hin, Sie brauchen morgen früh nicht zur Frühmesse zu kommen. Ich gehe jetzt zu der tollen Person hinüber. Geben Sie mir Ihre Hand!«

Ich reichte sie ihr über das Bett hinweg. Sie schob den Ärmel zurück, der meinen Arm bedeckte, seufzte tief auf und küsste ihn von den Fingerspitzen bis zur Schulter. Dann ging sie hinaus, wobei sie nochmals betonte, sie wolle der dreisten Person, die sie zu stören gewagt habe, einen ordentlichen Denkzettel geben. Sogleich schlüpfte ich an das andere Ende meines Bettes, das näher bei der Tür war, und horchte. Sie ging zu Schwester Therese. Ich war schon versucht, aufzustehen und hinüberzugehen, um zwischen ihr und der Äbtissin zu vermitteln, falls es zu einer heftigen Auseinandersetzung kommen sollte. Aber ich war so aufgeregt, zugleich war mir so elend zumute, dass ich lieber in meinem Bett blieb. Schlafen konnte ich freilich nicht. Ich war fest überzeugt, ich müsste nun zum Tagesgespräch im ganzen Haus werden; man würde die Geschichte, die doch an und für sich so harmlos war, mit den für mich nachteiligsten Einzelheiten ausschmücken; es würde hier noch schlimmer als in Longchamp zugehen, wo mir ich weiß nicht was alles vorgeworfen worden war. Unsere Vorgesetzten, daran zweifelte ich nicht im Geringsten, würden von unserem Fehltritt erfahren; unsere Äbtissin würde abgesetzt und wir beide streng bestraft werden. Während ich so grübelte, lag ich angespannt auf der Lauer. Ich wartete mit Ungeduld darauf, dass unsere Äbtissin Schwester Therese wieder verließe. Aber anscheinend war die Geschichte ziemlich verfahren; denn sie blieb fast die ganze Nacht bei ihr.

14

In seiner soliden, im Laufe der Jahre durch wenige Worte und gemessenes Auftreten geformten Persönlichkeit als ehrbarer Mann gab es bei Anselmo einen Schwachpunkt: den Sport. Genauer gesagt, Sportstatistik, und diese wiederum beschränkt auf Fußball. Eine Saison nach der anderen konnte vergehen, ohne dass er ein Spiel zwischen Klubmannschaften besuchte. Internationale Spiele verpasste er jedoch nie, und nur eine schwere Krankheit oder ein aktueller Trauerfall vermochte ihn davon abzuhalten, zu einem Spiel zwischen Portugal und Spanien zu gehen. Er nahm die unwürdigsten Situationen in Kauf, um auf dem Schwarzmarkt eine Karte zu ergattern, und verschmähte es auch nicht – sofern er über die Mittel verfügte –, sich an Spekulationen zu beteiligen, indem er für 20 kaufte und für 50 verkaufte. Doch war er klug genug, keine Geschäfte mit den Kollegen im Büro zu machen. Für sie war er ein ernster Mensch, der nur ironisch lächelte, wenn er montags die Diskussionen der Sekretärinnen hörte. Ein Mann, den einzig die ernsthaften Dinge des Lebens interessierten und in dessen Augen der Sport ein guter Zeitvertreib für Lehrlinge und Kellner war. Von ihm konnte man keine Informationen darüber erwarten, welcher Spieler von welchem Klub zu welchem Klub wechselte, Angaben zu einem berühmten Datum der nationalen Fußballchronik oder der Zusammensetzung einer Mannschaft in der Zeitspanne von 1920 bis 1930. Aber er habe einen Cousin, ein armer Kerl, der »ballverrückt« sei. Wenn sie wollten, konnte er ihn demnächst danach fragen, und dann würden sie garantiert die richtige Antwort erhalten. Die Erwartung und Ungeduld seiner Kollegen amüsierten ihn. Er ließ sie tagelang warten, brachte Entschuldigungen vor: Er habe seinen Cousin schon ziemlich lange nicht gesehen, ihr Verhältnis sei ein wenig angespannt, der Cousin habe versprochen, Pläne und Aufzeichnungen zu konsultieren, kurz, er dachte sich Verzögerungen aus, mit denen er die Geduld seiner Kollegen strapazierte. So manches Mal wurden auch Wetten abgeschlossen. Glühende Benfica-Fans und glühende Sporting-Fans erwarteten aus Anselmos Mund den Schiedsspruch. Abends suchte Anselmo zu Hause dann in seinen sorgfältig geführten Statistiken und seinen kostbaren Zeitungsausschnitten nach der gewünschten Information, und am nächsten Tag verkündete er, während er die Brille aufsetzte, wie von einer Kanzel herab das umstrittene Datum oder Ergebnis. Der bewundernswerte Cousin trug zu Anselmos Ansehen ebenso viel bei wie seine Fachkompetenz, seine Bedächtigkeit, seine mustergültige Pünktlichkeit. Hätte dieser Cousin tatsächlich existiert, dann hätte Anselmo ihn, obwohl er seine Gefühle so unter Kontrolle hatte, fest umarmt, denn dank seiner Hilfe (wie alle glaubten) konnte er dem Geschäftsführer detaillierte Angaben über das 2. Spiel Portugal – Spanien liefern, von der Zuschauerzahl bis zur Aufstellung der Mannschaften, den Farben der jeweiligen Trikots und den Namen des Schiedsrichters und der Linienrichter. Dank dieser Informationen hatte er schließlich die Unterschrift für seinen Zahlschein bekommen und konnte folglich die drei Hundert-Escudo-Scheine, die der Haushaltskasse bis zum Monatsende fehlten, in die Jackentasche stecken.

Während er jetzt zwischen Frau und Tochter saß, beide mit Näharbeiten an der Wäsche beschäftigt, und seine Pläne auf dem Esstisch ausgebreitet hatte, genoss er seinen Triumph. Als er in seinen Aufzeichnungen hinsichtlich des im 3. Spiel Portugal–Italien aufgestellten Ersatzspielers eine Lücke feststellte, beschloss er sofort, am nächsten Tag an eine Sportzeitung zu schreiben, die einen Leserservice unterhielt, um seine Daten zu vervollständigen.

Leider konnte er nicht vergessen, dass ihm die dreihundert Escudos vom Gehalt dieses Monats abgezogen würden, und das gab seiner Freude über den Erfolg einen bitteren Beigeschmack. Im besten Fall konnte er auf die Genehmigung hoffen, den Schuldenbetrag in kleineren Raten zu tilgen. Das Dumme war, dass jeder Abzug von seinem Gehalt, und war er noch so klein, das Gefüge seiner Haushaltskasse durcheinanderbrachte.

Während Anselmo solche Gedanken wälzte, kam aus dem Radio das klagende, tieftraurige Schluchzen des herzzerreißendsten Fado, den eine portugiesische Kehle je gesungen hatte. Anselmo war nicht sentimental, das wussten alle, doch diese Klagen rührten ihn bis ins Innerste. Diese Rührung hatte viel mit seiner eigenen Situation zu tun, der schrecklichen Aussicht auf den Gehaltsabzug am Monatsende. Rosália hatte im Nähen innegehalten und unterdrückte einen Seufzer. Maria Claudia sang, anscheinend ruhig, leise die Worte der unglücklichen Liebe mit, die aus dem Lautsprecher plärrten.

Was auf das letzte »O weh!« der Sängerin folgte, war die Atmosphäre einer griechischen Tragödie oder – besser und aktueller – die Spannung wie in den Filmen einer bestimmten amerikanischen Schule. Noch so ein Fado, und aus den drei gesunden Menschen würden drei Neurotiker. Zum Glück endete die Sendung. Kurze Nachrichten aus dem Ausland, die Übersicht über das Radioprogramm des nächsten Tages – dann stellte Rosália den Ton etwas lauter, um die zwölf Schläge zur Mitternacht zu hören.

Anselmo steckte die Brille ein, strich sich zweimal über die Glatze und erklärte, während er seine Papiere in den Geschirrschrank legte:

»Es ist Mitternacht. Zeit, ins Bett zu gehen. Morgen ist ein Arbeitstag.«

Auf diese Worte hin standen alle auf. Das schmeichelte Anselmo, er sah in diesen kleinen Dingen die hervorragenden Ergebnisse seiner Methode häuslicher Erziehung. Er hielt sich zugute, eine Familie zu haben, die als vorbildlich gelten konnte.

Maria Claudia drückte den Eltern schmatzende Küsse auf beide Wangen und ging in ihr Zimmer. Anselmo verschwand im Flur, in der Hand die Zeitung, um noch kurz im Bett darin zu lesen, bevor er das Licht ausschaltete. Rosália blieb noch, sie räumte ihr Nähzeug und das ihrer Tochter weg. Dann rückte sie die Stühle rings um den Tisch zurecht, befasste sich kurz mit dem einen und anderen Gegenstand, und als sie sicher war, dass alles seine Ordnung hatte, folgte sie ihrem Mann.

Als sie das Schlafzimmer betrat, sah ihr Mann über seine Brille hinweg zu ihr hin und las dann weiter. Wie alle portugiesischen Männer bevorzugte er bestimmte Fußballvereine, doch konnte er sämtliche Spielberichte lesen, ohne sich zu erregen. Ihn interessierten nur die statistischen Werte. Ob die Mannschaften gut oder schlecht gespielt hatten, war deren Sache. Wichtig war, wer die Tore geschossen hatte und wann. Wichtig war, was in die Geschichte einging.

Solange Rosália sich zum Schlafen umzog, senkte Anselmo, einem stillschweigenden Abkommen zwischen ihnen gehorchend, die Zeitung nicht. Es wäre seiner Meinung nach unanständig gewesen. Ihrer Meinung nach wäre vielleicht nichts dabei … Rosália legte sich ins Bett, ohne dass ihr Mann auch nur eine Zehenspitze von ihr gesehen hätte. So gehörte es sich, so war es anständig …

Licht aus. Vom Zimmer nebenan fiel durch eine Türritze ein dünner Lichtstreif in den Flur. Anselmo sah ihn und sagte:

»Mach das Licht aus, Claudia!«

Sekunden später erlosch das Licht. Anselmo lächelte im Dunkeln. Wie schön zu wissen, dass man respektiert wurde und die eigenen Anordnungen befolgt wurden. Doch die Dunkelheit ist kein Freund des Lächelns, sie bringt ernste Gedanken hervor. Anselmo bewegte sich unruhig. Seine Frau, die seinen Körper in ganzer Länge berührte, ließ sich in die weiche Matratze sinken.

»Was hast du?«, fragte Rosália.

»Dieser verdammte Zahlschein«, murmelte ihr Mann. »Am Monatsende ziehen sie ihn mir ab, und dann sitze ich wieder in der Klemme.«

»Kannst du ihn nicht in Raten abziehen lassen?«

»Das sieht der Chef nicht gern …«

Der Seufzer, der seit dem Fado in Rosálias Brust saß, bahnte sich seinen Weg und hallte durch die ganze Wohnung. Auch Anselmo konnte einen Seufzer nicht unterdrücken, allerdings war er nicht ganz so gefühlvoll, ein Männerseufzer.

»Auch nicht, wenn du eine Gehaltserhöhung bekämst?«, fragte Rosália.

»Daran ist gar nicht zu denken. Es heißt sogar, dass sie Leute entlassen wollen.«

»Großer Gott! Hoffentlich trifft es nicht dich!«

»Mich?«, fragte Anselmo, als dächte er zum ersten Mal an

eine solche Möglichkeit. »Nein, mich nicht. Ich bin schon mit am längsten da ...«

»Überall sieht es so schlecht aus. Man hört die Leute nur jammern.«

»Das liegt an der internationalen Situation ...«, setzte Anselmo an.

Aber dann hielt er inne. Jetzt ging es nicht darum, sich mit einem Vortrag über die internationale Situation aufzuspielen. Hier im Dunkeln und dann noch mit dem Zahlscheinproblem.

»Ich habe inzwischen sogar Angst, dass Claudia gekündigt wird. Ich weiß ja, dass die fünfhundert Escudos, die sie verdient, nicht viel ausmachen, aber eine Hilfe sind sie doch.«

»Fünfhundert Escudos ... Erbärmlich ...«, brummelte Anselmo.

»Ja, aber gebe Gott, dass sie uns erhalten bleiben ...«

Plötzlich verstummte sie, beflügelt von einer Idee. Fast hätte sie drauflosgeplappert und die Idee ihrem Mann unterbreitet, doch dann entschied sie sich für den indirekten Weg.

»Könnte man über deine Kontakte nicht eine andere Stelle für sie finden?«

Etwas in der Stimme seiner Frau klang für Anselmo verdächtig nach einer Falle.

»Wie meinst du das?«, fragte er.

»Wie ich das meine?«, fragte sie in natürlichem Ton zurück. »Als ganz einfache Frage ...«

Dass es eine einfache Frage war, wusste Anselmo, aber er wusste auch, dass seine Frau dabei einen Hintergedanken hatte. Also wollte er es ihr nicht zu leicht machen.

»Und wer hat ihr die Stelle besorgt, wo sie jetzt ist? Du, richtig?«

»Aber gäbe es nicht etwas Besseres?«

Anselmo antwortete nicht. So oder so würde er seine Frau dazu bringen, mit der Idee herauszurücken. Nichts sagen war die beste Methode. Rosália drehte sich um. Jetzt lag sie mit dem Gesicht zu ihm, ihr rundlicher Bauch stieß an seine Hüfte. Sie wollte ihre Idee beiseiteschieben, war sie doch sicher, dass Anselmo sie vehement ablehnen würde. Aber die Idee drängte sich hartnäckig wieder in den Vordergrund. Rosália wusste, wenn sie nicht darüber sprach, würde sie nicht einschlafen können. Sie räusperte sich kurz, damit sie im nun folgenden Flüsterton zu verstehen war.

»Ich dachte … Aber ich sehe schon, dass du darüber böse wirst … Ich dachte, man könnte mit der Nachbarin von unten sprechen, mit Dona Lídia …«

Anselmo wusste sofort, worauf sie hinauswollte, tat aber lieber, als hätte er nicht verstanden.

»Wozu? Ich verstehe nicht …«

Als könnte ihre Berührung die erwartete Empörung mildern, rückte Rosália näher an ihn heran. Vor Jahren wäre dies ein Zeichen für etwas vollkommen anderes gewesen.

»Ich glaube … da wir gut miteinander auskommen, könnte sie sich vielleicht einsetzen …«

»Ich verstehe noch immer nicht.«

Rosália schwitzte. Sie rückte etwas von ihm ab und sagte schließlich geradeheraus:

»Sie könnte den Mann bitten, der zu ihr kommt. Er ist irgendein hohes Tier in einer Versicherung, und vielleicht könnte er etwas für unsere Kleine tun.«

Wäre Anselmos Empörung aufrichtig gewesen, dann wäre er schon bei den ersten Worten explodiert. Er äußerte sich erst zum Schluss und wurde nur deshalb nicht lauter, weil die Nacht den Stimmen Dämpfer aufsetzt.

»Dass du mir mit so etwas kommst, das hätte ich nicht für möglich gehalten! Du meinst, wir sollen diese ... diese Frau darum bitten? Das heißt kein Gefühl für Anstand haben! Das hätte ich nicht von dir gedacht!«

Anselmo übertrieb. Alles hätte gepasst, wäre er nicht insgeheim mit dem Vorschlag einverstanden gewesen. Er war sich nicht darüber im Klaren, dass, indem er das Problem in solche Worte kleidete, seine spätere Zustimmung unlogischer und ein Beharren seiner Frau schwieriger wurde.

Gekränkt rückte Rosália von ihm ab. Der schmale Abstand, der nun zwischen ihnen lag, war meilenbreit. Anselmo sah ein, dass er zu weit gegangen war. Das Schweigen war für beide unbehaglich. Er wusste so gut wie sie, dass das Thema damit nicht erledigt war, doch keiner sagte etwas – sie überlegte, wie sie das Thema erneut ansprechen konnte; er suchte nach einem Weg, für seine Kapitulation, die er mit seinen Worten eigentlich unmöglich gemacht hatte, keinen allzu hohen Preis zu zahlen. Doch wussten beide, dass sie nicht einschlafen könnten, solange die Frage ungeklärt war. Anselmo tat den ersten Schritt.

»Na ja ... Man kann darüber nachdenken ... Aber es fällt mir schwer ...«

15

Ganz ungezwungen, als wäre er bei sich zu Hause, schlug Paulino Morais ein Bein über das andere und zündete sich ein Zigarillo an. Mit einem Lächeln bedankte er sich bei Lídia, die ihm den Aschenbecher reichte, und ließ sich in den dunkelroten Sessel fallen, der an diesen Abenden ausschließlich ihm zustand. Er saß in Hemdsärmeln da. Er war dick, von sanguinischem Temperament. Die kleinen Augen traten hervor, als würden sie von den geschwollenen Lidern herausgedrückt. Die dichten, geraden Augenbrauen trafen an der Nasenwurzel zusammen, das aggressive Nasenprofil wurde durch das darüberliegende Fettgewebe abgemildert. Die großen Ohren standen vom Schädel ab, und die Härchen in seinen Ohren waren steif wie Borsten. Wegen seiner Glatze kämmte er sich die Haare, die er an den Seiten bis auf die erforderliche Länge hatte wachsen lassen, über den Kopf, um die kahle Fläche zu bedecken. Er hatte das blühende Aussehen eines Fünfzigjährigen, der eine junge Frau besitzt und altes Geld. Hinter der Parfümwolke, die ihn umfing, hatte sein Gesicht den seligen Ausdruck dessen, der gespeist hat und nun mühelos verdaut.

Er hatte gerade einen fabelhaften Witz erzählt und kostete genüsslich Lídias Lachen aus. Und nicht nur ihr Lachen. Er war gut aufgelegt, und deshalb beglückwünschte er sich im Geiste zu der ausgezeichneten Idee, die er schon vor geraumer Zeit gehabt hatte, als es darum ging, in welchem Aufzug Lídia ihn empfangen sollte. Da er wegen seiner Ausschweifungen ein wenig verlebt und wegen seines Alters ein wenig ermüdet war, hatte er nach Stimulanzien gesucht, und eines davon war die Kleidung seiner Geliebten. Nichts Phantasievolles oder Pornographisches, wie er es von Freunden kannte. Alles einfach und natürlich. Lídia sollte ihn im Nachthemd mit tiefem Dekolleté empfangen, die Arme nackt, das Haar gelöst. Das Nachthemd sollte aus Seide sein, weder so durchsichtig, dass man alles sah, noch so blickdicht, dass es alles verbarg. Das Ergebnis war ein Spiel aus Licht und Schatten, das an Abenden, wenn er sich in Form fühlte, seinen Kopf zum Glühen brachte oder an Tagen der Erschöpfung sein Auge erfreute.

Lídia hatte sich dem anfangs widersetzt, doch dann eingesehen, dass es besser war, sich damit abzufinden. Alle Männer haben extravagante Wünsche, und dieser war nicht der schlimmste. Sie gab nach, zumal er ihr einen elektrischen Heizofen gebracht hatte. Bei höherer Raumtemperatur bekam sie in der leichten Bekleidung keine Erkältung.

Lídia saß auf einem niedrigen Hocker und beugte sich zu ihrem Liebhaber vor, sodass er ihre vom Büstenhalter befreiten Brüste sehen konnte. Sie wusste, dass nur ihr Körper ihn an sie band, und zeigte ihn. Noch war er jung und wohlgeformt. Ob sie ihn hier oder am Strand zeigte, war kein großer Unterschied, abgesehen von der aufreizenden Wirkung ihrer Bekleidung und Haltung.

Wenn es an dem Abend dabei blieb, dass sie sich nur knapp bekleidet zeigen musste, betrachtete sie ihr Opfer als gut investiert und Paulino Morais' Geschmack als akzeptabel. Und wenn es nicht dabei blieb, fand sie sich damit ab.

Seit drei Jahren hielt er sie aus. Sie kannte seine Ticks, seine wunden Punkte, seine Bewegungen. Dabei fürchtete sie am meisten die, wenn er noch im Sitzen die Hosenträger auf beiden Seiten gleichzeitig losknöpfte. Immer machte er es gleichzeitig. Lídia wusste, was das bedeutete. Jetzt war sie beruhigt. Paulino Morais rauchte, und solange der Zigarillo brannte, blieben die Hosenträger angeknöpft.

Mit einer anmutigen Bewegung, die die Schönheit ihres Nackens und ihrer Schulterblätter zur Geltung brachte, drehte Lídia den Kopf zu der kleinen Fayence-Uhr. Dann erhob sie sich mit den Worten:

»Es ist Zeit für deinen Kaffee.«

Paulino Morais nickte. Auf der Marmorplatte der Frisierkommode wartete der Kaffeebereiter, das Kaffeepulver war schon in den Behälter eingefüllt. Lídia zündete das Lämpchen an und schob es unter die Glaskugel, in der sich das Wasser befand. Sie stellte eine Tasse und die Zuckerschale bereit. Während sie im Raum hin und her ging, folgte Paulino Morais ihr mit dem Blick. Die langen Beine seiner Geliebten zeichneten sich unter dem leichten Stoff ab, der die wollüstigen Kurven ihrer Hüften umspielte. Er reckte sich innerlich. Der Zigarillo war fast aufgeraucht.

»Weißt du, dass man mich heute um einen Gefallen gebeten hat?«, fragte Lídia.

»Einen Gefallen?«

»Ja. Die Nachbarn von oben.«

»Was wollen sie von dir?«

Lídia stand über den Kaffeebereiter gebeugt und wartete darauf, dass das Wasser hochstieg.

»Von mir nichts, aber von dir.«

»Nanu! Worum geht es, Lili?«

Lídia zuckte zusammen. Lili war ihr Kosename in den Liebesnächten. Das Wasser begann zu gluckern, und als würde es von oben angesogen, stieg es auf und nahm in dem oberen Gefäß Farbe an. Lídia schenkte ein, süßte den Kaffee nach Paulinos Geschmack und reichte ihm die Tasse. Dann setzte sie sich wieder auf den Hocker und antwortete:

»Ich weiß nicht, ob du weißt, dass sie eine Tochter haben. Sie ist neunzehn. Sie arbeitet, verdient aber zu wenig, wie die Mutter sagt. Sie haben mich gebeten, dich zu fragen, ob du ihr eine Stelle besorgen kannst.«

Paulino setzte die Tasse auf der Sessellehne ab und zündete sich noch einen Zigarillo an.

»Liegt dir viel daran, dass ich auf ihre Bitte eingehe?«

»Wenn nicht, hätte ich dich nicht darauf angesprochen ...«

»Die Sache ist, dass ich genug Leute habe ... Eigentlich sogar zu viele ... Außerdem entscheide ich nicht allein ...«

»Wenn du es willst ...«

»Es gibt auch noch den Aufsichtsrat ...«

»Ach! Wenn du es willst ...«

Paulino griff wieder nach der Tasse und trank einen Schluck. Lídia spürte, dass er wenig Bereitschaft zeigte, ihre Bitte zu erfüllen. Sie war gekränkt. Es war das erste Mal, dass sie so eine Bitte an ihn richtete, und sie sah nichts, was seine Ablehnung rechtfertigte. Angesichts der Tatsache, dass sie in einer ungesetzlichen Beziehung lebte, über die das ganze Haus die Nase rümpfte, gefiel ihr die Vorstellung, Maria Claudia eine Stelle zu beschaffen, denn wenn Rosália es vor lauter Freude in alle Richtungen verbreitete, würde ihr das ein gewisses Ansehen bei den Nachbarn verschaffen. Sie litt darunter, dass man sie fast schnitt, und obwohl sie kein großes Interesse gezeigt hatte, als Rosália ihre Bitte vorbrachte, so legte sie sich jetzt angesichts des Widerstands ihres Liebhabers ins Zeug, um ihm eine Zusage abzuringen. Sie beugte sich weiter vor, als wollte sie das rosa Fell glatt streichen, mit dem ihre Pantöffelchen eingefasst waren, und zeigte ihm so ihre ganze nackte Brust.

»Ich habe dich noch nie um so etwas gebeten ... Wenn du ermöglichen kannst, worum man mich gebeten hat, solltest du mir entgegenkommen. Du würdest mir einen Gefallen tun und einer bedürftigen Familie helfen.«

Lídia übertrieb ihr Interesse und, soweit sie es beurteilen konnte, auch die Bedürftigkeit der Nachbarn. Dann tat sie etwas, das Paulino Morais beeindruckte, denn es geschah selten. Sie legte eine Hand auf das runde Knie ihres Liebhabers. Paulinos Nasenflügel bebten.

»Du brauchst nicht ärgerlich zu werden. Ich habe doch noch nicht nein gesagt ...«

Seine Miene zeigte Lídia, welchen Preis sie für diese Fast-Zusage würde zahlen müssen. Sie war nicht in Stimmung, das Bett aufzuschlagen, sah aber, dass er es wollte. Sie versuchte, den Eindruck, den sie hinterlassen hatte, zu verwischen, sich nicht mehr für die Bitte einzusetzen, doch durch ihre Liebkosung verwirrt, sagte Paulino schon:

»Ich will sehen, was sich machen lässt. Was kann sie?«

»Tippen, glaube ich ...«

Dieses »glaube ich« drückte Lídias ganzen Unwillen aus. Sie richtete sich auf, nahm die Hand vom Knie ihres Liebhabers, und es schien, als bedeckte sie sich mit den undurchsichtigsten Kleidern, die sie besaß. Verblüfft bemerkte er die Veränderung, er ahnte nicht, was in ihr vorging. Er trank den letzten Schluck Kaffee und drückte den Zigarillo im Aschenbecher aus. Lídia rieb sich die Arme, als wäre ihr kalt. Sie warf einen Blick auf ihren Morgenrock, der auf dem Bett lag. Wenn sie ihn anzog, würde er es ihr verübeln, das wusste sie. Sie war in Versuchung, wagte es dann aber doch nicht. Ihre Sicherheit war ihr viel zu kostbar, um sie mit einer bockigen Reaktion aufs Spiel zu setzen. Paulino faltete die Hände über dem Bauch und sagte:

»Die Kleine soll am Mittwoch herkommen und mit mir sprechen.«

Lídia zuckte die Achseln.

»Ist gut.«

Ihre Stimme klang kalt und störrisch. Ein kurzer Blick auf Paulino zeigte ihr, dass er die Augenbrauen runzelte. Sie machte sich innerlich Vorwürfe, dass sie Missstimmung heraufbeschwor. Wie ein Kind hatte sie sich verhalten, dachte sie und versuchte zu kitten, was sie zerschlagen hatte. Sie lächelte ihn an, doch ihr Lächeln erstarrte – Paulino runzelte weiter die Stirn. Ihr wurde bange zumute. Sie musste unbedingt einen Weg finden, ihn wieder aufzuheitern. Sie wollte etwas sagen, wusste aber nicht, was. Wenn sie schnell zu ihm ging und ihn auf den Mund küsste, wäre alles vorüber, aber das brachte sie nicht fertig. Sie wollte nicht klein beigeben. Kapitulieren ja, aber nicht aktiv.

Ohne nachzudenken, ganz instinktiv, löschte sie das Licht im Zimmer. Dann ging sie im Dunkeln zur Frisierkommode und schaltete die Stehlampe daneben ein. Das Licht fiel direkt auf sie. Sekundenlang blieb sie still stehen. Sie wusste, dass sich ihr nackter Körper unter dem Nachthemd deutlich abzeichnete. Dann drehte sie sich langsam um. Paulino Morais griff mit beiden Händen gleichzeitig zu den Hosenträgern und knöpfte sie los.

16

Abel blieb auf dem Treppenabsatz stehen, um sich eine Zigarette anzuzünden. In diesem Augenblick flammte das Licht im Treppenhaus auf. Im Stockwerk über ihm ging eine Tür, er hörte gedämpfte Stimmen und gleich darauf schwere Schritte, unter denen die Stufen knarrten. Abel zog den Schlüssel aus der Tasche und tat so, als suchte er nach dem Schloss. Er steckte den Schlüssel erst hinein, als er die Person, die herunterkam, in der Nähe spürte. Dann drehte er sich um und erblickte Paulino Morais. Dieser murmelte ein höfliches »Guten Abend«, was Abel, inzwischen in der Wohnung, ebenso höflich erwiderte.

Während er durch den Flur ging, hörte er über seinem Kopf leichte Schritte in dieselbe Richtung gehen. Als er sein Zimmer betrat, hörte er sie von weiter weg. Er schaltete das Licht ein und sah auf seine Armbanduhr: fünf Minuten nach zwei.

Im Zimmer war es stickig. Er öffnete das Fenster. Vom Widerschein der Stadt beleuchtet, zogen am Himmel langsam dicke Wolken vorbei. Es war wärmer geworden, die Luft war lau und feucht. Die schlafenden Häuser rings um die Hinterhöfe wirkten, als bewachten sie einen dunklen Brunnen. Nur aus seinem Zimmer kam Licht. Es ergoss sich durch das offene Fenster in den Innenhof, sodass die nutzlosen Stiele der mickrigen Kohlpflanzen sichtbar wurden, die, eben noch im Dunkeln, nun wie aus dem Schlaf hochgeschreckt aussahen.

Ein zweites Licht ging an, es beleuchtete die Rückseiten der Häuser gegenüber. Abel sah Wäsche auf der Leine, Blumentöpfe und die Spiegelung in den Fensterscheiben, auf die das Licht fiel. Er bekam Lust, die Zigarette auf der Gartenmauer zu Ende zu rauchen. Um nicht durch die Küche gehen zu müssen, sprang er aus dem Fenster. Im Hühnerstall hörte er Küken piepsen. Er ging zwischen den hell beleuchteten Kohlpflanzen weiter. Dann drehte er sich um und blickte nach oben. Hinter den Erkerscheiben sah er Lídia zu ihrem Badezimmer gehen. Er lächelte, ein trauriges, hoffnungsloses Lächeln. Um diese Zeit machten Hunderte von Frauen das Gleiche wie Lídia ... Er war müde nach Hause gekommen, war durch viele Straßen gelaufen, hatte viele Gesichter gesehen, war vielen Menschen gefolgt. Und nun saß er hier, in Silvestres Hinterhof, rauchte eine Zigarette und zuckte die Achseln über das Leben ... »Ich bin wie Romeo in Capulets Garten«, dachte er. »Es fehlt nur der Mond. Statt der unschuldigen Julia haben wir hier die erfahrene Lídia. Statt des lieblichen Balkons das Fenster eines Badezimmers. Die Rettungsleiter statt der Strickleiter.« Er zündete sich eine neue Zigarette an. »Gleich wird sie sagen: ›Wer bist du, der du, von der Nacht beschirmt, dich drängst in meines Herzens Rat?‹«

Er lächelte nachsichtig, weil er Shakespeare zitierte. Vorsichtig, um nicht auf die Kohlpflanzen zu treten, ging er zu der Mauer und setzte sich darauf. Er war eigenartig trauriger Stimmung. Wahrscheinlich lag es am Wetter. Es war schwül, Vorboten eines Gewitters lagen in der Luft. Wieder blickte er nach oben: Lídia kam aus dem Badezimmer. Vielleicht, weil auch ihr zu warm war, öffnete sie das Fenster und beugte sich hinaus.

»Julia hat Romeo erblickt«, dachte Abel. »Was wird jetzt geschehen?« Er erhob sich von der Mauer und ging in die Gartenmitte. Lídia verharrte im Fenster. »Jetzt müsste ich ausrufen: ›Doch still, was schimmert durch das Fenster dort?

Es ist der Ost, und Julia die Sonne!‹«

»Guten Abend«, sagte Abel lächelnd.

Kurze Stille. Dann erklang Lídias Stimme.

»Guten Abend«, und sie verschwand.

Abel warf die Zigarette weg, und während er zurück zum Haus ging, murmelte er amüsiert:

»Dass die Szene so enden könnte, darauf ist Shakespeare nicht gekommen …«

17

Henriques Zustand verschlechterte sich überraschend. Der eilig herbeigerufene Arzt ließ ihn auf Diphtheriebazillen untersuchen. Das Kind hatte hohes Fieber und delirierte. In ihrer Verzweiflung beschuldigte Carmen ihren Mann, er sei dafür verantwortlich, dass die Krankheit sich so entwickelt habe. Es kam zu einer hässlichen Szene. Emílio hörte sich alles an und gab, wie üblich, keine Antwort. Er wusste, dass seine Frau recht hatte, dass sie schon vorher den Arzt hatte holen wollen. Er hatte ein schlechtes Gewissen. Den ganzen Sonntag saß er bei seinem Sohn, und am Montag machte er sich sofort auf, um zur genannten Uhrzeit das Untersuchungsergebnis abzuholen. Er atmete erleichtert auf, weil es negativ war, doch die Erklärung auf dem Vordruck, dass in vielen Fällen eine einzige Analyse nicht ausreiche, versetzte ihn erneut in Sorge.

Der Arzt zeigte sich zufrieden und kündigte eine rasche Besserung an, sobald eine Frist von vierundzwanzig Stunden verstrichen sei. Emílio wich den ganzen Tag nicht vom Bett des Kranken. Carmen, seit der Szene still und kühl, konnte die Anwesenheit ihres Mannes kaum ertragen. An normalen Tagen regte seine Anwesenheit sie auf; nun, da ihr Mann das Zimmer nicht verließ, hatte sie das Gefühl, ihr würde das Kostbarste geraubt: die Liebe ihres Sohnes.

Um Emílio aus der Wohnung zu treiben, erinnerte sie ihn daran, dass er nichts verdiente, wenn er zu Hause herumsaß, und dass sie wegen der Kosten, die die Krankheit verursachte, dringend Geld brauchten. Wieder reagierte Emílio mit Schweigen. Auch dieses Mal hatte seine Frau recht, er täte viel besser daran, Henrique ihrer Fürsorge zu überlassen. Doch er ging nicht aus dem Haus. Er hatte sich auf den Gedanken versteift, er sei an dem Rückfall schuld, denn erst nach dem, was er zu seinem Sohn gesagt hatte, war sein Zustand schlimmer geworden. Seine Anwesenheit war eine Buße, nutzlos wie alle Bußübungen und nur verständlich, weil sie freiwillig geschah.

Obwohl seine Frau darauf drängte, ging er nicht zur gewohnten Zeit zu Bett. Um zu demonstrieren, dass sie ihm in der Liebe zu ihrem Sohn nicht nachstand, ging auch sie nicht schlafen.

Viel konnten sie nicht tun. Die Krankheit nahm nach der Krise ihren normalen Verlauf. Das Kind hatte die Medikamente erhalten, nun galt es, die Wirkung abzuwarten. Doch wollte keiner von beiden weichen. Zwischen ihnen spielte sich eine Art Wettstreit, ein stummer Kampf ab. Carmen kämpfte darum, dass ihr die Zuneigung ihres Sohnes erhalten blieb. Emílio wollte mit seiner Zuwendung lediglich sein schlechtes Gewissen beruhigen und seine frühere Gleichgültigkeit wettmachen. Ihm war bewusst, dass der Kampf seiner Frau edler war. Er liebte seinen Sohn, gewiss, schließlich hatte er ihn gezeugt, da konnte er nicht anders, als ihn lieben. Das Gegenteil wäre unnatürlich. Doch hatte er das deutliche Gefühl, dass er in dieser Wohnung ein Fremder war und nichts von dem, was ihn hier umgab, wirklich ihm gehörte, auch wenn es von seinem Geld gekauft worden war. Etwas haben heißt nicht, es zu besitzen. Man kann sogar das haben, was man nicht haben möchte. Besitzen heißt etwas haben und genießen, was man hat. Er hatte ein Heim, eine Frau und einen Sohn, aber nichts gehörte ihm wirklich. Nur er selbst, und auch das nicht ganz und gar.

Mitunter überlegte Emílio, ob er nicht verrückt war, ob dieses ganze Dasein, diese Konflikte, diese Ausbrüche, diese ständigen Meinungsverschiedenheiten letztlich nicht Folge einer Nervenstörung waren. Außerhalb des Hauses war er – zumindest glaubte er das – ein normaler Mensch, der wie jeder andere lächeln oder lachen konnte. Kaum aber hatte er die Türschwelle überschritten, senkte sich eine unerträgliche Last auf ihn. Er fühlte sich wie ein Mann kurz vorm Ertrinken, der seine Lungen nicht mehr mit Luft füllt, die ihm das Weiterleben ermöglichen würde, sondern mit Wasser, das ihn umbringt. Er dachte, er müsse zufrieden sein mit dem, was das Leben ihm beschert hatte, denn andere waren weniger vom Glück begünstigt und dennoch zufrieden. Doch dieser Vergleich schenkte ihm keine Ruhe. Er wusste gar nicht, was genau ihm Ruhe verschaffen und wo er es finden konnte. Zudem wusste er nicht, ob es diese Ruhe überhaupt irgendwo gab. Aus langjähriger Erfahrung wusste er nur, dass er sie nicht hatte. Und er wusste auch, dass er sich nach ihr sehnte wie ein Schiffbrüchiger nach der rettenden Planke, wie der Samen nach der Sonne.

Diese Gedanken, tausendfach gedacht, führten immer an denselben Punkt. Er verglich sich mit einem Tier, das, an einen Schöpfbrunnen angebunden und mit Scheuklappen vor den Augen, Meilen und Meilen immer im selben engen Kreis geht. Er war kein solches Tier, er hatte keine Scheuklappen vor den Augen, er sah ein, dass seine Gedanken ihn auf längst bekannte Wege führten. Das zu wissen machte es noch schlimmer, denn er, der ja ein Mensch und folglich vernunftbegabt war, handelte irrational. Einem nicht vernunftbegabten Wesen kann man schlecht vorwerfen, dass es sich dem Joch beugt;

aber ihm, konnte man ihm das vorwerfen? Was hielt ihn? Gewohnheit, Feigheit, Angst davor, andere leiden zu lassen? Gewohnheiten kann man durch andere ersetzen, Feigheit kann man überwinden, das Leiden anderer ist fast immer weniger schlimm, als wir befürchten. Hatte er nicht schon erlebt, dass niemand ihn vermisste, wenn er nicht da war? Warum blieb er dann? Welche Macht hielt ihn in diesem Haus, bei dieser Frau und diesem Kind? Wer hatte diese Fesseln geknüpft?

Ihm kam keine andere Antwort in den Sinn als: »Ich bin es müde.« So müde, dass er, wohl wissend, dass er alle Türen seines Gefängnisses würde öffnen können und den Schlüssel dafür in der Hand hatte, keinen Schritt in die Freiheit wagte. Er hatte sich so sehr daran gewöhnt, dass es ihm sogar Freude machte, wie einem, der Verzicht geleistet hat, wie einem, der die Uhr zurückstellt, als er die Stunde der Entscheidung kommen sieht, und sagt: »Es ist noch zu früh.« Die Freude am Opfer. Doch ein Opfer ist erst dann ein richtiges Opfer, wenn es im Verborgenen geschieht. Es sichtbar machen heißt so viel wie ständig sagen: »Ich opfere mich«, es heißt, die anderen zu zwingen, es nicht zu vergessen. Und das bedeutet, dass man noch nicht vollends verzichtet hat, dass hinter dem Verzicht noch Hoffnung besteht, so wie jenseits der Wolken der Himmel immer noch blau ist.

Carmen blickte zu ihrem Mann, er war in Gedanken versunken. Emílios Aschenbecher war voller Kippen, und er rauchte immer weiter. Sie hatte einmal ausgerechnet, wie viel Geld für Zigaretten draufging, und ihm deshalb böse Vorhaltungen gemacht. Auch ihren Eltern hatte sie es mitgeteilt, worauf diese sie bedauerten. Verbranntes Geld, zum Fenster hinausgeworfenes Geld, Geld, das ihnen fehlte. Laster sind etwas für reiche Leute, und wer Laster pflegen will, soll zuerst reich werden.

Doch Emílio, Handelsvertreter aus Mangel an Alternativen, aus der Not heraus und nicht aus Berufung, ließ nicht erkennen, hatte noch nie erkennen lassen, dass er reich werden wollte. Er begnügte sich mit dem Allernotwendigsten, mehr strebte er nicht an. Was für ein Mann, und was für ein Leben!

Carmen war aus anderem Holz geschnitzt, sie gehörte zu denen, für die das Leben keine besinnliche Veranstaltung war, sondern Kampf. Sie war aktiv; er willenlos. Sie bestand ganz und gar aus Nerven, Knochen und Muskeln, dem Stoff, der Kraft und Macht erzeugt; er hatte all das auch, doch bei ihm geboten Unzufriedenheit und Ratlosigkeit über Knochen, Muskeln und Nerven, hüllten sie in den Nebel der Schwäche.

Emílio stand auf und ging in das Zimmer seines Sohnes. Henrique schlief unruhig, wachte immer wieder auf und dämmerte erneut weg. Seine trockenen Lippen gaben unzusammenhängende Worte von sich. Durchsichtige Bläschen in den Mundwinkeln zeigten an, dass er fieberte. Behutsam schob Emílio dem Kind das Thermometer unter die Achsel. Er wartete die erforderliche Zeit ab, dann ging er zurück ins Esszimmer. Carmen blickte von ihrer Näharbeit auf, fragte aber nichts. Er sah auf das Thermometer: 39,2. Das Fieber ging anscheinend runter. Er legte das Thermometer auf den Tisch, für Carmen erreichbar. Obwohl sie darauf brannte, zu erfahren, was es anzeigte, streckte sie die Hand nicht danach aus. Sie wartete darauf, dass ihr Mann etwas sagte.

Emílio ging zögerlich ein paar Schritte. Die Uhr in der Wohnung über ihnen schlug drei Mal. Carmen wartete, inzwischen pochten ihr die Schläfen, sie biss die Zähne zusammen, um ihren Mann nicht zu beschimpfen. Wortlos ging Emílio schlafen. Er war müde vom langen Aufbleiben, war seiner Frau müde und seiner selbst. Beklemmung schnürte ihm die Kehle zu – sie machte es ihm unmöglich, zu sprechen, zwang ihn, sich zurückzuziehen, als wollte er sich verstecken, um zu weinen oder zu sterben.

Für Carmen war dies der vollendete Beweis dafür, dass ihr Mann keinerlei menschliches Gefühl besaß. Nur ein Unmensch konnte sich so verhalten: sie mit ihrer Besorgnis allein lassen und schlafen gehen, als ginge es um nichts Ernstes, als wäre die Krankheit ihres Sohnes nur ein Spaß.

Sie stand auf und trat an den Tisch. Warf einen Blick auf das Thermometer. Dann kehrte sie an ihren Platz zurück. Sie blieb die ganze Nacht wach. Wie im Mittelalter die Sieger einer Schlacht verharrte sie nach dem Kampf auf dem Schlachtfeld. Sie hatte gesiegt. Und außerdem hätte sie in dieser Nacht die Berührung ihres Mannes nicht ertragen können.

18

Caetano Cunha führte aufgrund seiner beruflichen Tätigkeit notgedrungen ein Leben, das dem einer Fledermaus ähnelte. Wenn andere schliefen, arbeitete er, und wenn er, Fenster und Augen geschlossen, im Bett lag, gingen die anderen bei Tageslicht zur Arbeit. An diesem Umstand maß er seine Wichtigkeit. Er war der festen Überzeugung, dass er bedeutender war als das Gros der Menschen, und zwar aus mehreren Gründen, von denen ein nicht unwesentlicher darin bestand, dass er nachts, wenn die Stadt schlief, an der Setzmaschine saß.

Wenn er, noch bei Dunkelheit, das Zeitungshaus verließ und die menschenleeren Straßen von der Feuchtigkeit glänzten, die in diesen frühen Morgenstunden vom Fluss kam, war er glücklich. Bevor er nach Hause ging, lief er gern durch die stillen Straßen, in denen hier und da Frauengestalten auftauchten. Trotz seiner Müdigkeit blieb er stehen und unterhielt sich mit ihnen. Wenn ihm der Sinn nach mehr stand, ging er mit, aber wenn nicht, dann war er mit einer Unterhaltung zufrieden.

Caetano liebte die Frauen, alle Frauen. Allein der Anblick eines wippenden Rockes brachte ihn in Wallung. Leicht zu erobernde Frauen übten auf ihn eine unwiderstehliche Anziehungskraft aus. Laster, Ausschweifungen, käufliche Liebe, all das faszinierte ihn. Er kannte nahezu sämtliche Freudenhäuser der Stadt, wusste die Preise in- und auswendig und konnte (worauf er innerlich stolz war) die Namen von etlichen Dutzend Frauen nennen, mit denen er geschlafen hatte.

Nur eine von all den Frauen verachtete er: seine eigene. Justina war für ihn ein geschlechtsloses Wesen, das weder Bedürfnisse noch Begierden besaß. Wenn sie ihn im Bett zufällig berührte, rückte er angewidert von ihr ab, ihre Magerkeit, ihre spitzen Knochen, ihre ungemein trockene, fast pergamentartige Haut stießen ihn ab. »Das ist keine Frau, das ist eine Mumie«, dachte er.

Justina sah die Verachtung in seinem Blick und schwieg. Das Feuer der Begierde war in ihr erloschen. Sie erwiderte die Verachtung ihres Mannes mit noch größerer Verachtung. Sie wusste, dass er sie betrog, und zuckte darüber die Achseln, duldete aber nicht, dass er zu Hause mit seinen Eroberungen prahlte. Nicht weil sie eifersüchtig war, sondern weil sie im Bewusstsein dessen, dass sie tief gefallen war, als sie sich an einen solchen Mann band, nicht auf sein Niveau herabsinken wollte. Und wenn Caetano mit seinem cholerischen Temperament sie mit Worten und Vergleichen misshandelte, brachte sie ihn mit einem einfachen Satz zum Schweigen. Dieser Satz war für den Möchtegern-Don-Juan eine Demütigung, denn er erinnerte ihn an ein Versagen, das in seinem Kopf und Leib ständig lebendig war. Unzählige Male war er, wenn er diesen Satz hörte, versucht gewesen, auf seine Frau loszugehen, doch in solchen Momenten funkelten Justinas Augen wild, ihr Mund kräuselte sich verächtlich, und er ließ sich einschüchtern.

Deshalb war Schweigen zwischen ihnen die Regel und Sprechen die Ausnahme. Deshalb füllten einzig Gefühlskälte und distanzierte Blicke die Leere der Stunden, die sie gemeinsam verbrachten. Und der Mief in der Wohnung, der muffige Geruch erinnerte an den Geruch von verlassenen Gräbern.

Dienstags hatte Caetano frei. Die vierundzwanzig Stunden erlaubten ihm, erst am helllichten Vormittag nach Hause zu kommen. Er schlief bis in den Nachmittag hinein, dann erst aß er zu Mittag. Vielleicht lag es an der Verschiebung der Essenszeit, vielleicht an der Aussicht, die kommende Nacht neben seiner Frau zu verbringen, jedenfalls überkam ihn dienstags immer häufiger schlechte Laune, auch wenn er sich die größte Mühe gab, sie zu verdrängen. An diesen Tagen wurde Justina noch verstockter, doppelt verschlossen. Caetano, der an diese unüberwindbare Distanz gewöhnt war, wunderte sich nur, warum sie noch größer wurde. Im Gegenzug spitzte er sein unflätiges Verhalten, seine beleidigenden Äußerungen, sein brüskes Auftreten zu. Vor allem ärgerte ihn, dass die Frau den Dienstag dazu nutzte, die Kleider ihrer Tochter zu lüften und das Glas des Bilderrahmens, in dem ihr Porträt ewig lächelte, gründlich zu säubern. Ihm war, als wollte sie ihn mit dieser demonstrativen Aktion für irgendetwas strafen. Caetano war überzeugt, dass ihm in dieser Hinsicht nichts vorzuwerfen war, was aber nicht seinen Unmut darüber minderte, dass sie die Erinnerungsstücke ausbreitete.

Die Dienstage zu Hause waren unselige Tage für Caetano Cunha. Tage mit gereizter Atmosphäre, an denen Justina, wenn sie sich dazu gezwungen sah, aus ihrer Passivität herauskam und aggressiv und brutal wurde. Tage, an denen Caetano sich nicht traute, den Mund aufzumachen, denn alle Wörter waren elektrisch aufgeladen. Tage, an denen ein bösartiger kleiner Teufel sich einen Spaß daraus machte, die Luft zu verpesten.

Die Wolken, die den Himmel in der Nacht zuvor bedeckt hatten, waren vertrieben. Die Sonne schien durch die Erkerfenster und warf den gitterförmigen Schatten des eisernen

Bettgestells auf den Boden. Caetano hatte seine Mahlzeit beendet. Er sah auf die Uhr und stellte fest, dass es fast vier war. Schwerfällig stand er auf. Er hatte die Angewohnheit, ohne Pyjamahose zu schlafen. Sein runder Bauch drückte die weite Schlafanzugjacke nach vorn, sodass er aussah wie eine Karikatur von Rafael Bordalo. Nichts lächerlicher als sein aufgeblähter Bauch, aber auch nichts unangenehmer als sein rotes Gesicht mit den verbissenen Zügen. Weder des einen noch des anderen bewusst, verließ er das Schlafzimmer, ging, ohne ein Wort zu seiner Frau, durch die Küche und verschwand im Badezimmer. Dort öffnete er das Fenster und blickte in den Himmel. Das helle Licht blendete ihn, er blinzelte wie ein Nachtvogel. Gleichgültig betrachtete er die Hinterhöfe der Nachbarn, sah drei Katzen auf einem Dach spielen, hatte aber keinen Blick für den weichen, reinen Flug einer Schwalbe.

Doch dann blieb sein Blick an einem Punkt ganz in der Nähe hängen. Gegenüber, im Fenster von Lídias Badezimmer, bewegte sich der Ärmel eines rosa Morgenmantels. Ab und zu rutschte er zurück und entblößte einen Arm bis zum Ellbogen. An die Brüstung gelehnt, die untere Körperhälfte verborgen, blickte Caetano unverwandt auf das Fenster. Was er sah, war nicht viel, doch es genügte, um ihn zu erregen. Er beugte sich weiter vor und traf auf den Blick seiner Frau, die ihn ironisch durch die Scheiben des Küchenerkers beobachtete. Schlagartig verhärtete sich seine Miene. Seine Frau stand vor ihm und reichte ihm einen Wasserkessel.

»Das heiße Wasser …«

Er bedankte sich nicht und machte die Tür wieder zu. Während er sich rasierte, äugte er hinüber zu Lídias Fenster. Der Morgenmantel war verschwunden. Stattdessen spürte Caetano den Blick seiner Frau. Er wusste, der beste Weg, das drohende

Gewitter zu vermeiden, bestand darin, nicht mehr hinzusehen, und das war nicht schwierig, denn Lídia war ja nicht mehr da. Doch die Versuchung war stärker als die Vernunft. Irgendwann, als er das Bespitzeln seiner Frau satthatte, öffnete er die Tür und fragte:

»Hast du nichts zu tun?«

Seine Frau sah ihn wortlos an und drehte ihm den Rücken zu. Caetano knallte die Tür zu und blickte nicht mehr hinaus. Als er das Badezimmer gewaschen und rasiert verließ, sah er, dass seine Frau in der Küche aus einem Koffer die kleinen Wäscheteile ausgepackt hatte, die Matilde gehört hatten. Hätte in ihren Augen nicht der anbetende Ausdruck gestanden, dann wäre er vielleicht vorbeigegangen, ohne sie zu attackieren. Doch ihn beschlich wieder das Gefühl, dass sie ihm Vorwürfe machte.

»Wann hörst du auf, mich zu bespitzeln?«

Justina ließ sich mit ihrer Antwort viel Zeit. Man konnte meinen, sie käme ganz langsam von sehr weit her, aus einem fernen Land, das nur einen Bewohner hatte.

»Ich habe über deine Ausdauer gestaunt«, antwortete sie kühl.

»Ausdauer, wieso?«, fragte er und kam einen Schritt näher.

Er bot einen lächerlichen Anblick mit seinen nackten Beinen und in Unterhosen. Justina sah ihn spöttisch an. Sie wusste, dass sie hässlich war, aber als sie ihren Mann so, in diesem Aufzug, sah, hätte sie ihm am liebsten ins Gesicht gelacht.

»Soll ich es dir sagen?«

»Ja.«

Caetano verlor den Kopf. Vor diesem »Ja« hätte er die Ohrfeige noch vermeiden können. Aber er hatte »Ja« gesagt, und nun bereute er es. Doch es war zu spät.

»Hast du die Hoffnung noch immer nicht aufgegeben? Glaubst du immer noch, irgendwann wird sie dir in die Arme sinken? Hat dir die Schande, die du erlebt hast, noch nicht gereicht?« Caetanos Kinn zitterte vor Wut. Über seine dicken Lippen trat Speichel in die Mundwinkel. »Soll ihr Liebhaber dich wegen deiner Dreistigkeit noch einmal zur Rede stellen?«

Und als gäbe sie ihm einen Rat, sagte sie ironisch wohlwollend:

»Hab ein bisschen Anstand. Die ist viel zu fein für dich. Begnüg dich mit den anderen, deren Fotos du in der Brieftasche hast. Mein Geschmack ist das nicht. Wenn die ein Foto für ihre Dokumente machen lassen, geben sie dir auch eins, richtig? Du bist sozusagen eine Filiale der Polizei …«

Caetano wurde bleich. Noch nie war seine Frau so weit gegangen. Er ballte die Fäuste und ging auf sie zu.

»Irgendwann schlag ich dich zusammen! Irgendwann trete ich dich mit beiden Füßen! Hast du gehört? Bring mich nicht in Versuchung!«

»Das kannst du gar nicht.«

»Oh, du …«, eine dreckige Bezeichnung kam aus seinem Mund. Justina antwortete lediglich:

»Deine Beleidigungen treffen nicht mich. Die treffen dich selbst, weil für dich alle Frauen das sind, was du eben gesagt hast.«

Caetanos schwerer Körper schaukelte wie der eines Menschenaffen. Seine Wut, sein ohnmächtiger Zorn trieben ihm Wörter in den Mund, doch sie alle verhaspelten sich und behinderten einander. Er hob die geballte Faust, als wollte er sie seiner Frau auf den Kopf schlagen. Sie wich nicht aus. Langsam ließ er den Arm sinken. Justinas Augen funkelten wie glühendes Feuer. Gedemütigt verschwand Caetano im Schlafzimmer und knallte die Tür.

Die Katze, die ihre Besitzer mit ihren meergrünen Augen beobachtet hatte, zog ab in den Flur und legte sich still und gleichgültig auf der Fußmatte schlafen.

19

Seit zwei Stunden schon wälzte Isaura sich im Bett und konnte nicht einschlafen. Im ganzen Haus herrschte Stille. Von draußen waren nur ab und an die Schritte eines Passanten zu hören. Durch das Fenster fiel das bleiche, ferne Licht der Sterne. In der Dunkelheit des Zimmers waren die noch dunkleren Flecken der Möbel kaum zu erkennen. Der Spiegel des Kleiderschranks reflektierte vage das Licht, das vom Fenster kam. Alle Viertelstunde, unbeugsam wie die Zeit selbst, unterstrich die Uhr der Nachbarn von unten ihre Schlaflosigkeit. Alles lag still und schlief, nur Isaura nicht. Sie probierte alles Mögliche aus, um einzuschlafen. Immer wieder zählte sie bis tausend, entspannte einen Muskel nach dem anderen, schloss die Augen, versuchte, nicht an ihre Schlaflosigkeit zu denken, wollte sie überlisten und langsam in den Schlaf hinübergleiten. Vergeblich. Alle ihre Nerven waren hellwach. Abgesehen von der Anstrengung, die sie ihrem Gehirn abverlangte, um sich darauf zu konzentrieren, dass sie schlafen musste, führten ihre Gedanken sie über schwindelerregende Wege. Sie bewegte sich entlang tiefer Täler, aus denen dumpfe Stimmen nach ihr riefen. Schwebte hoch in den Lüften auf dem mächtigen Rücken eines Vogels mit breiten Schwingen, der erst bis über die Wolken aufstieg, wo ihr Atem nur noch keuchend ging, und sich dann wie ein Stein hinab zu den von dichtem Nebel bedeckten Tälern fallen ließ, wo sie sehr helle Gestalten erahnte, so lilienweiß, als wären sie nackt oder lediglich in durchsichtige Schleier gehüllt. Eine Begierde ohne Objekt, der Wille, zu begehren, und die Furcht davor, es zu wollen, peinigten sie.

Ihre Schwester neben ihr schlief friedlich. Angesichts ihrer ruhigen Atemzüge, ihrer Reglosigkeit geriet sie außer sich. Zweimal stand sie auf und ging ans Fenster. Einzelne Wörter, unvollständige Sätze, angedeutete Gestik, all das drehte sich ihr im Kopf. Wie eine zerkratzte Schallplatte, die in einer Endlosschleife immer dasselbe Musikstück wiederholt, wodurch die eigentlich schöne Melodie verhunzt wird. Zehnmal, hundertmal folgen dieselben Noten aufeinander, vermischen sich, gehen ineinander über, bis ein einziger Ton übrig bleibt, ein eindringlicher, schrecklicher, unerbittlicher Ton. Sie spürt, dass schon eine einzige Minute dieser Obsession zum Wahnsinn führt, aber die Minute vergeht, die Obsession setzt sich fort, und der Wahnsinn kommt nicht. Stattdessen steigert sich die geistige Klarheit, wird immer schärfer. Der Geist erfasst Horizonte, bewegt sich hierhin und dorthin, es gibt keine Grenzen, die ihn aufhalten könnten, und mit jedem Schritt vorwärts wird die geistige Klarheit bedrückender. Sich von ihr lösen, den Ton abbrechen, ihn unter der Stille ersticken, das wäre Ruhe und Schlaf. Doch die Worte, die Sätze, die Gestik durchdringen die Stille und drehen sich lautlos und endlos im Kreis.

Isaura sagte sich, sie sei verrückt. Der Kopf brannte ihr, die Stirn glühte, das Gehirn wollte sich ausdehnen und den Schädel sprengen. Es war die Schlaflosigkeit, die sie in diesen Zustand versetzte. Und die Schlaflosigkeit würde sie nicht loslassen, solange diese Gedanken sie nicht losließen. Und welche Gedanken, Isaura! Welch ungeheuerliche Gedanken! Welch widerliche Verirrungen! Welch rasende Gefühle drängen unter der Oberfläche gegen die Barrieren des Willens!

Welche Teufelshand, welche gemeine Hand hatte sie nach diesem Buch greifen lassen? Und dann die Behauptung, es sei im Dienste der Moral geschrieben! Doch, doch – bestätigte der kühle Verstand, fast untergegangen im Strudel der Gefühle. Warum dann dieser Aufruhr der Triebe, die Fesseln sprengen und den Leib überwältigen? Warum hatte sie es nicht kühl und leidenschaftslos gelesen? Schwäche – sagte ihr Verstand. Begierde – riefen die unterdrückten, Jahr um Jahr abgewehrten, als Schande verdrängten Triebe. Doch nun hatten die Triebe die Oberhand, der Wille versank in einem Schlund, der schwärzer war als die Nacht und tiefer als der Tod.

Isaura biss sich in die Handgelenke. Ihr Gesicht war schweißbedeckt, die Haare klebten ihr an der Stirn, der Mund war in einem schrecklichen Krampf verzogen. Sie setzte sich im Bett auf, raufte sich wie von Sinnen die Haare und sah sich um. Dunkelheit und Stille. Der Klang der zerkratzten Platte kehrte aus dem Abgrund der Stille zurück. Erschöpft sank sie auf die Matratze. Adriana bewegte sich und schlief weiter. Ihre Gleichgültigkeit war wie eine Anklage. Isaura zog sich trotz der erstickenden Hitze das Laken über den Kopf. Deckte sich die Augen mit den Händen zu, als wäre die Nacht nicht dunkel genug, um ihre Scham zu verbergen. Doch in ihren Augen blitzten rote und gelbe Funken auf, wie züngelnde Flammen in einem Feuer. (Wenn doch nur der Morgen plötzlich anbrechen würde, wenn doch das Licht der Sonne das Wunder vollbringen würde, die andere Seite der Welt zu verlassen und in ihr Zimmer zu scheinen …)

Langsam bewegten sich Isauras Hände zu ihrer Schwester hin. Ihre Fingerspitzen spürten Adrianas Wärme schon aus einem Zentimeter Entfernung. Minutenlang verharrten sie so, bewegten sich nicht vor und nicht zurück. Der Schweiß auf

Isauras Stirn war getrocknet. Ihr Gesicht glühte, als loderte in ihr ein Feuer. Die Finger bewegten sich, bis sie Adrianas nackten Arm berührten. Als hätten sie einen heftigen Schlag bekommen, zuckten sie zurück. Isauras Herz klopfte dumpf. Ihre weit geöffneten Augen sahen nichts außer tiefer Dunkelheit. Die Hände bewegten sich weiter vor. Hielten wieder inne. Bewegten sich noch ein Stück weiter. Legten sich auf Adrianas Arm. Sich voranschlängelnd rückte Isaura näher an ihre Schwester heran. Sie spürte die Wärme ihres ganzen Körpers. Langsam wanderte ihre Hand über den Arm, vom Handgelenk bis zur Schulter, schob sich sacht unter die warme, feuchte Achsel, dann langsam unter die Brust. Isauras Atem wurde schneller und unregelmäßig. Ihre Hand glitt unter dem leichten Stoff des Nachthemds hinunter zum Bauch. Mit einer abrupten Bewegung drehte sich die Schwester auf den Rücken. Adrianas nackte Schulter lag nun vor Isauras Mund, ihre Lippen spürten die Nähe des Körpers. Wie Feilspäne, von einem Magneten angezogen, sank Isauras Mund auf Adrianas Schulter. Es war ein langer, gieriger, wilder Kuss. Gleichzeitig griff ihre Hand fest um Adrianas Taille und zog sie zu sich heran. Adriana schreckte aus dem Schlaf hoch. Isaura ließ nicht von ihr ab. Ihr Mund klebte an der Schulter wie ein Saugnapf, ihre Finger gruben sich wie Krallen in ihre Hüfte. Mit einem Ausruf des Entsetzens riss Adriana sich los und sprang aus dem Bett. Sie lief zur Zimmertür, dann fiel ihr ein, dass nebenan die Mutter und die Tante schliefen, sie machte kehrt und flüchtete zum Fenster.

Isaura hatte sich nicht gerührt. Sie stellte sich schlafend. Doch Adriana kam nicht zurück. Sie hörte nur ihren pfeifenden Atem. Zwischen den halbgeschlossenen Lidern sah sie Adrianas Gestalt, die sich gegen den schimmernden Fensterhintergrund abzeichnete. Dann gab sie es auf, sich zu verstellen, und sagte leise:

»Adriana …«

Die Schwester antwortete mit zitternder Stimme:

»Was willst du?«

»Komm her.«

Adriana rührte sich nicht.

»Du erkältest dich …«, drängte Isaura.

»Das macht nichts.«

»Du kannst nicht da stehen bleiben. Komm her, sonst stehe ich auf.«

Adriana kam näher. Sie setzte sich auf die Bettkante und wollte die Nachttischlampe anschalten.

»Kein Licht«, bat Isaura.

»Warum nicht?«

»Ich will nicht, dass du mich siehst.«

»Was ist dabei?«

»Ich schäme mich …«

Sie sprachen im Flüsterton. Adrianas Stimme hatte sich wieder gefestigt, Isauras Stimme zitterte, als würde sie gleich in Tränen ausbrechen.

»Leg dich hin, bitte …«

»Nein, das tue ich nicht.«

»Warum nicht? Hast du Angst vor mir?«

Es dauerte, bis Adriana antwortete.

»Ja …«

»Ich tue dir nichts. Das verspreche ich. Ich weiß nicht, was das war. Ich schwöre es dir …«

Sie begann leise zu weinen. Adriana tastete sich zum Kleiderschrank, öffnete ihn und holte ihren warmen Mantel heraus. Sie wickelte sich darin ein und setzte sich neben das Bett.

»Willst du da sitzen bleiben?«, fragte Isaura.

»Ja.«

»Die ganze Nacht?«

»Ja.«

Ein heftiger Schluchzer erschütterte Isauras Brust. Fast im selben Moment ging im Nebenzimmer das Licht an, und Amélias Stimme fragte:

»Was ist da los?«

Adriana warf schnell den Mantel hinter das Bett und schlüpfte unter die Decke. Amélia erschien mit einem Umschlagtuch um die Schultern in der Tür.

»Was ist hier los?«

»Isaura hat einen Albtraum gehabt«, antwortete Adriana und stand auf, um ihre Schwester abzuschirmen.

Amélia kam näher.

»Ist sie krank?«

»Nein, schon gut, Tante Amélia. Sie hatte einen Albtraum. Geh wieder schlafen«, sagte Adriana.

»Na schön. Wenn ihr etwas braucht, sagt Bescheid.«

Die Tür wurde geschlossen, das Licht gelöscht, nach und nach kehrte wieder Stille ein, lediglich durch ersticktes Schluchzen unterbrochen. Die Abstände wurden größer, nur Isauras zitternde Schultern verrieten, wie aufgewühlt sie war. Adriana wartete ab. Allmählich wurden die Laken warm. Die beiden Körper vermengten ihre Wärme miteinander. Isaura flüsterte:

»Verzeihst du mir?«

Adriana antwortete nicht gleich. Um ihre Schwester zu beruhigen, musste sie »Ja« sagen, das wusste sie, doch aussprechen wollte sie eigentlich ein knappes »Nein«.

»Verzeihst du mir?«, fragte Isaura noch einmal.

»Ja ...«

Isaura wollte ihre Schwester spontan umarmen und weinen, doch sie beherrschte sich, aus Furcht, Adriana könnte dies als neuerlichen Versuch verstehen. Sie ahnte, dass von nun an alles, was sie tat oder sagte, durch die Erinnerung an diese Momente vergiftet sein würde. Dass ihre Schwesterliebe entartet und verunreinigt war durch die schreckliche Schlaflosigkeit und alles, was sich dann abgespielt hatte. Erstickt flüsterte sie:

»Danke …«

Träge vergingen die Minuten und Stunden. Die Uhr unten band die Zeit zu Klangsträngen eines endlosen Fadens. Erschöpft schlief Isaura schließlich ein. Adriana nicht. Sie lag wach, bis sich das bläuliche Licht der Nacht im Fenster in das graue Licht der Morgenfrühe verwandelte und schrittweise dem hellen Tageslicht wich. Regungslos, mit pochenden Schläfen, den Blick fest an die Decke gerichtet, wehrte sie eisern das Erwachen ihres Hungers nach Liebe ab, ihres ebenfalls unterdrückten, ebenfalls verborgenen und unerfüllten Hungers.

20

An diesem Tag aß Anselmos Familie früher zu Abend. Maria Claudia musste sich noch zurechtmachen, bevor man sie Paulino Morais vorstellte, und es war nicht ratsam, eine Person warten zu lassen, deren Wohlwollen man gewinnen wollte. Mutter und Tochter aßen schnell und verschwanden anschließend im Schlafzimmer. Im Zusammenhang mit Claudias Vorstellung mussten ganz verschiedene Probleme gelöst werden, und das schwierigste war die Wahl des Kleides. Kein anderes passte besser zu ihrer Schönheit und ihrer Jugend als das gelbe, ärmellose Kleid aus leichtem Stoff. Der weite Rock mit tiefen Falten, der an einen umgekehrten Blütenkelch erinnerte, wenn sie sich drehte, fiel von der Taille abwärts wie eine träge Welle. Rosálias Wahl fiel auf dieses Kleid. Doch Claudias gesunder Menschenverstand und Geschmack sprachen dagegen. Dieses Kleid wäre in den warmen Sommermonaten passend, aber nicht im noch regnerischen Frühling. Außerdem konnte dem Senhor Morais missfallen, dass es keine Ärmel hatte. Rosália stimmte ihr zu, machte ihr aber keinen weiteren Vorschlag. Sie hatte dieses Kleid ausgesucht, und nur dieses, andere hatte sie gar nicht erst in Betracht gezogen.

Die Wahl war offenbar schwierig, doch Claudia entschied sich. Sie wollte das graugrüne Kleid anziehen, das war dezent und für die Jahreszeit passend. Ein Wollkleid mit langen Ärmeln, am Handgelenk gleichfarbige Knöpfe. Der kleine Ausschnitt entblößte kaum den Hals. Etwas Besseres konnte man sich für eine künftige Angestellte nicht wünschen. Rosália gefiel die Idee nicht, doch als ihre Tochter das Kleid anzog, gab sie ihr recht.

Maria Claudia hatte immer recht. Sie betrachtete sich im hohen Spiegel des Kleiderschranks und fand sich schön. Das gelbe Kleid machte sie jünger, jetzt wollte sie aber älter aussehen. Keine Rüschen, keine nackten Arme. Das Kleid, das sie angezogen hatte, passte perfekt, es saß wie angegossen und folgte jeder ihrer Bewegungen. Es besaß keinen Gürtel, aber der Schnitt betonte ihre natürliche Taille, und Maria Claudia hatte eine so schmale Taille, dass ein Gürtel nur geschadet hätte. Während Maria Claudia sich im Spiegel betrachtete, wurde ihr klar, woran sie sich in Zukunft bei der Wahl ihrer Kleidung orientieren musste. Nichts Überflüssiges, das ihre Formen verdeckte. Und in diesem Augenblick, als sie sich vor dem Spiegel drehte, dachte sie, dass ihr ein Kleid aus Lamé-Stoff gut stehen würde, diesem Stoff, der sich wie eine zweite Haut an den Körper schmiegt.

»Was meinst du, Mama?«, fragte sie.

Rosália fehlten die Worte. Sie ging um ihre Tochter herum wie eine Kammerzofe, die den Künstler für die Apotheose vorbereitet. Maria Claudia setzte sich, holte aus der Handtasche Lippenstift und Rouge und begann sich zu schminken. Das Haar blieb für den Schluss, so einfach, wie es zu kämmen war. Sie übertrieb es nicht mit dem Make-up, machte es sogar dezenter als sonst. Sie vertraute darauf, dass ihre Nervosität ihr eine gute Farbe verleihen würde, und die Nervosität machte es nicht schlecht. Als sie fertig war, stellte sie sich vor ihre Mutter und fragte wieder:

»Was meinst du?«

»Du siehst wunderschön aus, mein Kind.«

Claudia lächelte dem Spiegel zu, ein letzter prüfender Blick, und erklärte, sie sei bereit. Rosália rief nach ihrem Mann. Anselmo erschien. Er hatte sich die edle Rolle eines Vaters zurechtgelegt, der weiß, dass sich das Schicksal seiner Tochter entscheiden wird, und wirkte gerührt.

»Gefalle ich dir, Papa?«

»Du siehst bezaubernd aus, mein Kind.«

Anselmo hatte festgestellt, dass in bedeutenden Situationen »mein Kind« die beste Anrede war. Sie vermittelte Seriosität und suggerierte väterliche Zuneigung, Vaterstolz, vom Anstand kaum gezügelt.

»Ich bin so nervös«, sagte Claudia.

»Ruhe ist wichtig«, riet ihr Vater und strich sich mit fester Hand den gestutzten Schnurrbart. Die Ruhe dieser festen Hand konnte nichts erschüttern.

Als die Tochter an ihm vorbeiging, rückte Anselmo ihr die Perlenkette zurecht. Damit erhielt ihre Toilette den letzten Schliff, und zwar aus befugter Hand: der festen, liebevollen Hand des Vaters.

»Geh, mein Kind«, sagte er feierlich.

Als Maria Claudia die Treppe in den ersten Stock hinunterging, hüpfte ihr Herz wie ein Vogel im Käfig. Sie war viel aufgeregter, als es den Anschein hatte. Unzählige Male war sie schon in Lídias Wohnung gewesen, doch niemals deren Liebhaber begegnet. Deshalb hatte dieser Besuch etwas von einem Geheimnis, einem Komplott, etwas Verbotenem. Sie durfte in Gegenwart von Paulino Morais erscheinen, erhielt sozusagen direkte Kenntnis von Lídias illegalem Verhältnis. Das erregte sie, es machte sie benommen.

Lídia öffnete lächelnd die Tür.

»Wir haben dich schon erwartet.«

Bei diesen Worten bekam Maria Claudia noch stärker das Gefühl von intimer Vertrautheit. Zitternd trat sie ein. Lídia trug ihren Taftmorgenmantel und Tanzschuhe mit zwei silbernen Riemchen um die Fesseln. Sie hatten mehr Ähnlichkeit mit Sandalen als mit richtigen Schuhen, und dennoch, was hätte Maria Claudia nicht dafür gegeben, solche Schuhe zu besitzen …

Da sie gewohnt war, ins Schlafzimmer zu gehen, machte sie einen Schritt in diese Richtung. Lídia lächelte.

»Nein, nicht dahin …«

Claudia schoss die Röte ins Gesicht. Und so, errötet und verwirrt, trat sie vor Paulino Morais, der sie im Jackett und mit brennendem Zigarillo im Wohnzimmer erwartete.

Lídia stellte sie einander vor. Paulino hatte sich erhoben. Mit der Hand, in der er den Zigarillo hielt, wies er Maria Claudia einen Stuhl an. Sie setzten sich. Paulino betrachtete Claudia äußerst interessiert, worauf Maria Claudia den Blick auf das geometrische Teppichmuster senkte.

»Paulino«, sagte Lídia, immer noch lächelnd, »siehst du nicht, dass du Fräulein Maria Claudia in Verlegenheit bringst?«

Paulino machte eine abrupte Bewegung und lächelte ebenfalls.

»Das war nicht meine Absicht.« Und dann zu Maria Claudia: »Ich hatte nicht erwartet, dass Sie noch so … so jung sind!«

»Ich bin neunzehn Jahre alt, Senhor Morais«, antwortete sie und blickte auf.

»Wie du siehst, ist sie noch ein Kind«, sagte Lídia.

Maria Claudia sah sie an. Ihre Augen begegneten sich, zuerst misstrauisch und plötzlich feindselig. Intuitiv las Maria Claudia in Lídias Gedanken, und was sie las, machte ihr Angst, doch zugleich erfreute es sie. Sie ahnte, dass sie in ihr eine Feindin hatte, und sie ahnte auch, warum. Sie sah Dona Lídia und sich selbst gleichsam mit den Augen einer dritten Person, als wäre diese Person zum Beispiel Paulino Morais, und der Vergleich fiel zu ihren Gunsten aus.

»Ein Kind bin ich eigentlich nicht mehr, Dona Lídia. Aber natürlich bin ich, wie Senhor Morais sagte, noch sehr jung.«

Lídia biss sich auf die Lippen. Sie hatte die Anspielung verstanden. Sofort fasste sie sich wieder und brach in Lachen aus.

»Das ist mir auch so gegangen. Als ich in deinem Alter war, fand ich es auch schrecklich, wenn man mich als Kind bezeichnete. Heute gebe ich zu, dass es stimmte. Und warum solltest du es dann nicht auch zugeben können?«

»Vielleicht, weil ich noch nicht so alt bin wie Sie, Dona Lídia …«

In kürzester Zeit hatte Maria Claudia den Schlagabtausch mit weiblichen Liebenswürdigkeiten gelernt. Wie beim Fechten hatte sie bei ihrem ersten Angriff zweimal touchiert und war selbst unverletzt, wenn auch leicht verängstigt: Sie fürchtete, für den Rest des Kampfes würden ihr Waffen und Ausdauer ausgehen. Zu ihrem Glück griff Paulino ein. Er holte sein goldenes Etui hervor und bot ihnen Zigaretten an. Lídia nahm eine.

»Sie rauchen nicht?«, fragte Paulino Maria Claudia.

Sie errötete. Sie hatte schon mehrmals heimlich geraucht, hatte aber das Gefühl, es sei besser, keine Zigarette zu nehmen. Das würde womöglich einen schlechten Eindruck machen, und außerdem war sie sich nicht sicher, ob sie die Zigarette so elegant halten und zum Mund führen konnte wie Lídia. Sie antwortete:

»Nein, Senhor Morais.«

»Sehr vernünftig.« Er verstummte, zog an seinem Zigarillo und fuhr fort: »Also, ich finde es nicht sehr nett, vor jemandem, der Ihrer beider Vater sein könnte, über das Alter zu sprechen.«

Seine Worte hatten eine angenehme Wirkung. Es trat Waffenruhe ein. Doch Claudia ergriff die Initiative. Mit einem – wie Anselmo gesagt hätte – bezaubernden Lächeln bemerkte sie:

»Sie machen sich älter, als sie tatsächlich sind, Senhor Morais …«

»Das wollen wir doch mal sehen! Wie alt schätzen Sie mich denn?«

»So um die fünfundvierzig vielleicht …«

»Oh! Oh!« Paulino lachte laut, und wenn er lachte, wackelte sein Bauch.

»Fünfzig? …«

»Sechsundfünfzig. Ich könnte sogar Ihr Großvater sein.«

»Sie haben sich aber sehr gut gehalten!«

Das war ehrlich und aufrichtig gemeint, und Paulino nahm es zur Kenntnis. Lídia stand auf. Sie ging zu ihrem Liebhaber und versuchte, die Unterhaltung auf das Thema zu lenken, weshalb Maria Claudia gekommen war.

»Vergiss nicht, dass Claudia deine Entscheidung mehr interessiert als dein Alter. Es ist schon spät, sie will sicherlich bald schlafen gehen, und außerdem …«, sie stockte, lächelte Paulino vielsagend an und schloss leise mit den bedeutungsvollen Worten: »… außerdem muss ich dich unter vier Augen sprechen …«

Maria Claudia gab sich geschlagen. Auf diesem Terrain konnte sie nicht mithalten. Sie begriff, dass sie ein Eindringling war, dass beide – Lídia jedenfalls – sie am liebsten von hinten sehen wollten, und ihr war nach Weinen zumute.

»Ach ja, richtig ...« Paulino dachte scheinbar zum ersten Mal daran, dass er eine Position zu verteidigen, sich als Respektsperson zu behaupten hatte und dass die Leichtigkeit der Unterhaltung dem abträglich war. »Sie suchen also eine Stelle?«

»Ich arbeite schon, Senhor Morais. Aber meine Eltern finden, dass ich zu wenig verdiene, und Dona Lídia war so freundlich, sich für mich einzusetzen ...«

»Was können Sie?«

»Maschine schreiben.«

»Nur das? Stenographie können Sie nicht?«

»Nein, Senhor Morais.«

»Nur Maschine schreiben können ist heutzutage zu wenig. Wie viel verdienen Sie?«

»Fünfhundert Escudos.«

»Hm ... Stenographie können Sie also nicht?«

»Nein, Senhor ...«

Maria Claudias Stimme wurde immer leiser. Lídia lächelte. Paulino überlegte. Ein ungemütliches Schweigen.

»Aber ich kann es lernen ...«, sagte Claudia.

»Hm ...«

Paulino zog am Zigarillo und sah das Mädchen an. Lídia griff ein.

»Hör zu, mein Lieber, mir ist daran gelegen, aber wenn du meinst, dass es nicht geht ... Claudia ist intelligent genug, das zu verstehen ...«

Maria Claudia hatte nicht mehr die Kraft, zu reagieren. Sie wollte nur noch weg, und zwar so schnell wie möglich. Sie machte Anstalten, aufzustehen.

»Bleiben Sie«, sagte Paulino. »Ich werde Ihnen eine Chance geben. Meine Stenotypistin heiratet in drei Monaten und gibt dann ihre Stelle auf. Sie können bei mir anfangen. In diesen ersten drei Monaten zahle ich Ihnen dasselbe, was Sie jetzt verdienen, und Sie lernen Stenographie. Dann sehen wir weiter. Wenn ich mit Ihnen zufrieden bin, verspreche ich Ihnen schon jetzt, dass Ihr Gehalt einen ordentlichen Sprung machen wird … Sind Sie damit einverstanden?«

»O ja, Senhor Morais! Und vielen Dank!« Maria Claudias Gesicht strahlte wie ein Frühlingsmorgen.

»Meinen Sie nicht, Sie sollten zuerst mit Ihren Eltern sprechen?«

»Ach, das ist nicht nötig, Senhor Morais! Die sind bestimmt einverstanden …«

Sie sagte dies in so überzeugtem Ton, dass Paulino sie neugierig ansah. Im selben Augenblick bemerkte Lídia:

»Aber wenn du nach Ablauf dieser drei Monate nicht zufrieden bist oder sie nicht gut genug Stenographie kann? … Dann musst du sie entlassen?!«

Maria Claudia sah Paulino beunruhigt an.

»Tja, also, so weit wird es ja wohl nicht kommen …«

»Aber dann nützt sie dir nichts …«

»Ich werde es lernen, Senhor Morais«, warf Maria Claudia ein. »Und ich hoffe, dass Sie mit mir zufrieden sein werden …«

»Das hoffe ich auch«, sagte Paulino lächelnd.

»Wann soll ich anfangen?«

»Ach ja … Je früher, desto besser. Wann können Sie Ihre Stelle aufgeben?«

»Wenn Sie möchten, sofort.«

Paulino dachte ein paar Sekunden nach, dann sagte er:

»Heute haben wir den Sechsundzwanzigsten … also am Ersten, geht das?«

»Ja, Senhor.«

»Sehr schön. Aber, warten Sie … Am Ersten bin ich nicht in

Lissabon. Egal. Ich gebe Ihnen ein Kärtchen, mit dem Sie sich beim Büroleiter melden können, hoffentlich vergesse ich nicht, ihm vorher Bescheid zu geben. Was nicht sehr wahrscheinlich ist, trotzdem ...«

Er nahm eine Visitenkarte aus der Brieftasche. Suchte nach der Brille, fand sie aber nicht.

»Wo habe ich die Brille gelassen?«

»Im Schlafzimmer«, antwortete Lídia.

»Sei so gut und hol sie mir ...«

Lídia verließ den Raum. Paulino saß mit der Brieftasche in der Hand da und sah zerstreut Maria Claudia an. Diese hob den Blick und richtete ihn auf Paulino. Etwas stand in seinen Augen, das sie verstand. Keiner von beiden wandte den Blick ab. Maria Claudia schlug das Herz bis zum Hals, ihr Busen wogte. Paulino merkte, dass seine Rückenmuskeln sich langsam entspannten. Im Flur waren Lídias Schritte zu hören, sie kam zurück.

Als sie das Wohnzimmer betrat, suchte Paulino konzentriert in seiner Brieftasche, und Maria Claudia blickte auf den Teppich.

21

Abel lag auf dem Bett, unter den Schuhen eine Zeitung, damit die Bettdecke nicht schmutzig wurde, und rauchte genüsslich eine Zigarette. Er hatte eine gute Mahlzeit hinter sich. Mariana konnte kochen. Sie war eine ausgezeichnete Hausfrau. Das merkte man auch an der Einrichtung der Wohnung, an den kleinsten Details. Sein Zimmer war der Beweis. Die Möbel waren ärmlich, aber sauber und besaßen eine gewisse Würde. So wie Haustiere – Hund und Katze zumindest – das Temperament und den Charakter ihrer Besitzer spiegeln, so verraten ganz fraglos auch Möbel und selbst unbedeutende Einrichtungsgegenstände etwas über ihre Eigentümer. Sie strahlen Kälte oder Wärme, Herzlichkeit oder Reserviertheit aus. Sie sind Zeugen und berichten ständig wortlos davon, was sie erlebt haben oder wissen. Die Schwierigkeit liegt darin, den passenden Moment, die Stunde größter Vertrautheit, das günstigste Licht zu erwischen, um zu erfahren, was sie zu berichten haben.

Während er den aufsteigenden Rauchkringeln nachblickte, lauschte Abel den Geschichten, die ihm die Kommode und der Tisch, die Stühle und der Spiegel erzählten. Und desgleichen die Vorhänge vor dem Fenster. Es waren keine Geschichten mit Anfang, Mitte und Schluss, sondern ein sanftes Dahinfließen von Bildern, die Sprache der Formen und Farben, die den Eindruck von Ruhe und Heiterkeit vermitteln.

Ganz fraglos hatte Abels beglückter Magen einen wesentlichen Anteil an diesem Gefühl von Erfüllung. Er hatte schon seit Monaten auf einfache Hausmannskost verzichten müssen, auf diesen speziellen Geschmack von Gerichten, die von einer in sich ruhenden Hausfrau zubereitet wurden. Er aß in den Tavernen das fade Tellergericht oder frittierte Stöcker, die für ein paar Escudos den wenig Begüterten die Illusion geben, Nahrung zu sich zu nehmen. Vielleicht hatte Mariana das geahnt. Anders ließ sich die Einladung nicht erklären, denn sie kannten sich ja erst seit wenigen Tagen. Oder Silvestre und Mariana waren anders. Anders als alle Menschen, die er bislang kennengelernt hatte. Offener, einfacher, menschlicher. Was war es, das der Armut seiner Wirtsleute diesen Klang von reinem Metall verlieh? (Aufgrund einer eigentümlichen Gedankenassoziation empfand Abel die Atmosphäre in der Wohnung so.) »Glück? Das allein wohl kaum. Glück hat etwas mit der Natur der Schnecke gemeinsam, die sich zurückzieht, wenn man sie berührt.« Aber wenn es nicht Glück war, was war es dann? »Vielleicht Verständnis ... doch Verständnis ist nur ein Wort. Niemand kann einen anderen verstehen, wenn er nicht der andere ist. Und niemand kann zugleich ein anderer als er selbst sein.«

Von seiner Zigarette stieg noch immer Rauch auf. »Könnte es in der Natur mancher Menschen liegen, dass sie etwas ausstrahlen, was das Leben verändert? Irgendetwas ... Das kann alles sein oder fast nichts. Wissen, was es ist, darum geht es. Dann stellen wir uns also die Frage: Was ist es?«

Abel überlegte, dachte wieder und wieder nach, aber am Ende stand er doch nur vor dieser Frage. Es war wie eine Sackgasse. »Was für Menschen sind das? Welche Fähigkeit ist das? Worin besteht das Verändern? Sind diese Begriffe nicht vielleicht viel zu weit weg von dem, was sie ausdrücken wollen? Dass man zwangsläufig Wörter benutzen muss, erschwert dies nicht, eine Antwort zu finden? Und wie soll man sie dann finden?«

Während Abel grübelte, brannte die Zigarette hinunter bis zu den Fingern, die sie hielten. Vorsichtig, damit der lange Aschestiel, zu dem die Zigarette geworden war, nicht herunterfiel, legte er sie in den Aschenbecher. Er wollte seinen Gedanken wieder aufnehmen, da klopfte es zweimal leicht an die Tür. Er erhob sich.

»Herein.«

Mariana erschien mit einem Hemd in der Hand.

»Entschuldigen Sie die Störung, Senhor Abel, aber ich weiß nicht, ob dieses Hemd noch zu retten ist …«

Abel griff nach dem Hemd, betrachtete es und fragte lächelnd:

»Was meinen Sie, Senhora Mariana?«

Sie lächelte auch.

»Ich weiß nicht … Ist ja schon ziemlich alt …«

»Sehen Sie einfach, was sich damit machen lässt. Wissen Sie was? … Gelegentlich brauche ich eher ein altes Hemd als ein neues … Merkwürdig, oder?«

»Sie werden schon Ihre Gründe haben, Senhor Abel …« Sie wendete das Hemd hin und her, als wollte sie deutlich machen, wie abgetragen es war, und fügte hinzu: »Mein Silvestre hatte auch mal so eins. Ich glaube, ich habe noch ein paar Flicken … Wenigstens für den Kragen …«

»Das macht doch zu viel Arbeit. Vielleicht lassen …«

Abel stockte. Er sah in Marianas Augen, was er ihr antun würde, wenn er sie daran hinderte, sein Hemd zu flicken.

»Vielen Dank, Senhora Mariana. Es wird sicher besser …«

Mariana ging. So dick, dass man lachen musste, so gütig, dass einem die Tränen kamen.

»Vielleicht ist es die Güte«, dachte Abel. »Aber das ist auch noch nicht alles«, dachte er dann. »Hier gibt es etwas, das ich nicht greifen kann. Sie sind glücklich, das sieht man. Sie sind verständnisvoll, sie sind gütig, das spüre ich sehr wohl. Aber irgendetwas fehlt noch, vielleicht das Wichtigste, vielleicht das, was die Ursache für ihr Glück, ihr Verständnis, ihre Güte ist. Vielleicht das, was – ja, das muss es sein – Ursache und Wirkung ihrer Güte, ihres Verständnisses und ihres Glücks ist.«

Vorläufig fand Abel aus dem Labyrinth nicht heraus. Das stärkende Abendessen trug sicherlich dazu bei, dass seine Denkfähigkeit ein wenig abgestumpft war. Er dachte daran, etwas zu lesen, bevor er schlafen ging. Es war noch früh, erst kurz nach halb elf, er hatte noch viel Zeit vor sich. Aber er hatte keine Lust, zu lesen. Auch nicht, auszugehen, trotz des beständigen Wetters, des wolkenlosen Himmels, der milden Temperatur. Er wusste, was er draußen zu sehen bekommen würde: schlendernde oder hastende, interessierte oder gleichgültige Menschen. Dunkle Häuser, beleuchtete Häuser. Den egoistischen Lauf des Lebens, die Gier, die Furcht, die Sehnsucht, die Aufforderung der Frau, die an ihm vorübergeht, die Erwartung, den Hunger, den Luxus – und die Nacht, die allem die Maske abnimmt und das wahre Antlitz des Menschen zeigt.

Er fasste einen Entschluss. Er wollte mit Silvestre plaudern, mit seinem Freund Silvestre. Er wusste, der Zeitpunkt war nicht günstig, der Schuster war mit einer dringenden Arbeit beschäftigt, aber selbst wenn er sich nicht mit ihm unterhalten konnte, wäre er zumindest in seiner Nähe und würde seine geschickten Handgriffe beobachten können, seinen ruhigen Blick spüren. »Ruhe, sonderbar ...«, dachte er.

Als Silvestre ihn den Erker betreten sah, sagte er lächelnd: »Heute gibt es kein Spielchen, oder?«

Abel setzte sich ihm gegenüber. Die niedrige Lampe beschien die Hände des Schusters und den Kinderschuh, an dem er arbeitete.

»Es hilft ja nichts! Sie haben keine festen Arbeitszeiten ...«

»Die hatte ich mal. Heute bin ich Unternehmer ...«

Er sprach das letzte Wort so aus, dass er ihm jede Bedeutung nahm. Mariana saß beim Wäschetrog, sie nähte das Hemd und warf ein:

»Unternehmer ohne Kapital ...«

Abel holte seine Zigarettenschachtel heraus und hielt sie Silvestre hin.

»Möchten Sie eine?«

»Ja, gern.«

Aber Silvestres Hände waren beschäftigt, er konnte keine Zigarette herausziehen. Abel nahm sie für ihn heraus, steckte sie ihm in den Mund und gab ihm anschließend Feuer. Alles ohne ein Wort. Niemand sagte etwas von Zufriedenheit, aber alle waren zufrieden. Die geschärfte Sensibilität des jungen Mannes nahm die Schönheit des Augenblicks wahr. Eine pure Schönheit. »Jungfräulich«, dachte er.

Sein Stuhl war höher als die Hocker, auf denen Silvestre und Mariana saßen. Er sah ihre gebeugten Köpfe, ihr graues Haar, Silvestres zerfurchte Stirn, Marianas glänzende rote Wangen – und das heimelige Licht um sie herum. Abels Gesicht lag im Schatten, die Glut seiner brennenden Zigarette zeigte an, wo sich sein Mund befand.

Mariana blieb nicht gern lange auf. Zudem ließen ihre müden Augen abends nach. Zu ihrem Kummer sackte ihr der Kopf plötzlich nach vorn. Für gesellige Abende war sie nicht zu haben. In den frühen Morgenstunden, da konnte man sie einladen.

»Du träumst schon mit offenen Augen«, sagte Silvestre.

»Was redest du, Mann! Ich bin doch keine Schlafwandlerin!«

Aber es half nichts. Es vergingen keine fünf Minuten, da stand Mariana auf. Die Lider waren ihr schwer wie Blei, Senhor Abel solle sie bitte entschuldigen.

Die beiden Männer blieben allein.

»Ich habe mich noch nicht für das Abendessen bedankt«, sagte Abel.

»Ich bitte Sie. Das ist doch nicht der Rede wert.«

»Doch, für mich ist es das.«

»Sagen Sie das nicht. So ein Arme-Leute-Essen …«

»Zu dem Sie einen noch Ärmeren eingeladen haben … Lustig! Das ist das erste Mal, dass ich mich selbst als arm bezeichne. Darüber habe ich noch nie nachgedacht.«

Silvestre antwortete nicht. Abel streifte die Asche von der Zigarette ab und sprach weiter.

»Aber das war nicht der Grund, weshalb ich gesagt habe, dass es für mich wichtig ist. Sondern weil ich mich noch nie so wohl gefühlt habe wie heute. Wenn ich irgendwann weggehe, werde ich mich bestimmt hierher zurücksehnen.«

»Aber warum sollten Sie denn weggehen?«

Mit einem Lächeln antwortete Abel:

»Denken Sie daran, was ich Ihnen neulich gesagt habe … Sobald ich das Gefühl habe, festgehalten zu werden, schneide ich die Tentakel durch …« Nach kurzem Schweigen, das Silvestre nicht unterbrach, fügte er hinzu: »Ich hoffe, Sie halten mich nicht für undankbar …«

»Nein, das tue ich nicht. Wenn ich nicht wüsste, wer Sie

sind, wenn ich nichts über Ihr Leben wüsste, dann würde ich das natürlich denken.«

Abel neigte sich vor, er konnte seine Neugier nicht unterdrücken.

»Wie ist es möglich, dass Sie so verständnisvoll sind?«

Silvestre blickte auf und blinzelte, weil das Licht ihn blendete.

»In einem Beruf wie meinem ist das nicht üblich, das wollen Sie doch damit sagen, oder?«

»Ja ... vielleicht ...«

»Und dabei bin ich schon immer Schuster gewesen ... Sie sind Aufseher, und Sie sind gebildet. Bei Ihnen würde auch niemand denken ...«

»Aber ich ...«

»Sprechen Sie ruhig weiter. Aber Sie sind zur Schule gegangen, nicht wahr?«

»In der Tat.«

»Ich war auch in der Schule. Der Hauptschule. Danach habe ich ein paar Sachen gelesen, mehr gelernt ...«

Als verlangte der Schuh seine ganze Aufmerksamkeit, verstummte der Schuster und senkte den Kopf tiefer. Das Licht fiel auf seinen mächtigen Nacken und die muskulösen Schulterblätter.

»Ich störe Sie bei Ihrer Arbeit«, sagte Abel.

»Nein. Das hier könnte ich auch mit geschlossenen Augen machen.«

Er legte den Schuh weg, nahm drei Garnfäden und begann sie einzuwachsen. Das machte er mit weit ausholenden, rhythmischen Bewegungen. Nach und nach nahm das weiße Garn eine lebhaft gelbe Farbe an.

»Dass ich es mit offenen Augen mache, ist nur eine Frage der

Gewohnheit«, fuhr er fort. »Und außerdem würde es länger dauern, wenn ich es mit geschlossenen Augen machte.«

»Abgesehen davon, dass es dann nicht perfekt wäre«, fügte Abel hinzu.

»Richtig. Was beweist, dass wir die Augen selbst dann offen halten müssen, wenn wir sie schließen könnten ...«

»Was Sie da gerade gesagt haben, klingt wie ein Rätsel.«

»So rätselhaft ist das gar nicht. Mit so viel Erfahrung in diesem Handwerk könnte ich doch wirklich mit geschlossenen Augen arbeiten, oder etwa nicht?«

»In gewisser Hinsicht ja. Nur haben Sie doch selbst zugegeben, dass ihre Arbeit dann nicht perfekt wäre.«

»Deshalb halte ich die Augen offen. Aber es stimmt doch auch, dass ich in meinem Alter die Augen schließen könnte, oder?«

»Sterben?«

Silvestre, der nach der Ahle gegriffen hatte und Löcher in die Sohle stach, um mit dem Nähen zu beginnen, hielt inne.

»Sterben?! Wieso das denn! Damit habe ich keine Eile.«

»Was dann?«

»Die Augen schließen heißt lediglich nicht sehen.«

»Aber was nicht sehen?«

Der Schuster breitete die Arme aus, als wollte er all das umfassen, woran er dachte.

»Das hier ... das Leben ... die Menschen ...«

»Ich gestehe, dass ich nicht recht begreife, worauf Sie hinauswollen.«

»Das können Sie auch nicht. Sie wissen nicht ...«

»Sie machen mich neugierig. Ich versuche mal zu sortieren. Sie haben gesagt, wir müssten die Augen auch dann offenhalten, wenn wir sie schließen könnten, richtig? Dann haben

Sie gesagt, dass Sie Ihre Augen offen halten, um das Leben zu sehen, die Menschen ...«

»Genau.«

»Also gut. Wir alle haben die Augen offen und sehen die Menschen, das Leben ... Und das unabhängig davon, ob wir sechs oder sechzig sind ...«

»Es kommt darauf an, wie man sieht.«

»Ah! Jetzt kommen wir der Sache schon näher! Sie bewahren sich die offenen Augen für eine bestimmte Sicht auf die Dinge. Ist es das, was Sie damit sagen wollen?«

»Genau das habe ich gesagt.«

»Und welche Sicht ist das?«

Silvestre antwortete nicht. Jetzt dehnte er die Garnfäden. Seine Armmuskeln spannten sich.

»Ich halte Sie auf«, sagte Abel. »Wenn wir weiterreden, sind Sie mit Ihrer Arbeit morgen noch nicht fertig ...«

»Und wenn wir es nicht tun, grübeln Sie die ganze Nacht.«

»Das stimmt.«

»Sie platzen wohl vor Neugier, hm? So wie ich neulich. Nach zwölf Jahren im Leben unterwegs haben Sie einen Paradiesvogel entdeckt. Einen Schuster-Philosophen! Fast so, als hätten Sie das große Los gewonnen ...«

Abel hatte das Gefühl, Silvestre mache sich über ihn lustig, aber er überspielte sein Missfallen und antwortete in leicht säuerlichem Ton:

»Natürlich möchte ich es gern wissen, aber ich habe noch nie jemanden gezwungen, etwas zu sagen, was er nicht sagen will. Nicht einmal die Menschen, zu denen ich Vertrauen hatte ...«

»Das ist wohl auf mich gemünzt. Die Botschaft ist angekommen.«

Der Ton seiner Worte war so scherzhaft und spöttisch, dass

Abel sich beherrschen musste, um nicht missgelaunt zu antworten. Also schwieg er lieber. Innerlich spürte er, dass er auf Silvestre nicht böse war, dass er, selbst wenn er es wollte, sich mit ihm nicht würde überwerfen können.

»Sind Sie verärgert?«, fragte der Schuster.

»N ... nein ...«

»Dieses Nein bedeutet ja. Von Ihnen habe ich gelernt, alles zu hören, was man zu mir sagt, und darauf zu achten, wie es gesagt wird.«

»Finden Sie nicht, dass ich recht habe?«

»Doch. Sie haben recht, aber keine Geduld.«

»Keine Geduld? Ich habe doch gerade gesagt, dass ich niemanden zum Sprechen zwinge!«

»Aber wenn Sie es könnten?

»Dann ... Dann würde ich Sie zwingen. So, jetzt haben Sie mich! Zufrieden?«

Silvestre lachte laut.

»Zwölf Jahre Lebenserfahrung haben Sie noch nicht gelehrt, sich zu beherrschen.«

»Die haben mich anderes gelehrt.«

»Die haben Sie gelehrt, misstrauisch zu sein.«

»Wie können Sie das sagen? Habe ich Ihnen etwa nicht vertraut?«

»Doch. Aber was Sie gesagt haben, hätten Sie auch zu jedem anderen Menschen sagen können. Sie hätten nur das Bedürfnis haben müssen, sich auszusprechen.«

»Das stimmt. Aber bedenken Sie, dass Sie es waren, bei dem ich mich ausgesprochen habe.«

»Dafür danke ich Ihnen ... Das meine ich jetzt ernst. Ich danke Ihnen wirklich.«

»Sie brauchen mir nicht zu danken.«

Silvestre legte Schuh und Ahle weg und schob den Arbeitstisch etwas zur Seite. Dann drehte er die Lampe so, dass er Abels Gesicht sehen konnte.

»Oh! Da ist aber einer richtig böse ...«

Abels Gesicht verfinsterte sich noch mehr. Er war versucht, aufzustehen und zu gehen.

»Hören Sie«, sagte Silvestre. »Stimmt es wirklich, dass Sie allen Leuten gegenüber misstrauisch sind? Sie sind also ein ... ein ... mir fällt das richtige Wort nicht ein.«

»Ein Skeptiker?«

»Richtig, ein Skeptiker.«

»Vielleicht. Ich habe so viele Reinfälle erlebt, dass es überraschen würde, wenn ich es nicht wäre. Aber was bringt Sie dazu, mich für einen Skeptiker zu halten?«

»Alles, was Sie mir erzählt haben, spricht dafür.«

»Aber irgendwann ist Ihnen das nahegegangen.«

»Das hat nichts zu sagen. Genauso gehen mir die großen Katastrophen nahe, über die gelegentlich in der Zeitung berichtet wird ...«

»Sie weichen aus. Warum bin ich ein Skeptiker?«

»Das sind alle jungen Männer Ihres Alters. Zumindest in der heutigen Zeit ...«

»Und welche jungen Männer kennen Sie, die so ein Leben wie ich gehabt haben?«

»Keinen außer Ihnen. Und was Sie erlebt haben, hat Ihnen nicht viel genützt. Sie wollen das Leben kennenlernen, haben Sie gesagt. Wozu? Für Ihren persönlichen Gebrauch, zu Ihrem Vorteil, zu sonst nichts!«

»Wer hat das gesagt?«

»Das habe ich erraten. Ich habe einen kleinen Finger, der kann alles erraten ...«

»Machen Sie wieder Scherze?«

»Schon gut ... Erinnern Sie sich, dass Sie von Tentakeln gesprochen haben, die uns festhalten?«

»Darauf habe ich mich ja bezogen ...«

»Eben, und das genau ist der Punkt. Die ständige Sorge, festgehalten zu werden ...«

Abel unterbrach ihn. Seine Miene zeigte keinerlei Missstimmung mehr. Jetzt war er interessiert, fast aufgeregt.

»Ja, und? Sie wollen, dass ich eine feste Anstellung annehme und da mein Leben verbringe? Mich von einer Frau festhalten lasse? Ein Leben führe wie alle anderen auch?«

»Ich will es nicht, hätte aber auch nichts dagegen. Wenn es für Sie eine Rolle spielt, was ich will, dann möchte ich, dass Ihre Sorge, Sie könnten in ein Gefängnis geraten, Sie nicht zum Gefangenen Ihrer selbst, Ihrer Skepsis macht ...«

Abel lächelte bitter.

»Und ich glaubte, dass ich ein beispielhaftes Leben führe!«

»Das tun Sie, sofern Sie daraus lernen, was ich aus meinem gelernt habe ...«

»Und das wäre? Darf man das erfahren?«

Silvestre öffnete das Tabakpäckchen, nahm ein Blättchen heraus und drehte sich gemächlich eine Zigarette. Nach dem ersten Zug antwortete er:

»Eine bestimmte Sicht auf die Dinge ...«

»Damit sind wir wieder am Anfang. Sie wissen, was Sie sagen wollen. Ich weiß es nicht. Folglich ist ein Gespräch nicht möglich.«

»Doch. Wenn ich Ihnen sage, was ich weiß.«

»Na endlich! Es wäre besser gewesen, wenn Sie das gleich zu Anfang getan hätten.«

»Das glaube ich nicht. Zuerst musste ich Sie anhören.«

»Und jetzt höre ich Sie an. Und wehe Ihnen, wenn Sie mich nicht überzeugen!«

Er drohte mit dem Zeigefinger, doch seine Miene war freundschaftlich. Silvestre reagierte auf die Drohung mit einem Lächeln. Dann ließ er den Kopf nach hinten sinken und blickte an die Decke. Die Halssehnen sahen aus wie straff gespannte Schnüre. Der offene Hemdkragen gab den Blick frei auf den oberen Teil der Brust, dunkel von Härchen, zwischen denen kleine krause Silberfäden aufblitzten. Langsam, als kehrte er aus seinen schwer mit Erinnerungen beladenen Gedanken zurück, sah Silvestre Abel an. Dann begann er zu sprechen, mit tiefer Stimme, die bei manchen Wörtern bebte und bei anderen gleichsam schärfer und härter wurde.

»Hören Sie zu, mein Freund. Als ich sechzehn war, war ich schon das, was ich heute bin: Schuster. Zusammen mit vier Kollegen arbeitete ich in einer winzigen Kammer von früh bis spät. Im Winter tropfte das Wasser von den Wänden, im Sommer kam man um vor Hitze. Sie hatten recht, als sie sagten, dass in diesem Alter das Leben für mich offenbar nichts Wunderbares mehr war. Sie haben gehungert und gefroren, weil Sie es wollten, ich habe gehungert und gefroren, ohne es zu wollen. Das ist der Unterschied. Sie haben sich freiwillig für dieses Leben entschieden, daraus mache ich Ihnen keinen Vorwurf. Ob ich das Leben führen wollte, das ich hatte, danach hat niemand gefragt. Ich werde Ihnen auch nicht von meinen Kinderjahren erzählen, obwohl ich schon so alt bin, dass es mir Freude machen müsste, daran zurückzudenken. Aber es waren triste Jahre, die Ihnen jetzt nur die Laune verderben würden. Schlechte Kost, wenig anzuziehen, viel Prügel, damit ist alles gesagt. So viele Kinder leben auf diese Weise, dass es gar nichts Besonderes zu sein scheint ...«

Abel hatte das Kinn auf die geschlossene Faust gestützt und verlor kein Wort. Seine dunklen Augen funkelten. Der feminin geschnittene Mund hatte härtere Züge angenommen. Sein ganzes Gesicht lauschte aufmerksam.

»Mit sechzehn sah mein Leben so aus«, fuhr Silvestre fort: »Ich arbeitete in Barreiro. Kennen Sie Barreiro? Ich bin schon seit Jahren nicht mehr dort gewesen, keine Ahnung, wie es da jetzt aussieht. Aber weiter. Wie gesagt, ich habe die Hauptschule besucht. Abends ... Ich hatte einen Lehrer, der nahm gern die Handklatsche. Ich bekam sie ab, genau wie die anderen. Mein Wunsch, zu lernen, war groß, aber meine Müdigkeit war noch größer. Er wusste bestimmt, was ich tagsüber machte, ich kann mich erinnern, dass ich es ihm einmal erzählt habe, aber er hat mich nie verschont. Jetzt ist er unter der Erde. Möge er in Frieden ruhen ... Damals lag die Monarchie in den letzten Zügen. Ich glaube, es war wirklich kurz vor dem Ende ...«

»Sie sind natürlich Republikaner«, bemerkte Abel.

»Wenn Republikaner sein bedeutet, die Monarchie nicht zu mögen, dann bin ich Republikaner. Aber ich habe den Eindruck, dass Monarchie und Republik letztlich nur Worte sind. Heute jedenfalls ... Damals war ich überzeugter Republikaner, und Republik war mehr als nur ein Wort. Dann kam die Republik. Ich hatte überhaupt nichts dazu beigetragen, aber ich habe vor Freude geweint, als hätte ich das alles vollbracht. Sie, der Sie in diesen harten, misstrauischen Zeiten leben, können sich nicht vorstellen, wie viel Hoffnung es damals gab. Wenn alle dasselbe empfunden haben wie ich, dann gab es damals in ganz Portugal keinen einzigen unglücklichen Menschen. Ich war ein Kind, ich weiß, ich fühlte und dachte wie ein Kind. Später wurde mir dann klar, dass man mich meiner Hoffnungen beraubte. Die Republik war nichts Neues mehr, und in diesem Land wird nur Neues wertgeschätzt. Wir kämpfen wie die Löwen für ein Ziel und enden als Packesel. Das liegt uns im Blut. Es gab viel Begeisterung, viel Engagement, es war, als wäre uns ein Kind geboren. Aber es gab auch viele Leute, die entschlossen waren, mit unseren Ideen aufzuräumen. Denen war jedes Mittel recht. Und das Schlimmste war, dass da Leute auftauchten, die mit aller Gewalt das Vaterland retten wollten. Als stünde es vor dem Untergang … Keiner wusste mehr so richtig, was er wollte. Gestern noch Freunde, am nächsten Tag Feinde, ohne genau zu wissen, warum. Ich hörte etwas hier, etwas da, grübelte, wollte etwas tun, wusste aber nicht, was. Es gab Momente, da wäre ich bereit gewesen, mein Leben herzugeben, wenn man es von mir verlangt hätte. Ich diskutierte mit meinen Arbeitskameraden. Einer war Sozialist. Er war der Intelligenteste von uns allen. Er wusste sehr viel. Glaubte an den Sozialismus und konnte erklären, wieso. Mir lieh er Bücher. Ich sehe ihn noch vor mir. Er war älter als ich, sehr dünn und sehr blass. Wenn er über bestimmte Dinge sprach, funkelten seine Augen. Als Folge seiner Arbeitshaltung und weil er schwach war, hatte er einen krummen Rücken. Seine Brust war eingefallen. Er sagte, er habe mich gern, weil ich stark und gleichzeitig klug sei …«, Silvestre schwieg kurz, zündete die Zigarette, die inzwischen erloschen war, neu an und fuhr fort: »Er hieß so wie Sie, Abel … Das ist jetzt schon über vierzig Jahre her. Er ist vor dem Krieg gestorben. Eines Tages kam er nicht zur Arbeit, und ich ging ihn besuchen. Er wohnte bei seiner Mutter, lag hoch fiebernd im Bett. Er hatte Blut gespuckt. Als ich ins Zimmer kam, lächelte er. Dieses Lächeln bedrückte mich, es war, als wollte er sich von mir verabschieden. Zwei Monate später war er tot. Er hat mir seine Bücher vermacht. Ich habe sie immer noch …«

Silvestres Blick ging zurück in die ferne Vergangenheit. Er sah das ärmliche Zimmer des Kranken, so ärmlich wie sein eigenes, die langen Hände mit rötlich lila Fingernägeln, das blasse Gesicht mit den brennenden Augen.

»Sie haben nie einen Freund gehabt, oder?«, fragte er.

»Nein, nie ...«

»Schade. Sie wissen nicht, was es heißt, einen Freund zu haben. Auch nicht, wie schwer es ist, einen Freund zu verlieren, und wie sehr er einem fehlt, wenn man an ihn zurückdenkt. Das gehört zu den Dingen, die das Leben Sie nicht gelehrt hat ...«

Abel antwortete nicht, nickte aber bedächtig. Silvestres Stimme, die Worte, die er hörte, brachten seine Gedanken in eine neue Ordnung. Ein Licht, nicht sehr hell, doch eindringlich, hatte sich den Weg in seinen Kopf gebahnt und beleuchtete Schatten und Nischen.

»Dann kam der Krieg«, sprach Silvestre weiter. »Ich ging nach Frankreich. Nicht freiwillig. Sie haben mich geschickt, da half nichts. In Flandern steckten wir bis zu den Knien im Schlamm. Ich war in La Couture ... Wenn ich vom Krieg spreche, kann ich nicht sehr viel sagen. Ich stelle mir vor, was der letzte Krieg für die gewesen sein muss, die ihn erlebt haben, und halte den Mund. Wenn der erste der Große Krieg war, wie soll man dann den letzten nennen? Und wie wird man den nächsten nennen?« Ohne eine Antwort abzuwarten, fuhr er fort: »Als ich zurückkam, hatte sich etwas verändert. In zwei Jahren gibt es immer Veränderungen. Aber am meisten verändert hatte ich mich. Ich kehrte an den Schustertisch zurück, in einer anderen Werkstatt. Meine neuen Kollegen waren schon erwachsene Männer und Familienväter, die sich keine Märchen erzählen lassen wollten, wie sie sagten. Als sie herausbekommen hatten, wer ich war, schwärzten sie mich beim Chef an. Mir wurde gekündigt und mit der Polizei gedroht …«

Silvestre lächelte gezwungen, als wäre ihm etwas Lustiges eingefallen. Doch gleich darauf wurde er wieder ernst.

»Die Zeiten hatten sich geändert. Bevor ich nach Frankreich ging, konnte man seine Ideen den Kollegen gegenüber laut aussprechen, niemand wäre auf den Gedanken gekommen, deswegen zur Polizei oder zum Chef zu gehen. Aber nun musste man den Mund halten. Und ich schwieg. Um diese Zeit habe ich meine Mariana kennengelernt. Wer sie heute sieht, kann sich nicht vorstellen, wie sie damals aussah. Schön wie ein Maimorgen …«

Ohne darüber nachzudenken, fragte Abel:

»Sie haben Ihre Frau sehr gern?«

Silvestre zögerte überrascht. Dann antwortete er ernst und aus tiefer Überzeugung:

»Ja. Sehr, sehr gern.«

»Es ist die Liebe«, dachte Abel. »Es ist die Liebe, die ihnen diese Ruhe schenkt, diese Friedlichkeit.« Und plötzlich schoss ihm der dringende Wunsch, zu lieben, ins Herz, sich hinzugeben, in der Dürre seines Lebens die rote Blume der Liebe zu sehen. Silvestre sprach weiter:

»Ich habe an meinen Freund Abel gedacht, den anderen …«

Lächelnd bedankte sich der junge Mann mit einer Kopfbewegung für die Feinfühligkeit dieser Bemerkung.

»Ich las die Bücher, die er mir vermacht hatte, noch einmal und begann, ein Doppelleben zu führen. Tagsüber war ich Schuster, ein schweigsamer Schuster, dessen Blick nicht weiter reichte als bis zu den Schuhen, die er neu besohlte. Abends lebte ich dann mein wahres Ich. Wundern Sie sich nicht, dass meine Ausdrucksweise für einen mit meinem Beruf zu fein ist.

Ich habe mit vielen gebildeten Menschen zu tun gehabt, und wenn ich nicht alles gelernt habe, was ich hätte lernen müssen, so habe ich doch zumindest so viel gelernt, wie ich konnte. Zweimal habe ich mein Leben riskiert. Ich habe keinen Auftrag abgelehnt, und wenn er noch so gefährlich war ...«

Silvestre sprach langsamer, als wehrte er sich gegen eine schmerzliche Erinnerung oder als suchte er, wenn es sich schon nicht vermeiden ließ, nach den passenden Worten, darüber zu sprechen.

»Einmal streikten die Eisenbahner. Nach zwanzig Tagen wurden sie zum Militär eingezogen. Als Reaktion darauf ordnete das Zentralkomitee an, die Bahnhöfe zu räumen. Ich hielt Kontakt zu den Eisenbahnern, das war mein Auftrag. Ich galt als Vertrauensmann, obwohl ich noch so jung war. Meine Aufgabe bestand darin, eine Gruppe anzuführen, die nachts in einem Viertel von Barreiro Plakate kleben sollte. Spätnachts stießen wir mit Leuten von der Monarchistischen Jugend zusammen ...«

Silvestre drehte sich eine neue Zigarette. Seine Hände zitterten leicht, er vermied es, Abel in die Augen zu sehen.

»Einer kam ums Leben. Ich habe ihn nicht genau gesehen, aber er war jung. Er lag auf der Straße. Es regnete, ein kalter Nieselregen, die Straßen waren voller Matsch. Dann kam die Polizei, wir liefen weg, bevor man uns identifizieren konnte. Wer ihn getötet hat, haben wir nie erfahren ...«

Drückende Stille, als hätte der Tod zwischen den beiden Männern Platz genommen. Silvestre hielt den Kopf noch immer gesenkt. Abel hustete kurz und fragte:

»Und dann?«

»Dann ... So ging es jahrelang. Später habe ich geheiratet. Meine Mariana hat meinetwegen viel gelitten. Stumm. Sie glaubte, ich hätte recht, und hat mir nie Vorhaltungen gemacht. Wollte mich nie von meinem Weg abbringen. Dafür bin ich ihr dankbar. Die Jahre vergingen. Heute bin ich alt ...«

Silvestre stand auf und verließ den Erker. Nach wenigen Minuten kam er mit der Likörflasche und zwei Gläsern zurück.

»Möchten Sie einen Kirschlikör zum Aufwärmen?«

»Ja, gern.«

Die beiden Männer saßen schweigend vor ihren gefüllten Gläsern.

»Und nun?«, fragte Abel nach einer Weile.

»Was?«

»Wo bleibt die bestimmte Sicht auf die Dinge?«

»Haben Sie das nicht bemerkt?«

»Doch, vielleicht schon, aber ich würde es lieber von Ihnen hören.«

Silvestre leerte das Glas mit einem Schluck, wischte sich mit dem Handrücken den Mund ab und antwortete:

»Wenn Sie das nicht selbst entdeckt haben, dann habe ich Ihnen nicht richtig vermittelt, was ich empfinde. Kein Wunder. Manche Dinge sind so schwierig in Worte zu fassen ... Wir glauben, alles sei gesagt, aber letztlich ...«

»Weichen Sie nicht aus.«

»Nein, nein, ich weiche nicht aus. Ich habe gelernt, mehr zu sehen als nur diese Schuhsohlen, ich habe gelernt, dass es hinter diesem elenden Leben der Menschen ein großes Ideal gibt, eine große Hoffnung. Ich habe gelernt, dass das Leben jedes Einzelnen von uns von diesem Ideal, dieser Hoffnung geleitet sein muss. Und wenn es Menschen gibt, die nicht so empfinden, dann liegt das daran, dass sie schon gestorben sind, bevor sie geboren wurden.« Lächelnd fügte er hinzu: »Der Satz stammt nicht von mir. Ich habe ihn vor vielen Jahren gehört ...«

»Ihrer Meinung nach zähle ich also zu denen, die gestorben sind, bevor sie geboren wurden?«

»Sie zählen zu einer anderen Gruppe, zu denen, die noch nicht geboren sind.«

»Vergessen Sie dabei nicht, dass ich viel Erfahrung habe?«

»Nein, ich vergesse nichts. Erfahrung zählt nur dann, wenn sie anderen nützt, und Sie sind für niemanden von Nutzen.«

»Ja, das gebe ich zu. Aber wem hat Ihr Leben genützt?«

»Ich habe mich bemüht. Und wenn ich nichts erreicht habe, so habe ich mich doch wenigstens bemüht.«

»Auf Ihre Art. Und wer sagt Ihnen, dass es die beste ist?«

»Heute sagen fast alle, es sei die schlechteste. Gehören Sie womöglich zu denen, die so reden?«

»Wenn ich ehrlich sein soll, ich weiß es nicht ...«

»Das wissen Sie nicht? In Ihrem Alter und nach allem, was Sie gesehen und erlebt haben, wissen Sie das noch nicht?«

Abel hielt Silvestres Blick nicht stand und senkte den Kopf.

»Wie ist es möglich, dass Sie das nicht wissen?«, fragte der Schuster wieder. »Diese zwölf Jahre, die Sie so gelebt haben, haben Ihnen nicht die Erbärmlichkeit des menschlichen Daseins gezeigt? Das Elend? Den Hunger? Die Unwissenheit? Die Angst?«

»Doch, all das. Aber es ist eine andere Zeit ...«

»Ja. Es ist eine andere Zeit, aber die Menschen sind dieselben ...«

»Manche sind gestorben ... Ihr Freund Abel zum Beispiel.«

»Aber andere wurden geboren. Sie, mein Freund Abel ... Abel Nogueira, zum Beispiel.«

»Jetzt widersprechen Sie sich. Vorhin erst haben Sie gesagt, dass ich zu denen gehöre, die noch nicht geboren sind ...«

Silvestre zog den Arbeitstisch wieder zu sich. Er griff nach dem Schuh und nahm seine Arbeit wieder auf. Mit zitternder Stimme antwortete er:

»Vielleicht haben Sie mich nicht verstanden.«

»Ich verstehe Sie besser, als Sie glauben ...«

»Und habe ich nicht recht?«

Abel stand auf, er blickte hinaus in den Hinterhof. Die Nacht war dunkel. Er öffnete das Fenster. Alles war still und düster. Aber am Himmel standen Sterne. Die Milchstraße spannte ihre helle Bahn von einem Horizont zum anderen. Und von der Stadt stieg dumpfes Brausen wie aus einem Krater auf.

22

Dank der Vitalität eines Sechsjährigen erholte sich Henrique schnell. Die Krankheit hatte keine bösen Spuren hinterlassen, dafür schien es, als hätte sich sein Wesen verändert. Vielleicht war er empfindlicher geworden, weil sie ihn übertrieben umsorgt hatten. Bei jedem etwas strengeren Wort traten ihm die Tränen in die Augen, und schon weinte er.

Aus dem zappeligen Jungen war ein scheues Kind geworden. In Gegenwart des Vaters wurde er ernst und genauso schweigsam. Er sah ihn mit zärtlichem Blick an, voll stummer Verehrung, liebender Zuneigung. Der Vater verhielt sich nicht liebevoller als zuvor – es gab also keine nennenswerte Erwiderung. Was Henrique jetzt zu ihm hinzog, war genau das, was ihn zuvor abgehalten hatte: sein Schweigen, seine knappen Sätze, sein geistesabwesender Ausdruck. Aus ihm unbekannten Gründen – die er auch nicht verstanden hätte, wären sie ihm bekannt gewesen – hatte sein Vater an seinem Bett gesessen. Sein besorgtes und zugleich reserviertes Gesicht, die feindselige Atmosphäre im Haus, all das, dazu seine durch die Krankheit sensibilisierte Wahrnehmung drängten ihn auf merkwürdige Weise zum Vater hin. In seinem kleinen Hirn hatte sich eine der vielen bislang geschlossenen Türen geöffnet. Ohne dass es ihm bewusst gewesen wäre, tat er einen Schritt zum Erwachsenwerden. Er nahm die Missstimmung in der Familie wahr.

Zwar hatte er vorher schon heftige Szenen zwischen den Eltern erlebt. Aber er hatte sie als gleichgültiger Zuschauer erlebt, wie ein Spiel, das ihn weder aus der Nähe noch aus der Ferne betraf. Das war jetzt anders. Noch unter dem Einfluss der Krankheit, spürte er unwillentlich alles, worin sich der latente Konflikt äußerte. Das Prisma, durch das er seine Eltern sah, hatte sich gedreht, ein wenig nur, doch weit genug, dass er sie jetzt anders zur Kenntnis nahm. Diese Veränderung hätte früher oder später ohnehin stattgefunden – die Krankheit hatte sie nur beschleunigt.

Das Bild seiner Mutter hatte sich für ihn fraglos überhaupt nicht verändert. Doch der Vater erschien ihm nun in anderem Licht. Henrique war sechs Jahre alt – ihm konnte unmöglich bewusst sein, dass die Veränderung in ihm selbst stattgefunden hatte. Folglich musste es der Vater sein, der sich verändert hatte. Doch weder sprach der Vater häufiger mit ihm, noch küsste er ihn öfter als zuvor. Da Henrique die wahre Erklärung nicht kannte, führte er die Veränderung darauf zurück, dass der Vater ihn während seiner Krankheit so liebevoll umsorgt hatte. So gesehen war also alles in Ordnung. Letztlich revanchierte sich Henrique mit seinem Interesse lediglich: nicht für des Vaters Interesses in der Gegenwart, sondern für sein Interesse in der Vergangenheit. Als Anerkennung. Als Dank. Jeder Lebensabschnitt wählt die einfachste, direkteste Erklärung.

Henriques Interesse manifestierte sich bei jeder Gelegenheit. Bei den Mahlzeiten stand sein Stuhl näher zu dem des Vaters als zu dem der Mutter. Wenn Emílio abends seine Papiere ordnete, die Anfragen und Aufträge, die er im Laufe des Tages erhalten hatte, stellte sich der Sohn an den Tisch und sah ihm bei der Arbeit zu. Fiel dem Vater ein Papier herunter – und Henrique wünschte sich das von ganzem Herzen –, dann beeilte er sich, es für ihn aufzuheben, und wenn der Vater ihn zum Dank anlächelte, war Henrique das glücklichste Kind der Welt. Aber es gab ein noch größeres Glück, und das ließ sich mit nichts vergleichen: Es war der Moment, wenn der Vater ihm die Hand auf den Kopf legte. Dann wurde ihm fast schwarz vor Augen.

Das plötzliche und scheinbar unerklärliche Interesse seines Sohnes an ihm löste in Emílio zwei widersprüchliche Reaktionen aus. Zum einen Rührung. In seinem Leben gab es so wenig Zuneigung, so gar keine Liebe, und er fühlte sich derart vereinsamt, dass die kleinen Aufmerksamkeiten seines Sohnes, seine ständige Gegenwart an seiner Seite, seine Anhänglichkeit ihn rührten. Doch schon bald wurde er sich der Gefahr bewusst: Das Interesse, die Rührung bezweckten nur, ihm den Entschluss, die Familie zu verlassen, zu erschweren. Er wurde abweisender, suchte den Sohn auf Distanz zu halten, kehrte Charakterzüge stärker heraus, die ihn weiter entmutigen sollten. Doch der Junge gab nicht auf. Hätte Emílio Gewalt eingesetzt, dann hätte er ihn vielleicht von sich fernhalten können. Aber das konnte er nicht. Er hatte ihn noch nie geschlagen, und er war dazu auch dann nicht bereit, wenn Prügel der Preis der Freiheit wären. Der Gedanke, dass die Hand, die seinen Sohn liebkoste und von diesem dafür geliebt wurde, zuschlagen könnte, bereitete ihm tiefes Unbehagen.

Emílio grübelte zu viel. Sein Kopf beschäftigte sich mit allem. Er drehte und wendete die Probleme, ließ sich auf sie ein, vergrub sich in sie, und am Ende wurde sein eigenes Grübeln zum Problem. Er vergaß, worauf es wirklich ankam, und suchte nach den Gründen und Motiven. Das Leben ging an ihm vorüber, und er merkte es gar nicht. Das Problem, das es zu lösen galt, lag vor ihm, aber er sah es nicht. Hätte es selbst dann nicht gesehen, wenn es laut gerufen hätte. Und anstatt jetzt nach einem Weg zu suchen, das Interesse seines Sohnes abzuwehren, wollte er die Gründe für dieses Interesse herausfinden. Und da er sie nicht fand, kam er mit seinen Gedanken, im Geflecht des Unbewussten gefangen, zu einem auf Aberglauben basierenden Schluss: Weil er seinem Sohn angekündigt hatte, dass er weggehen wolle, hatte sich dessen Zustand verschlechtert; aus dem gleichen Grund zeigte das Kind, verängstigt durch die Aussicht, ihn zu verlieren, dieses überraschende Interesse. Als seine Gedanken aus diesem lähmenden Morast auftauchten, wurde Emílio bewusst, wie irrational seine Schlussfolgerung war. Henrique hatte seine Worte wahrscheinlich nicht gehört, er hatte ihnen so viel Aufmerksamkeit geschenkt wie einer vorbeisummenden Fliege – gesehen und schon vergessen. Und die letzten, die endgültigen, unwiderruflichen Worte konnte er gar nicht gehört haben, denn er war vorher eingeschlafen. Doch hier setzten Emílios Gedanken zu einer neuerlichen Reise auf dem unsicheren Pfad des Unterbewussten an: Ausgesprochene Worte bleiben, selbst wenn sie nicht gehört wurden, in der Luft, werden sozusagen eingeatmet und zeitigen die gleiche Wirkung, als wären sie bis zu hörenden Ohren vorgedrungen. Eine törichte Schlussfolgerung, abergläubisch und aus Vorzeichen und Rätseln zusammengebastelt.

Für Carmen war das, was sich da abspielte, der deutlichste Beweis für die Verderbtheit ihres Mannes. Nicht damit zufrieden, ihr jegliches Glück zu verwehren, wollte er ihr jetzt auch noch die Liebe ihres Kindes stehlen. Sie kämpfte gegen Emílios Absichten. Verhätschelte ihr Kind doppelt. Doch Henrique schenkte einem einfachen Blick des Vaters mehr Aufmerksamkeit als der überschwänglichen Zuwendung der Mutter. In ihrer Verzweiflung ging Carmen so weit, zu glauben, ihr Mann habe ihn verhext, ihm irgendeine Droge zu trinken gegeben, um seine Gefühle zu beeinflussen. Nachdem sie sich dies in den Kopf gesetzt hatte, war abzusehen, wie sie reagieren würde. Klammheimlich ließ sie Henrique besprechen und beräuchern und drohte ihm Prügel für den Fall an, dass er dem Vater davon erzählte.

Durch die Hexerei-Zeremonie verwirrt, wurde Henrique nervöser und gereizter. Von den Drohungen der Mutter eingeschüchtert, schloss er sich dem Vater noch enger an.

Carmens Bemühungen waren vergeblich – weder Hexereien noch Zärtlichkeiten bewirkten, dass er in seiner Anhänglichkeit nachließ. Sie wurde aggressiv. Suchte nach Vorwänden, ihn zu schlagen. Für jede Kleinigkeit erntete er eine Ohrfeige. Sie wusste, dass sie sich falsch verhielt, doch sie konnte sich nicht beherrschen. Wenn sie sah, dass der Junge weinte, nachdem sie ihn geschlagen hatte, weinte sie auch, heimlich, aus Wut und aus schlechtem Gewissen. Am liebsten hätte sie ihn geschlagen, bis sie nicht mehr konnte, obwohl sie wusste, dass sie es hinterher tausendfach bereuen würde. Sie hatte sich nicht mehr in der Gewalt. Sie wollte irgendetwas Ungeheuerliches anstellen, alles zerschlagen, was ihr vor die Füße kam, durch die Wohnung laufen und gegen Möbel und Wände treten, dem Mann in die Ohren brüllen, ihn rütteln, ihn ohrfeigen. Ihre Nerven lagen blank, sie hatte jede Vorsicht abgelegt, auch die vage Angst, die sie als verheiratete Frau vor ihrem Mann empfand.

Eines Abends hatte Henrique seinen Hocker so nah zum Vater gerückt, dass Carmen spürte, wie ihr die Wut in einer Welle die Kehle hochkam. Ihr war, als würde ihr der Kopf platzen. Alles um sie herum drehte sich, und sie musste sich am

Tisch festhalten, um nicht zu fallen. Durch ihre plötzliche Bewegung fiel eine Flasche herunter. Das Missgeschick, das Zerschellen der Flasche auf dem Boden war die Zündschnur, die ihren Zorn zum Explodieren brachte. Mit einem Aufschrei stieß sie hervor:

»Ich hab's satt! Endgültig satt!«

Emílio, der seine Suppe aß und die Sache mit der Flasche gleichgültig hingenommen hatte, hob ruhig den Kopf, sah seine Frau mit seinen kalten hellen Augen an und fragte:

»Was?«

Bevor Carmen antwortete, warf sie ihrem Sohn einen so verärgerten Blick zu, dass der Junge sich duckte und an den Arm des Vaters lehnte.

»Dich hab ich satt! Dieses Haus! Deinen Sohn! Dieses Leben! Alles hab ich satt!«

»Es liegt an dir, das zu ändern.«

»Das hättest du wohl gern! Dass ich gehe! Aber ich gehe nicht!«

»Wie du möchtest …«

»Wenn ich aber gehen will?«

»Keine Sorge, ich hole dich nicht zurück.«

Er setzte dazu ein spöttisches Lächeln auf, das für Carmen schlimmer war als eine Ohrfeige. Überzeugt, ihren Mann tief zu treffen, erwiderte sie:

»Vielleicht doch … Denn wenn ich gehe, dann gehe ich nicht allein!«

»Ich verstehe nicht.«

»Ich nehme meinen Sohn mit!«

Emílio spürte, wie sich die Hand des Jungen in seinen Arm krallte. Er sah ihn kurz an, sah seine Lippen zittern und die Tränen in seinen Augen, und ihn überkam tiefes Mitleid, eine unbezwingbare Zärtlichkeit. Er wollte dem Jungen dieses unwürdige Schauspiel ersparen.

»Was für ein idiotisches Gerede! Merkst du denn nicht, dass er hier vor dir sitzt!«

»Das ist mir egal! Tu nicht so, als hättest du nicht verstanden!«

»Schluss jetzt!«

»Das bestimme ich!«

»Carmen!«

Sie reckte ihm ihr Gesicht entgegen. Ihr kräftiges Kinn, vom Alter schon etwas spitzer geworden, forderte ihn gleichsam heraus.

»Ich habe keine Angst vor dir! Nicht vor dir und auch vor niemanden sonst!«

Keine Frage, Angst hatte Carmen nicht. Aber plötzlich brach ihr die Stimme in der Kehle, Tränen strömten ihr übers Gesicht, und aus einem unwiderstehlichen Impuls stürzte sie sich auf ihren Sohn. Vor ihm kniend, die Stimme von Schluchzern unterbrochen, flüsterte, ja wimmerte sie geradezu:

»Sieh mich an, mein Sohn! Ich bin deine Mutter! Deine Freundin! Niemand liebt dich mehr als ich! Sieh mich an!«

Henrique zitterte vor Entsetzen und klammerte sich an den Vater. Carmen fuhr in ihrem abgehackten Monolog fort, sah immer deutlicher, dass ihr Sohn sich ihr entzog, und war dennoch nicht in der Lage, von ihm abzulassen.

Emílio stand auf, entriss das Kind den Armen seiner Frau, zog sie hoch und setzte sie auf einen Hocker. Fast besinnungslos ließ sie es geschehen.

»Carmen!«

Den Kopf in die Hände gestützt, saß sie weit nach vorn gebeugt auf dem Hocker und weinte. Henrique auf der anderen Seite des Tisches sah aus, als hätte er einen Anfall. Sein Mund stand offen, als bekäme er keine Luft, die Augen weit aufgerissen, der Blick starr wie bei einem Blinden. Emílio eilte zu ihm, redete beschwichtigend auf ihn ein, führte ihn aus der Küche heraus.

Erst ganz allmählich beruhigte sich das Kind. Als sie zurückkamen, wischte Carmen sich die Tränen mit der schmutzigen Schürze ab. Geduckt wie eine alte Frau, das Gesicht zerfurcht und gerötet; ein trauriger Anblick. Sie tat Emílio leid.

»Geht es dir besser?«

»Ja. Und der Junge?«

»In Ordnung.«

Sie setzten sich schweigend an den Tisch. Aßen schweigend. Nach der stürmischen Szene zwang die Erschöpfung sie zum Schweigen. Vater, Mutter und Sohn. Drei Menschen unter demselben Dach, im selben Licht, dieselbe Luft atmend. Eine Familie ...

Als sie die Mahlzeit beendet hatten, ging Emílio ins Wohnzimmer, und Henrique kam hinterher. Kraftlos, als hätte er eine anstrengende Tätigkeit hinter sich, ließ Emílio sich auf ein altes Korbsofa fallen. Henrique lehnte sich an seine Knie.

»Wie geht es dir?«

»Gut, Papa.«

Emílio strich ihm über das weiche Haar. Der kleine Kopf in seiner Hand rührte ihn. Er strich ihm die Haare über den Augen zur Seite, fuhr mit einem Finger über die schmalen Augenbrauen und dann den Konturen des Gesichts folgend bis hinunter zum Kinn. Henrique ließ sich wie ein kleiner Hund streicheln. Er atmete kaum, als fürchtete er, ein einziger Atemhauch könnte die Liebkosung beenden. Er sah den Vater unverwandt an. Emílios Hand wanderte noch immer über die Züge seines Sohnes, nun selbstvergessen, eine mechanische, unbewusste Bewegung. Henrique spürte, wie der Vater sich zurückzog. Er rutschte zwischen seine Knie und lehnte den Kopf an seine Brust.

Jetzt war Emílio vom Blick seines Sohnes befreit. Seine Augen wanderten von einem Möbelstück zum anderen, von Gegenstand zu Gegenstand. Auf einer Säule stand ein bemalter Knabe aus Ton mit einer Angel, zu seinen Füßen ein leeres Aquarium. Eine gerüschte Zierdecke, die unter der Statuette an den Säulenseiten herunterhing, bewies Carmens hausfrauliches Geschick. Auf der Anrichte und dem Geschirrschrank, in dem sich nur Geschirr der Manufaktur Sacavém befand, schimmerten matt ein paar Gläser. Alles wirkte matt, als verdeckte eine fest anhaftende Staubschicht Farbe und Glanz.

Emílios Augen nahmen Hässlichkeit, Eintönigkeit, Banalität wahr. Ein deprimierender Eindruck. Die Deckenlampe verteilte ihr Licht so, dass man meinen konnte, sie solle eher Schatten verbreiten. Und sie war modern, diese Lampe. Drei verchromte Arme mit den entsprechenden Schirmen. Aus Sparsamkeitsgründen brannte nur eine Birne.

In der Küche brachte Carmen sich in Erinnerung, indem sie schwer seufzend das Geschirr abwusch und über ihren Kummer nachdachte.

Den Sohn an die Brust gedrückt, sah Emílio die Beschränktheit seines gegenwärtigen Lebens, er dachte an die Beschränktheit seines vergangenen Lebens. Und was die Zukunft betraf ... Die hielt er in den Armen, nur war es nicht seine eigene. In wenigen Jahren würde der Kopf, der sich nun glücklich an seine Brust schmiegte, selbständig denken. Und was?

Emílio schob den Jungen langsam ein Stückchen von sich weg und sah ihn an. Henriques Gedanken schlummerten noch hinter seiner Gelassenheit. Alles war noch verborgen.

23

Amélia flüsterte der Schwester ins Ohr:
»Die Mädchen haben Probleme …«
»Wie bitte?«
»Sie haben Probleme …«
Sie saßen in der Küche. Kurz zuvor hatten sie ihr Abendessen beendet. Adriana und Isaura nähten im Zimmer nebenan Knopflöcher in Oberhemden. Durch die offene Tür fiel Licht in den dunklen Flur. Cândida sah ihre Schwester ungläubig an.
»Das glaubst du nicht?«, fragte Amélia.
Cândida zuckte die Achseln und schob die Unterlippe vor, womit sie zu verstehen gab, dass sie nichts wusste.
»Wenn du nicht immer mit geschlossenen Augen herumlaufen würdest, hättest du es längst gemerkt …«
»Aber was für Probleme sollen es denn sein?«
»Das wüsste ich auch gern.«
»Vielleicht hast du nur das Gefühl.«
»Schon möglich. Aber du kannst an den Fingern abzählen, wie viele Wörter sie heute miteinander gesprochen haben. Und nicht nur heute. Ist dir das nicht aufgefallen?«
»Nein.«
»Ich sage es ja. Du läufst mit geschlossenen Augen herum. Lass mich die Küche machen und geh du zu ihnen. Und beobachte sie …«

Cândida begab sich mit ihren Trippelschritten in den Flur und zu dem Raum, in dem ihre Töchter saßen. Sie waren so mit ihrer Arbeit beschäftigt, dass sie nicht aufblickten, als die Mutter hereinkam. Aus dem Radio kam nicht sonderlich laut Donizettis *Lucia di Lammermoor*. Die hohen Töne einer Sopranstimme waren zu hören. Eher um die Stimmung zu sondieren, als um Kritik zu äußern, erklärte Cândida:

»Was für eine Stimme ... Man könnte meinen, die schlägt Purzelbäume!«

Die Töchter lachten so gezwungen und unnatürlich, wie die Stimmenakrobatik der Sängerin klang. Cândida wurde unruhig. Ihre Schwester hatte recht. Zwischen ihren Töchtern war etwas. Noch nie hatte sie die beiden so reserviert und distanziert erlebt. Man konnte meinen, sie hätten voreinander Angst. Sie wollte etwas Versöhnliches sagen, doch ihre Kehle war plötzlich ausgetrocknet, kein Wort kam heraus. Isaura und Adriana arbeiteten weiter. Die Sängerin ließ ihre Stimme in einem fast unhörbaren Smorzando ausklingen. Das Orchester spielte drei rasche Akkorde, dann erhob sich kräftig und packend die Stimme des Tenors.

»Wie wunderbar Gigli singt!«, rief Cândida, um überhaupt etwas zu sagen.

Die Schwestern sahen sich an, sie zögerten, jede hoffte, die andere würde sprechen. Beide hatten das Gefühl, sie müssten etwas antworten. Schließlich sprach Adriana:

»Ja. Er singt sehr schön. Aber er ist alt.«

Glücklich, weil sie die Stimmung der gemütlichen Abende wiederbeleben konnte, wenn auch nur für wenige Minuten, verteidigte Cândida Gigli.

»Das besagt gar nichts. Hör nur ... Er ist einmalig. Und dass er alt ist ... Alte Leute haben auch ihren Wert! Ich wüsste keinen, der besser ist als er! Die Alten sind mehr wert als mancher Junge …«

Isaura senkte den Kopf, als bereitete ihr das Hemd, das sie auf dem Schoß hatte, ein schwieriges Problem. Die Bemerkung der Mutter über den Wert von Alten und Jungen trieb ihr die Röte ins Gesicht, auch wenn die Worte sie nur entfernt treffen konnten. Wie alle, die ein Geheimnis hüten, sah sie in sämtlichen Äußerungen und Blicken gleichsam Anspielungen und Verdächtigungen. Adriana merkte, dass ihre Schwester verwirrt war, ahnte den Grund und wollte das Gespräch beenden.

»Ältere Leute nörgeln immer an den Jungen herum!«
»Aber ich nörgle doch gar nicht«, wandte Cândida ein.
»Ich weiß.«

Zu diesen Worten machte Adriana eine gereizte Handbewegung. Normalerweise war sie ruhig, fast apathisch, hatte nicht das Temperament ihrer Schwester, das unter der Oberfläche lauert und auf ein intensives, ungestümes Innenleben schließen lässt. Doch jetzt war sie erregt. Jedes Gespräch ging ihr auf die Nerven, und vor allem die ewig ratlose, besorgte Miene der Mutter. Ihr demütiger Tonfall hatte sie geärgert.

Cândida bemerkte, wie unwirsch Adriana antwortete, und schwieg. Sie machte sich auf ihrem Stuhl noch kleiner, griff zu ihrem Häkelzeug und versuchte, unsichtbar zu sein.

Hin und wieder warf sie verstohlen einen Blick auf die Töchter. Isaura hatte noch kein Wort gesagt. Sie war so in ihre Arbeit vertieft, dass sie die Musik anscheinend gar nicht wahrnahm. Vergeblich schmetterten Gigli und Totti dal Monte ein Liebesduett – Isaura hörte nicht hin, Adriana auch kaum. Nur Cândida ließ sich trotz ihrer Sorgen von Donizettis leichter, lieblicher Melodie in den Bann ziehen. Auf die Häkelmaschen und den Takt konzentriert, dachte sie schon bald nicht mehr an ihre Töchter. Die Stimme ihrer Schwester, die sie aus der Küche rief, holte sie zurück in die Gegenwart.

»Nun?«, fragte Amélia, als Cândida in der Küche erschien.

»Mir ist nichts aufgefallen.«

»Das hatte ich mir schon gedacht ...«

»Ach, hör mal ... du bildest dir das nur ein! Wenn du erst einmal misstrauisch bist ...«

Amélia riss die Augen auf, als redete ihre Schwester ihrer Ansicht nach dummes Zeug oder, schlimmer noch, Unanständigkeiten. Cândida wagte nicht, ihren Satz zu Ende zu sprechen. Mit einem Achselzucken zum Zeichen, dass sie die Hoffnung aufgab, verstanden zu werden, erklärte Amélia:

»Ich gehe dem nach. Es war dumm von mir, zu glauben, ich könnte auf dich zählen.«

»Vermutest du denn etwas Bestimmtes?«

»Das sage ich nicht.«

»Du solltest es mir aber sagen. Schließlich sind es meine Töchter, und ich möchte es wissen ...«

»Du wirst es schon rechtzeitig erfahren!«

Cândida reagierte überraschend verärgert.

»Ich halte das alles für Blödsinn. Deine fixen Ideen ...«

»Fixe Ideen? Starke Worte! Ich mache mir Sorgen wegen deiner Töchter, und du nennst das fixe Ideen?«

»Aber, Amélia ...«

»Nichts da mit Amélia. Lass mich meine Arbeit machen und kümmere du dich um deine. Du wirst dich noch mal bei mir bedanken ...«

»Das könnte ich jetzt schon, wenn du mir sagen würdest, was los ist. Was kann ich dafür, dass ich nicht so genau beobachte wie du?«

Amélia sah ihre Schwester misstrauisch von der Seite an.

Cândidas Ton klang für sie spöttisch. Sie spürte, dass sie sich unvernünftig verhielt, und war drauf und dran, zu gestehen, dass sie nichts wusste. Sie würde ihre Schwester beruhigen und gemeinsam mit ihr vielleicht herausfinden, was der Grund für die Missstimmung zwischen Isaura und Adriana war. Doch ihr Stolz verbot es ihr. Zugeben, dass sie nichts wusste, nachdem sie angedeutet hatte, sie wisse etwas, dazu war sie nicht in der Lage. Sie hatte sich daran gewöhnt, immer recht zu haben, wie ein Orakel zu sprechen, und um nichts in der Welt war sie bereit, diese Rolle aufzugeben. Sie murmelte:

»Ist gut. Ironie kostet nichts. Ich kümmere mich allein darum.«

Cândida ging zu ihren Töchtern zurück. Sie war beunruhigt, noch beunruhigter als vorher. Amélia wusste etwas, worüber sie nicht sprechen wollte – was konnte das sein? Adriana und Isaura saßen noch genauso weit voneinander entfernt, doch die Mutter hatte das Gefühl, zwischen ihnen lägen Meilen. Sie setzte sich auf ihren Stuhl, nahm ihre Häkelarbeit, häkelte zwei Maschen, war jedoch unfähig, weiterzuhäkeln. Sie ließ die Hände sinken, zögerte einen Moment und fragte dann:

»Was habt ihr?«

Auf diese direkte Frage reagierten Isaura und Adriana sekundenlang mit Panik. Im ersten Augenblick brachten sie keine Antwort heraus, dann sagten sie gleichzeitig:

»Wir? Nichts ...«

Adriana fügte noch hinzu:

»Wie kommst du darauf, Mama?!«

»Ja, natürlich ist es Blödsinn«, dachte die Mutter. Sie lächelte, betrachtete langsam beide Töchter nacheinander und sagte:

»Du hast recht, es ist Unsinn. Manchmal kommt einem so ein Gedanke ...«

Sie griff wieder zu ihrer Häkelarbeit. Nach einer Weile stand Isaura auf und verließ den Raum. Die Mutter sah ihr hinterher, bis sie verschwand. Adriana beugte sich noch tiefer über das Hemd. Aus dem Radio erklangen mehrere Sängerstimmen durcheinander. Wahrscheinlich war es die Schlussszene eines Aktes mit vielen Darstellern auf der Bühne, hohe Stimmen und tiefe Stimmen. Alles zusammen klang ziemlich wirr und vor allem laut. Nach einem schrillen Tusch von Bläsern, der den Gesang übertönte, rief Cândida plötzlich:

»Adriana!«

»Ja, Mama ...«

»Geh nachsehen, was deine Schwester hat. Vielleicht fühlt sie sich nicht gut ...«

Dass Adriana zögerte, blieb ihr nicht verborgen.

»Was ist? Willst du nicht gehen?«

»Doch. Warum sollte ich nicht?«

»Das frage ich dich.«

Cândidas Augen glänzten ungewöhnlich. Als wären sie tränenfeucht.

»Aber was denkst du denn, Mama?«

»Ich denke gar nichts, Kind ...«

»Es gibt auch nichts zu denken, glaub mir. Es ist alles in Ordnung.«

»Ehrenwort?«

»Ja, Ehrenwort ...«

»Na gut. Und jetzt geh nachsehen.«

Adriana verließ den Raum. Die Mutter ließ ihre Häkelarbeit in den Schoß sinken. Die Tränen, die sie bis dahin zurückgehalten hatte, fielen nun. Zwei Tränen nur, Tränen, die ihr in die Augen getreten waren und nicht mehr zurückkonnten. Sie hatte der Tochter nicht geglaubt. Sie war nun überzeugt, dass es zwischen Isaura und Adriana ein Geheimnis gab, über das keine von beiden sprechen wollte oder konnte.

Amélia kam herein und unterbrach sie in ihren Gedanken. Cândida griff zu der Häkelnadel und senkte den Kopf.

»Wo sind die Mädchen?«

»Im Zimmer.«

»Was machen sie?«

»Das weiß ich nicht. Wenn du immer noch etwas herausfinden willst, kannst du sie ja belauern gehen, aber ich sage dir, das kannst du dir sparen. Adriana hat mir ihr Ehrenwort gegeben, dass zwischen ihnen nichts ist.«

Amélia stieß einen Stuhl heftig beiseite und antwortete in hartem Ton:

»Deine Meinung interessiert mich nicht. Ich habe noch nie andere belauert, aber wenn es nötig sein sollte, tue ich es ab jetzt!«

»Du bist verbohrt!«

»Das ist mir egal. Aber wie dem auch sei, merk dir eins, ich erlaube dir nicht, so mit mir zu sprechen!«

»Ich wollte dich nicht beleidigen.«

»Hast du aber.«

»Entschuldige.«

»Dafür ist es zu spät.«

Cândida stand auf. Sie war etwas kleiner als ihre Schwester. Unwillkürlich stellte sie sich auf die Zehenspitzen.

»Wenn du meine Entschuldigung nicht annimmst, kann ich es nicht ändern. Ich habe Adrianas Ehrenwort.«

»Ich glaube ihr nicht.«

»Aber ich, und das genügt!«

»Du willst damit sagen, dass mich euer Leben nichts angeht, stimmt's? Ich weiß sehr wohl, dass ich nur deine Schwester bin und dass dies nicht meine Wohnung ist, aber dass du mir das auf diese Weise zu verstehen gibst, das hätte ich nie gedacht!«

»Du ziehst völlig falsche Schlüsse. Das habe ich gar nicht gesagt!«

»Für einen Kenner ...«

»Auch Kenner irren sich manchmal ...«

»Cândida!«

»Jetzt wunderst du dich, ja? Dein blödes Misstrauen macht mich nervös. Schluss jetzt mit dieser Diskussion. Es ist traurig, dass wir uns wegen so etwas streiten.«

Ohne eine Antwort der Schwester abzuwarten, verließ sie den Raum, die Hände vor den Augen. Amélia blieb reglos stehen, ihre Finger krampften sich um die Stuhllehne, und auch ihre Augen waren feucht. Abermals hätte sie am liebsten zu ihrer Schwester gesagt, dass sie nichts wusste, doch ihr Stolz hielt sie zurück.

Ja, der Stolz, doch mehr noch die Tatsache, dass ihre Nichten wieder ins Zimmer kamen. Sie kamen lächelnd herein, doch Amélias scharfer Blick sah, dass es ein falsches Lächeln war, ein Lächeln, das sie hinter der Tür wie eine Maske auf ihre Lippen geklebt hatten. Sie dachte: »Die beiden verabreden sich, um uns zu täuschen.« Das bestärkte sie noch mehr in ihrem Entschluss, herauszufinden, was hinter dem gespielten Lächeln steckte.

24

Caetano sann auf Rache. Er war gedemütigt worden und wollte sich rächen. Tausendfach warf er sich vor, feige zu sein. Er hätte seine Frau mit Füßen treten sollen, wie er es angedroht hatte. Sie mit seinen dicken, behaarten Fäusten schlagen, mit seiner rasenden Wut durch die ganze Wohnung jagen. Das hatte er nicht fertiggebracht, dazu hatte ihm der Mut gefehlt, und nun wollte er sich rächen. Aber er wollte eine perfekte Rache, die sich nicht auf Schläge beschränkte. Eine Rache, die raffinierter, ausgeklügelter war, was nicht bedeutete, dass sie nicht durch Gewalttätigkeiten ergänzt werden konnte.

Wenn er an die demütigende Szene dachte, bebte er vor Wut. Er bemühte sich, diese Stimmung aufrechtzuerhalten, doch kaum öffnete sich die Wohnungstür, fühlte er sich machtlos. Er wollte sich einreden, es sei das gebrechliche Äußere seiner Frau, das ihn hindere, wollte seiner eigenen Schwäche den Anstrich von Mitleid geben, litt aber Qualen, weil ihm bewusst war, dass nichts anderes als Schwäche dahintersteckte. Er dachte sich Mittel und Wege aus, seine Verachtung für sie zu steigern – sie revanchierte sich mit noch größerer Verachtung. Er gab ihr weniger Haushaltsgeld, nahm davon aber schnell wieder Abstand, denn den Schaden trug er allein: Justina brachte weniger Essen auf den Tisch. Zwei ganze Tage lang (er träumte sogar davon) dachte er daran, das Foto ihrer Tochter und die Erinnerungsstücke zu verstecken oder aus der Wohnung zu schaffen. Er wusste, das wäre der furchtbarste Schlag, den er seiner Frau versetzen konnte.

Angst hielt ihn davon ab. Nicht Angst vor seiner Frau, sondern vor den möglichen Konsequenzen der Tat. In seiner Vorstellung hatte eine solche Tat starke Ähnlichkeit mit einem Frevel. Fraglos würde sie größtes Unglück über ihn bringen: Tuberkulose zum Beispiel. Mit seinen neunzig Kilo Fleisch und Knochen und seiner unverschämten Gesundheit fürchtete er Tuberkulose als das schlimmste aller Übel und reagierte mit morbidem Entsetzen allein auf den Anblick eines daran Erkrankten. Schon bei der bloßen Erwähnung der Krankheit schauderte es ihn. Selbst wenn er an der Setzmaschine die Originale kopierte (eine Tätigkeit, an der das Gehirn nicht beteiligt war, zumindest musste er nicht verstehen, was er las) und das furchtbare Wort vorkam, konnte er ein Zusammenzucken nicht verhindern. Das geschah so häufig, dass er zu der Überzeugung gelangte, der Chef der Setzerei kenne seine Schwäche und schicke ihm alles, was die Zeitung über Tuberkulose veröffentlichte. Zwangsläufig kamen ihm die Berichte von Ärztekonferenzen in die Hände, auf denen die Krankheit diskutiert wurde. Die mysteriösen Begriffe, mit denen solche Berichte gespickt waren, schwierige Wörter mit furchterregendem griechischem Klang, scheinbar speziell zu dem Zweck ersonnen, empfindsame Menschen zu erschrecken, setzten sich wie Saugnäpfe in seinem Kopf fest und begleiteten ihn über viele Stunden.

Abgesehen von diesem nicht realisierbaren Plan flüsterte seine blutleere Phantasie ihm lediglich Ideen ein, die sich nur dann würden umsetzen lassen, wenn er mit seiner Frau auf freundschaftlicherem Fuße lebte. Er hatte ihr schon so vieles entzogen – Liebe, Freundschaft, Seelenruhe und alles, was sonst noch das Eheleben erträglich und oft wünschenswert machen kann –, dass nichts mehr übrig war. Fast bedauerte er, dass er es sich so schnell abgewöhnt hatte, sie beim Verlassen und Betreten der Wohnung zu küssen, sonst hätte er es nun sein lassen können.

Obwohl seine Phantasie kläglich versagte, gab er nicht auf. Er versteifte sich auf die Vorstellung, sich so zu rächen, dass seine Frau gezwungen wäre, vor ihm auf die Knie zu fallen und verzweifelt um Vergebung zu bitten.

Eines Tages glaubte er, die Lösung gefunden zu haben. Zwar führte ihm eine einzige Überlegung vor Augen, wie absurd die Idee war, doch vielleicht reizte ihn gerade dieses Absurde. Er wollte in der Beziehung zu seiner Frau eine neue Rolle spielen: den eifersüchtigen Ehemann. Die arme Justina, hässlich, nicht mehr als ein Knochengestell, hätte selbst im wildesten Othello keine Eifersucht geweckt. Doch Caetanos Vorstellungskraft brachte nichts Besseres zustande.

Während er seinen Coup vorbereitete, benahm er sich seiner Frau gegenüber fast liebenswürdig. Er ging so weit, dass er die Katze streichelte, für das Tier eine Riesenüberraschung. Er kaufte einen neuen Rahmen für das Foto der Tochter und verkündete, er denke daran, eine Vergrößerung machen zu lassen. Justina, an ihrer empfindlichsten Stelle berührt, bedankte sich für den Rahmen und lobte seine Idee. Doch kannte sie ihren Mann gut genug, um zu vermuten, dass er dabei Hintergedanken hatte. Sie machte sich folglich auf das Schlimmste gefasst.

Nachdem er alle Vorbereitungen abgeschlossen hatte, schlug Caetano zu. Eines Nachts begab er sich von der Zeitung direkt nach Hause. In seiner Tasche steckte ein Brief, den er mit verstellter Schrift an sich selbst geschrieben hatte. Er hatte andere

Tinte als seine übliche verwendet und mit einem beschädigten Füller geschrieben, wodurch die Schrift kantig war und die geschlossenen Buchstaben verschmierten. Ein Meisterwerk an Verstellung. Kein Fachmann hätte die Fälschung gemerkt.

Als er den Schlüssel ins Schloss steckte, klopfte ihm das Herz vor Aufregung. Nun würde er sein Rachegelüst befriedigen, seine Frau würde auf Knien ihre Unschuld beteuern. Langsam ging er hinein. Die Überraschung sollte perfekt gelingen. Er wollte seine Frau abrupt wecken, ihr den Beweis ihrer Schuld unter die Nase halten. Grinsend ging er im Dunkeln auf Zehenspitzen durch den Flur. Dabei tastete er sich mit einer Hand an der Wand entlang, bis er den Türrahmen fühlte. Mit der anderen Hand tastete er nach der Tür. Sie stand offen. Er spürte die warme Luft im Schlafzimmer. Er suchte nach dem Lichtschalter. Alles war bereit. Er setzte eine wütende Miene auf und schaltete das Licht ein.

Justina war wach. Diese Möglichkeit hatte Caetano nicht eingeplant. Seine Wut verflüchtigte sich, sein Gesicht wurde ausdruckslos. Justina sah ihn überrascht an und blieb stumm. Caetano ahnte, dass sein ganzes Intrigengebäude zusammenbrechen würde, wenn er nicht auf der Stelle etwas sagte. Er fasste sich, machte erneut ein grimmiges Gesicht und schleuderte ihr entgegen:

»Gut, dass du noch wach bist. Das erspart mir einiges. Lies das hier!«

Er warf ihr den Brief hin. Langsam griff Justina nach dem Umschlag. Dabei dachte sie, dass sich darin die Erklärung für die ungewöhnliche Veränderung ihres Mannes befand. Sie nahm den Brief heraus und bemühte sich, ihn zu lesen, doch der plötzliche Wechsel vom Dunkeln zum Licht und die schlechte Schrift machten es ihr anfangs unmöglich. Sie legte sich anders hin, rieb sich die Augen, stützte sich mit einem Ellbogen auf. Die Verzögerung trieb Caetano zur Verzweiflung – alles ging schief.

Justina las den Brief. Ihr Mann beobachtete angespannt, wie sich ihre Miene veränderte. Dann schoss ihm dieser idiotische Gedanke durch den Kopf: »Und was, wenn alles der Wahrheit entspricht?« Ihm blieb keine Zeit, darüber nachzudenken, wie er darauf reagieren würde. Justina ließ sich auf das Kopfkissen fallen und lachte aus vollem Hals.

»Du lachst?«, rief Caetano verwirrt.

Justina konnte nicht antworten. Sie lachte wie verrückt, ein sarkastisches Lachen, sie lachte über ihren Mann und über sich selbst, mehr über sich selbst als über ihren Mann. Sie lachte stoßweise, in einem Lachkrampf, als lachte und weinte sie zugleich. Aber ihre Augen waren trocken – nur ihr Mund war weit aufgerissen, ihr hysterisches Lachen nahm kein Ende.

»Hör auf! Das ist ein Skandal!«, rief Caetano und ging auf sie zu. Er zögerte, ob er die Komödie weiterspielen sollte. Justinas Reaktion machte es ihm unmöglich, den so schön ausgedachten Plan durchzuführen.

»Hör auf!«, rief er wieder, über sie gebeugt. »Hör auf!«

Nun schüttelten Justina nur noch ein paar schlaffe Lacher. Caetano versuchte, den Faden aufzunehmen, der ihm aus den Fingern geglitten war.

»So reagierst du also auf einen solchen Vorwurf? Das ist ja noch schlimmer, als ich gedacht hatte!«

Bei diesen Worten setzte Justina sich mit einem Ruck im Bett auf. So schnell, dass Caetano einen Schritt zurückwich. Justinas Augen funkelten.

»Das ist doch eine Farce! Ich verstehe nicht, worauf du hinauswillst!«

»Das nennst du eine Farce? Das fehlte ja noch. Eine Farce! Ich verlange eine Erklärung für das, was in diesem Brief steht!«

»Hol sie dir von dem, der ihn geschrieben hat!«

»Der Brief ist anonym.«

»Das sehe ich. Von mir bekommst du jedenfalls keine Erklärung.«

»Das wagst du mir zu sagen?«

»Was willst du von mir hören?«

»Ob es wahr ist!«

Justina starrte ihn in einer Weise an, dass er es nicht ertrug. Er wandte sich ab, sein Blick fiel auf das Foto der Tochter. Matilde lächelte den Eltern zu. Justina folgte seinem Blick. Dann murmelte sie langsam:

»Du willst wissen, ob es wahr ist? Ich soll dir sagen, ob es wahr ist? Soll ich dir die Wahrheit erzählen?«

Caetano zögerte. Wieder ging ihm der Gedanke durch den verwirrten Kopf: »Und was, wenn es wahr ist?« Justina hakte nach:

»Willst du die Wahrheit wissen?«

Mit einem Satz stieg sie aus dem Bett. Sie drehte das Foto ihrer Tochter um – nun lächelte Matilde in den Spiegel, der ihr die Gestalten der Eltern zeigte.

»Willst du die Wahrheit wissen?«

Sie griff an den Saum ihres Nachthemds und zog es sich mit einer raschen Bewegung über den Kopf. Dann stand sie nackt vor ihrem Mann. Caetano machte den Mund auf, wollte irgendetwas sagen, brachte aber kein Wort heraus. Justina sagte:

»Hier! Sieh mich an! Hier hast du die Wahrheit, die du wissen willst. Sieh mich richtig an! Nicht wegsehen! Hierher!«

Als gehorchte er den Anweisungen eines Hypnotiseurs, richtete Caetano den Blick auf sie. Auf ihren mageren, bräunlichen Körper, dunkler noch durch die Magerkeit, die spitzen Schultern, die weichen, schlaffen Brüste, den eingefallenen Bauch, die dünnen Schenkel, die steif im Rumpf wurzelten, die großen, deformierten Füße.

»Sieh genau hin«, befahl Justinas Stimme abermals, und sie war so angespannt, als wollte sie gleich brechen. »Sieh genau hin. Wenn nicht mal du mich willst, du, der ja mit allem zufrieden ist, wer sollte mich dann wollen? Sieh genau hin! Soll ich so stehen bleiben, bis du sagst, dass du mich gesehen hast? Los, sag es!«

Justina zitterte. Sie fühlte sich erniedrigt, nicht weil sie sich ihrem Mann so nackt zeigte, sondern weil sie ihrer Empörung nachgegeben hatte, weil sie nicht imstande gewesen war, mit stummer Verachtung zu reagieren. Jetzt war es zu spät, und sie konnte nicht mehr zeigen, was sie fühlte.

Sie ging auf ihren Mann zu.

»Ach, und jetzt schweigst du? War es das, wofür du dir diese Komödie ausgedacht hast? Ich sollte mich in diesem Zustand vor dir schämen? Aber das tue ich nicht. Das ist der beste Beweis meiner Verachtung für dich!«

Caetano stürmte aus dem Schlafzimmer. Justina hörte, wie er die Wohnungstür öffnete und die Treppe hinunterlief. Dann setzte sie sich ins Bett und begann zu weinen, ganz lautlos, erschöpft von der Anstrengung. Als schämte sie sich jetzt, da sie allein war, ihrer Blöße, zog sie die Decke hoch.

Matildes Foto stand noch immer dem Spiegel zugewandt, ihr Lächeln war unverändert. Ein fröhliches Lächeln, das Lächeln eines Kindes, das zum Fotografen geht. Und der Fotograf hatte gesagt: »So, ja, genau so! Achtung! Fertig! Das ist hübsch geworden.« Und Matilde war an der Hand der Mutter hinausgegangen, rundum zufrieden, weil es hübsch geworden war.

25

Die Aussicht, noch drei Monate lang von seiner Tochter jeweils die fünfhundert Escudos entgegenzunehmen, die Paulino zu zahlen versprochen hatte – oder genauer gesagt wenig mehr als vierhundertfünfzig nach Abzug der gesetzlichen Abgaben –, diese Aussicht gefiel Anselmo nicht. Wer garantierte ihm, dass der Mann ihr nach Ablauf dieser drei Monate eine Gehaltserhöhung geben würde? Es konnte passieren, dass er sich über sie ärgerte und sie aufs Korn nahm. Mit seinen dreißig Jahren Erfahrung in der Firma wusste Anselmo sehr gut, was das bedeutete. Er wusste, dass ein in Ungnade gefallener Angestellter nie mehr den Kopf hob. Sein eigener Fall war der beste Beweis. Wie viele, jünger als er und erst nach ihm in die Firma gekommen, waren nicht an ihm vorbeigezogen! Fähiger waren sie nicht, dennoch stiegen sie auf.

»Ganz zu schweigen davon«, sagte er zu seiner Frau, »dass die Kleine an die Arbeit in ihrem früheren Büro gewöhnt ist und jetzt vielleicht Mühe hat, sich anzupassen. Sie war ja schon einige Zeit in dem Betrieb, und das zählt auch. Bei mir war es zwar nicht so, aber es gibt auch noch anständige Chefs.«

»Aber wer sagt dir denn, dass Senhor Morais kein anständiger Chef ist? Und vergiss nicht, dass wir gute Beziehungen haben! Dona Lídia setzt sich nach wie vor für Claudia ein, und Claudia ist nicht dumm ...«

»Kein Wunder, der Apfel fällt nicht weit vom Stamm ...«

»Na siehst du ...«

Aber Anselmo gab keine Ruhe. Er hatte größte Lust, seine Tochter der Verpflichtung zu entbinden, die sie, ohne ihn zu fragen, eingegangen war, doch tat er es nicht, weil er sah, wie begeistert sie von der neuen Arbeit war. Claudia hatte versichert, sie würde ganz intensiv Stenographie lernen und noch vor Ablauf von drei Monaten eine Gehaltserhöhung bekommen. Sie hatte es mit solcher Überzeugung gesagt, dass Anselmo seine Ahnungen für sich behielt.

Am Abend, während Rosália die Strümpfe ihres Mannes stopfte und Anselmo Namen und Zahlen, beide in Zusammenhang mit Fußball, in Reihen schrieb, beschäftigte sich ihre Tochter mit den Geheimnissen der Kurzschrift.

Anselmo gab es nicht zu, doch er war voller Bewunderung für die Fähigkeiten seiner Tochter. In dem Büro, in dem er arbeitete, konnte niemand Stenographie – es war ein altmodisches Büro, ohne Stahlmöbel, und erst vor kurzem hatten sie eine Rechenmaschine bekommen. Claudias Lernen belebte die Familienabende, und es herrschte allgemeine Freude, als sie dem Vater beibrachte, seinen Namen in Stenographie zu schreiben. Rosália wollte es auch lernen, aber bei ihr dauerte es länger, denn sie war Analphabetin.

Dann wandte Anselmo sich wieder seiner Beschäftigung zu: die Fußballnationalmannschaft aufstellen, seine persönliche Auswahl. Er hatte eine einfache, aber sichere Methode entwickelt. Als Torwart setzte er den ein, der im Verlauf der Meisterschaftsspiele am wenigsten Tore kassiert hatte; als Stürmer setzte er entsprechend die Spieler ein, die am meisten Tore geschossen hatten. Die übrigen Positionen besetzte er nach seinen Vereinsvorlieben und ging davon nur ab, wenn es sich um Spieler handelte, die den Zeitungsberichten zufolge unverzichtbar waren. Anselmos Arbeit war noch nicht beendet, denn die Positionen der Torschützen wechselten von Woche zu Woche. Da jedoch die Veränderungen, die er in einer von ihm selbst entwickelten Grafik aufzeichnete, nicht sehr plötzlich auftraten, glaubte er, die perfekte Mannschaft zusammenstellen zu können. Wenn er das geschafft hatte, blieb abzuwarten, was der Nationaltrainer tun würde.

Vierzehn Tage nachdem Maria Claudia bei Paulino Morais im Büro angefangen hatte, kam sie höchst zufrieden nach Hause. Der Chef hatte sie in sein Zimmer rufen lassen und sich lange mit ihr unterhalten. Über eine halbe Stunde. Er hatte gesagt, er sei zufrieden mit ihrer Arbeit und er hoffe, sie würden immer gut miteinander auskommen. Er hatte verschiedene Fragen zu ihrer Familie gestellt, ob sie ihre Eltern gernhabe, ob diese sie gernhätten, ob sie Not litten, und noch weitere Fragen, die sie aber schon vergessen hatte.

Rosália sah in alldem den wohltätigen Einfluss von Dona Lídia und sagte, sie werde ihr danken, sobald sie ihr begegne. Anselmo freute sich über das Interesse von Senhor Morais und fühlte sich geschmeichelt, als die Tochter ihm berichtete, sie habe eine geeignete Situation genutzt, um die Verdienste ihres Vaters als Büroangestellter anzupreisen. Anselmo liebäugelte schon mit der verlockenden Möglichkeit, in ein so bedeutendes Unternehmen wie die Firma des Senhor Morais zu wechseln. Damit würde er seinen jetzigen Kollegen richtig eins auswischen. Leider, hatte Claudia hinzugefügt, gab es keine freien Stellen und auch keine Hoffnung darauf. Für Anselmo war das nicht weiter schlimm. Das Leben hielt so viele Überraschungen bereit, da wäre es nicht verwunderlich, wenn es für ihn eine bequeme Zukunft vorgesehen hätte. Er fand sogar, das Leben schulde ihm eine Unmenge an Dingen und er habe das Recht, auf ein Begleichen dieser Schuld zu hoffen.

An diesem Abend gab es kein Strümpfestopfen, keine Stenographie und kein Aufstellen der Nationalmannschaft. Nach Maria Claudias begeistertem Bericht hielt der Vater ein paar Ratschläge für angebracht.

»Du musst sehr vorsichtig sein, Claudia. Überall gibt es Neider, und ich weiß, wovon ich spreche. Wenn du zu schnell aufsteigst, werden deine Kollegen neidisch werden. Sei vorsichtig ...«

»Ach, Papa, die sind doch alle so nett!«

»Ja, jetzt. Aber dann nicht mehr. Du musst dich um ein gutes Verhältnis zu deinem Chef und zu den Kollegen bemühen. Sonst fangen sie an, Intrigen zu spinnen, und schaden dir womöglich. Ich kenne das.«

»Ja, gut, Papa, aber du kennst mein Büro nicht. Das sind alles ordentliche Leute. Und Senhor Morais ist großartig!«

»Mag sein. Aber hast du noch nie Schlechtes über ihn gehört?«

»Ach, nur unwichtiges Zeug!«

Rosália wollte sich am Gespräch beteiligen.

»Hör zu, dein Vater hat viel Erfahrung, mein Kind. Dass er nicht weitergekommen ist, liegt daran, dass sie ihm die Beine abgeschlagen haben!«

Die Erwähnung dieses brutalen Vorgangs löste nicht das Befremden aus, das vollkommen gerechtfertigt gewesen wäre im Hinblick auf den Umstand, dass Anselmos untere Gliedmaßen noch mit ihrem Besitzer verbunden waren. Ein Ausländer, der sich mit den portugiesischen idiomatischen Redewendungen nicht auskannte und deshalb alles, was er hörte, wortwörtlich nahm, hätte geglaubt, er befinde sich in einem

Irrenhaus, als Anselmo ernst nickte und aus tiefer Überzeugung erklärte:

»Das stimmt. Genauso war es.«

»Na gut! Aber lassen wir das. Ich weiß, worauf es ankommt.«

Mit diesen Worten beendete Claudia das Gespräch. Der Grund für ihr zuversichtliches Lachen konnte nur sein, dass sie sich ganz sicher war, »was zu tun ist«. Worum es sich dabei handelte, wusste niemand, vielleicht nicht einmal sie selbst. Weil sie jung und hübsch war, freiheraus sprach und lachte, glaubte sie wohl, dass sich aus diesen Attributen ergeben würde, »was zu tun ist«. Jedenfalls ließ die Familie es dabei bewenden.

Doch war es mit diesen Attributen nicht getan. Das stellte Maria Claudia selbst fest. In Sachen Stenographie ging es nicht voran. Für die Grundlagen war es gut, mit einem Buch zu arbeiten. Dann aber wurde es schwieriger, und auf sich allein gestellt, machte Maria Claudia keine Fortschritte. Jede Seite brachte unüberwindbare Schwierigkeiten. Anselmo wollte helfen. Zwar verstand er nichts davon, doch er hatte ja dreißig Jahre Büroerfahrung und viel Praxis. Er verfasste Briefe im besten Geschäftsstil, und – verflixt noch mal! – Stenographie war ja wohl keine Geheimwissenschaft! Geheimwissenschaft hin, Geheimwissenschaft her, er brachte alles durcheinander. Seine Tochter bekam eine Nervenkrise. Über das Versagen ihres Mannes verärgert, schimpfte Rosália auf die Stenographie.

Gerettet wurde die Situation von Maria Claudia, was für ihre Behauptung sprach, sie wisse, »worauf es ankam.« Sie verkündete, sie brauche einen Lehrer, der ihr abends ein paar Stunden Unterricht gebe. Anselmo sah sofort die zusätzlichen Ausgaben, doch dann betrachtete er sie als investiertes Kapital, das in gut zwei Monaten die ersten Zinsen abwerfen würde. Er übernahm es, einen Lehrer zu suchen. Claudia nannte ihm ein paar private Schulen, alle mit imposanten Namen, in denen das Wort »Institut« vorkam. Der Vater lehnte ihre Vorschläge ab. Erstens, weil sie teuer waren; zweitens, weil er glaubte, man könne nicht zu jedem beliebigen Zeitpunkt des Jahres eintreten; und drittens, weil er von »Gemischtklassen« gehört hatte, und das wollte er für seine Tochter nicht. Nach ein paar Tagen fand er den Richtigen: einen alten pensionierten Lehrer, ein ehrbarer Mensch, bei dem ein neunzehnjähriges Mädchen nicht das geringste Risiko einging. Abgesehen davon, dass er nicht viel verlangte, bot er noch den unschätzbaren Vorteil, den Unterricht zu anständiger Zeit zu geben, sodass Claudia nicht nachts durch die Straßen laufen musste. Wenn sie um sechs aus dem Büro kam, fuhr sie mit der Straßenbahn nach São Pedro de Alcântara, wo der Lehrer wohnte, dafür brauchte sie nicht mehr als eine halbe Stunde. Der Unterricht ging bis halb acht, wenn es noch nicht richtig dunkel wurde. Für den Heimweg dann eine Dreiviertelstunde. Rechnete man noch eine Viertelstunde für eventuelle Verspätungen hinzu, musste Claudia um halb neun zu Hause sein. So ging es mehrere Tage lang. Halb neun auf Anselmos Armbanduhr, und Claudia betrat die Wohnung.

Ihre Fortschritte waren nicht zu übersehen, und sie dienten dem Mädchen als Rechtfertigung für ihre erste Verspätung. Begeistert von ihrem Fleiß, hatte der Lehrer sie eine Viertelstunde länger unterrichtet, ohne etwas dafür zu berechnen. Anselmo freute sich und glaubte es, zumal seine Tochter die Uneigennützigkeit des Lehrers betonte. Seiner utilitaristischen Haltung entsprechend drängte sich ihm der Gedanke auf, an der Stelle des Lehrers würde er »ordentlich viel rausschlagen«, doch dann dachte er daran, dass es immer noch gute, anständige Leute gab, was in jeder Hinsicht von Vorteil war, vor allem wenn die Gutmütigkeit und Anständigkeit denen zugutekam, die weder gut noch anständig waren, aber die Fähigkeit besaßen, deren Früchte zu ernten. Anselmos Fähigkeit hatte darin bestanden, einen solchen Lehrer zu finden.

Als die Tochter dann erst um neun Uhr nach Hause kam, erschien ihm die Uneigennützigkeit übertrieben und unbegreiflich. Er stellte Fragen und erhielt Antworten: Claudia sei bis nach halb sieben im Büro geblieben, um eine dringende Arbeit für Senhor Morais fertig zu machen. Da sie sich in der Probezeit befand, konnte sie weder nein sagen noch private Gründe vorbringen. Anselmo gab ihr recht, wurde aber misstrauisch. Er bat seinen Chef, ihn etwas früher gehen zu lassen, und bezog Stellung in der Nähe von Claudias Büro. Von sechs bis zwanzig vor sieben gab er zu, ungerecht gewesen zu sein. Claudia kam tatsächlich später heraus. Fraglos hatte eine dringende Arbeit sie erneut aufgehalten.

Fast schon wollte er das Ausspionieren aufgeben, dann aber folgte er seiner Tochter doch, eher weil er gerade nichts anderes zu tun hatte, als um seinem Verdacht nachzugehen. Er folgte ihr bis nach São Pedro de Alcântara und setzte sich in eine Milchbar gegenüber vom Haus des Lehrers. Kaum hatte er seinen Kaffee getrunken, sah er die Tochter herauskommen. Er bezahlte hastig und ging hinter ihr her. An einer Ecke stand, ohne Kopfbedeckung, Zigarette im Mund, ein junger Mann, und Claudia ging auf ihn zu. Anselmo erstarrte, als sie sich bei ihm unterhakte und die beiden miteinander redend die Straße hinuntergingen. Sekundenlang wollte er eingreifen. Doch sein Abscheu vor Skandalen hielt ihn zurück. Er folgte ihnen von weitem, und als er sicher war, dass seine Tochter den Weg nach Hause einschlug, stieg er in eine Straßenbahn und fuhr an ihr vorbei.

Als Rosália die Tür öffnete, bekam sie beim Anblick des verstörten Gesichtsausdrucks ihres Mannes Angst.

»Was ist passiert, Anselmo?«

Er ging direkt in die Küche und ließ sich ohne ein Wort auf einen Stuhl fallen. Rosália fürchtete das Schlimmste.

»Haben sie dir gekündigt? O Gott …«

Anselmo erholte sich von der Aufregung. Er schüttelte den Kopf. Dann erklärte er mit Grabesstimme:

»Deine Tochter hat uns belogen. Ich habe sie beobachtet. Sie war nur eine gute Viertelstunde bei dem Lehrer, und danach hat sie sich draußen mit einem Kerl getroffen!«

»Und was hast du gemacht?«

»Ich? Nichts. Ich bin ihnen gefolgt. Dann habe ich sie überholt. Sie muss gleich hier sein.«

Rosália lief vor Zorn bis zu den Haarwurzeln rot an.

»Ich an deiner Stelle wäre auf sie losgegangen … und ich weiß nicht, was ich dann getan hätte …«

»Das hatte einen Skandal gegeben.«

»Ja und? Was kümmert mich ein Skandal! Er hätte zwei Ohrfeigen eingesteckt, dass er die Besinnung verloren hätte, und sie hätte ich an den Ohren nach Hause gezogen …«

Anselmo stand wortlos auf und ging sich umziehen. Rosália kam hinterher.

»Und was willst du ihr sagen, wenn sie kommt?«

Ihr Ton war etwas aufmüpfig, zumindest gemessen daran, dass Anselmo gewohnt war, in seinem Haus Herr und Herrscher zu sein. Er sah seine Frau scharf an, und nachdem er sie ein paar Sekunden mit seinem Blick gebannt hatte, antwortete er:

»Das kläre ich schon mit ihr. Und übrigens bin ich es nicht gewohnt, dass man in diesem Ton mit mir spricht, weder hier noch woanders!«

Rosália lenkte ein.

»Ich habe doch gar nichts gesagt ...«

»Du hast genug gesagt, um mich zu ärgern!«

Auf ihren Platz als die Schwächere in ihrer Ehe verwiesen, ging Rosália zurück in die Küche, aus der es leicht angebrannt roch. Während sie mit den Töpfen hantierte, um das Abendessen zu retten, klingelte es. Anselmo ging öffnen.

»Guten Abend, Papa«, sagte Claudia strahlend.

Anselmo antwortete nicht. Er ließ seine Tochter vorbeigehen, schloss die Tür, dann erst wies er zum Wohnzimmer und sagte:

»Dahin.«

Maria Claudia gehorchte überrascht. Der Vater forderte sie auf, sich zu setzen, stellte sich vor sie und sah sie mit seinem durchdringenden, sehr ernsten Blick an.

»Was hast du heute gemacht?«

Maria Claudia versuchte zu lächeln und möglichst natürlich zu antworten.

»Das Übliche, Papa. Warum fragst du?«

»Das ist meine Sache. Antworte.«

»Na gut ... Ich war im Büro. Als ich ging, war es schon nach halb sieben, und ...«

»Ja, weiter.«

»Dann war ich beim Unterricht. Da ich zu spät dran war, bin ich auch von da später als sonst weggegangen ...«

»Um welche Zeit?«

Claudia wurde verlegen. Um eine passende Zeit zu nennen, antwortete sie nicht gleich, schließlich sagte sie:

»Kurz nach acht ...«

»Du lügst!«

Sie zuckte zusammen. Anselmo genoss die Wirkung seiner

Worte. Er hätte sagen können »Das stimmt nicht«, aber er hatte lieber »Du lügst« gesagt, weil es dramatischer klang.

»Aber, Papa ...«, stammelte die Tochter.

»Ich bedaure zutiefst, was da passiert«, sagte Anselmo mit bewegter Stimme. »Es ist deiner nicht würdig. Ich habe alles gesehen. Ich habe dich beobachtet. Ich habe dich zusammen mit einem Rumtreiber gesehen.«

»Er ist kein Rumtreiber«, entgegnete Claudia energisch.

»Was denn dann?«

»Er studiert.«

Anselmo schnippte mit den Fingern, um auszudrücken, wie unbedeutend so eine Beschäftigung sei. Als genügte das nicht, rief er:

»Na also!«

»Aber er ist ein guter Mensch.«

»Warum ist er noch nicht zu mir gekommen, um mit mir zu sprechen?«

»Ich habe gesagt, dass er das nicht soll. Ich weiß doch, dass du sehr anspruchsvoll bist ...«

An der Tür klopfte es leise.

»Wer ist da?«, fragte Anselmo.

Eine müßige Frage, denn es war nur noch eine weitere Person in der Wohnung. Aus demselben Grund war auch die Antwort müßig, dennoch wurde sie gegeben.

»Ich. Kann ich hereinkommen?«

Anselmo antwortete nicht mit einem Ja, weil er nicht unterbrochen werden wollte, doch war ihm bewusst, dass es ihm nicht zustand, der Frau das Eintreten zu versagen. Also schwieg er lieber, und Rosália kam herein.

»Und? Hast du schon mit ihr geschimpft?«

Wenn Anselmo jemals danach gewesen war, mit seiner

Tochter zu schimpfen, dann gewiss nicht in diesem Moment. Dass seine Frau sich einmischte, zwang ihn, sich auf die Seite der Tochter zu schlagen, ohne dass er recht gewusst hätte, warum.

»Ja. Wir waren schon fertig.«

Rosália stemmte die Hände in die Hüften, schüttelte vehement den Kopf und rief:

»Das ist doch unglaublich, Claudia! Du machst uns nur Kummer! Wo wir uns so über deine neue Arbeit gefreut haben, stellst du so was an!«

Maria Claudia sprang auf.

»Oh, Mama, soll ich vielleicht niemals heiraten? Und muss man nicht zum Heiraten erst flirten, einen jungen Mann kennenlernen?«

Vater und Mutter standen sprachlos da. Eine logische Frage, aber schwierig zu beantworten. Anselmo glaubte die Antwort gefunden zu haben.

»Ein Student ... Was ist das schon?«

»Jetzt vielleicht noch nichts, aber er studiert, um etwas zu werden!«

Claudia fasste sich wieder. Sie begriff, dass die Eltern im Unrecht waren, dass sie selbst vollkommen recht hatte. Sie fragte noch einmal:

»Soll ich niemals heiraten? Sagt es mir!«

»Darum geht es nicht, Kind«, antwortete Anselmo. »Wir wollen doch nur dein Bestes ... Deine Fähigkeiten haben einen guten Mann verdient!«

»Aber du kennst ihn ja gar nicht!«

»Nein, aber das ist egal. Und außerdem«, hier wurde seine Stimme wieder streng, »bin ich dir keine Erklärungen schuldig. Ich verbiete dir, dich mit diesem ... diesem Studenten zu tref-

fen ... Und damit du uns nicht wieder hinters Licht führst, werde ich dich jetzt zum Unterricht begleiten und von da nach Hause bringen. Das macht mir Umstände, aber es muss sein.«
»Papa, ich verspreche ...«
»Ich glaube dir nicht.«
Maria Claudia erstarrte, als hätte man sie geschlagen. Sie hatte die Eltern so manches Mal getäuscht, sie an der Nase herumgeführt, wann immer sie wollte, doch nun fand sie, sie werde ungerecht behandelt. Sie war wütend. Während sie die Jacke auszog, sagte sie:
»Wie du willst. Aber ich warne dich schon jetzt, dass du jeden Tag beim Büro auf mich warten musst. Senhor Morais hat immer Arbeit, für die ich Überstunden machen muss.«
»Ist gut. Das spielt keine Rolle.«
Claudia machte den Mund auf. Ihrem Gesichtsausdruck nach zu urteilen, wollte sie dem Vater widersprechen. Aber sie schwieg und lächelte unbestimmt.

26

Seit er sein freies Leben führte, hatte Abel sich so manches Mal gefragt: »Wofür?« Die Antwort lautete immer gleich und war auch die bequemste: »Für nichts.« Und wenn seine Gedanken ihm keine Ruhe ließen, »Nichts kann es nicht sein. Dann lohnte es nicht«, fügte er hinzu: »Ich lasse mich treiben. Es wird schon irgendwohin führen.«

Ihm war sehr wohl klar, dass »es«, sein Leben, nirgendwohin führen würde, dass er sich wie der Geizige verhielt, der Gold nur hortet, um sich an seinem Anblick zu ergötzen. In seinem Fall ging es nicht um Gold, sondern um Erfahrung, dem einzigen Nutzen seines Lebens. Doch ungenutzte Erfahrung ist wie gehortetes Gold: Sie bringt nichts hervor, leistet nichts, ist wertlos. Und niemand hat etwas davon, wenn er Erfahrungen wie Briefmarken sammelt.

Die spärliche, kaum verarbeitete Lektüre von philosophischen Texten, angefangen von Schulbüchern bis hin zu verstaubten, in den Antiquariaten der Calçada do Combro ausgegrabenen Heften, befähigte ihn, zu denken und zu sagen, er wolle den verborgenen Sinn des Lebens finden. Doch an Tagen, da er von seinem Dasein enttäuscht war, hatte er bisweilen einsehen müssen, dass dieser Wunsch utopisch war und dass seine zahlreichen Erfahrungen den Schleier, den zu durchdringen er anstrebte, lediglich noch dichter machten. Da seinem Leben ein konkreter Sinn fehlte, musste er sich auf einen Wunsch stützen, der inzwischen keiner mehr war und nun einen so guten oder schlechten Lebensinhalt wie jeder andere darstellte. An solch düsteren Tagen, wenn er sich von der Leere der Sinnlosigkeit umgeben sah, empfand er Überdruss. Er versuchte, diesen Überdruss seinem täglichen Kampf ums Überleben zuzuschreiben, der bedrückten Stimmung, wenn die Mittel zum Überleben auf ein Minimum geschrumpft waren. Ganz fraglos spielte all dies eine Rolle: Hunger und Kälte sind anstrengend. Aber das genügte nicht. Er hatte sich an alles gewöhnt, und was ihn anfangs geängstigt hatte, war ihm inzwischen nahezu gleichgültig. Körper und Geist hatten sich eine Schutzschicht gegen Schwierigkeiten und Entbehrungen zugelegt. Er wusste, dass er sie mehr oder weniger mühelos überwinden konnte. Im Laufe seines Lebens hatte er so vieles gelernt, dass es ihm relativ leichtfallen würde, eine feste Stelle zu finden, die ihm das Lebensnotwendige sicherte. Doch hatte er nie versucht, diesen Schritt zu tun. Er wolle sich nicht binden, sagte er, und das stimmte. Doch wollte er sich deshalb nicht binden, weil er dann einsehen müsste, dass sein bisheriges Leben sinnlos gewesen war. Was wäre gewonnen, wenn er einen so großen Bogen geschlagen hatte, um schließlich auf dem Weg zu landen, auf dem sich all jene bewegten, von denen er entschieden Abstand halten wollte? »Wollt ihr mich alltäglich, nichtig, verheiratet, steuerpflichtig?«, hatte Fernando Pessoa gefragt. »Ist es das, was das Leben von allen Menschen erwartet?«, fragte sich Abel.

Den verborgenen Sinn des Lebens … »Aber der verborgene Sinn des Lebens besteht darin, dass es keinerlei verborgenen Sinn hat.« Abel kannte Pessoas Gedichte. Er hatte sie zu einer zweiten Bibel gemacht. Vielleicht verstand er sie nicht ganz oder sah in ihnen etwas, was sie nicht enthielten. Auch wenn er den Verdacht hatte, dass Pessoa so manches Mal mit dem

Leser Spott trieb, hatte er sich daran gewöhnt, den Dichter selbst in seinen Widersprüchen zu respektieren. Er zweifelte nicht an seiner Bedeutung als Dichter, doch mitunter, vor allem an den sinnlosen Tagen der Enttäuschung, schien ihm vieles in Pessoas Lyrik zweckfrei. »Aber was ist daran schlecht?«, dachte Abel. »Darf Lyrik nicht zweckfrei sein? Doch, das darf sie, und schlecht ist daran gar nichts. Aber gut? Was ist an zweckfreier Lyrik gut? Lyrik ist vielleicht wie ein sprudelnder Quell, wie das Wasser, das in den Bergen entspringt, ganz einfach und selbstverständlich, zweckfrei in sich selbst. Wen es nach Menschlichkeit dürstet, der wird seinen Durst bei Pessoa nicht löschen – das wäre, als tränke er Salzwasser. Und dennoch, welch wunderbare Lyrik und wie faszinierend! Zweckfrei, ja, doch was macht das, wenn ich tief in mich gehe und feststelle, dass ich zweckfrei und nutzlos bin? Und gegen diese Nutzlosigkeit – die Nutzlosigkeit des Lebens, denn nur die interessiert ihn – protestiert Silvestre. Das Leben soll sinnvoll sein, zu jeder Zeit, sich dahin und dorthin auswirken. Dabei sein ist nichts. Zusehen heißt tot sein. Das will er sagen. Ganz gleich, ob man sich hier oder da befindet, entscheidend ist, dass das Leben sich auswirkt, dass es kein schlichtes tierhaftes Dahinfließen ist, unbewusst wie das Fließen des Wassers am Quell. Aber wie sich auswirken? Und wo? Wie und wo, diese Fragen werfen tausend Fragen auf. Es reicht nicht, zu sagen, das Leben müsse sich auswirken. Auf die Fragen nach dem ›Wie‹ und nach dem ›Wo‹ gibt es unendlich viele Antworten. Silvestres Antwort ist die eine, die Antwort des Gläubigen einer beliebigen Religion eine ganz andere. Und wie viele gibt es noch? Abgesehen davon, dass dieselbe Antwort für mehrere Menschen richtig sein kann, so wie für jeden eine weitere Antwort richtig sein kann, die es für andere nicht ist. Letztendlich habe ich mich verrannt. Alles wäre gut, wenn ich nicht ahnte, dass es andere Wege gibt, während ich damit beschäftigt bin, die Hindernisse auf meinem zu beseitigen. Das Leben, das ich gewählt habe, ist hart und schwierig. Ich habe daraus gelernt. Es liegt in meiner Hand, dieses Leben aufzugeben und ein neues zu beginnen. Warum tue ich es nicht? Weil mir dieses Leben gefällt? Einerseits. Ich finde es interessant, bewusst ein Leben zu führen, das andere nur unter Zwang akzeptieren würden. Aber es genügt nicht, dieses Leben genügt mir nicht. Für welches soll ich mich dann entscheiden? ›Verheiratet, nichtig, steuerpflichtig sein‹? Aber kann man das eine sein und das andere nicht? Und dann?«

Dann ... Dann ... Abel war ratlos. Silvestre hatte ihm vorgeworfen, nutzlos zu sein, und das hatte ihn geärgert. Niemand hat es gern, wenn andere die eigenen wunden Punkte entdecken, und das Bewusstsein seiner Nutzlosigkeit war Abels Achillesferse. Tausendfach hatte er sich in Gedanken die unbequeme Frage gestellt: »Wofür?« Er wich aus, tat so, als dächte er über etwas anderes nach oder sinnierte vor sich hin, doch die Frage verschwand nicht: Standhaft und ironisch, unerbittlich wie zuvor, wartete sie ab, dass er aus seinen Gedanken auftauchte. Er verzweifelte darüber, vor allem weil er bei anderen Menschen keineswegs die Ratlosigkeit feststellen konnte, die ihm gezeigt hätte, dass auch sie sich diese Fragen stellten. Die Ratlosigkeit der anderen (so meinte Abel) beruhte auf privaten Sorgen, Geldmangel, Liebeskummer, auf allem Möglichen, nur nicht auf dem eigenen Leben, dem Leben an sich. In früheren Zeiten hatte ihm diese Gewissheit das tröstliche Gefühl von Überlegenheit geschenkt. Heute ärgerte sie ihn. So große Sicherheit, so große Unbekümmertheit angesichts zweitrangiger Probleme riefen in ihm Verachtung und Neid hervor.

Mit seinen Erinnerungen hatte Silvestre es noch schlimmer gemacht. Abel war zwar verwirrt, sah aber ein, dass das Leben seines Vermieters, was Ergebnisse betraf, nutzlos gewesen war: Nichts von dem, was er angestrebt hatte, hatte er erreicht. Silvestre war alt und machte heute dasselbe wie gestern: Schuhe reparieren. Doch derselbe Silvestre hatte gesagt, das Leben habe ihn zumindest gelehrt, weiter zu sehen als nur bis zu dem Schuh, den er neu besohlt, während das Leben Abel nichts anderes gegeben hatte als die Befähigung, zu vermuten, dass es etwas Verborgenes gab, etwas, das seinem Dasein einen konkreten Sinn geben konnte. Besser wäre es gewesen, er hätte diese Befähigung nie erhalten. Er würde friedlich und in Ruhe leben, mit der Ruhe des schlummernden Denkens, wie die Menschen gemeinhin. »Die Menschen gemeinhin«, dachte er, »was für ein blöder Ausdruck! Was weiß ich, wie die Menschen gemeinhin sind! Im Laufe eines Tages sehe ich Tausende von Menschen, aber ich nehme nur ein paar Dutzend wahr. Sie sind ernst, fröhlich, bewegen sich langsam oder hastig, sind hässlich oder schön, gewöhnlich oder attraktiv, und das nenne ich die Menschen gemeinhin. Was mag ein jeder von ihnen über mich denken? Auch ich bewege mich langsam oder hastig, bin ernst oder fröhlich. Für manche bin ich vielleicht hässlich, für andere schön, gewöhnlich oder attraktiv. Letztlich zähle auch ich zu den Menschen gemeinhin. Auch bei mir schlummert das Denken nach Ansicht so mancher Leute. Wir alle nehmen täglich unsere Dosis Morphium auf, das unser Denken einschläfert. Gewohnheiten, Laster, Floskeln, die übliche Gestik, die monotonen Freunde, die Feinde ohne echten Hass, all das schläfert ein. Ein erfülltes Leben ... Wer könnte sagen, er führe ein erfülltes Leben? Wir alle tragen das Joch der Monotonie! Wir alle hoffen auf weiß der Himmel was! Ja, wir alle hoffen! Die einen weniger konkret als die anderen, aber die Erwartung ist allen gemein ... den Menschen gemeinhin! Es so zu sagen, mit diesem verächtlichen, überheblichen Ton, das ist idiotisch. Morphium der Gewohnheit, Morphium der Monotonie ...

Ach, Silvestre, mein guter, lauterer Silvestre, du ahnst ja nicht, welch massive Mengen du geschluckt hast! Du und deine dicke Mariana, die so gut ist, dass man weinen möchte!« Bei diesem Gedanken war er selbst schon den Tränen nah. »Nicht einmal das, was ich denke, zeichnet sich durch Originalität aus. Es ist wie ein Secondhand-Anzug in einem Neubaugeschäft. Wie eine Ware, die fehl am Platz ist, in buntes Papier mit passendfarbigem Band gewickelt. Überdruss, sonst nichts. Lebensmüdigkeit, Aufstoßen nach Schwerverdaulichem, Ekel.«

Immer wenn er an diesem Punkt angelangt war, ging Abel aus dem Haus. War es noch nicht zu spät und er hatte Geld, ging er ins Kino. Er fand die Geschichten sinnlos. Männer, die hinter Frauen her waren, Frauen, die hinter Männern her waren, Abartigkeiten, Grausamkeiten, Stumpfsinn vom ersten bis zum letzten Bild. Tausendfach immer dieselbe Geschichte: er, sie und ihr Geliebter, sie, er und der Geliebte, und schlimmer noch, wie primitiv der Kampf zwischen Gut und Böse dargestellt wurde, zwischen Reinheit und Verderbtheit, zwischen Dreck und strahlendem Stern. Morphium. Vom Gesetz erlaubte, in der Presse angekündigte Vergiftung. Ein Zeitvertreib, als wäre die Ewigkeit ein Menschenleben.

Das Licht ging an, die Zuschauer erhoben sich unter dem Klappern der Sitze. Abel blieb sitzen. Die zweidimensionalen Gespenster, die auf den Plätzen gesessen hatten, waren verstummt. »Und ich bin das vierdimensionale Gespenst«, murmelte er.

In der Annahme, er sei eingeschlafen, kam das Personal, um ihn hinauszuscheuchen. Draußen eilten die letzten Zuschauer zu den leeren Plätzen in der Straßenbahn. Frischverheiratete Paare, eng umschlungen ... kleinbürgerliche Paare, seit Jahrzehnten durch das Band der heiligen Ehe verbunden, er voneweg, sie hinterher. Höchstens ein halber Schritt trennte sie, doch dieser halbe Schritt drückte die Distanz aus, die ein für alle Mal zwischen ihnen herrschte. Und sie, diese Kleinbürger im fortgeschrittenen Alter, waren das künftige Abbild des jungen Paares, dessen Eheringe noch den Glanz des Neuen besaßen.

Abel ging durch die stillen, unbelebten Straßen mit Straßenbahnschienen, die in Parallelen glänzten, jenen Parallelen, die niemals zusammentreffen. »Sie treffen sich im Unendlichen! Ja, die Gelehrten sagen, Parallelen treffen sich im Unendlichen ... Wir alle begegnen uns im Unendlichen, in der Unendlichkeit des Stumpfsinns, der Apathie, der Stagnation.«

»Wie wär's mit uns?«, fragte eine Frauenstimme aus der Dunkelheit. Abel lächelte traurig.

»Erstaunliche Gesellschaft, die für alles vorsorgt! Auch nicht die unglücklichen Junggesellen vergisst, die an ein geregeltes Sexualleben denken müssen! Und an die glücklich verheirateten Ehemänner denkt, die für wenig Geld gern etwas Abwechslung genießen! Eine liebevolle Mutter bist du, Gesellschaft!«

In den Straßen am Stadtrand Mülltonnen vor jeder Tür. Hunde suchten nach Knochen, Lumpensammler nach Stoffresten und Papier. »Nichts in der Natur wird neu geschaffen, und nichts geht verloren. Verehrter Lavoisier, ich wette, du hättest nie gedacht, dass dein Lehrsatz seine Bestätigung durch eine Mülltonne erfährt!«

Er ging in ein Café. Besetzte Tische, freie Tische, gähnende Kellner, Rauchschwaden, Gesprächsfetzen, Geklapper von Tassen – Stagnation. Und er allein. Bedrückt ging er wieder. Draußen empfing ihn die laue Aprilnacht. Weiter, immer weiter. Nach links oder nach rechts nur, wenn die Straße es entscheidet. Die Straße und die Notwendigkeit, irgendwann nach Hause gehen zu müssen. Und irgendwann ging Abel nach Hause.

Er wurde einsilbig. Silvestre und Mariana wunderten sich. Sie hatten sich daran gewöhnt, ihn als zugehörig, fast als Familienmitglied zu betrachten, und waren verschnupft, empfanden es als Kränkung ihres Vertrauens. Eines Abends kam Silvestre zu ihm ins Zimmer unter dem Vorwand, ihm eine Zeitungsnotiz zeigen zu wollen. Abel lag auf dem Bett, ein Buch in der Hand und eine Zigarette zwischen den Lippen. Er las die Notiz, die für ihn völlig uninteressant war, und gab die Zeitung mit einer dahingemurmelten Bemerkung zurück. Die Arme auf das Bettgestell gestützt, blieb Silvestre stehen und sah ihn an. Aus dieser Perspektive wirkte der junge Mann kleiner und trotz Zigarette und Dreitagebart wie ein Kind.

»Haben Sie das Gefühl, festgehalten zu werden?«, fragte Silvestre.

»Festgehalten?«

»Ja. Von Tentakeln ...«

»Ach so ...«

Die Bemerkung hatte einen undefinierbaren Tonfall, klang fast geistesabwesend. Abel richtete sich halb auf, sah den Schuster direkt an und fügte langsam hinzu:

»Nein. Vielleicht vermisse ich Tentakel. Unsere Gespräche haben mich dazu gebracht, über Fragen nachzudenken, die ich eigentlich für erledigt hielt.«

»Ich glaube nicht, dass sie erledigt sind. Oder zumindest ziemlich schlecht ... Wenn Sie der wären, für den man Sie halten soll, hätte ich Ihnen nicht mein Leben erzählt ...«

»Und sind Sie nicht zufrieden?«

»Zufrieden? Im Gegenteil. Ich glaube, Sie sind ein Gefangener des Überdrusses. Sie haben das Leben satt, Sie glauben, Sie hätten alles gelernt, und sehen nur noch Dinge, die Ihren Überdruss steigern. Sie meinen, ich könnte zufrieden sein? Nicht alles lässt sich so einfach abwerfen. Eine Arbeit, die uns lästig ist, oder eine Frau, die uns noch lästiger ist, kann man leicht loswerden. Aber Überdruss, wie soll man den loswerden?«

»Das haben Sie mir alles schon in anderen Worten gesagt. Sie wollen das sicherlich nicht noch einmal ...«

»Wenn Sie sich belästigt fühlen ...«

»Nein, nein! Keine Frage ...«

Abel erhob sich mit einem Satz und streckte den Arm nach Silvestre aus. Der Schuster, der sich gerade zurückziehen wollte, blieb stehen. Abel setzte sich auf die Bettkante, den Oberkörper halb Silvestre zugewandt. Sie sahen einander an, ohne zu lächeln, als erwarteten sie, dass etwas Wichtiges geschehe. Der junge Mann sprach es langsam aus:

»Wissen Sie, dass ich Sie sehr gernhabe?«

»Das glaube ich Ihnen«, antwortete Silvestre. »Ich habe Sie auch sehr gern. Aber wie es scheint, haben wir Streit ...«

»Es ist meine Schuld.«

»Vielleicht auch meine. Sie brauchen jemanden, der Ihnen hilft, und ich weiß nicht, ob ich das kann ...«

Abel stand auf, zog die Schuhe an und ging zu einem Koffer, der in einer Ecke stand. Er machte ihn auf, wies auf die Bücher, mit denen er fast bis oben hin gefüllt war, und sagte:

»Auch in den schlimmsten Situationen habe ich mit keinem Gedanken daran gedacht, sie zu verkaufen. Das sind alle, die ich von zu Hause mitgenommen habe, und außerdem die, die ich in den letzten zwölf Jahren gekauft habe. Ich habe sie immer wieder gelesen und dabei viel gelernt. Die Hälfte von dem, was ich gelernt habe, habe ich vergessen, und die andere Hälfte ist möglicherweise verkehrt. Ob richtig oder verkehrt, Tatsache ist, dass sie nur dazu beigetragen haben, meine Nutzlosigkeit noch offensichtlicher zu machen.«

»Ich denke, es war gut, dass Sie das gelesen haben ... Wie viele Menschen merken ihr Leben lang nicht, dass sie nutzlos sind? Wirklich nützlich sein kann meiner Meinung nach nur, wer gemerkt hat, dass er nutzlos ist. Zumindest besteht nicht die Gefahr, dass er rückfällig wird ...«

»Nützlich, nützlich, ich höre von Ihnen nur dieses Wort. Wie kann ich nützlich sein?«

»Das muss jeder für sich selbst herausfinden. So wie im Grunde alles im Leben. Ratschläge helfen nichts. Gern würde ich Ihnen Ratschläge geben, wenn sie denn helfen würden ...«

»Und ich wüsste gern, was hinter diesen vagen Worten steckt ...«

Silvestre lachte.

»Keine Angst. Ich will damit nur sagen, dass niemand das, was er in diesem Leben werden soll, durch Worte wird, die man ihm sagt, und auch nicht durch gute Ratschläge. Wir müssen am eigenen Leib die Wunde erleiden, die uns zu wahrhaftigen Menschen macht. Und dann geht es darum, zu handeln ...«

Abel klappte den Koffer zu. Er drehte sich zum Schuster um und sagte, als spräche er im Traum:

»Handeln ... Wenn alle so handeln wie wir, dann gibt es keine wahrhaftigen Menschen ...«

»Meine Zeit ist vorbei«, antwortete Silvestre.

»Deshalb ist es für Sie so einfach, mich zu tadeln ... Wollen wir eine Partie Dame spielen?«

27

Paulino war später gekommen als sonst, erst kurz vor elf. Er gab Lídia einen flüchtigen Kuss und setzte sich, an seinem Zigarillo nuckelnd, auf sein Lieblingssofa.

An diesem Abend war Lídia gewisser Umstände wegen nicht im Nachthemd, was vielleicht zu Paulinos stummer Gereiztheit beitrug. Die Art, wie er den Zigarillo zwischen den Zähnen hielt, das Trommeln mit den Fingern auf der Sofalehne, all das zeigte an, dass er nicht zufrieden war. Lídia saß auf einem niedrigen Hocker vor ihm und versuchte ihn mit den Nichtigkeiten ihres Tages zu unterhalten. Schon vor einigen Abenden hatte sie bei ihrem Liebhaber eine Veränderung festgestellt. Er »verschlang« sie nicht mit Blicken, was sich einerseits durch ihre lange Beziehung erklären ließ, aber auch bedeuten konnte, dass er aus anderen Gründen das Interesse an ihr verlor. Mit ihrem ständigen Gefühl von Unsicherheit befürchtete Lídia immer das Schlimmste. Scheinbar unbedeutende Kleinigkeiten, gelegentliche Unaufmerksamkeit, Worte, die eine Spur zu heftig waren, hin und wieder ein abwesender Gesichtsausdruck, all das bereitete ihr Sorgen.

Paulino beteiligte sich nicht am Gespräch. Es gab lange Pausen, in denen weder sie noch er etwas zu sagen wusste. Oder vielmehr: Nur Lídia wusste nicht, was sie sagen sollte, Paulino schien entschlossen zu schweigen. Sie bemühte ihre Phantasie, um das Gespräch nicht abreißen zu lassen; er antwortete zerstreut. Doch in Ermangelung eines Themas erstarb die Unterhaltung wie ein Leuchter, dem das Öl ausgeht. Lídias Kleid war an diesem Abend offenbar zusätzlich ein Grund für die Distanz. Paulino stieß nervös und ausgiebig pustend lange Rauchwolken aus. Lídia gab die Suche nach einem Thema, das ihn interessieren konnte, auf und bemerkte etwas beiläufig:

»Du scheinst Sorgen zu haben ...«

»Hm ...«

Die Antwort konnte alles bedeuten. Anscheinend wartete er darauf, dass Lídia ihre Vermutung konkreter formulierte. Mit der vagen Furcht vor dem Unbekannten, das sich in dunklen Häusern und in unvorsichtigen Worten verbirgt, bei denen man nie weiß, welche Folgen sie haben werden, fügte Lídia hinzu:

»Seit ein paar Tagen scheinst du mir verändert. Du hast mir immer gesagt, was dich beschäftigt ... Ich will nicht indiskret sein, versteh mich recht, aber vielleicht täte es dir gut, es mir zu erzählen ...«

Paulino sah sie belustigt an. Er brachte sogar ein Lächeln zustande. Sein Blick und sein Lächeln machten Lídia Angst. Sie bereute bereits, was sie gesagt hatte. Als er merkte, dass sie einen Rückzieher machte, sagte Paulino, um die Gelegenheit zu nutzen, die sie ihm geboten hatte:

»Geschäftliche Probleme ...«

»Du hast so oft gesagt, wenn du bei mir bist, denkst du nicht ans Geschäft!«

»Das stimmt. Aber jetzt denke ich daran ...«

Sein Lächeln war böse. In seinen Augen stand der unerbittlich starre Blick, der Mängel oder Unvollkommenheit feststellt. Lídia merkte, dass sie errötete. Sie ahnte, dass etwas für sie

Unangenehmes kommen würde. Da sie schwieg, fuhr Paulino fort:

»Jetzt denke ich daran. Was nicht heißen soll, dass ich mich nicht mehr bei dir wohl fühle, natürlich nicht, aber es gibt Angelegenheiten, die so schwierig sind, dass man ständig darüber nachdenken muss, ganz gleich mit wem man zusammen ist.«

Um nichts in der Welt wollte Lídia wissen, worum es dabei ging. Sie ahnte, dass es nur schaden würde, darüber zu sprechen, und in diesem Augenblick sehnte sie sich nach einer Unterbrechung, durch das Klingeln des Telefons zum Beispiel oder irgendetwas anderes, das diesem Gespräch ein Ende setzen würde. Doch das Telefon klingelte nicht, und Paulino war nicht bereit, sich unterbrechen zu lassen.

»Ihr kennt die Männer nicht. Auch wenn wir eine Frau sehr gernhaben, heißt das nicht, dass wir nur an sie denken.«

»Natürlich nicht. Das ist bei uns Frauen genauso.«

Ein freches Teufelchen hatte Lídia dazu getrieben, dies zu sagen. Dasselbe Teufelchen flüsterte ihr weitere, noch frechere Worte zu, und Lídia musste sich oder auch das Teufelchen zügeln, um sie nicht auszusprechen. Jetzt ruhte ihr durchdringender Blick auf Paulinos Hässlichkeit. Ein wenig verschnupft wegen ihrer Antwort gab er zurück:

»Ja, natürlich! Das fehlte noch, immer an denselben Menschen zu denken!«

Seine Stimme klang verächtlich. Sie sahen einander misstrauisch, ja fast feindselig an. Paulino wollte herausfinden, wie viel Lídia wusste. Diese ihrerseits tastete die wenigen präzisen Worte ab, die sie gehört hatte, um den Grund dafür zu erfassen. Plötzlich schoss ihr eine Eingebung durch den Kopf.

»Richtig ... Das hat jetzt nichts damit zu tun, aber ich habe vergessen, dir zu sagen ... Die Mutter der Kleinen von oben hat mich gebeten, dir für dein Interesse zu danken ...«

Die Veränderung von Paulinos Gesichtsausdruck zeigte ihr, dass sie ins Schwarze getroffen hatte. Jetzt wusste sie, gegen wen sie kämpfte. Gleichzeitig lief ihr ein Angstschauder über den Rücken. Das Teufelchen hatte sich irgendwohin verkrochen, sie war hilflos.

Paulino streifte die Asche von seinem Zigarillo ab und rutschte auf dem Sofa hin und her, als säße er nicht bequem. Er machte ein Gesicht wie ein kleines Kind, das von der Mutter beim heimlichen Naschen ertappt wurde.

»Ja ... Die Kleine macht sich ...«

»Hast du vor, ihr Gehalt zu erhöhen?«

»Ja ... Vielleicht ... Ich hatte von drei Monaten gesprochen ... aber die Familie ist arm, das hast du mir gesagt, weißt du noch? Und ... Claudia kommt mit der Arbeit gut zurecht ...«

»Claudia?«

»Ja, Maria Claudia ...«

Paulino konzentrierte sich auf die Betrachtung der Asche, in der die Glut des Zigarillos verglomm. Ironisch lächelnd fragte Lídia:

»Und Stenographie, wie geht es damit?«

»Oh, sehr gut! Die Kleine lernt schnell.«

»Das glaube ich ...«

Das Teufelchen war wieder da. Lídia wusste, dass sie am Ende gewinnen würde, sofern sie gelassen blieb. Vor allem musste sie vermeiden, Paulino zu kränken, ihn nicht spüren lassen, welche geheimen Ängste sie plagten. Wenn er auch nur ahnte, wie unsicher sie sich fühlte, wäre sie verloren.

»Ihre Mutter und ich kommen gut miteinander aus, weißt

du? Wie sie mir erzählt hat, hat das Mädchen sich vor ein paar Tagen sehr schlecht benommen ...«

»Sich schlecht benommen?«

Paulinos Neugier war so auffällig, dass sie Lídia endgültig überzeugt hätte, wäre sie nicht schon überzeugt gewesen.

»Ich weiß nicht, woran du denkst ...«, sagte sie. Dann, als käme ihr dieser Gedanke erst jetzt, rief sie: »Nein, um Himmels willen! Das doch nicht! Wäre es das, glaubst du, sie hätten es mir erzählt? Du bist zu gut, mein lieber Paulino!«

Vielleicht war Paulino wirklich zu gut. Offensichtlich jedoch war er ziemlich enttäuscht. Er stammelte:

»Ich habe an nichts gedacht ...«

»Die Sache ist ganz einfach. Der Vater war misstrauisch, weil sie so spät nach Hause kam. Sie redete sich heraus: Du hieltest sie angeblich mit dringender Arbeit auf ...«

Paulino merkte, dass er die Pause füllen musste.

»Ganz so ist es nicht ... Ein paarmal war es wirklich der Fall, aber ...«

»Das ist verständlich, und daran ist ja auch nichts schlimm. Der Vater hat sie also beschattet und mit ihrem Freund erwischt!«

Das Teufelchen jubelte, schlug Purzelbäume, lachte sich tot. Paulinos Miene wurde düster. Er biss auf den Zigarillo und grummelte:

»Schrecklich, diese jungen Mädchen heutzutage ...«

»Jetzt bist du ungerecht, Schatz! Was soll das arme Mädchen denn machen? Du vergisst, dass sie neunzehn Jahre alt ist ... Was soll eine Neunzehnjährige tun? Der Märchenprinz ist immer ein junger Mann im selben Alter, schlank und hübsch, der einfältige, aber verführerische Sachen sagt. Hast du vergessen, dass du auch einmal neunzehn warst?«

»Als ich neunzehn war ...«

Mehr sagte er nicht. Er kaute auf seinem Zigarillo und brummelte unverständliches Zeug. Er war ungehalten, wütend. Die ganze Zeit war er um die neue Schreibkraft herumscharwenzelt, und jetzt musste er feststellen, dass sie ihn zum Narren hielt. Natürlich war er nicht zu weit gegangen, viel Aufmerksamkeit, ein gelegentliches Lächeln, intelligent geführte Unterhaltungen unter vier Augen in seinem Büro nach sechs Uhr ... Er hatte ihr keinerlei Angebot gemacht, natürlich nicht ... Das Mädchen war noch sehr jung und hatte Eltern ... Aber mit der Zeit, wer weiß ... Seine Absichten waren nur die besten, natürlich ... Er wollte der Kleinen helfen und ihrer Familie, diesen armen Leuten ...

»Meinst du, das stimmt wirklich?«

»Ich sage ja, du bist zu gut. Solche Dinge denkt sich niemand aus. Wenn so etwas vorkommt, bemüht man sich eher, es zu vertuschen. Und ich weiß es nur, weil ihre Mutter volles Vertrauen zu mir hat ...« Sie brach ab, dann fügte sie besorgt hinzu: »Ich hoffe, du bist nicht allzu verärgert. Es wäre schade, wenn du jetzt Vorbehalte gegen das Mädchen hättest. Ich weiß ja, wie genau du es mit diesen Dingen nimmst, aber ich bitte dich, lass sie nicht darunter leiden!«

»Schon gut. Keine Sorge.«

Lídia stand auf. Es war besser, das Thema nicht weiter zu vertiefen. Sie hatte in Paulinos schönen Flirt Unruhe gebracht und glaubte, damit wären ihm die Flausen ein für alle Mal ausgetrieben. Sie machte den Kaffee und achtete genau darauf, sich elegant zu bewegen. Dann servierte sie Paulino den Kaffee. Sie setzte sich ihm auf den Schoß, legte ihm einen Arm um die Schulter und gab ihm den Kaffee wie einem Kind zu trinken. Das Thema Maria Claudia war erledigt. Paulino trank den Kaffee und lächelte, während seine Geliebte ihn im Nacken liebkoste. Plötzlich zeigte Lídia lebhaftes Interesse an seinem Kopf.

»Was benutzt du jetzt für die Haare?«

»Ein neues Produkt.«

»Das habe ich am Duft gemerkt. Aber warte …«

Sie betrachtete seine Glatze aufmerksam und sprach fröhlich weiter:

»Oh, Schatz, du hast jetzt mehr Haare …«

»Im Ernst?«

»Ich schwöre es.«

»Gib mir mal einen Spiegel!«

Lídia sprang von seinem Schoß und lief zur Frisierkommode.

»Hier. Sieh genau hin!«

Während er die Augen verdrehte, um zu sehen, was der Spiegel ihm zeigte, murmelte er:

»Ja … du hast offenbar recht …«

»Sieh mal, hier und hier … Siehst du diese kleinen Härchen? Da wächst neues Haar!«

Paulino gab ihr den Spiegel zurück und lächelte.

»Das Produkt ist gut. Das hatte man mir schon gesagt. Es enthält Vitamine, verstehst du?«

In allen Einzelheiten erklärte Paulino, worin die Zusammensetzung bestand und wie das Mittel angewendet werden musste. So endete der Abend, der schlecht begonnen hatte, doch noch gut. Mit Rücksicht auf Lídias Zustand ging Paulino vor Mitternacht. Mehr oder weniger deutlich bedauerten beide, dass dieser Zustand sie zur Enthaltsamkeit zwang. Sie entschädigten einander mit Küssen und zärtlichen Worten.

Nachdem Paulino gegangen war, kehrte Lídia in ihr Schlafzimmer zurück. Sie begann aufzuräumen, da hörte sie aus dem Stockwerk über ihr ein leichtes Klappern von Absätzen. Das Geräusch war deutlich zu hören. Es kam und ging, hin und her. Lídia blieb reglos stehen, horchte mit geballten Fäusten und leicht erhobenem Kopf. Es folgten zwei kräftigere Laute (Schuhe fielen) – dann Stille.

28

Der umfangreichen Sammlung ihrer Briefe mit Beschwerden und Klagen fügte Carmen einen weiteren hinzu. In der Heimat, im fernen Vigo, würden die Eltern entsetzt und unter Tränen die neuerliche Schilderung des Unglücks ihrer in den Händen eines Ausländers gefangenen Tochter lesen.

Da sie dazu verdammt war, eine ihr fremde Sprache zu gebrauchen, konnte sie sich nur in Briefen mit Worten ausdrücken, die sie selbst ganz und gar verstand. Sie berichtete alles, was seit dem letzten Brief geschehen war, ließ sich länger über die Krankheit des Sohnes aus und verlieh der Szene in der Küche einen mit ihrer Würde zu vereinbarenden Anstrich. Nachdem sie wieder klar denken konnte, fand sie, sie habe sich unanständig verhalten. Vor dem Ehemann niederzuknien war für sie die schlimmste Schmach. Was ihren Sohn betraf ... Er würde das vergessen, er war ja noch ein Kind. Doch ihr Mann würde es niemals vergessen, und das machte ihr am meisten zu schaffen.

Sie schrieb auch ihrem Cousin Manolo. Doch nicht ohne Zögern. Sie hatte das vage Gefühl, dass sie einen Verrat beging, und gestand sich ein, dass er wohl keinen Anlass für ihren Brief sehen würde. Abgesehen von kurzen Glückwünschen zum Geburtstag sowie Weihnachts- und Ostergrüßen hatte sie keine Post mehr von ihm erhalten. Dennoch wusste sie, wie sein Leben aussah. Die Eltern hielten sie auf dem Laufenden über sämtliche Ereignisse im Familienclan, und Cousin Manolo mit seiner Bürstenfabrik lieferte reichlich Stoff. Er hatte es zu etwas gebracht. Schade nur, dass er Junggeselle geblieben war – so würden nach seinem Tod so viele Erben der Fabrik befriedigt werden müssen, dass für jeden Einzelnen nur wenig übrig bliebe. Es sei denn, er ernannte einen Alleinerben zum Nachteil aller anderen. Er konnte frei über seinen Besitz verfügen, deshalb war alles möglich. All diese Fakten wurden in den Briefen aus Vigo lang und breit dargelegt. Manolo war noch jung, nur sechs Jahre älter als Carmen, aber Henrique sollte sich in Erinnerung bringen. Carmen hatte solchen Anregungen nie viel Gewicht beigemessen, auch sah sie keine Möglichkeit, wie ihr Sohn sich hätte wirksam in Erinnerung bringen können. Manolo kannte ihn nicht. Er hatte ihn als ganz kleines Kind einmal gesehen, als er mit Carmens Eltern in Lissabon zu Besuch gewesen war. Wie Carmen danach erfuhr (die Mutter hatte es ihr gesagt), hatte der Cousin erklärt, Emílio habe ihm nicht gefallen. Damals, noch frisch verheiratet, hatte sie das nicht ernst genommen, doch nun sah sie sehr wohl, dass Cousin Manolo recht hatte. Bei den Portugiesen gab es ein Sprichwort: »Aus Spanien kommen weder gute Winde noch gute Ehen ...« Umgekehrt wäre es: »Aus Portugal kommen weder gute Ehemänner noch ...« Aber Carmen besaß nicht genug Phantasie für ein treffendes Wort, das einem lusitanischen Übel entsprach, obwohl sie doch sämtliche Übel vor Augen hatte, die diesseits der Grenze gediehen.

Nachdem sie die Briefe geschrieben hatte, war sie erleichtert. Schon bald würden die Antworten eintreffen und mit ihnen Trost. Denn Carmen wollte ja nur, dass man sie bedauerte. Manolos Mitleid würde sie für den kleinen Verrat belohnen, den sie ihrem Mann gegenüber begangen hatte. Sie stellte sich ihren Cousin im Büro seiner Fabrik vor, daran konnte sie sich noch erinnern. Auf dem Schreibtisch ein Stapel Briefe, Aufträge und Rechnungen. Ihr Brief lag ganz oben. Manolo öffnete ihn, las ihn aufmerksam, las ihn noch einmal. Dann legte er ihn vor sich ab, blickte ein Weilchen versonnen, als erinnerte er sich an angenehme Dinge, und gleich darauf schob er sämtliche Papiere beiseite, griff nach einem Blatt (mit dem Aufdruck des Fabriknamens in großer Schrift) und fing an zu schreiben.

Bei diesen Erinnerungen nagte Heimweh an Carmens Herz. Heimweh nach allem, was sie zurückgelassen hatte, nach ihrer Stadt, dem Elternhaus, dem Fabriktor, ihrer Sprache, dem weichen Galicisch, das die Portugiesen nicht nachsprechen konnten. Bei dem Gedanken an all dies fing sie an zu weinen. Zwar plagte das Heimweh sie schon seit langem, doch so, wie es kam, verging es auch immer wieder, vertrieben von der zunehmend ins Gewicht fallenden Zeit. Alles verblasste, ihr Gedächtnis konnte die verschwommenen Bilder aus der Vergangenheit kaum einfangen. Doch nun stand ihr alles deutlich vor Augen. Und deshalb weinte sie. Sie beweinte das Gute, das sie verloren hatte und nie wieder zurückbekommen würde. Dort wäre sie unter ihren Leuten, Freundin unter Freunden. Niemand würde sich hinter ihrem Rücken wegen ihrer Sprache über sie lustig machen, niemand würde sie in so verächtlichem Ton wie hier *Galega* nennen. Ja, dort wäre sie eine *Galega* im Land der *Galegos*, wo *Galego* kein Synonym für »Laufbursche« oder »Kohlenträger« war.

»Ach, ich bin so unglücklich!«

Ihr Sohn betrachtete sie erstaunt. Unbewusst starrköpfig hatte er den Versuchen der Mutter widerstanden, ihn wieder für sich einzunehmen, hatte allen Prügeln und Hexereien widerstanden. Jede Tracht Prügel, jeder Zauberspruch trieb ihn zum Vater hin. Der Vater war still und ruhig, die Mutter war in allem maßlos, in ihrer Liebe wie in ihrem Hass. Aber nun weinte sie, und wie alle Kinder konnte Henrique niemanden weinen sehen, schon gar nicht die eigene Mutter. Er ging zu ihr, tröstete sie, so gut er konnte, wortlos. Er küsste sie, lehnte die Wange an die tränennasse Wange der Mutter, und kurz darauf weinten beide. Dann erzählte Carmen ihm lange Geschichten aus Galicien, wobei sie fast unbewusst aus dem Portugiesischen ins Galicische wechselte.

»Mama, ich verstehe nichts ...«

Sie besann sich und übersetzte die wunderbaren Geschichten, die nur in ihrer Muttersprache Farbe und Wohlklang besaßen, ins verhasste Portugiesisch. Dann zeigte sie ihm Fotos, Bilder von Großvater Filipe und Großmutter Mercedes sowie ein Foto, auf dem Cousin Manolo mit anderen Verwandten zu sehen war. Henrique hatte sie alle längst gesehen, aber seine Mutter bestand darauf, sie zu zeigen. Bei einem Foto, auf dem ein Stück vom Garten ihrer Eltern zu sehen war, sagte sie:

»Hier habe ich oft mit Cousin Manolo gespielt ...«

Die Erinnerung an Manolo wurde für sie zur Obsession. Auf geheimen Wegen landeten ihre Gedanken immer bei ihm, und wenn sie merkte, wie lange sie schon an ihn dachte, reagierte sie verwirrt. So eine Dummheit. Es war schon so lange her ... Sie war alt, wenn auch erst dreiunddreißig. Und außerdem verheiratet. Sie hatte ihr Heim, einen Mann, ein Kind. In so einer Situation darf niemand derlei Gedanken haben.

Sie legte die Fotos weg, wandte sich der Hausarbeit zu, betäubte sich. Aber die Gedanken kehrten zurück – an ihre Heimat, ihre Eltern, ganz zum Schluss an Manolo, als wäre die Erinnerung an sein Gesicht und seine Stimme abgedrängt worden und käme deshalb später dazu.

Abends im Bett, neben ihrem Mann, lag sie lange wach. Die Sehnsucht nach dem früheren Leben wurde gebieterisch, forderte gleichsam, dass sie sofort handelte. Seit sie sich den Gedanken hingab, die sie weit wegführten, wurde sie ruhiger. Ihr stürmisches Temperament mäßigte sich, milde Gelassenheit nistete sich in ihrem Herzen ein. Emílio wunderte sich, sagte aber nichts. Er hielt ihre Veränderung für eine neue Taktik, um die Liebe ihres Sohnes zurückzugewinnen. Und er glaubte, seine Vermutung sei richtig, denn er sah, dass Henrique sich nun zwischen ihnen aufteilte. Als wollte er sie versöhnen. Auf naive Art und vielleicht unbewusst versuchte er, beide für das zu interessieren, was ihn beschäftigte. Mit entmutigendem Ergebnis. Sowohl Vater wie Mutter, sonst immer bereit, zu antworten, wenn er sie einzeln ansprach, taten, als wären sie in Gedanken, wenn er sie beide in die Unterhaltung einbeziehen wollte. Henrique verstand das nicht. Bis vor kurzem hatte er den Vater nicht sehr geliebt, doch hatte er gemerkt, dass er ihn vorbehaltlos lieben konnte; vor der Mutter hatte er eine Zeitlang Angst gehabt, doch nun weinte sie, und er sah ein, dass er sie immer geliebt hatte. Er liebte sie beide und merkte, dass sie sich immer weiter voneinander entfernten. Warum sprachen sie nicht miteinander? Warum sahen sie sich manchmal an, als kennten sie sich nicht oder als kennten sie sich zu gut? Wieso waren die Abende so still, als hätte sich seine Kinderstimme dahin verirrt, in einen riesigen, dunklen Wald, in dem jedes Echo unterging und aus dem sämtliche Vögel geflohen waren? Sehr, sehr weit fort waren die Liebesvögel geflohen, der Wald war versteinert, ohne Leben, das nur die Liebe hervorbringt.

Die Tage zogen sich dahin. Die Post hatte Carmens Briefe durch das Land und über die Grenze befördert. Auf demselben Weg (vielleicht auch mit Hilfe derselben Hände) traten die Antworten ihre Reise an. Mit jeder Stunde, jedem Tag kamen sie näher. Carmen wusste nicht, was sie eigentlich erhoffte. Mitleid? Liebe Worte? Ja, die brauchte sie. Dann wäre sie nicht mehr so allein, sie hätte das Gefühl, dass ihre richtigen Verwandten sich bei ihr befänden. Sie sah ihre mitleidigen Gesichter vor sich, wie sie sich über sie beugten und ihr Mut zusprachen. Mehr durfte sie nicht erwarten. Aber weil sie an Manolo geschrieben hatte, erhoffte sie vielleicht doch mehr. Die Tage vergingen. In ihrer Ungeduld bedachte sie nicht, dass ihre Mutter ziemlich schreibfaul war, dass es in ihrem Briefwechsel lange Pausen gab. Sie glaubte schon, man habe sie vergessen ...

Emílio, an sein Vertreterdasein gebunden, sah den Tag seiner Befreiung in immer weitere Ferne rücken und ließ die Zeit vergehen. Er hatte angekündigt, er wolle gehen, aber er tat es nicht. Ihm fehlte der Mut. Wenn er kurz davor war, über die Türschwelle zu treten, um nie wiederzukommen, hielt ihn irgendetwas zurück. Die Liebe war aus seinem Heim verschwunden. Er hasste seine Frau nicht, aber er war es leid, unglücklich zu sein. Alles hat seine Grenzen: Unglücklich zu sein kann man bis hierhin ertragen, aber nicht bis dorthin. Und doch ging er nicht. Seine Frau machte keine nervenaufreibenden Szenen mehr, sie war ruhig und friedlich geworden. Sie wurde nicht mehr laut, beklagte sich nicht mehr über ihr verpfuschtes Leben. Der Gedanke, dass sie womöglich einen Neuanfang für das gemeinsame Leben anstrebte, erschreckte ihn. Er fühlte sich inzwischen viel zu eingeengt, um sich dies zu wünschen. Allerdings sprach Carmen nur mit ihm, wenn es sich gar nicht vermeiden ließ. Nichts rechtfertigte also die Befürchtung, sie wolle sich versöhnen. Dass es ihr gelungen war, den Sohn für sich zu gewinnen, war offensichtlich, doch um ihn selbst zu halten, bedurfte es eines sehr großen Schrittes, zu dem sie anscheinend nicht bereit war. Die Veränderung beschäftigte ihn: Henrique hatte sich wieder der Mutter zugewandt, worauf wartete sie, um erneut ihre Szenen zu machen? Nachdem er sich die Frage gestellt, aber die Antwort nicht gefunden hatte, zuckte Emílio gleichgültig die Achseln und ließ die Zeit gewähren, als könnte sie ihm den Mut geben, der ihm fehlte.

Bis ein Brief eintraf. Emílio war nicht zu Hause, Henrique war zum Laden gelaufen. Als der Postbote Carmen den Brief reichte und sie die Schrift ihrer Mutter erkannte, überlief sie ein Schaudern.

»Mehr haben Sie nicht?«

Der Postbote sah den Stapel durch, den er in der Hand hielt, und antwortete:

»Nein, nur den da.«

Nur diesen! Am liebsten wäre Carmen in Tränen ausgebrochen. In dem Augenblick wurde ihr klar, dass sie auf einen Brief von Manolo gewartet hatte, und zwar vor allem auf den von ihm. Aber der Brief kam nicht. So langsam, dass der Postbote sich wunderte, schloss sie die Tür. Wie verrückt war sie gewesen! Sie hatte überhaupt nicht nachgedacht! Sie hatte nicht alle Sinne beisammengehabt, als sie ihrem Cousin schrieb! Während sie diesen Gedanken nachhing, vergaß sie ganz, dass sie den Brief der Mutter in der Hand hielt. Doch plötzlich spürte sie das Papier zwischen den Fingern. Sie murmelte auf Galicisch:

»*Miña nai* ...«

Kurz entschlossen riss sie den Umschlag auf. Zwei große Blätter, von oben bis unten in der engen, kleinen Schrift beschrieben, die sie so gut kannte. Im Flur war es dunkel, sie konnte nichts lesen. Sie ging ins Schlafzimmer, schaltete das Licht an, setzte sich auf die Bettkante, alles sehr schnell, als fürchtete sie, der Brief könnte ihr zwischen den Fingern verdunsten. Ihre tränennassen Augen konnten die Wörter nicht erkennen. Nervös trocknete sie sich die Augen, schnäuzte sich und konnte endlich lesen, was die Mutter ihr schrieb.

Ja, alles wie erwartet. Die Mutter bedauerte sie erneut, schrieb erneut, es sei nicht ihre Schuld, sie habe sie ja gewarnt ... Ja, das wusste sie schon alles, dieselben Worte hatte sie schon in anderen Briefen gelesen ... Aber schrieben sie ihr denn nichts weiter? Hatten sie ihr nichts anderes zu sagen? Nein? ... Aber ... Was soll das heißen? Ach, liebe Mutter, liebe, liebe Mutter ...

Da stand es. Sie würde fahren. Für eine Zeit zu den Eltern fahren. Einen Monat bleiben, vielleicht auch zwei. Sie würde Henrique mitnehmen. Die Eltern wollten die Fahrt bezahlen. Das würde ... Was es würde, wusste Carmen selbst nicht. Tränen schossen ihr in die Augen, sie konnte nichts mehr lesen. Herrlich würde es, keine Frage. Zwei Monate, vielleicht drei, fern von diesem Haus, bei den Ihren, mit ihrem Kind zusammen.

Sie trocknete sich die Augen und las weiter. Neues von den Eltern, der Familie, die Geburt eines Neffen. Dann liebe Grüße und Küsse. Am Rand in engerer Schrift ein Postskriptum. Es klingelte an der Tür. Carmen hörte es nicht. Es klingelte wieder. Carmen hatte die letzten Zeilen schon gelesen, hörte aber nichts. Da stand die Erklärung: Manolo ließ ausrichten, er habe nicht geschrieben, weil er hoffe, dass sie nach Vigo komme. Es klingelte ungeduldig und anhaltend. Als kehre sie aus fernen Zeiten zurück, hörte Carmen es endlich. Sie ging die Tür aufmachen. Es war Henrique. Er verstand nichts mehr, die Mutter weinte und lachte zugleich. Er fühlte ihre Umarmung, spürte ihre Küsse und hörte:

»Wir besuchen Großvater Filipe und Großmutter Mercedes. Und wir bleiben eine Zeit bei ihnen. Wir fahren zu ihnen, Henrique!«

Als Emílio am Abend nach Hause kam, zeigte Carmen ihm den Brief. Er hatte sich nie für die Korrespondenz seiner Frau interessiert und war so taktvoll, nicht heimlich in ihren Briefen zu stöbern. Er vermutete, dass sie klagte, und ahnte, dass er darin als Tyrann dargestellt wurde, aber er wollte sie nicht lesen. Und obwohl es Carmen nichts ausgemacht hätte, wenn er erfuhr, was über ihn gesagt wurde, zeigte sie ihm lediglich den Absatz, in dem die Mutter von der Reise sprach – schließlich musste er seine Zustimmung geben, wenn er aber auch noch alles andere las, würde er sie womöglich verärgert verweigern. Emílio merkte, dass an einem Blatt der Rand abgeschnitten war. Aber er fragte nicht, warum. Wortlos gab er den Brief zurück.

»Und?«

Er antwortete nicht gleich. Auch er sah zwei, vielleicht drei Monate Alleinsein vor sich. In Freiheit, allein in der leeren Wohnung. Er würde weggehen können, wann er wollte, nach Hause kommen, wann er wollte, auf dem Fußboden schlafen oder im Bett. Er sah sich all das tun, was er so gern tun wollte, aber das waren so viele verschiedene Dinge, dass ihm jetzt kein einziges einfiel. Ein Lächeln umspielte seinen Mund. Augenblicklich fühlte er sich frei, die Ketten, die ihn fesselten, fielen von ihm ab. Da draußen erwartete ihn ein pralles, erfülltes Leben, in dem sich alle Träume, alle Hoffnungen verwirklichen ließen. Dass es nur drei Monate währen würde, welche Rolle spielte das? Vielleicht kämen ja dann seine mutigen Tage ...

»Und?«, fragte Carmen noch einmal, aus Furcht, sein Schweigen bedeute Ablehnung.

»Und?! … Mir recht.«

Nur diese beiden Wörter. Zum ersten Mal seit vielen Jahren waren die drei Menschen in dieser Wohnung zufrieden. Für Henrique war es die Aussicht auf Ferien, auf den Zug »Tschucke-tschuck-tschucke-tschuck«, auf all die Herrlichkeiten, mit denen Reisen für Kinder verbunden sind. Für Emílio und Carmen die Aussicht, sich von dem Albtraum zu befreien, der sie aneinanderkettete.

Das Abendessen verlief friedlich. Es gab Lachen und freundliche Worte. Henrique freute sich. Die Eltern schienen glücklich zu sein. Selbst die Küchenlampe leuchtete scheinbar heller. Alles war heller und klarer.

29

Von der nächtlichen Szene, als Justina sich ihrem Mann zum ersten Mal nackt gezeigt hatte, wurde nie gesprochen. Caetano war dafür zu feige, Justina zu stolz. Zurück blieb noch eisigere Kälte. Wenn Caetano von der Arbeit kam, ging er für den Rest der Nacht und den Morgen in ein anderes Bett. Nach Hause kam er erst zum Mittagessen. Danach legte er sich hin und schlief den ganzen Nachmittag. Wenn sie sich verständigen mussten, taten sie dies mit kurzen Sätzen und einsilbigen Antworten. Noch nie hatten sie einander so vollständig verabscheut. Caetano ging seiner Frau aus dem Weg, als fürchtete er, sie könnte plötzlich nackt vor ihm stehen. Justina ihrerseits vermied nicht, ihn anzusehen, doch tat sie dies verächtlich, ja nahezu unverschämt. Er spürte den Blick und kochte innerlich vor Wut. Er wusste, dass viele Männer ihre Frauen schlugen und dass die Männer und die Frauen dies für normal hielten. Er wusste, dass dies für viele als Ausdruck ihrer Männlichkeit galt, so wie viele in Geschlechtskrankheiten ein Zeichen von Männlichkeit sahen. Zwar konnte er mit seinen venerischen Leiden prahlen, sich jedoch nicht damit rühmen, jemals seine Frau verprügelt zu haben. Es war für ihn keine Frage des Prinzips, auch wenn er dies gern behauptet hätte, sondern pure Feigheit. Ihn schreckte Justinas Gelassenheit, die sie nur ein einziges Mal abgelegt hatte, und das unter für ihn beschämenden Umständen. Er sah sie immer wieder vor sich, hatte ihre magere, nackte Gestalt vor Augen, hörte ihr Gelächter, das fast wie Schluchzen klang. Die Reaktion seiner Frau hatte, weil sie so unerwartet war, das Minderwertigkeitsgefühl noch verstärkt, das er ihr gegenüber seit langem empfand. Deshalb ging er ihr aus dem Weg. Deshalb verbrachte er so wenig Zeit wie möglich zu Hause, deshalb vermied er es, neben ihr zu schlafen. Und es gab noch einen Grund. Er wusste, wenn er neben ihr im Bett lag, würde er sich nicht davon abhalten können, sie zu besitzen. Als ihm das zum ersten Mal bewusst wurde, erschrak er. Er wollte es abwehren, beschimpfte sich als Idioten, zählte sämtliche Gründe auf, die es ihm eigentlich unmöglich machen mussten: der reizlose Körper, der frühere Abscheu, ihre Verachtung. Doch je mehr er aufzählte, umso furioser entbrannte seine Begierde. Um sie zu dämpfen, verausgabte er sich möglichst außer Haus, was ihm jedoch nie ganz gelang. Leer, ausgebrannt, hohläugig und mit weichen Knien kam er nach Hause, doch kaum spürte er Justinas besonderen Körpergeruch, brandete die Woge seiner Begierde aus seinem tiefsten Inneren auf. Als sähe er nach einer langen Abstinenz zum ersten Mal wieder eine Frau in greifbarer Nähe. Wenn er sich nach dem Mittagessen hinlegte, quälte ihn die Wärme des Bettzeugs. Lag ein Kleidungsstück seiner Frau auf einem Stuhl, zog es seinen Blick auf sich. Im Geiste verlieh er dem leeren Kleid, dem zusammengefalteten Strumpf Konturen und Bewegung des lebendigen Körpers, des angespannt zuckenden Beins. Seine Phantasie schuf perfekte Formen, die bei weitem nicht der Wirklichkeit entsprachen. Und wenn Justina in diesem Augenblick das Schlafzimmer betrat, musste er seine ganze Widerstandskraft aufbieten, um nicht aus dem Bett zu springen und sie zu packen. Er war von niederster Sinnlichkeit besessen. Er hatte erotische Träume wie ein Heranwachsender. Er forderte seine Gelegenheitsgeliebten bis zur Erschöpfung und beschimpfte sie, weil sie ihn nicht zur Ruhe brachten. Wie eine lästige Fliege piesackte ihn ständig das Verlangen. Wie ein Schmetterling, der vom Licht auf einer Körperseite gelähmt ist und deshalb immer engere Kreise beschreibt, bis er in der Flamme verbrennt, kreiste er um seine Frau, angelockt von ihrem Geruch und ihren groben Formen, die die Liebe nicht modelliert hatte.

Justina ahnte nicht, was ihre Anwesenheit in ihrem Mann auslöste. Sie erlebte ihn als nervös, leicht erregbar, führte dies jedoch darauf zurück, dass sie ihn mit noch größerer Verachtung behandelte. Als spielte sie, obwohl sie sich der Gefahr bewusst war, mit einem gefährlichen Tier, wollte sie ausprobieren, wie lange ihr Mann standhalten würde. Sie wollte wissen, wie weit seine Feigheit ging. Sie lockerte ihre stumme Verachtung und redete mehr, damit sie immer wieder Gelegenheiten hatte, ihre Verachtung zu zeigen. In all ihren Worten, in allen Tonlagen ihrer Stimme ließ sie ihren Mann spüren, für wie nichtswürdig sie ihn hielt. Caetano aber war zu einem masochistischen Liebhaber geworden. Die Beleidigungen, die Hiebe auf seinen Stolz als Mann und Ehemann führten bei ihm zu Ausbrüchen von Begierde. Justina spielte mit dem Feuer, ohne es zu merken.

Eines Nachts hielt Caetano es nicht mehr aus und begab sich, nachdem er die Zeitung verlassen hatte, auf schnellstem Weg nach Hause. Er war eigentlich verabredet gewesen, vergaß es aber. Die Frau, die auf ihn wartete, konnte ihn nicht befriedigen. Als wäre er verrückt geworden, hätte aber noch im Kopf, wo man ihn wieder zur Vernunft bringen würde, eilte er nach Hause. Er stieg in ein Taxi und versprach dem Fahrer ein gutes Trinkgeld, wenn er sich beeilte. Das Taxi legte in wenigen

Minuten die Strecke durch die menschenleeren Straßen zurück. Das Trinkgeld war großzügig, mehr noch: verschwenderisch üppig. Als Caetano die Wohnung betrat, fiel ihm plötzlich ein, dass er, als er das letzte Mal um diese Zeit nach Hause gekommen war, sich gründlich blamiert hatte. Für einen kurzen Augenblick war er geistesgegenwärtig. Ihm war klar, was er vorhatte, und er fürchtete die Konsequenzen. Aber er hörte Justinas ruhige Atemzüge, spürte die Wärme im Schlafzimmer, betastete durch die Decke den darunterliegenden Körper, und wie eine Welle, die das Meer aus der Tiefe aufsteigen lässt, kochte in ihm rasende Begierde hoch.

Es geschah im Dunkeln. Bei der ersten Berührung erkannte Justina ihren Mann. Noch halb im Schlaf versuchte sie, sich mit unbeholfenen Bewegungen zu wehren. Doch er überwältigte sie, presste sie auf die Matratze. Sie lag starr und regungslos, konnte nicht reagieren, als erlebte sie einen Albtraum, in dem sich ein Ungeheuer, unbekannt und deshalb so furchtbar, auf sie stürzte. Schließlich gelang es ihr, einen Arm zu befreien. Sie tastete im Dunkeln, schaltete die Nachttischlampe ein. Und erblickte ihren Mann. Er sah zum Fürchten aus. Die Augen hervorgequollen, die Unterlippe noch tiefer hängend als sonst, das Gesicht rot und schweißnass, ein animalischer Gesichtsausdruck verzerrte ihm den Mund. Justina schrie nicht, weil ihre vor Entsetzen zugeschnürte Kehle keinen Ton herausbrachte. Unvermittelt verzog sich Caetanos Miene wie in einem Krampf und war nicht mehr zu erkennen. Es war das Gesicht eines anderen Wesens, eines aus der prähistorischen Animalität ausgebrochenen Mannes, einer wilden Bestie in menschlichem Körper.

Worauf Justina ihm mit kalt glitzerndem Blick ins Gesicht spuckte. Verblüfft und noch zitternd sah Caetano sie an. Er begriff nicht recht, was geschehen war. Wischte sich mit der Hand über das Gesicht und sah sie an. Der noch warme Speichel war an seinen Fingern hängen geblieben. Er spreizte die Finger – der Speichel hing in glänzenden Fäden dazwischen, die Fäden wurden immer dünner, bis sie rissen. Caetano begriff. Endlich begriff er. Es war gleichsam der unvorsichtige Peitschenhieb, der den schon gezähmten Tiger veranlasst, sich auf die Hinterläufe zu erheben, die Krallen auszufahren, die scharfen Zähne zu zeigen. Justina schloss die Augen und wartete. Caetano rührte sich nicht. Justina öffnete vorsichtig die Augen und spürte sofort, dass ihr Mann sich abermals auf sie legte. Sie versuchte ihm auszuweichen, doch sein ganzer Körper hatte sie in der Gewalt. Sie wollte kalt bleiben, so wie beim ersten Mal, doch beim ersten Mal war sie ganz natürlich kalt geblieben, nicht durch Willenskraft. Nun gelang es ihr nur mit Willenskraft. Doch ihr Wille begann nachzulassen. Mächtige Kräfte, die bislang geschlummert hatten, stiegen in ihr auf. Wellen durchströmten sie in rascher Folge. So etwas wie ein brennendes Licht kam und ging in ihrem Kopf. Sie stieß einen unartikulierten Laut aus. Ihre Willenskraft versank im Strudel des Triebs. Einen Augenblick behielt sie noch die Oberhand, kämpfte kurz, dann ging sie unter. Wie wahnsinnig bewegte Justina sich im Rhythmus der Umarmung ihres Mannes. Ihr hagerer Körper verschwand fast unter seinem. Sie bebte und wand sich, nun auch sie rasend, nun auch sie dem blinden Trieb unterworfen. Eine Art Röcheln erklang gleichzeitig, und schwer atmend wälzten sich die umschlungenen Körper.

Dann, vom gleichen Widerwillen gepackt, lösten sie sich voneinander. Schweigend, ein jeder auf seiner Seite, holten sie Luft. Caetanos keuchender Atem übertönte den seiner Frau.

Von ihrer Anwesenheit zeugten nur ein paar letzte bebende Bewegungen.

Leere war in Justinas Kopf. Ihre Glieder waren matt und schmerzten. Der starke Körpergeruch ihres Mannes hatte sich in ihrer Haut festgesetzt. Schweißtropfen rannen ihr aus den Achseln. Und tiefe Trägheit machte ihr jede Bewegung unmöglich. Sie spürte noch das Gewicht ihres Mannes. Langsam streckte sie den Arm aus und löschte das Licht. Nach und nach ging Caetanos Atem gleichmäßiger. Befriedigt sank er in den Schlaf. Justina blieb allein zurück. Ihr Zittern hatte aufgehört, die Erschöpfung nachgelassen. Nur ihr Kopf konnte noch immer keinen klaren Gedanken fassen. Bruchstückhaft stiegen Gedanken auf. Ohne jeden Zusammenhang und ohne logische Fortsetzung kamen und gingen sie. Justina wollte darüber nachdenken, was geschehen war, wollte einen der flüchtigen Gedanken festhalten, die in ihr hochkamen und verschwanden wie Bohnen, die in kochendem Wasser aufsteigen und gleich wieder nach unten sinken. Doch dazu war es noch zu früh. Es sollte ihr auch nicht so bald gelingen, denn unvermittelt machte sich Schrecken in ihr breit. Was Minuten zuvor geschehen war, empfand sie als so absurd, dass sie glaubte, sie habe geträumt. Doch ihr geschundener Körper und ein merkwürdiges Gefühl von undefinierbarer Erfüllung in bestimmten Leibesgegenden widersprachen dem. Jetzt, und erst jetzt, überkam sie Entsetzen, begriff sie die ganze Ungeheuerlichkeit.

Die restliche Nacht lag sie wach. Starrte verwirrt in die Dunkelheit, unfähig, klar zu denken. Sie hatte das dumpfe Gefühl, dass sich die Beziehung zu ihrem Mann verändert hatte. Als wäre sie aus der Finsternis ins helle Licht getreten und wäre einen Augenblick blind für die Dinge ringsum, könne zwar ihre Umrisse erahnen, sähe sie aber nur als unförmigen Fleck.

Sie hörte jeden Stundenschlag der Uhr. Sie erlebte, wie die Nacht sich zurückzog und der Morgen anbrach. Bläuliches Licht breitete sich hier und da im Schlafzimmer aus. Der Rahmen der Tür zum Flur hin zeichnete sich im Dämmerlicht schimmernd ab. Während der Tag anbrach, waren gleichzeitig die ersten Geräusche im Haus zu hören. Caetano lag schlafend auf dem Rücken, ein Bein bis zur Leiste unbedeckt, ein Bein, so weiß und weich wie der Bauch eines Fisches.

Justina überwand die Benommenheit, die ihre Glieder lähmte, und richtete sich auf. Mit gebeugtem Rücken und hängendem Kopf blieb sie sitzen. Ihr ganzer Körper schmerzte. Vorsichtig, um ihren Mann nicht zu wecken, stand sie auf, zog den Morgenrock an und verließ das Schlafzimmer. Noch immer war sie nicht in der Lage, zwei zusammenhängende Gedanken zu denken, doch jenseits dieser Unfähigkeit begann das unfreiwillige Denken zu arbeiten, jenes, das sich unabhängig von unserem Willen abspielt.

Justina erreichte nach wenigen Sekunden das Badezimmer. Einen Moment später hob sie den Kopf und blickte in den Spiegel. Sie sah sich und erkannte sich nicht. Das Gesicht, das sie vor sich sah, gehörte nicht zu ihr, oder es war bislang verborgen gewesen. Dunkle Ringe um die Augen ließen sie noch lebloser aussehen. Ihre Wangen wirkten eingefallen. Die zerzausten Haare erinnerten an die nächtliche Aufregung. Doch dieser Anblick war für sie nichts Neues – seit der Diabetes sich verschlimmerte, zeigte der Spiegel ihr dieses Bild. Neu war ihr Gesichtsausdruck. Sie sollte erbost sein, war aber ruhig, sie sollte sich angegriffen fühlen, aber sie fühlte sich, als hätte sie eine Beleidigung verziehen.

Sie setzte sich im Erker auf einen Hocker. Die Sonne schien schon durch die oberen Scheiben und malte einen rosa Lichtstreifen auf die Wand, der immer breiter und heller wurde. Schwalben zwitscherten in der frischen Morgenluft. Ohne zu überlegen, ging sie spontan ins Schlafzimmer zurück. Ihr Mann hatte sich nicht bewegt. Er schlief mit offenem Mund, die weißen Zähne leuchteten in dem vom Bart dunklen Gesicht. Langsam ging sie zu ihm und beugte sich über ihn. Sein regloser Ausdruck erinnerte nur entfernt an das verzerrte Gesicht, das sie gesehen hatte. Sie dachte daran, dass sie ihn angespuckt hatte, und bekam Angst, eine Angst, die sie zurückweichen ließ. Caetano bewegte sich. Die Bettdecke rutschte von seinem Bein, worauf dieses sich anwinkelte und sein Geschlecht entblößte. Ekel stieg in einer Welle aus ihrem Magen hoch. Sie floh aus dem Schlafzimmer. Da erst löste sich das letzte Band, das ihre Gedanken gefesselt hatte. Als wollte ihr Kopf die Zeit aufholen, die er verloren hatte, begann er zu rotieren, bis er an einem einzigen, zwanghaften Gedanken hängenblieb: »Was soll ich machen?«

Keine Verachtung mehr, keine Gleichgültigkeit mehr – was sie nun empfand, war Hass. Hass auf ihren Mann und auf sich selbst. Sie dachte daran, dass sie sich ihm genauso rasend hingegeben, wie er sie genommen hatte. Sie ging in der Küche ziellos hin und her. Es war, als befände sie sich in einem Labyrinth. Überall verschlossene Türen und Sackgassen. Wäre es ihr gelungen, unbeteiligt zu bleiben, hätte sie sich als Opfer brutaler Gewalt verstehen können. Sie wusste natürlich, dass sie als Ehefrau sich nicht verweigern durfte, dass Passivität ihre stärkste Form von Verweigerung wäre. Sie hätte sich nehmen lassen können, aber nicht sich hingeben. Doch sie hatte sich hingegeben. Und ihr Mann hatte gemerkt, dass sie sich hingab; er würde das als Sieg werten und sich als Sieger verhalten. Er würde die Regeln festlegen, die er für richtig hielt, und ihr ins

Gesicht lachen, wenn sie rebellieren wollte. Ein Moment der Unvernunft – und die Arbeit vieler Jahre war dahin. Ein Moment der Blindheit – und aus Stärke war Schwäche geworden.

Sie musste überlegen, was sie tun sollte. Schnell, bevor er aufwachte, bevor es zu spät war. Jetzt, da ihr Hass frisch und blutrünstig war. Sie hatte ein Mal kapituliert, ein zweites Mal durfte es nicht geschehen. Aber die Erinnerung an das, was sie empfunden hatte, begann sie zu beschäftigen. Bis zu dieser Nacht hatte sie noch nie den Höhepunkt der Lust erreicht. Selbst als sie eine normale Beziehung zu ihrem Mann pflegte, hatte sie niemals dieses heftige Gefühl erlebt, bei dem man den Wahnsinn fürchtet und zugleich herbeiwünscht. Nie zuvor hatte sie, so wie in dieser Nacht, das Gefühl gehabt, vom Strudel der Lust erfasst zu sein, sämtliche Fesseln abgelegt, sämtliche Grenzen überschritten zu haben. Was für andere Frauen ein Aufstieg gewesen wäre, war für sie ein Absturz.

Die Klingel unterbrach sie in ihren Gedanken. Auf Zehenspitzen eilte sie zur Tür, nahm die Milch entgegen und kehrte in die Küche zurück. Caetano war nicht aufgewacht.

Die Lage stellte sich nun deutlich dar. Sie musste sich zwischen Lust und Herrschaft entscheiden. Wenn sie schwieg, würde sie die Niederlage hinnehmen, dafür abermals Momente wie in dieser Nacht erleben, sofern ihr Mann bereit wäre, sie ihr zu gewähren. Wenn sie sprach, riskierte sie, dass er ihr ins Gesicht sagte, wie sie reagiert hatte. Diese Alternativen aufzuzeigen war leicht, sich für eine zu entscheiden, schwierig. Vor kurzem noch hatte sie Ekel empfunden, doch nun rauschten in ihr wie Meereswellen in einer Muschel die Erinnerungen an die sexuelle Ekstase. Sprechen bedeutete, die Möglichkeit für eine Wiederholung zu verlieren. Schweigen hieße, sich den Bedingungen zu unterwerfen, die ihr Mann bestimmen wollte. Justina schwankte zwischen dem erwachten Verlangen und dem Wunsch, zu dominieren. Das eine schloss das andere aus. Wofür sollte sie sich entscheiden? Und mehr noch: Wie weit war es ihr möglich, sich zu entscheiden? Wenn sie dominierte, würde sie dann dem Verlangen widerstehen können, nachdem sie es einmal erfahren hatte? Wenn sie sich unterwarf, wie würde sie die Unterwerfung unter einen Mann ertragen, den sie verachtete?

Das Sonnenlicht dieses Sonntagmorgens strömte durch das Fenster herein. Justina sah die kleinen weißen Wolken mit zerfransten Konturen, die über den blauen Himmel zogen. Gutes Wetter. Licht. Frühling.

Aus dem Schlafzimmer drangen gedämpfte Laute. Das Bett knarrte. Justina erzitterte, die Röte schoss ihr ins Gesicht. Der Gedankengang, dem sie nachgehangen hatte, brach ab. Sie erstarrte und wartete. Wieder knarrte es. Sie ging zur Schlafzimmertür und blickte vorsichtig hinein – ihr Mann lag mit offenen Augen und sah sie. Es gab kein Zurück. Wortlos ging sie hinein. Wortlos sah Caetano sie an. Justina wusste nicht, was sie sagen sollte. Sie war zu keinem Gedanken mehr fähig. Ihr Mann schmunzelte. Bevor sie entzifferte, was das Schmunzeln bedeutete, sagte sie, ohne eigentlich zu wissen, warum:

»Tu so, als wäre heute Nacht nichts gewesen. Ich halte es auch so.«

Das Schmunzeln schwand von Caetanos Lippen. Eine tiefe Falte grub sich zwischen den Augenbrauen in die Stirn.

»Das geht vielleicht nicht.«

»Du kennst so viele andere Frauen, vergnüg dich mit denen …«

»Wenn ich aber meine Rechte als Ehemann wahrnehmen will?«

»Ich kann mich nicht verweigern, aber das wird dir bestimmt langweilig werden ...«

»Ich verstehe ... Ich glaube, ich verstehe ... Warum hast du dich dann heute Nacht nicht so verhalten?«

»Wenn du nur ein Fünkchen Anstand hättest, würdest du das nicht fragen. Hast du vergessen, dass ich dir ins Gesicht gespuckt habe?«

Caetanos Miene verhärtete sich. Die Hände, die auf der Decke lagen, ballten sich zur Faust. Es sah aus, als wollte er aufstehen, aber er blieb liegen. Langsam, in sarkastischem Ton antwortete er:

»Stimmt, das hatte ich schon vergessen. Jetzt fällt es mir wieder ein. Aber ich kann mich auch erinnern, dass du nur einmal gespuckt hast ...«

Justina verstand die Anspielung und schwieg.

»Und? Willst du nicht antworten?«, fragte ihr Mann.

»Nein. Ich schäme mich, für dich und für mich.«

»Und ich? Der von dir verachtet wurde?«

»Das hast du verdient.«

»Wer bist du, mich so zu verachten?«

»Niemand, aber ich verachte dich.«

»Warum?«

»Ich verachte dich, seit ich dich kenne, und kennengelernt habe ich dich erst nach der Hochzeit. Du bist ein Wüstling.«

Caetano zuckte gereizt die Achseln.

»Du bist nur eifersüchtig.«

»Ich, eifersüchtig? Dass ich nicht lache! Eifersüchtig ist man nur auf jemanden, den man liebt, und ich liebe dich nicht. Ich habe dich vielleicht einmal gemocht, aber das war schnell vorbei. Als mein Kind krank war, was hat dich das gekümmert? Dir hat ja die Zeit noch nicht mal für deine Liebschaften gereicht ...«

»Du redest Unsinn!«

»Denk, was du willst. Ich will dir nur klarmachen, dass das, was heute Nacht passiert ist, nicht wieder vorkommen wird.«

»Das werden wir ja sehen ...«

»Was soll das heißen?«

»Du hast gesagt, ich sei ein Wüstling. Kann sein. Angenommen, ich interessiere mich aus irgendeinem Grund jetzt für dich ...«

»Spar dir dein Interesse. Und außerdem, seit wie vielen Jahren bin ich für dich keine Frau?«

»Was du offenbar bedauerst ...«

Justina antwortete nicht. Ihr Mann sah sie hämisch an.

»Bedauerst du das?«

»Nein! Damit würde ich mich auf eine Ebene mit deinen Weibern begeben.«

»Darf ich dich daran erinnern, dass ich es mit ihnen nicht so einfach habe? Dich müsste ich ja nur am Arm ziehen. Ich bin dein Mann ...«

»Mein Pech.«

»Das ist eine Ungehörigkeit, nur dass du es weißt. Dass ich nicht reagiert habe, als du mich bespuckt hast, heißt nicht, dass ich bereit bin, mir jede Frechheit bieten zu lassen, hast du verstanden?«

»Ja, aber es macht mir keine Angst. Du hast schon gedroht, mich mit Füßen zu treten, und ich habe nicht mit der Wimper gezuckt.«

»Provozier mich nicht!«

»Ich habe keine Angst!«

»Justina!«

Während der Diskussion war sie näher gekommen. Sie stand am Bett und blickte von oben auf ihren Mann. Mit einer ruckartigen Bewegung griff seine rechte Hand nach ihrem Handgelenk. Er zog sie nicht zu sich, hielt sie aber fest. Justina zitterte am ganzen Körper. Ihre Knie schlugen aneinander, als wollten sie nachgeben. Caetano murmelte heiser:

»Du hast recht ... Ich bin ein Wüstling. Ich weiß wohl, dass du mich nicht magst, aber seit ich dich neulich nachts gesehen habe, bin ich verrückt nach dir. Hörst du? ... Verrückt nach dir. Wärst du heute Nacht nicht gekommen, hätte ich mich umgebracht!«

Mehr noch als die Worte erschreckte Justina der Ton, in dem er sie sagte. Da sie merkte, dass Caetano sie langsam zu sich zog, versuchte sie verzweifelt, ihr Handgelenk zu befreien.

»Lass mich los! Lass mich los!«

Ihre schwachen Kräfte schwanden. Sie stand schon über ihn gebeugt, spürte schon den Herzschlag in den Ohren. Aber da fiel ihr Blick auf das Porträt ihrer Tochter, sie sah ihr beständig sanftes Lächeln. Sie stützte sich an der Bettkante ab und wehrte sich. Ihr Mann wollte sie mit der anderen Hand packen. Da wich sie ihm aus und grub ihre Zähne in die Finger, die sie festhielten. Mit einem Aufschrei ließ Caetano sie los.

Sie lief in die Küche. Jetzt war ihr alles klar, jetzt wusste sie, warum ... Hätte sie nicht dem Impuls nachgegeben und sich ihrem Mann nackt gezeigt, wäre nichts geschehen. Die Justina von heute wäre die gleiche wie gestern. Sie hatte gesprochen – und was hatte sie damit erreicht? Die unumstößliche Gewissheit, dass nun alles anders war. Dass sie dieses Mal nicht nachgegeben hatte, war nur ein Zufall. Das Porträt ihrer Tochter hätte nichts genützt, wenn die Diskussion ihr nicht die Kraft gegeben hätte, ihm zu widerstehen, und weil es auch erst ein paar Stunden her war ... »Das heißt, wenn er nicht drängt, wenn er ein, zwei Tage verstreichen lässt und nach diesen zwei Tagen einen Versuch macht, werde ich nicht widerstehen ...«

Gedankenverloren bereitete Justina das Frühstück. Und sie dachte: »Er ist ein Wüstling, deshalb habe ich ihn verachtet. Er ist immer noch ein Wüstling, deshalb verachte ich ihn immer noch. Und obwohl ich ihn verachte, habe ich mich hingegeben, und ich weiß, dass ich mich bei der nächsten Gelegenheit wieder hingeben werde. Sieht so die Ehe aus? Muss ich letztlich, nach all diesen Jahren, daraus schließen, dass ich womöglich genauso lüstern bin wie er? Wenn ich ihn liebte ... wenn ich ihn liebte, würde ich nicht von Lüsternheit sprechen. Dann fände ich alles normal, ich würde mich immer so hingeben wie heute. Aber kann man denn, ohne zu lieben, das empfinden, was ich heute empfunden habe? Ich liebe ihn nicht, bin aber vor Lust fast wahnsinnig geworden. Ist es bei anderen Leuten auch so? Gibt es zwischen ihnen nur Hass und Lust? Und was ist mit der Liebe? Was nur die Liebe schenken sollte, kann diese animalische Begierde das also auch geben? Oder ist Liebe letztlich nur diese animalische Begierde?«

»Justina! Ich will aufstehen. Wo ist mein Schlafanzug?«

Jetzt schon aufstehen? Wollte er den ganzen Vormittag mit ihr zusammen verbringen ... Sie ging ins Schlafzimmer, öffnete den Kleiderschrank und reichte ihrem Mann den Schlafanzug. Er nahm ihn wortlos entgegen. Justina sah ihn keine Sekunde an. Im Grunde ihres Herzens verachtete sie ihn immer noch und immer mehr, hatte aber nicht den Mut, ihm in die Augen zu sehen. Zitternd kehrte sie in die Küche zurück. »Ich habe Angst. Ich habe Angst vor ihm. Ich! Angst vor ihm! Hätte man mir das gestern gesagt, hätte ich gelacht ...«

Die Hände in den Taschen, schlurfte Caetano auf dem Weg

zum Badezimmer vorbei. Justina atmete auf: Sie hatte eine Vertraulichkeit befürchtet und war nicht darauf vorbereitet.

Im Badezimmer pfiff Caetano einen melodischen Fado. Er stellte sich vor den Spiegel, hörte auf zu pfeifen, befühlte sein Gesicht und rieb sich den harten Bart. Dann machte er den Rasierapparat fertig und pfiff währenddessen weiter. Er seifte sich ein und verzichtete aufs Pfeifen, um beim Rasieren kein Risiko einzugehen. Als er gerade letzte Hand anlegte, hörte er die Stimme seiner Frau hinter der geschlossenen Tür.

»Der Kaffee ist fertig.«

»Ist gut. Ich komme gleich.«

Für ihn zählte die Diskussion mit seiner Frau nicht. Er wusste, dass er gesiegt hatte. Ein gewisser Widerstand hatte sogar seinen Reiz. Dona Justina würde schon noch sehen, wie sie für alle Kränkungen, die sie ihm angetan hatte, büßen musste. Er hatte sie in der Hand. Wieso zum Teufel hatte er nicht schon früher daran gedacht, dass dies die beste Möglichkeit war, sie kleinzukriegen? Aus und vorbei ihre Verachtung, aus und vorbei ihr Stolz, Stück für Stück gebrochen! Ganz abgesehen davon, dass es ihr Spaß gemacht hatte, dem Luder. Sie hatte ihm ins Gesicht gespuckt, jawohl, aber auch dafür würde sie büßen. Er würde es ihr mit gleicher Münze heimzahlen, zumindest ein Mal. Wenn sie anfing, sich zu winden und ihr »Ah-ah-ah!« zu stöhnen, dann wollte er es ihr verpassen! Man konnte nicht wissen, wie sie reagierte. Vielleicht würde sie böse, aber wenn, dann erst hinterher.

Caetano war zufrieden. Selbst die Pickel am Hals bluteten nicht, als die Klinge darüberglitt. Seine Nerven hatten sich endlich beruhigt. Er war um sie herumscharwenzelt, das gab er durchaus zu, doch nun hatte er sie in der Hand. Selbst wenn sein früherer Widerwille neu erwachen sollte, womit fest zu rechnen war, würde er ihr »den technischen Beistand, den jeder Ehemann seiner Frau zu gewähren hat«, nicht versagen.

Über das Wort »technisch« in diesem Zusammenhang musste er lachen: »Technischer Beistand! Sehr komisch!«

Er wusch sich mit reichlich Wasser und Seife. Während er sich kämmte, dachte er: »Ich war wirklich ein Riesendummkopf. Eigentlich war abzusehen, dass der anonyme Brief überhaupt nichts bewirken würde ...«

Vorsichtig öffnete er das Fenster und schaute hinaus. Er war nicht überrascht, Lídia zu sehen – schließlich hatte er ihretwegen das Fenster geöffnet. Lídia blickte nach unten und schmunzelte. Caetano folgte ihrem Blick und sah, dass im Garten des Mieters im Erdgeschoss rechts, dem Garten des Schusters, der Untermieter hinter einem Huhn herlief, während Silvestre mit einer Zigarette im Mund an der Mauer lehnte und sich auf die Schenkel klopfte.

»Ach, Abel! Sie kriegen das Viech nie! Dann gibt es eben keine Suppe zum Mittagessen.«

Lídia lachte laut. Abel blickte auf.

»Entschuldigung ... Wollen Sie mir vielleicht helfen?«

Lídia lachte noch lauter.

»Da wäre ich nur im Weg ...«

»Es ist aber nicht sehr nett, mich auszulachen!«

»Ich lache nicht über Sie. Ich lache über das Huhn.« Sie unterbrach sich: »Guten Morgen, Senhor Silvestre! Guten Morgen, Senhor ...«

»Abel ...«, sagte der junge Mann. »Meinen Familiennamen sage ich nicht, ich bin zu weit weg, um mich richtig vorzustellen.«

Das Huhn stand in einer Ecke, schüttelte die Federn und gackerte.

»Die Henne macht sich über Sie lustig«, bemerkte der Schuster.

»Ach ja? Dann sorge ich dafür, dass sie die Senhora da oben zum Lachen bringt.«

Caetano wollte nicht weiter zuhören. Er schloss das Fenster. Das aufgeregte Gackern der gejagten Henne fing wieder an. Caetano setzte sich auf den Rand der Toilette und sortierte seine Gedanken. »Der Brief hat nichts gebracht ... Aber das hier, das wird etwas bringen ...« Er streckte die Hand zum Fenster hin, in Richtung Lídia, und murmelte:

»Und du wirst es mir auch büßen ... So wahr ich Caetano heiße.«

30

Amélias Bemühungen stießen auf die hartnäckige Abwehr ihrer Nichten. Sie versuchte, sie im Guten zum Reden zu bringen, sprach von ihrer früheren Harmonie, wie wunderbar sie sich alle verstanden hatten. Isaura und Adriana lachten nur. Sie demonstrierten mit allen erdenklichen Mitteln, dass sie keinen Streit hätten, dass Amélia sich nur, weil sie ständig alle glücklich sehen wollte, Dinge einbildete, die nicht einmal andeutungsweise existierten.

»Wir haben alle unsere Probleme, Tante Amélia.«

»Das weiß ich wohl. Auch ich habe welche. Aber glaubt nicht, ihr könntet mich täuschen. Du sprichst noch und lachst, aber Isaura schweigt nur noch. Ich müsste blind sein, um nichts zu merken.«

Sie gab es auf, von ihnen direkt zu erfahren, warum so eine Kälte zwischen ihnen herrschte. Offenbar hatten die beiden eine Art Abmachung, Mutter und Tante zu täuschen. Cândida mochte dieser äußere Schein genügen, sie, Amélia, hingegen wollte sich erst mit der Realität zufriedengeben. Unverhohlen beobachtete sie die beiden. Sie zwang ihren Nichten einen an Panik grenzenden Zustand der Anspannung auf. Die kleinste unklare Bemerkung war ihr Vorwand für eine Anspielung. Adriana nahm es mit Humor, Isaura suchte im Schweigen Zuflucht, als fürchtete sie, die Tante könnte auch aus den harmlosesten Worten falsche Schlüsse ziehen.

»Du sagst gar nichts, Isaura?«, fragte Amélia.

»Ich habe nichts zu sagen ...«

»Früher haben sich in diesem Haus alle gut vertragen. Alle redeten, alle hatten etwas zu erzählen. Jetzt ist es so weit gekommen, dass wir nicht mal mehr Radio hören.«

»Du hörst kein Radio, weil du es nicht willst, Tante Amélia.«

»Wozu auch, wenn wir alle Anderes im Kopf haben?!«

Hätte ihre Nichte sich anders verhalten, dann hätte sie vielleicht von ihrer Idee Abstand genommen. Aber Isaura wirkte geduckt, als quälten sie geheime Gedanken. Amélia beschloss, sich nicht mehr um Adriana zu kümmern, und konzentrierte ihre ganze Aufmerksamkeit auf Isaura. Wenn diese das Haus verließ, ging sie hinterher. Und kam immer enttäuscht zurück. Isaura sprach mit niemandem auf dem Weg zu dem Geschäft, für das sie arbeitete, machte keine Umwege, schrieb keine Briefe und erhielt auch keine. Nicht einmal zur Bibliothek ging sie mehr, wo sie sonst ihre Bücher ausgeliehen hatte.

»Du liest gar nicht mehr, Isaura.«

»Ich habe keine Zeit.«

»Du hast noch genauso viel Zeit wie früher. Hat man dich in der Bibliothek schlecht behandelt?«

»Wie kommst du darauf?!«

Bei der Frage wegen ihres derzeitigen Desinteresses an Büchern war Isaura rot geworden. Sie senkte den Kopf und vermied es, der Tante in die Augen zu sehen. Diese nahm ihre Verlegenheit wahr und glaubte, nun dem Rätsel auf der Spur zu sein. Unter dem Vorwand, sich nach den Zeiten für die Lektüre vor Ort erkundigen zu wollen, ging sie zur Bibliothek. Sie sah sich das Personal an. Den Weg hätte sie sich sparen können: Das Personal bestand aus zwei kahlköpfigen alten Männern und einer jungen Frau. Ihr Verdacht löste sich wie Rauch in

Luft auf. Unter dem Eindruck, dass sich sämtliche Türen schlossen, wandte sie sich an ihre Schwester. Cândida tat, als verstünde sie nicht.

»Kommst du schon wieder mit deiner fixen Idee!«

»Ja, und ich bleibe auch dabei. Du nimmst deine Töchter nur in Schutz, das sehe ich doch. In ihrer Gegenwart bist du lieb und nett, aber mich täuschst du nicht. Ich höre dich nachts seufzen.«

»Da denke ich an andere Sachen. Von früher ...«

»Darüber gibt es jetzt nichts mehr zu seufzen. Die Probleme, die du hast, die habe ich auch. Aber ich habe sie weggeschoben. Und du auch. Worüber du seufzt, hat mit der heutigen Zeit zu tun, mit den Mädchen ...«

»Ach was, du hast kranke Ideen! Wie oft haben wir uns schon gestritten? Haben wir uns nicht immer wieder versöhnt? Neulich erst ...«

»Das ist genau der Punkt. Wir streiten und versöhnen uns. Die beiden sind nicht zerstritten, nein, aber versuch nicht, mir einzureden, dass ...«

»Ich will dir überhaupt nichts einreden. Wenn es dir Spaß macht, diesen Unsinn weiterzutreiben, dann tu es. Du machst unser Leben kaputt. Alles war so schön ...«

»Es ist nicht meine Schuld, wenn es jetzt nicht mehr schön ist. Ich für mein Teil tue, was ich kann, damit es schön ist. Aber«, sie schnäuzte sich kräftig, um zu überspielen, wie bewegt sie war, »ich kann das mit den Mädchen nicht mit ansehen!«

»Adriana ist guter Dinge! Erst gestern, als sie die Sache mit dem Chef erzählte, der über den Läufer gestolpert ist ...«

»Das war gespielt. Und was ist mit Isaura, ist die auch guter Dinge?«

»Es gibt Tage, da ...«

»Ja, es gibt Tage! Und zwar nicht wenige! Ihr habt euch abgesprochen. Du weißt, was hier vor sich geht!

»Ich?!«

»Ja, du! Wenn du es nicht wüsstest, wärst du genauso besorgt wie ich.«

»Du hast doch eben erst gesagt, dass ich nachts seufze ...«

»Jetzt habe ich dich erwischt!«

»Du bist sehr schlau. Aber wenn du meinst, ich wüsste etwas, dann täuschst du dich. Außerdem ist es Blödsinn, was du dir in den Kopf gesetzt hast!«

Amélia war empört. Blödsinn? Wenn die Bombe platzte, würde sich ja zeigen, wer Blödsinn im Kopf hatte. Sie veränderte ihre Taktik. Nun quälte sie die Nichten nicht mehr mit Fragen und Anspielungen. Sie tat, als interessierte es sie nicht mehr, als hätte sie es vergessen. Schon bald entspannte sich die Stimmung. Selbst Isaura lachte über die Übertreibungen ihrer Schwester, die ständig mit neuen Geschichten nach Hause kam. Doch Isauras Verhalten bestärkte Amélia noch darin, dass es ein Geheimnis gab. Der Druck durch Verdächtigungen und Nachstellungen hatte sich abschwächen müssen, damit sie sich unbeschwerter geben konnte. Offenbar wollte sie Amélia helfen, zu vergessen. Aber Amélia vergaß nicht. Sie hatte sich zurückgezogen, um besser Anlauf nehmen und weiter springen zu können.

Sie gab sich nach wie vor gleichgültig, hielt zwar die Ohren offen, reagierte aber auf nichts, mochte es noch so merkwürdig klingen. Sie glaubte, Schritt für Schritt würde sie das Rätsel lösen. Sie begann, in der Vergangenheit nach allem zu forschen, was ihr weiterhelfen konnte. Versuchte sich daran zu erinnern, wann »es« angefangen hatte. Die Erinnerung war schon etwas verblasst, doch sie strengte sich an, und mit Hilfe des Kalenders fand sie es schließlich heraus. »Es« hatte in der Nacht angefangen, als sie ihre Nichten in ihrem Zimmer hatte sprechen und Isaura hatte weinen hören. Es war ein Albtraum, hatte Adriana gesagt. Adriana hatte es gesagt, folglich musste die Sache mit Isaura zu tun haben. Worüber mochten sie gesprochen haben? Sie wusste, dass die beiden einander alles erzählten, zumindest war es vorher so gewesen. Es gab zwei Möglichkeiten: Entweder hatte Isaura wegen etwas geweint, das Adriana ihr erzählt hatte, dann lag die Sache bei Adriana, oder sie hatte wegen etwas geweint, das sie selbst gesagt hatte, und damit ließe sich erklären, dass Adriana es überspielen wollte. Wenn aber das Problem bei Adriana lag, wieso hatte sie ruhig Blut bewahren können?

Nach diesen Überlegungen wandte sie ihre Aufmerksamkeit wieder Adriana zu. Deren Fröhlichkeit hatte in ihren Ohren schon immer falsch geklungen. Isaura schwieg, Adriana spielte Theater. Aber vielleicht sollte ihr Theater nur Isaura schützen. Amélia wusste keinen Ausweg aus dieser Sackgasse.

Dann überlegte sie, dass Adriana fast den ganzen Tag außerhalb ihres Blickfelds verbrachte. Sie konnte nicht in ihr Büro gehen, so wie sie in die Bibliothek gegangen war. Vielleicht fand sich dort der Schlüssel zu dem Geheimnis. Wenn aber die Erklärung dort zu finden war, warum ergab sich erst nach zwei Jahren, dass ... Diese Überlegung war haltlos – irgendwann ereignen sich die Dinge, und wenn sie sich nicht gestern ereignet haben, heißt dies nicht, dass sie nicht heute oder morgen eintreten. Also entschied sie, die »Sache« habe mit Adriana zu tun und mit ihrem Büro. Sollte sich herausstellen, dass sie sich getäuscht hatte, wollte sie woanders ansetzen. Vorläufig ließ sie Isaura außen vor. Nur deren Tränen konnte sie sich nicht erklären. Es musste etwas Ernstes gewesen sein, was sie in dieser Nacht dazu gebracht hatte, zu weinen und anschließend stumm und traurig zu werden. Etwas Ernstes ... Amélia konnte oder wollte sich nicht recht vorstellen, was es gewesen sein mochte. Adriana war ein junges Mädchen, eine junge Frau, und ein ernstes Ereignis im Leben einer Frau, das die Schwester dieser Frau weinen lässt, kann nur ... Sie fand den Gedanken abwegig und wollte ihn beiseiteschieben. Doch nun trug alles dazu bei, dem Gedanken Gewicht zu verleihen. Erstens: Adriana war den ganzen Tag außer Haus; zweitens: Hin und wieder verbrachte sie auch Abende außer Haus; drittens: jeden Abend schloss sie sich im Badezimmer ein ... Fast schlagartig wurde Amélia bewusst, dass Adriana sich seit jener Nacht nicht mehr im Badezimmer eingeschlossen hatte. Früher war sie immer als Letzte ins Badezimmer gegangen und lange darin geblieben. Jetzt war sie zwar nicht immer die Erste, wartete aber auch selten bis zum Schluss. Und wenn das der Fall war, sagte Amélia sich wieder, dann blieb sie nicht lange darin. Nun wussten sie ja alle, dass Adriana ein »Tagebuch« hatte, eine Kinderei, die niemand richtig ernst nahm, und dass sie es im Badezimmer schrieb. Fand sich vielleicht darin die Erklärung für das ganze Durcheinander? Aber wie sollte sie an den Schlüssel zu der Schublade kommen?

Jede der vier Frauen hatte eine Schublade nur für sich. Alle anderen waren frei zugänglich, man brauchte sie nur aufzuziehen. Da sie aufeinander angewiesen waren, dieselbe Bettwäsche und dieselben Handtücher benutzten, wäre es unsinnig gewesen, Schubladen abzuschließen. Aber sie alle hatten ihre persönlichen Erinnerungen. Bei Amélia und Cândida waren es alte Briefe, Schleifen ihrer Brautsträuße, vergilbte Fotos, die eine oder andere getrocknete Blumen, mitunter eine Haarlocke. Die privaten Schubladen waren also eine Art Altar, wo sie, wenn sie allein waren und die Sehnsucht übermächtig wurde, andächtig ihren Erinnerungen nachhingen. Die beiden alten Frauen konnten mit einem Blick auf die eigene Schublade mit größter Trefferwahrscheinlichkeit sagen, was die Schublade der anderen enthielt. Doch keine von ihnen hätte erraten können, was sich in den Schubladen der jungen Frauen befand. In Adrianas Schublade lag wenigstens das »Tagebuch«, und Amélia war überzeugt, dass sie darin die Erklärung finden würde. Schon bevor sie darüber nachdachte, wie sie an die Lektüre käme, bedrückte sie, dass sie etwas Verbotenes würde tun müssen. Sie stellte sich vor, was sie empfinden würde, wenn sie erführe, dass man ihre Geheimnisse ausgekundschaftet hatte, ihre ärmlichen Geheimnisse, die ja nichts anderes waren als Erinnerungen an Dinge und Ereignisse, von denen alle wussten. Sie fand, es wäre unverzeihlich. Aber sie dachte auch, dass sie versprochen hatte, das Geheimnis der Nichten aufzudecken, und war nicht bereit, einen Rückzieher zu machen, ausgerechnet nun, wo sie kurz davorstand, das Rätsel zu lösen. Ganz gleich was geschah, sie musste es herausbekommen. Und dabei große Schwierigkeiten überwinden. Als genügte nicht die Überzeugung, dass die Geheimnisse einer jeden von ihnen zu respektieren waren, dass keine von ihnen es wagen würde, in eine Schublade zu greifen, die nicht ihr gehörte, gab es auch noch das Problem, dass Adriana ihren Schlüssel immer bei sich hatte. Wenn sie zu Hause war, steckte sie ihn in die Handtasche, also ausgeschlossen, ihn herauszuholen, die Schublade aufzuschließen und zu lesen, was es da zu lesen gab, ohne dass es jemand merkte. Dass Adriana den Schlüssel vergaß, war wenig wahrscheinlich. Ihn so entwenden, dass sie glaubte, sie habe ihn verloren? Das wäre am einfachsten, doch vielleicht würde sie misstrauisch und würde das Schloss auf andere Weise blockieren. Es gab nur eine Lösung: einen zweiten Schlüssel machen lassen. Dafür musste sie ihn kopieren, und um zu kopieren, musste sie ihn zum Schlosser bringen. Gab es keine andere Möglichkeit? Ihn abzeichnen, natürlich, aber wie?

Amélia dachte angestrengt nach. Sie musste eine Gelegenheit finden, nur wenige Minuten, um den Schlüssel abzuzeichnen. Sie unternahm mehrere Versuche, doch im letzten Moment kam immer jemand dazu. Die vielen Widrigkeiten steigerten noch ihre Neugier. Beim Anblick der verschlossenen Schublade zitterte sie vor Ungeduld. Die Skrupel, die sie bislang verspürt hatte, waren verflogen. Sie musste es herausbekommen, ganz gleich was für Konsequenzen es nach sich ziehen würde. Wenn Adriana etwas getan hatte, wofür sie sich schämen musste, war es besser, das möglichst bald zu erfahren, bevor es zu spät wäre. »Zu spät«, das war es, was Amélia Angst machte.

Sie beharrte auf ihrem Plan und schaffte es. Die Cousinen aus Campolide erwiderten den Besuch, den Cândida und Amélia ihnen vor einiger Zeit abgestattet hatten. Es war Sonntag. Sie blieben den ganzen Nachmittag, tranken Tee und unterhielten sich angeregt. Zum wiederholten Mal wurden Erinnerungen aufgewärmt. Es waren immer dieselben, alle kannten sie, doch alle taten, als hörten sie die Geschichten zum ersten Mal. Adriana war überschwänglicher denn je, und ihre Schwester bemühte sich mehr denn je, fröhlich zu wirken. Cândida ließ sich von der guten Laune der Töchter täuschen und vergaß alles. Aber Amélia vergaß nichts. Als sie glaubte, der Moment sei günstig, stand sie auf und ging in das Zimmer der Nichten. Mit klopfendem Herzen und zitternden Händen öffnete sie Adrianas Handtasche und nahm die Schlüssel heraus. Es waren fünf. Zwei erkannte sie, den Haustürschlüssel und den Wohnungsschlüssel. Von den anderen war zwei mittelgroß und einer klein. Sie zögerte. Sie wusste nicht, welcher Schlüssel zur Schublade gehörte, auch wenn sie meinte, es müsse einer der beiden fast gleichen sein. Bis zur Schublade waren es nur wenige Schritte. Sie konnte die Schlüssel ausprobieren, fürchtete aber, mit einem Geräusch auf sich aufmerksam zu machen. Also beschloss sie, alle drei abzuzeichnen. Das war nicht so einfach. Der Bleistift rutschte ihr aus den Fingern und wollte nicht recht dem Umriss der Schlüssel folgen. Sie hatte ihn lang und dünn angespitzt, damit ihre Zeichnung möglichst getreu wurde, doch die Hände zitterten ihr so sehr, dass sie fast aufgab. Aus dem Wohnzimmer nebenan drang Adrianas Lachen – sie erzählte die Geschichte mit dem Läufer, den die Cousinen aus Campolide noch nicht kannten. Alle lachten laut, und ihr Lachen übertönte das leise Klicken, mit dem sich die Handtasche schloss.

Als nach dem Abendessen aus dem Radio, das sie im Zuge der noch vom Nachmittag herrschenden guten Stimmung eingeschaltet hatten, ein Nocturno von Chopin säuselte, äußerte sich Amélia zufrieden darüber, dass die Mädchen so nett zueinander gewesen waren.

»Siehst du jetzt, dass du dir das alles eingebildet hast?«, sagte Cândida lächelnd.

»Ja, ja …«

31

Mit ihrem monatlichen Geld in der Tasche, die Scheine säuberlich gefaltet und ins speckige Portemonnaie gesteckt, trank Lídias Mutter eine Tasse Kaffee. Das Strickzeug, mit dem sie sich abends beschäftigte, hatte sie auf das Bett gelegt. Sie kam jeden Monat zweimal, einmal wegen des Geldes und das zweite Mal aus Zuneigung. Da sie Paulino Morais' Gewohnheiten kannte, erschien sie nur an bestimmten Tagen der Woche: dienstags, donnerstags oder samstags. Sie wusste, dass sie weder an diesen noch an anderen Tagen gern gesehen war, doch sie konnte es nicht sein lassen. Um mit »erhobenem Kopf« leben zu können, brauchte sie die monatliche Unterstützung. Und da ihre Tochter in guten finanziellen Verhältnissen lebte, hätte es keinen guten Eindruck gemacht, wenn sie ihr die Unterstützung gestrichen hätte. Sie zweifelte nicht daran, dass Lídia von sich aus nichts tun würde, um sie zu unterstützen, deshalb brachte sie sich selbst in Erinnerung. Und weil Lídia nicht denken sollte, sie komme nur wegen des Geldes, erschien sie auch, ungefähr zwei Wochen nachdem sie es erhalten hatte, und erkundigte sich nach dem Befinden ihrer Tochter. Der erste Besuch war immer erträglicher, denn er hatte einen konkreten Zweck. Der zweite war trotz des demonstrativ persönlichen Interesses für Mutter wie Tochter lästig.

Lídia saß auf dem Sofa, ein aufgeschlagenes Buch auf den Knien. Um der Mutter den Kaffee zu servieren, hatte sie ihre

Lektüre unterbrochen und noch nicht wieder fortgesetzt. Ohne die geringste Spur von Freundlichkeit im Blick sah sie ihre Mutter an. Betrachtete sie kühl, als wäre sie eine Fremde. Die Mutter nahm den Blick nicht wahr, oder aber sie war schon so sehr daran gewöhnt, dass es ihr nichts ausmachte. Sie trank den Kaffee in kleinen Schlucken, in einer vornehmen Haltung, die sie in der Wohnung ihrer Tochter immer einnahm. Mit dem Löffel schabte sie den Zuckerrest vom Tassenboden, die einzige weniger vornehme Verhaltensweise, die sie sich dort gestattete und die sie mit ihrer Naschsucht rechtfertigte.

Lídia senkte den Blick auf das Buch, als wollte sie damit zu verstehen geben, ihre Fähigkeit, eine unangenehme Person zu betrachten, habe ihre Grenzen erreicht. Sie liebte ihre Mutter nicht. Sie fühlte sich ausgenutzt, doch nicht das war der Grund für ihre Ablehnung. Sie liebte die Mutter nicht, weil sie wusste, dass diese sie nicht als Tochter liebte. Mehrmals schon hatte sie daran gedacht, den Kontakt abzubrechen. Sie hatte es nicht getan, weil sie unangenehme Szenen fürchtete. Sie zahlte für ihre Ruhe einen Preis, den sie selbst zwar für hoch erachtete, der jedoch für das, was er ihr einbrachte, nicht übermäßig hoch war. Zweimal im Monat musste sie den Besuch der Mutter ertragen, und sie hatte sich daran gewöhnt. Fliegen sind auch lästig, und doch bleibt uns nichts anderes übrig, als uns an sie zu gewöhnen ...

Die Mutter erhob sich und stellte die Tasse auf die Frisierkommode. Dann setzte sie sich wieder und griff nach ihrem Strickzeug. Das Garn war inzwischen schmuddelig, die Arbeit ging im Schneckentempo voran. So langsam, dass Lídia noch nicht hatte feststellen können, was es einmal werden sollte. Sie hatte sogar den Verdacht, dass die Mutter sich ihr Strickzeug nur vornahm, wenn sie zu ihr kam.

Nachdem sie einen Blick auf die Armbanduhr geworfen hatte, um sich auszurechnen, wie lange sie noch Gesellschaft haben würde, versuchte sie, sich in ihre Lektüre zu vertiefen. Sie hatte beschlossen, vor der Verabschiedung kein Wort mehr zu sagen. Sie war verärgert. Paulino war zu seiner alten Schweigsamkeit zurückgekehrt, obwohl sie sich die größte Mühe gab, ihm zu Gefallen zu sein. Sie küsste ihn hingebungsvoll, was sie nur tat, wenn sie es für nötig hielt. Dieselben Lippen können auf verschiedene Arten küssen, und Lídia kannte sie alle. Der leidenschaftliche Kuss, der Kuss, an dem nicht nur Lippen beteiligt sind, sondern auch Zunge und Zähne, war für besondere Gelegenheiten reserviert. In den letzten Tagen hatte sie ihn häufig eingesetzt, weil sie merkte, dass Paulino sich ihr entfremdete oder zumindest den Eindruck erweckte.

»Was ist los, Mädchen? Du siehst schon eine Ewigkeit auf dieselbe Seite und bist damit immer noch nicht fertig?«

Die Stimme der Mutter war so honigsüß und einschmeichelnd wie die eines Angestellten, der sich für das Weihnachtsgeld bedankt. Lídia zuckte die Achseln und antwortete nicht.

»Irgendetwas beschäftigt dich doch! Probleme mit Senhor Morais?«

Lídia blickte auf und fragte in ironischem Ton:

»Und was wäre, wenn?«

»Das wäre unklug. Männer sind sehr launisch, wegen der kleinsten Kleinigkeit sind sie verärgert. Man weiß nie, wie man sich verhalten soll ...«

»Du hast ja offensichtlich viel Erfahrung ...«

»Ich habe zweiundzwanzig Jahre mit deinem verstorbenen Vater zusammengelebt – reicht dir das nicht als Erfahrung?«

»Wenn du zweiundzwanzig Jahre mit Vater zusammengelebt, aber keinen anderen Mann gekannt hast, wie kannst du dann von Erfahrung sprechen?«

»Die Männer sind alle gleich, mein Kind. Hast du einen gekannt, kennst du alle.«

»Woher willst du das wissen? Wenn du nur einen gekannt hast?!«

»Man braucht nur die Augen offen zu halten.«

»Dann hast du gute Augen, Mutter.«

»Na ja ... Ich will mich ja nicht brüsten, aber ich brauche einen Mann nur anzusehen, dann weiß ich, wie er ist!«

»Dann weißt du offensichtlich mehr als ich. Und Senhor Morais, was hältst du von ihm?«

Die Mutter legte das Strickzeug ab und redete drauflos:

»Den hat dir die Vorsehung geschickt. So ein Mann – selbst wenn du ihn auf Händen tragen würdest, könntest du dich nicht für all das revanchieren, was du ihm zu verdanken hast. Schon allein deine Wohnung! Und dein Schmuck! Und die Kleider! Ist dir jemals ein Mann begegnet, der dich so behandelt hätte? Was ich gelitten habe ...«

»Das kenne ich alles schon.«

»Du sagst das in einem Ton ... Anscheinend glaubst du mir nicht. Wenn ich nicht leiden wollte, dürfte ich nicht Mutter sein. Welche Mutter wünscht sich nicht, dass ihre Kinder gut versorgt sind?«

»Ach ja? Welche Mutter?«, wiederholte Lídia spöttisch.

Die Mutter nahm ihr Strickzeug wieder in die Hand und antwortete nicht. Langsam, als wäre sie mit den Gedanken woanders, strickte sie zwei Maschen. Dann sprach sie weiter:

»Du hast angedeutet, dass ihr eine Meinungsverschiedenheit habt? Überleg dir gut, was du tust ...«

»Wieso machst du dir deshalb Sorgen! Ob es eine Meinungsverschiedenheit gibt oder nicht, ist meine Sache!«

»Ich finde es nicht richtig, dass du so denkst. Auch wenn ...«

»Warum sprichst du nicht weiter? Auch wenn was?«

Das Strickgarn machte Probleme, als wäre es völlig verknotet. Zumindest beugte sich die Mutter so darüber, als wäre darin der Gordische Knoten aufgetaucht.

»Und? Willst du nicht antworten?«

»Ich wollte ... Ich wollte sagen ... Selbst wenn du ein besseres Verhältnis fändest ...«

Lídia schlug das Buch mit einem Knall zu. Vor Schreck trennte die Mutter eine ganze Maschenreihe wieder auf.

»Ich muss wohl großen Respekt dir gegenüber empfinden, dass ich dich nicht rauswerfe. Dabei habe ich überhaupt keinen Respekt vor dir, nur dass du es weißt, trotzdem werfe ich dich nicht raus, warum, weiß ich selbst nicht!«

»Meine Güte, was habe ich gesagt, dass du so entrüstet bist?«

»Das fragst du noch? Versetz dich doch in meine Lage!«

»Du liebe Zeit, was regst du dich auf! Es klingt ja, als wolltest du mich zurechtweisen. Ich meine es doch nur gut mit dir!«

»Würdest du jetzt bitte still sein.«

»Aber ...«

»Ich habe dich gebeten, still zu sein!«

Die Mutter jammerte:

»Ich kann es nicht glauben, wie du mich behandelst. Mich, deine Mutter ... Ich habe dich großgezogen und liebevoll für dich gesorgt. Dafür ist eine Mutter da ...«

»Wäre ich eine Tochter wie alle anderen Töchter und du eine Mutter wie alle anderen Mütter, dann hättest du Grund, dich zu beklagen.«

»Und all die Opfer, die ich dir gebracht habe? Was ist damit?«

»Dafür bist du gut entlohnt, falls du überhaupt welche gebracht hast. Du sitzt in einer Wohnung, die Senhor Morais bezahlt, auf einem Stuhl, den er gekauft hat, hast von dem Kaffee getrunken, den er auch trinkt, und hast Geld in der Tasche, das er mir gegeben hat. Ist das nicht genug?«

Die Mutter jammerte weiter:

»Was sagst du nur für Sachen! Ich schäme mich ja richtig ...«

»Das merke ich. Du schämst dich nur, wenn die Dinge laut ausgesprochen werden. Wenn sie gedacht werden, beschämen sie dich nicht!«

Die Mutter trocknete sich schnell die Augen und erwiderte:

»Ich habe dich nicht zu diesem Leben gezwungen. Du führst es, weil du es so willst!«

»Vielen Dank. Ich fürchte, so, wie dieses Gespräch verläuft, ist es das letzte Mal, dass du diese Wohnung betreten hast!«

»Die nicht dir gehört!«

»Noch einmal vielen Dank. Ob meine Wohnung oder nicht, ich jedenfalls habe hier das Sagen. Und wenn ich sage, ›Raus hier!‹, dann meine ich das ernst.«

»Vielleicht brauchst du mich noch eines Tages!«

»Ich werde nicht bei dir anklopfen, keine Sorge! Und wenn ich verhungern müsste, ich werde dich um keinen roten Heller von dem Geld bitten, das du mir abgenommen hast.«

»Das nicht dein Geld ist!«

»Aber ich verdiene es. Das ist der Unterschied! Ich verdiene dieses Geld, ich! Mit meinem Körper. Zu irgendetwas musste es ja gut sein, dass ich einen schönen Körper habe. Um für deinen Unterhalt zu sorgen!«

»Ich weiß nicht, was mich noch hier hält, warum ich nicht gehe!«

»Soll ich es dir sagen? Es ist Angst. Die Angst, die goldene

Eier legende Henne zu verlieren. Die Henne bin ich, die Eier stecken in deinem Portemonnaie, das Nest ist das Bett da drüben, und der Hahn ... Weißt du, wer der Hahn ist?«

»Jetzt wirst du unanständig!«

»Mir ist heute danach, Unanständiges zu sagen. Ab und zu klingt die Wahrheit unanständig. Alles ist gut, solange man nichts Unanständiges sagt, solange niemand die Wahrheit ausspricht!«

»Ich gehe!«

»Dann geh. Und komm nicht wieder, denn es könnte sein, dass mir danach ist, noch mehr Unanständiges zu sagen!«

Die Mutter wickelte ihr Strickzeug ein und wickelte es wieder aus, sie konnte sich nicht entscheiden, aufzustehen. Sie versuchte zu beschwichtigen:

»Dir geht es heute nicht gut, mein Kind. Das sind die Nerven. Ich wollte dich nicht kränken, aber du bist gleich aufgebraust. Ihr habt sicher Krach, deshalb bist du so. Aber das geht vorüber, du wirst sehen ...«

»Man könnte meinen, du wärst aus Gummi. Egal, wie oft man dich schlägt, du kehrst immer an denselben Punkt zurück. Hast du noch nicht verstanden, dass du gehen sollst?«

»Schon gut. Ich rufe morgen an und erkundige mich, wie es dir geht. Es wird schon wieder.«

»Spar dir das.«

»Hör zu, du ...«

»Ich habe alles gesagt, was ich zu sagen hatte. Bitte geh jetzt.«

Die Mutter packte ihre Sachen ein, griff nach der Handtasche und machte Anstalten, zu gehen. Bei diesem Stand des Gesprächs blieb ihr wenig Hoffnung, noch einmal zurückkommen zu können. Sie versuchte, die Tochter mit Gefühlsduselei milder zu stimmen.

»Du ahnst ja nicht, was für einen Kummer du mir bereitest ...«

»O doch. Du denkst, dass es mit deinem Monatsgeld aus und vorbei ist, richtig? Alles hat einmal ein Ende ...«

Sie unterbrach sich, weil sie hörte, dass die Wohnungstür geöffnet wurde. Sie stand auf und ging in den Flur.

»Wer ist da? ... Ach, du, Paulino?! Ich hatte heute nicht mit dir gerechnet ...«

Paulino kam herein. Er legte weder Mantel noch Hut ab. Als er Lídias Mutter erblickte, rief er:

»Was machen Sie denn hier?«

»Ich ...«

»Was heißt hier ich ... Raus!«

Fast schrie er. Lídia mischte sich ein.

»Wie benimmst du dich, Paulino? Das ist doch nicht deine Art! Was ist los?«

Paulino sah sie wütend an:

»Das fragst du noch?« Er drehte sich zur Seite und explodierte: »Sind Sie immer noch hier? Habe ich nicht gesagt, Sie sollen auf der Stelle gehen? ... Oder, warten Sie ... Dann können Sie gleich hören, was für ein nettes Früchtchen Ihre Tochter ist. Setzen Sie sich!«

Lídias Mutter ließ sich auf einen Stuhl fallen.

»Und du auch!«, befahl Paulino seiner Geliebten.

»Ich bin nicht gewohnt, dass man in diesem Ton mit mir spricht. Ich werde mich nicht setzen.«

»Wie du meinst.«

Er nahm Hut und Mantel ab und warf sie aufs Bett. Dann wandte er sich an Lídias Mutter und legte los:

»Sie können bezeugen, wie ich Ihre Tochter behandelt habe ...«

»Ja, Senhor Morais.«

Lídia unterbrach ihn.

»Geht es jetzt um mich oder um meine Mutter?«

Paulino drehte sich halb herum, als hätte ihn etwas gestochen. Er ging zwei Schritte auf Lídia zu, mit der Erwartung, sie werde zurückweichen. Aber Lídia wich nicht zurück. Paulino zog einen Brief aus der Tasche und streckte ihn ihr entgegen.

»Hier ist der Beweis dafür, dass du mich betrügst!«

»Du bist verrückt!«

Paulino fasste sich an den Kopf.

»Verrückt? Jetzt werde ich auch noch für verrückt erklärt? Lies, was da steht!«

Lídia faltete den Brief auseinander und las schweigend. Sie verzog keine Miene. Als sie zu Ende gelesen hatte, fragte sie:

»Du glaubst, was in diesem Brief steht?«

»Ob ich es glaube ... Natürlich glaube ich es!«

»Worauf wartest du dann?«

Paulino sah sie an, als hätte er nicht verstanden. Lídias Kälte verunsicherte ihn. Mechanisch faltete er den Brief zusammen und steckte ihn ein. Lídia sah ihm direkt in die Augen. Verlegen wandte er sich ihrer Mutter zu, die mit vor Schreck geöffnetem Mund dasaß.

»Stellen Sie sich vor, Ihre Tochter hat mich mit einem Nachbarn betrogen, dem Untermieter des Schusters, irgend so einem Jüngelchen ...«

»Lídia, das kann doch nicht sein!«, rief die Mutter bestürzt.

Lídia setzte sich aufs Sofa, schlug ein Bein über, nahm eine Zigarette aus der Schachtel und steckte sie sich in den Mund. Aus lauter Gewohnheit gab Paulino ihr Feuer.

»Danke.« Sie stieß den Rauch kräftig aus und sagte: »Ich weiß nicht, worauf ihr wartet. Senhor Morais hat erklärt, dass er glaubt, was in dem Brief steht, du, Mutter, hörst, dass man mich beschuldigt, ein Verhältnis mit einem jungen Mann zu haben, der vermutlich arm wie eine Kirchenmaus ist. Warum geht ihr nicht, worauf wartet ihr noch?«

Paulino, nun ruhiger, trat einen Schritt auf sie zu.

»Sag mir, ob es wahr ist oder nicht.«

»Ich habe dem, was ich gesagt habe, nichts mehr hinzuzufügen.«

»Es ist also wahr, natürlich ist es wahr! Wenn es nicht wahr wäre, würdest du protestieren und …«

»Wenn du hören willst, was ich denke, sage ich dir: Dieser Brief ist ein Vorwand!«

»Ein Vorwand? Wofür?«

»Das weißt du besser als ich.«

»Willst du damit sagen, ich hätte den Brief geschrieben?«

»Manchen Leuten ist jedes Mittel recht, um ihre Ziele zu erreichen …«

»Das ist eine abgefeimte Lüge!«, schrie Paulino. »So etwas könnte ich nie tun!«

»Wer weiß …«

»Herrgott! Du willst mit aller Gewalt erreichen, dass ich die Geduld verliere!«

Lídia drückte die Zigarette im Aschenbecher aus und stand bebend auf.

»Du kommst wie ein Wilder herein, wirfst mir einen idiotischen Blödsinn vor und erwartest, dass ich gleichgültig bleibe?«

»Ist es also nicht wahr?«

»Erwarte nicht, dass ich dir antworte. Du musst glauben oder nicht glauben, was in dem Brief steht, und nicht, was ich sage. Du hast ja schon gesagt, dass du es glaubst, oder nicht? Worauf wartest du dann?« Sie lachte hart auf und fügte hinzu:

»Männer, die meinen, dass sie betrogen werden, bringen die Frau um oder verlassen das Haus. Oder aber sie tun, als wüssten sie von nichts. Wofür entscheidest du dich?«

Paulino sank ermattet auf das Sofa.

»Sag mir nur, dass es nicht wahr ist ...«

»Ich habe alles gesagt, was ich zu sagen hatte. Ich hoffe, es dauert nicht zu lange, bis du dich entscheidest.«

»Du bringst mich in eine Lage ...«

Lídia drehte ihm den Rücken zu und ging zum Fenster. Ihre Mutter kam hinterher und flüsterte:

»Warum sagst du nicht, dass es nicht wahr ist? ... Dann wäre er beruhigt ...«

»Lass mich!«

Die Mutter setzte sich wieder und warf Senhor Morais einen mitleidigen Blick zu. Paulino, auf dem Sofa hingestreckt, schlug sich mit den Fäusten an den Kopf, weil er nicht wusste, wie er aus der verzwickten Situation herausfinden sollte. Er hatte den Brief nach dem Mittagessen erhalten und fast einen Schlaganfall bekommen, als er ihn las. Der Brief trug keine Unterschrift. Er enthielt keine Angaben darüber, wo sie sich trafen, weshalb er Lídia nicht in flagranti hätte überraschen können, der Verfasser beschrieb aber ausführlich alle möglichen Details und forderte ihn auf, wie ein Mann zu handeln. Nachdem er den Brief noch einmal gelesen hatte (er befand sich im Büro seiner Firma und hatte von innen abgeschlossen, um nicht gestört zu werden), dachte er, der Brief habe auch sein Gutes. Maria Claudias Jugend und Frische verwirrten ihn etwas. Ständig dachte er sich einen Grund aus, sie in sein Büro kommen zu lassen, worüber die übrigen Angestellten inzwischen schon tuschelten. Wie jeder Chef, der auf sich hält, hatte er einen Angestellten seines Vertrauens, der ihm alles berichtete, was in seinem Haus gesagt und getan wurde. Als Reaktion bemängelte er die Arbeit der Klatschmäuler und kümmerte sich noch mehr um Maria Claudia. Der Brief kam ihm gerade recht. Eine heftige Szene, zwei Beleidigungen und: Adieu, ich gehe, ich habe Besseres im Sinn! Natürlich waren da noch Hindernisse: schon allein Maria Claudias Jugend, ihre Eltern ... Er hatte vorgehabt, beides unter einen Hut zu bringen: Lídia zu behalten, denn sie war als Frau nicht zu verachten, und Claudia nachzustellen, denn sie versprach noch besser zu werden. Doch da hatte er den Brief noch nicht erhalten. Die Denunziation war eindeutig, er musste darauf reagieren. Dumm war nur, dass er sich Claudias noch nicht sicher sein konnte und fürchtete, Lídia zu verlieren. Er hatte weder Zeit noch Lust, sich eine neue Geliebte zu suchen. Aber da war der Brief, direkt vor ihm. Lídia betrog ihn mit einem Habenichts, der in Untermieterzimmern hauste: Das war die schlimmste Beleidigung, eine Beleidigung seiner Männlichkeit. Eine junge Frau, ein alter Mann, ein neuer Liebhaber. Solch eine Beleidigung konnte er nicht hinnehmen. Er ließ Claudia in sein Büro kommen und plauderte mit ihr den ganzen Nachmittag. Von dem Brief sagte er nichts. Äußerst vorsichtig sondierte er das Terrain und wurde nicht enttäuscht. Nachdem Claudia gegangen war, las er den Brief noch einmal und beschloss, sämtliche für den Fall erforderlichen radikalen Maßnahmen zu ergreifen. So kam es zu der Szene.

Doch Lídia reagierte anders als erwartet. Völlig ungerührt stellte sie ihn vor die Alternative: bleiben oder gehen, wobei sie sich auch noch das Recht vorbehielt, zu tun, was sie für richtig erachtete, falls er sich für »bleiben« entschied. Aber warum antwortete sie nicht? Warum sagte sie nicht ja oder nein?

»Lídia! Warum sagst du nicht ja oder nein?«

Sie sah ihn von oben herab an.

»Bist du immer noch an dem Punkt? Ich dachte, du hättest dich längst entschieden.«

»Aber das ist doch alles absurd ... Wir haben uns immer so gut verstanden ...«

Lídia lächelte, ein trauriges, ironisches Lächeln.

»Siehst du, du lächelst! Antworte mir auf meine Frage!«

»Wenn ich sage, dass es stimmt, was machst du dann?«

»Ich ... Keine Ahnung ... Unsinn! Ich verlasse dich!«

»Gut. Und wenn ich sage, dass es nicht wahr ist, hast du schon daran gedacht, dass du dann weitere Briefe bekommen wirst? Wie lange, glaubst du, würdest du das aushalten? Und ich soll hier zu deiner Verfügung stehen, bis du mir nicht mehr glaubst?«

Die Mutter mischte sich ein.

»Senhor Morais, merken Sie denn nicht, dass es nicht wahr ist? Sie brauchen sie doch nur anzusehen!«

»Sei still, Mutter!«

Paulino schüttelte ratlos den Kopf. Lídia hatte recht. Der Briefschreiber würde, wenn nichts geschah, weitere Briefe schreiben, vielleicht mit noch mehr Einzelheiten. Er würde vielleicht dreist werden, ihn mit den schlimmsten Wörtern beschimpfen, mit denen man einen Mann beschimpfen kann. Wie lange würde er das durchhalten? Und wer garantierte ihm, dass Claudia bereit wäre, die zweite Geige zu spielen? Kurz entschlossen stand er auf.

»Die Sache ist klar. Ich gehe, und zwar jetzt!«

Lídia wurde blass. Trotz allem, was sie gesagt hatte, hatte sie nicht erwartet, dass er sie verließ. Sie war aufrichtig, aber unvorsichtig gewesen, das sah sie jetzt ein.

In gespielt gelassenem Ton antwortete sie:

»Wie du meinst.«

Paulino zog den Mantel an und griff nach seinem Hut. Er wollte es um seiner Mannesehre willen mit Anstand zu Ende bringen. Er erklärte:

»Das war das Schlimmste, was du tun konntest, nur dass du es weißt. Ich habe das nicht verdient. Alles Gute.«

Er wandte sich zur Tür, doch Lídia hielt ihn zurück.

»Einen Moment … Die Sachen in dieser Wohnung, die dir gehören, und das ist fast alles, stehen dir zur Verfügung. Du kannst sie abholen lassen, wann du willst.«

»Ich will nichts haben. Du kannst sie behalten. Ich habe noch genug Geld, einer anderen Frau eine Wohnung einzurichten. Guten Abend.«

»Guten Abend, Senhor Morais«, sagte Lídias Mutter. »Ich finde …«

»Sei still, Mutter!«

Lídia ging zur Wohnungstür und sagte zu Paulino, der schon die Hand auf die Klinke gelegt hatte, um hinauszugehen:

»Ich wunsche dir viel Glück mit deiner neuen Geliebten. Pass auf, dass du nicht gezwungen wirst, sie zu heiraten …«

Paulino ging, ohne zu antworten. Lídia kehrte zurück und setzte sich aufs Sofa. Sie zündete sich eine neue Zigarette an. Dann sah sie verächtlich zu ihrer Mutter hinüber und sagte:

»Worauf wartest du? Mit dem Geld ist es vorbei. Geh! Ich habe doch gesagt, alles hat einmal eine Ende …«

Mit einem Ausdruck beleidigter Würde kam die Mutter näher. Öffnete die Handtasche, nahm das Geld aus dem Portemonnaie und legte es auf den Tisch.

»Hier. Vielleicht wirst du es brauchen …«

Lídia rührte sich nicht.

»Steck das Geld ein! Sofort! Ich kann auf dieselbe Weise, wie ich das verdient habe, noch mehr verdienen. Raus jetzt!«

Als hätte sie sich nichts anderes gewünscht, steckte die Mutter das Geld wieder ein und ging. Sie war nicht mit sich zufrieden. Der letzte Satz ihrer Tochter hatte ihr klargemacht, dass sie weiterhin mit dieser Unterstützung hätte rechnen können, wenn sie nicht so aggressiv gewesen wäre. Wenn sie sich auf ihre Seite gestellt hätte, wenn sie sich liebevoller verhalten hätte ... Doch die Liebe einer Tochter vermag so manches ... Deshalb machte sie sich Hoffnung, dass sie früher oder später würde wiederkommen können ...

Das Geräusch der ins Schloss fallenden Tür schreckte Lídia auf. Sie war allein. Die Zigarette verglomm zwischen ihren Fingern. Sie war allein, wie vor drei Jahren, als sie Paulino Morais kennengelernt hatte. Nun war es aus. Sie musste neu anfangen. Neu anfangen. Neu anfangen ...

Langsam stiegen ihr zwei glänzende Tränen in die Augen. Sie zitterten ein wenig, verweilten auf dem Lidrand. Dann fielen sie. Nur zwei Tränen. Das Leben ist nicht mehr wert als zwei Tränen.

32

Anselmo, der nicht viel Ausdauer besaß, wurde es schnell müde, seine Tochter zu bewachen. Lästig war ihm vor allem das zweimalige Warten: ab sechs Uhr, bis seine Tochter aus dem Büro kam, und dann, während sie beim Stenographielehrer war. Am ersten Tag hatte er zu seiner Freude festgestellt, dass der Student das Weite suchte, als er sich näherte. Am zweiten Tag das Gleiche. Dann war er nie wieder aufgetaucht, und Anselmo wurde seine Bewacherfunktion leid. Seine Tochter sprach, vielleicht aus Groll, auf dem Weg kein einziges Wort. Auch das störte ihn. Er bemühte sich um eine Unterhaltung, stellte Fragen – und bekam knappe Antworten, die ihm die Lust nahmen, weiterzusprechen. Abgesehen davon schien ihm die Aufgabe, die er sich selbst verordnet hatte, unter seiner Würde, war er doch daran gewöhnt, zu Hause der Herr zu sein. Auch wenn der Vergleich nicht recht passte, kam es ihm – bei allem Respekt – so vor, als wäre der Staatspräsident in den Straßen unterwegs und kontrollierte den Verkehr. Anselmo brauchte nur einen Vorwand, nicht mehr auf seine Tochter aufzupassen: Sie musste versprechen, sich in Zukunft wie ein anständiges Mädchen zu verhalten. Oder etwas anderes.

Der Vorwand ergab sich, und es war nicht ihr Versprechen. Am Monatsende überreichte Claudia ihm rund siebenhundertfünfzig Escudos, was bedeutete, dass der Chef ihr Gehalt auf achthundert erhöht hatte. Weil dies unerwartet kam, freute sich die ganze Familie und insbesondere Anselmo. Nachdem nun Claudias Tüchtigkeit erwiesen war, fühlte er sich »moralisch verpflichtet«, großzügig zu sein. Und da ihm seine prekäre finanzielle Situation nur mit dem Herzen großzügig zu sein gestattete, war er es: Er teilte seiner Tochter mit, er werde sie nicht mehr begleiten. Claudias Dankbarkeit hielt sich in Grenzen. Da er glaubte, sie habe ihn nicht richtig verstanden, wiederholte er seine Erklärung. Sie zeigte keine größere Dankbarkeit. Trotzdem hielt Anselmo sein Wort, doch um sich zu vergewissern, dass seine Tochter die ihr gewährte Freiheit nicht missbrauchte, beschattete er sie ein paar Tage lang von weitem. Von dem jungen Mann keine Spur.

Beruhigt kehrte Anselmo zu seiner so geliebten täglichen Beschäftigung zurück. Wenn Claudia nach Hause kam, saß er längst vor seinen Sportstatistik-Tabellen. Zudem hatte er begonnen, ein Album mit Fotos von Fußballspielern anzulegen, und kaufte zu diesem Zweck jede Woche eine für Jungen gedachte Abenteuerillustrierte, die in jeder Nummer als Kaufanreiz eine farbige Beilage mit dem Konterfei eines Spielers enthielt. Wenn er die Illustrierte kaufte, fand er immer eine Möglichkeit, zu sagen, sie sei für einen Sohn, und trug sie in ein Blatt Zeitungspapier gewickelt nach Hause, damit die Nachbarn seiner Schwäche nicht auf die Schliche kamen. Er erlaubte sich sogar den Luxus, frühere Nummern zu kaufen, wodurch er sich auf einen Schlag im Besitz von mehreren Dutzend Bildern sah. Claudias Gehaltserhöhung war ein Geschenk des Himmels. Rosália wagte es, gegen die Verschwendung zu protestieren, doch Anselmo, nun wieder ganz Autorität, brachte sie zum Schweigen.

Letztlich waren alle zufrieden: Claudia frei, Anselmo beschäftigt und Rosália wie immer. Das Familienleben lief nach der normalen Routine ab und wurde erst wieder gestört, als Rosália eines Abends eine Vermutung äußerte.

»Ich habe so einen Verdacht, dass es bei Dona Lídia eine Veränderung gibt ...«

Mann und Tochter sahen sie fragend an.

»Du weißt nichts, Claudia?«, erkundigte sich die Mutter.

»Ich? Nein, ich weiß von nichts ...«

»Hm ... Vielleicht willst du es nur nicht verraten ...«

»Ich habe doch gesagt, ich weiß von nichts!«

Rosália schob das Stopfei in den Strumpf, den sie in Arbeit hatte. Sie tat es so langsam, als wollte sie Mann und Tochter neugierig machen, und fügte hinzu:

»Ist euch nicht aufgefallen, dass Senhor Morais seit mehr als einer Woche nicht hier war?«

Anselmo war es nicht aufgefallen. Claudia war es aufgefallen, wie sie sagte. Aber sie fügte hinzu:

»Senhor Morais ist krank gewesen. Das hat er mir selbst gesagt ...«

Rosália, leicht enttäuscht, fand, Krankheit sei kein ausreichender Grund.

»Du könntest es eigentlich herausbekommen, Claudia ...«

»Was herausbekommen?«

»Ob sie sich gestritten haben. Das vermute ich nämlich ...«

Claudia zuckte die Achseln und erwiderte gereizt:

»Das fehlte noch, dass ich so etwas fragen soll!«

»Was wäre denn dabei? Immerhin hat Dona Lídia dir einen Gefallen getan, da wäre es nur natürlich, dass du dich interessierst!«

»Welchen Gefallen hat Dona Lídia mir getan? Wenn mir überhaupt jemand einen Gefallen getan hat, dann Senhor Morais!«

»Hör mal«, mischte sich Anselmo ein, »ohne Dona Lídia hättest du nicht deine Stelle!«

Claudia antwortete nicht. Sie drehte sich zum Radio um und suchte einen Sender, der Musik nach ihrem Geschmack spielte. Sie blieb bei einer Werbesendung hängen. Ein Sänger mit »Schlafzimmerstimme« trug zu schmalziger Melodie und in schmalzigen Worten sein Liebesleid vor. Vielleicht durch den Schlager milder gestimmt, erklärte Claudia, als der Sänger verstummte:

»Na gut. Wenn ihr wollt, kann ich es versuchen. Im Übrigen«, fügte sie nach einer langen Pause hinzu, »wenn ich frage, wird Senhor Morais es mir auch sagen ...«

Claudia hatte recht. Als sie am nächsten Tag nach Hause kam, wusste sie alles. Sie kam früher als erwartet. Es war erst kurz nach halb acht. Nachdem sie die Eltern geküsst hatte, verkündete sie:

»So! Ich weiß Bescheid!«

Bevor sie weitersprechen konnte, wollte der Vater wissen, warum sie so früh zu Hause war.

»Ich war nicht beim Unterricht«, antwortete sie.

»Dafür bist du spät gekommen ...«

»Ich bin noch geblieben, damit Senhor Morais es mir erzählen konnte.«

»Ja und? Was ist?«, fragte Rosália begierig.

Claudia setzte sich. Sie wirkte leicht nervös. Ihre Unterlippe zitterte ein wenig. Die Brust hob und senkte sich, was vielleicht dem anstrengenden Heimweg zuzuschreiben war.

»Also, erzähl! Wir sind ganz neugierig!«

»Sie haben sich zerstritten. Senhor Morais hat einen anonymen Brief bekommen, in dem steht ...«

»Wie bitte?«, fragten Vater und Mutter gleichzeitig.

»… dass Dona Lídia ihn betrügt.«

Rosália schlug sich auf die Schenkel.

»Ich hab's mir doch gedacht!«

»Das Schlimmste kommt noch«, fuhr Claudia fort.

»Was denn noch?«

»In dem Brief steht, dass sie ihn mit dem Untermieter von Senhor Silvestre betrügt.«

Anselmo und Rosália waren fassungslos.

»Was für eine Gemeinheit!«, rief Rosália. »Ausgeschlossen, dass Dona Lídia so etwas tut!«

Anselmo widersprach ihr:

»Ich würde das nicht ausschließen. Was kann man denn von einer mit diesem Lebenswandel erwarten?« Und fügte leiser hinzu, damit Claudia es nicht hörte: »Nutten sind doch alle gleich …«

Claudia hörte es trotzdem. Sie blinzelte schnell und tat, als hätte sie nichts verstanden. Rosália murmelte noch immer:

»Das kann nicht sein …«

Unbehagliches Schweigen trat ein. Dann sprach Claudia weiter:

»Senhor Morais hat mir den Brief gezeigt … Er sagt, er hat keine Ahnung, von wem er kommt.«

Anselmo fand es angebracht, anonyme Briefe zu verurteilen – er bezeichnete sie als infam. Doch Rosália, ehrlich entrüstet, als verteidigte sie eine gerechte Sache, wehrte leidenschaftlich ab.

»Ohne solche Briefe käme vieles nicht ans Licht. Wäre ja noch schöner, wenn Senhor Morais die traurige Figur eines betrogenen Mannes abgeben müsste!«

Man bewegte sich auf die Entscheidung zu, die das Ereignis verlangte. Anselmo stimmte zu.

»Wäre ich in seiner Lage, würde ich auch wollen, dass man mich informiert ...«

Empört fiel ihm seine Frau ins Wort:

»Was denkst du von mir? Nimm wenigstens Rücksicht auf deine Tochter!«

Claudia stand auf und ging in ihr Zimmer. Noch immer verärgert, bemerkte Rosália:

»Was redest du nur, Mann! So etwas sagt man nicht.«

»Na gut. Sieh zu, dass wir essen können.«

Die Entscheidung wurde vertagt. Claudia kam aus ihrem Zimmer zurück, und kurz darauf aß man zu Abend. Während der Mahlzeit wurde über nichts anderes gesprochen. Claudia aß vollkommen stumm, als wäre das Thema zu schlüpfrig, um sich an der Unterhaltung zu beteiligen. Rosália und Anselmo beleuchteten den Fall von allen Seiten bis auf eine, nämlich jene, die ihre Entscheidung erforderte. Beide wussten sie, dass sie diese treffen mussten, verschoben es aber stillschweigend auf später. Rosália erklärte, der Untermieter habe ihr seit dem ersten Tag nicht gefallen, und erinnerte ihren Mann daran, dass sie schon damals angemerkt hatte, wie schlecht er gekleidet war.

»Was ich nicht so richtig verstehe«, sagte Anselmo, »ist, dass Dona Lídia sich mit einem Habenichts eingelassen haben soll, der in möblierten Zimmern wohnt ... Was zum Teufel konnte sie sich von dem erhoffen?«

»Das ist ganz einfach. Hast du nicht vorhin selbst gesagt, dass man von einer mit diesem Lebenswandel nichts anderes erwarten kann?«

»Ja, das stimmt ...«

Nach dem Abendessen erklärte Claudia, sie habe Kopfschmerzen und gehe schlafen. Da sie nun keine Rücksicht mehr nehmen mussten, sahen die Eltern sich an, schüttelten den Kopf und machten gleichzeitig den Mund auf, um zu reden. Dann machten sie ihn wieder zu und warteten darauf, dass der andere etwas sagte. Schließlich ergriff Anselmo das Wort.

»So sind die Nutten wohl, oder?«

»Die kennen keine Scham ...«

»Ihm mache ich keinen Vorwurf. Er ist ein Mann und nutzt die Gelegenheit ... Aber sie, wo sie all die schönen Sachen in der Wohnung hat?!«

»Schöne Kleider, schöne Pelze, schönen Schmuck ...«

»Ich sage es dir: Wenn eine einmal einen Fehltritt begeht, dann begeht sie auch den zweiten und den dritten ... Das haben die im Blut. Die denken immer nur an Unanständiges!«

»Wenn es denn beim Denken bliebe!«

»Ausgerechnet mit dem Untermieter vom Schuster, sozusagen vor den Augen von Senhor Morais!«

»Dafür muss man wirklich schamlos sein!«

All dies musste ausgesprochen werden, denn die Entscheidung konnte erst getroffen werden, wenn genau geklärt war, wer Schuld hatte. Anselmo griff zum Messer und schob die Krümel zusammen. Als hinge davon die Sicherheit des Gebäudefundaments ab, sah Rosália ihm aufmerksam zu.

»So, wie die Dinge stehen«, sagte Anselmo, nachdem er die Krümel eingesammelt hatte, »müssen wir Stellung beziehen ...«

»Genau ...«

»Wir müssen etwas tun.«

»Das meine ich auch ...«

»Claudia darf mit dieser Frau keinen Umgang mehr haben. Die wäre ein schlechtes Vorbild für sie.«

»Ich würde es auch gar nicht erlauben. Gerade wollte ich das ansprechen.«

Anselmo nahm die Schüssel hoch und fegte wieder Krümel zusammen. Er schob sie zu den anderen und erklärte:

»Und was uns betrifft, mit dieser schamlosen Person wird nicht mehr gesprochen. Auch nicht gegrüßt. So als wäre sie Luft.«

Sie waren sich einig. Rosália begann, das schmutzige Geschirr abzuräumen, und Anselmo holte das Album aus der Küchenschrankschublade. Es wurde ein kurzer Abend. Aufregung macht müde. Das Ehepaar zog sich ins Schlafzimmer zurück und setzte dort die ernsthafte Erörterung ihres Verhaltens gegenüber Lídia fort. Sie kamen zum folgenden Schluss: Es gibt Frauen, die sollten vom Antlitz dieser Erde verschwinden, es gibt Frauen, deren Existenz sich wie ein Schandfleck im Kreis anständiger Leute ausbreitet ...

Claudia konnte nicht schlafen. Und es waren nicht die Kopfschmerzen, die sie am Schlafen hinderten. Sie dachte an das Gespräch mit dem Chef zurück. Die Sache hatte sich nicht ganz so abgespielt, wie sie es den Eltern erzählt hatte. Sie hatte alles völlig mühelos in Erfahrung bringen können, doch was danach gekommen war, das ließ sich nicht so einfach erzählen. Es war nichts Ernstes passiert, nichts, was, genau besehen, nicht erzählt werden konnte oder durfte. Aber es war schwierig. Nicht alles ist, was es zu sein scheint, und nicht alles scheint zu sein, was es ist. Doch zwischen Sein und Schein gibt es immer eine Verbindung, als wären Sein und Schein zwei schräge Ebenen, die aufeinander zulaufen und ineinander übergehen. Es gibt eine Neigung, die Möglichkeit, darauf hinunterzurutschen, und wenn das geschieht, gelangt man an den Punkt, an dem man Sein und Schein gleichzeitig berührt.

Claudia hatte gefragt und Antwort erhalten. Nicht sofort, denn Paulino hatte viel zu tun und konnte ihr nicht auf der Stelle die gewünschten Erklärungen geben. Sie musste bis sechs Uhr warten. Die Kollegen gingen nach Hause, sie blieb. Paulino ließ sie in sein Büro kommen und in dem Sessel Platz nehmen, der für wichtige Kunden der Firma vorgesehen war. Der Sessel war niedrig und gut gepolstert. Claudia, die sich nicht mit der jüngsten Mode der langen Röcke abgefunden hatte, rutschte der Rock bis zu den Knien hinauf. Das weiche Polster umfing sie wie ein Schoß. Der Chef ging zweimal im Büro auf und ab, dann setzte er sich schließlich auf eine Schreibtischecke. Er trug einen hellgrauen Anzug mit einer gelben Krawatte, was ihn jünger aussehen ließ. Er zündete sich einen Zigarillo an, und die bereits stickige Luft im Raum wurde noch drückender. Bald würde sie keine Luft mehr bekommen. Lange Minuten verstrichen, dann sprach Paulino. Die Stille, nur vom Ticken einer feierlichen Standuhr unterbrochen, wurde Maria Claudia immer unbehaglicher. Der Chef fühlte sich offenbar wohl. Der Zigarillo war schon zur Hälfte geraucht, als er sprach.

»Sie wollen also wissen, was los ist?«

»Ich gebe zu, Senhor Morais«, so hatte Maria Claudia ihm geantwortet, »ich gebe zu, dass ich vielleicht nicht das Recht habe ... Aber meine Freundschaft zu Dona Lídia ...«

Das hatte sie gesagt, als wüsste sie schon, dass der Grund für Paulinos Wegbleiben nur ein Streit sein konnte. Vielleicht hatte sie das unter dem Eindruck der Worte ihrer Mutter gesagt, die es sich nicht anders hatte erklären können. Ihre Antwort wäre töricht gewesen, wenn sich herausgestellt hätte, dass es keinen Missklang gab.

»Und Ihre Freundschaft zu mir zählt nicht?«, fragte Paulino.

»Wenn Sie mich nur wegen der Freundschaft zu ihr darauf ansprechen, weiß ich nicht, ob ich …«

»Ich hätte nicht fragen sollen. Ihr Privatleben geht mich nichts an. Bitte entschuldigen Sie …«

Diese Erklärung hätte Paulino als Vorwand dienen können, sich nicht darüber zu äußern, was geschehen war. Aber Paulino hatte erwartet, dass Maria Claudia fragen würde. Und sich sogar darauf vorbereitet, ihr zu antworten.

»Sie haben meine Frage noch nicht beantwortet. Ist es nur die Freundschaft zu ihr, weswegen Sie es wissen möchten? Zählt nicht vielleicht auch die Freundschaft, die Sie für mich empfinden? Sind Sie nicht meine Freundin?«

»Sie behandeln mich immer sehr gut …«

»Ich behandle auch meine anderen Angestellten gut, aber ich fordere sie nicht auf, in diesem Sessel Platz zu nehmen, und bin nicht bereit, mit ihnen über mein Privatleben zu sprechen …«

Maria Claudia antwortete nicht. Seine Bemerkung hatte sie verlegen gemacht. Sie spürte, dass sie errötete, und senkte den Kopf. Paulino tat, als merke er nichts. Er zog einen Stuhl heran und setzte sich vor Maria Claudia. Dann erzählte er, was geschehen war. Sprach von dem Brief, der Diskussion mit Lídia, dem Bruch. Die Teile, die für ihn ungünstig waren, unterschlug er, stattdessen stellte er sich als würdevoll dar, was die Erwähnung der unterschlagenen Passagen zwangsläufig widerlegt hätte. Wegen einiger zögerlich vorgebrachter Aussagen in seinem Bericht kam Maria Claudia der Verdacht, dass nicht er es war, der die würdigste Haltung in dieser Geschichte bewiesen hatte. Doch was den Kern der Frage betraf, gab es keinen Zweifel, nachdem sie den Brief gelesen hatte, den Paulino ihr zeigte.

»Ich bereue, dass ich Sie gefragt habe, Senhor Morais. Ich sehe jetzt, dass es mir wirklich nicht zusteht ...«

»Doch, doch – mehr, als Sie glauben. Ich empfinde große Freundschaft für Sie, und zwischen Freunden darf es keine Geheimnisse geben.«

»Aber ...«

»Ich werde Sie natürlich nicht auffordern, Ihre Geheimnisse preiszugeben. Männer haben mehr Vertrauen zu Frauen als Frauen zu Männern, und deshalb habe ich Ihnen alles erzählt. Ich habe Vertrauen zu Ihnen, ganz uneingeschränktes Vertrauen ...« Er beugte sich vor und lächelte: »Jetzt haben wir ein gemeinsames Geheimnis. Und Geheimnisse schaffen Nähe, nicht wahr?«

Statt einer Antwort lächelte Maria Claudia. Sie tat, was alle Frauen tun, wenn sie nicht wissen, was sie antworten sollen. Der, dem das Lächeln gilt, kann es nach Belieben interpretieren.

»Ihr Lächeln gefällt mir. In meinem Alter freut man sich über jedes Lächeln der Jugend. Und Sie sind noch so jung ...«

Wieder lächelte Maria Claudia. Paulino interpretierte es.

»Und Sie sind nicht nur jung ... Sie sind auch hübsch ...«

»Vielen Dank, Senhor Morais.«

Dieses Mal lächelte sie nicht stumm, und ihre Stimme bebte.

»Sie brauchen nicht rot zu werden, Claudia. Was ich gesagt habe, ist die reine Wahrheit. Ich kenne keine, die so hübsch ist ...«

Um irgendetwas zu erwidern, da ja ihr Lächeln nicht genügt hätte, sagte sie, was sie nicht hätte sagen sollen:

»Dona Lídia war viel hübscher als ich!«

Genau so: »war«. Als wäre Lídia gestorben, als diente sie für ihr Gespräch nur noch als simple Bezugsgröße ...

»Nicht zu vergleichen. Das sage ich Ihnen als Mann ... Sie sind anders. Sie sind jung und hübsch, Sie haben ein gewisses Etwas, das mich beeindruckt ...«

Paulino war ein höflicher Mensch. So höflich, dass er »Sie erlauben« sagte, bevor er die Hand ausstreckte, um ein Haar zu entfernen, das Claudia auf die Schulter gefallen war. Doch die Hand fand nicht denselben Weg zurück. Sie streifte Claudias Wange, so behutsam wie eine Liebkosung, so sacht, als wollte sie sich nicht mehr zurückziehen. Claudia schoss aus dem Sessel hoch. Paulinos plötzlich heisere Stimme fragte:

»Was ist, Claudia?«

»Nichts, Senhor Morais. Ich muss gehen. Es ist schon spät.«

»Es ist noch nicht mal sieben.«

»Aber ich muss gehen.«

Sie wollte einen Schritt zur Tür hin machen, doch Paulino stellte sich ihr in den Weg. Zitternd und verschreckt sah sie ihn an. Er beruhigte sie. Strich ihr über die Wange wie ein liebevoller Großvater und murmelte:

»Dummerchen! Ich tue Ihnen nichts. Ich will doch nur Ihr Bestes ...«

Genau so, wie ihre Eltern immer sagten: »Wir wollen ja nur dein Bestes ...«

»Haben Sie gehört? Ich will nur Ihr Bestes!«

»Ich muss gehen, Senhor Morais.«

»Glauben Sie, was ich gerade gesagt habe?«

»Ja, Senhor Morais.«

»Sind Sie meine Freundin?«

»Ja, Senhor Morais.«

»Wollen wir uns immer gut vertragen?«

»Das hoffe ich, Senhor Morais.«

»Wunderbar!«

Wieder strich er ihr über die Wange, dann sagte er:

»Was ich erzählt habe, bleibt unter uns, nicht wahr? Es ist ein Geheimnis. Wenn Sie wollen, können Sie es Ihren Eltern erzählen ... Aber wenn Sie das tun, sagen Sie, dass ich die Frau nur verlassen habe, weil sie sich unwürdig aufgeführt hat. Einen Menschen, den ich sehr schätze, könnte ich niemals ohne gewichtigen Grund verlassen. Seit einiger Zeit fühlte ich mich nicht mehr richtig wohl bei ihr, das stimmt. Ich glaube, ich mochte sie nicht mehr so sehr. Ich dachte an eine andere Person, eine Person, die ich erst seit wenigen Wochen kenne. Mir war unbehaglich zumute, wenn ich daran dachte, dass diese Person in meiner Nähe war, ich aber nicht mit ihr sprechen konnte. Verstehen Sie, Claudia? Sie sind es, an die ich dachte ...«

Mit ausgestreckten Händen näherte er sich ihr und fasste sie an den Schultern. Claudia spürte, wie Paulinos Lippen ihr Gesicht streiften und ihren Mund suchten. Sie spürte seinen Tabakatem, die Lippen, die sie gierig verschlangen. Sie hatte nicht die Kraft, sich zu wehren. Als er sie losließ, sank sie erschöpft in den Sessel. Dann flüsterte sie, ohne ihn anzusehen:

»Bitte lassen Sie mich gehen, Senhor Morais ...«

Paulino atmete tief aus, als hätte er sich unvermittelt von einem Druck befreit, und sagte:

»Ich werde dich sehr glücklich machen, Claudia!«

Dann öffnete er die Tür, rief nach dem Bürodiener und wies ihn an, Fräulein Claudias Mantel zu holen. Der Bürodiener war sein Vertrauensmann, in einem solchen Maße, dass er scheinbar nicht wahrnahm, wie verstört Maria Claudia war, und sich ebenso wenig darüber zu wundern schien, dass der Chef ihr in den Mantel half.

Das war alles. Das war es, was Maria Claudia den Eltern

nicht erzählt hatte. Sie hatte starke Kopfschmerzen und konnte nicht einschlafen. Sie lag auf dem Rücken, die Arme angewinkelt, die Hände im Nacken, und dachte nach. Was Paulino wollte, war offenkundig. Unmöglich, die Augen davor zu verschließen. Sie befand sich noch auf der Ebene des »Scheins«, aber schon so nahe am »Sein« wie eine Stunde an der nächsten. Sie wusste, dass sie nicht so reagiert hatte, wie sie hätte reagieren müssen, nicht nur während des bewussten Gesprächs, sondern schon seit dem ersten Tag, seit dem Augenblick, als sie sich in Lídias Wohnung allein mit Paulino befunden und gemerkt hatte, wie er sie mit begehrlichen Blicken entkleidete. Sie wusste, dass sie an dem Bruch mit Lídia nur unschuldig war, was den Brief betraf. Sie wusste, dass sie in diese Situation nicht durch das geraten war, was sie getan hatte, sondern durch das, was sie nicht getan hatte. Das alles war ihr klar. Sie war sich nur nicht sicher, ob sie Lídias Platz einnehmen wollte. Denn auf diese Frage lief das Ganze hinaus, ob sie es wollte oder nicht. Hätte sie alles den Eltern erzählt, würde sie schon am nächsten Tag nicht mehr ins Büro gehen. Aber sie hatte es nicht erzählen wollen. Und warum hatte sie es nicht erzählt? Weil sie die Sache selbständig klären wollte? Ihre Selbständigkeit hatte sie in diese Situation gebracht. Hielt sie sich zurück, weil sie unabhängig sein wollte? Und das um welchen Preis?

Schon seit ein paar Sekunden vernahm Maria Claudia im Stockwerk unter ihr das Geräusch von Schuhabsätzen. Anfangs hatte sie es nicht beachtet, doch das Geräusch hielt an und ließ sie schließlich in ihren Überlegungen innehalten. Sie wurde neugierig. Plötzlich hörte sie, wie die Wohnungstür geöffnet und dann abgeschlossen wurde und wie – nach kurzer Stille – eine Person die Treppe hinunterging. Lídia ging aus dem Haus. Maria Claudia blickte auf die Leuchtziffern ihrer

Nachttischuhr. Viertel vor elf. Wieso ging Lídia um diese Zeit aus? Kaum hatte sie sich die Frage gestellt, wusste sie auch schon die Antwort. Sie lachte kühl auf, doch dann wurde ihr bewusst, wie ungeheuerlich ihr Lachen war. Plötzlich war ihr nur nach Weinen zumute. Sie zog sich die Decke über den Kopf, um ihre Schluchzer zu dämpfen. Und dann, von den Tränen und dem Mangel an Luft fast erstickt, nahm sie sich fest vor, ihren Eltern am nächsten Tag alles zu erzählen …

33

Als Emílio viele kostspielige Amtsgänge später mit sämtlichen Dokumenten nach Hause kam, die seine Frau und sein Sohn für ihre Reise benötigten, sprang Carmen vor Freude fast in die Luft. Die Tage des Wartens waren ihr wie Jahre vorgekommen. Sie hatte Angst, ein widriger Umstand könnte sie zwingen, die Reise weiter zu verschieben, als sie in ihrer Ungeduld würde ertragen können. Doch nun gab es nichts mehr zu befürchten. Mit kindlicher Neugier blätterte sie den Pass immer wieder durch. Las jedes einzelne Wort. Alles war in Ordnung, nun musste sie nur noch den Tag der Abreise festlegen und die Eltern informieren. Wäre es nach ihr gegangen, hätte sie ein Telegramm geschickt und wäre schon am nächsten Tag gereist. Aber sie musste ja packen. Emílio half ihr, und die Abende, an denen sie damit beschäftigt waren, zählten zu den glücklichsten in ihrem Familienleben. Ganz unbeabsichtigt dämpfte Henrique die allgemeine Zufriedenheit, als er erklärte, er finde es schade, dass der Vater nicht mitkomme. Doch da Carmen und Emílio sich bemühten, ihn davon zu überzeugen, dass dies gar keine Rolle spiele, hatte er die kleine Eintrübung der Stimmung schnell vergessen. Wenn die Eltern fröhlich waren, dann wollte er es auch sein. Wenn die Eltern nicht weinten, während sie Kleidung und persönliche Sachen aussortierten, hatte auch er keinen Grund zum Weinen. Nach drei Abenden waren sie fertig. An den Koffern hingen bereits die

Holzschilder mit Carmens Namen und dem Bestimmungsort. Emílio kaufte die Fahrkarten und sagte zu seiner Frau, abrechnen würden sie nach ihrer Rückkehr. Natürlich gab es etwas abzurechnen, denn die Schwiegereltern hatten zugesagt, die Fahrkarten zu bezahlen, und Emílio hatte sich Geld leihen müssen, um sie zu kaufen. Carmen antwortete, sowie sie angekommen seien, würde sie ihm das Geld schicken. Sie besprachen alles so friedlich, dass zu Henriques Freude die Eltern in den letzten Stunden versöhnlich miteinander umgingen und gesprächig waren wie noch nie zuvor.

Am Tag vor ihrer Abreise erfuhr Carmen, was bei Lídia geschehen war. Unter dem Vorwand, ihr eine gute Reise wünschen zu wollen, verbrachte Rosália den halben Vormittag bei ihr und erzählte von Paulinos Ärger. Sie berichtete von dem Anlass, kritisierte Lídias Verhalten und deutete an, dies sei womöglich nicht das erste Mal gewesen, dass sie Senhor Morais' Gutgläubigkeit ausgenutzt habe. Sie pries den Chef ihrer Tochter, seine Höflichkeit und sein edles Verhalten in höchsten Tönen. Und vergaß nicht, zu erwähnen, dass Claudia schon im ersten Monat eine Gehaltserhöhung bekommen hatte.

Zunächst reagierte Carmen lediglich so betroffen wie wahrscheinlich jeder, der eine solch bedauerliche Geschichte hört. Sie stimmte Rosálias Kritik zu, beklagte wie diese den unmoralischen Lebenswandel mancher Frauen, und wie ihre Nachbarin brüstete sie sich innerlich damit, dass sie nicht so eine war. Nachdem Rosália gegangen war, merkte sie, dass sie weiter darüber nachdachte, was in Ordnung gewesen wäre, wenn sie nicht am nächsten Tag hätte abreisen müssen und wenn es sie nicht daran gehindert hätte, sich mit anderem zu beschäftigen. Welche Rolle spielte es für sie, dass Dona Lídia, über die sich zu beklagen sie im Übrigen keinerlei Grund hatte (eher im

Gegenteil, sie war immer sehr höflich und schenkte Henrique für jede einfache Besorgung einen Zehner), welche Rolle also spielte es für sie, dass sie so etwas Schändliches getan hatte?

Ihre Tat an sich spielte überhaupt keine Rolle, wohl aber deren Folgen. Nach dem, was geschehen war, konnte Paulino nicht mehr zu Lídia kommen – es wäre für ihn beschämend. Auch wenn sie es nicht recht verstand, befand Carmen sich in der gleichen Situation wie Paulino oder beinahe. Zwischen ihr und ihrem Mann gab es keinen öffentlichen Skandal, aber es gab das ganze gemeinsame Leben, ein schwieriges, unerfreuliches Leben, voller Groll und Feindseligkeiten, brutaler Szenen und mühsamer Versöhnungen. Paulino war gegangen, und ganz fraglos endgültig. Auch sie wollte gehen, aber in drei Monaten zurückkommen. Und was, wenn sie nicht zurückkäme? Wenn sie in ihrer Heimat bliebe, mit ihrem Sohn bei ihrer Familie bliebe?

Als sie diese Möglichkeit in Erwägung zog, wurde ihr schwindlig. Es war ganz einfach. Sie würde schweigen, mit ihrem Sohn abreisen, und wenn sie in Spanien angekommen war, würde sie ihrem Mann schreiben und ihm ihre Entscheidung mitteilen. Und dann? Dann würde sie ein neues Leben anfangen, als wäre sie gerade erst auf die Welt gekommen. Portugal, Emílio, die Heirat wären dann nichts als ein Albtraum, der sich Jahre um Jahre hingezogen hatte. Und vielleicht könnte ... Dafür müsste sie sich natürlich scheiden lassen ... Vielleicht ... An dieser Stelle fiel ihr ein, dass sie nicht ohne die Einwilligung ihres Mannes würde bleiben können. Sie reiste mit seiner Genehmigung ab, und nur mit seiner Genehmigung würde sie bleiben können.

Diese Überlegungen trübten ihre Freude. So oder so würde sie abreisen, aber angesichts der Versuchung, nicht mehr zurückzukommen, empfand sie ihre Freude als fast schmerzhaft. Nach drei Monaten Freiheit zurückkehren, wäre das nicht die schlimmste Strafe überhaupt? Sich für den Rest ihres Lebens dazu verurteilen, Anwesenheit und Worte, Stimme und Schatten ihres Mannes zu ertragen, wäre das nicht die Hölle, nachdem sie das Paradies zurückerobert hatte? Sie würde unablässig um die Liebe ihres Sohnes kämpfen müssen. Und wenn ihr Sohn (Carmens Phantasie übersprang etliche Jahre) einmal heiraten würde, dann würde es für sie noch schlimmer, denn von da an würde sie mit ihrem Mann allein leben müssen. All das könnte verhindert werden, wenn er in eine Scheidung einwilligte. Was aber, wenn er sie zwang, zurückzukommen?

Diese Gedanken quälten sie den ganzen Tag. Selbst die glücklichen Stunden ihres Ehelebens, denn die hatte es auch gegeben, waren ihr entfallen. Sie sah nur Emílios kühlen, ironischen Blick, sein vorwurfsvolles Schweigen, seine Miene eines Gescheiterten, dem es nichts ausmacht, sich als ein solcher zu zeigen, und der sein Scheitern für alle sichtbar wie ein Plakat vor sich herträgt.

Der Abend kam, aber sie war den Antworten auf die Fragen, die ihr ständig in den Sinn kamen, keinen Schritt näher gekommen. Sie war so schweigsam, dass ihr Mann sich erkundigte, was sie bedrückte. »Nichts«, antwortete sie. Sie sei nur etwas aufgeregt wegen der bevorstehenden Reise. Emílio konnte das verstehen und hakte nicht nach. Auch er war aufgeregt. In wenigen Stunden würde er frei sein. Drei Monate allein, drei Monate Freiheit, drei Monate pralles Leben ...

Am nächsten Tag ging es los. Alle Nachbarn wussten es, und fast alle kamen ans Fenster. Carmen verabschiedete sich von den Nachbarn, mit denen sie auf gutem Fuß stand, und stieg mit Mann und Sohn ins Auto. Kurz vor Abfahrt des Zuges kamen sie am Bahnhof an. Sie konnten gerade noch das Gepäck verstauen, ihre Plätze einnehmen und sich verabschieden. Henrique blieb kaum Zeit zum Weinen. Der Zug verschwand im Tunnel, hinter ihm eine weiße Rauchwolke, die wie ein zum Abschied winkendes Taschentuch irgendwann in der Ferne verschwand ...

Es war sein erster Tag in Freiheit. Emílio lief stundenlang durch die Stadt. Streifte durch Gegenden, wo er noch nie gewesen war, aß in einer Taverne in Alcântara zu Mittag und sah dabei so glücklich aus, dass der Wirt ihm das Doppelte für das Essen abknöpfte. Er protestierte nicht, gab sogar ein Trinkgeld. Er fuhr im Taxi zurück ins Zentrum, kaufte sich ausländische Zigaretten. Und als er an einem teuren Restaurant vorüberging, dachte er, es sei dumm gewesen, in einer Taverne zu Mittag zu essen. Er ging ins Kino; in den Pausen trank er Kaffee, unterhielt sich mit einem Fremden, der ihm mit Blick auf den Kaffee sagte, er habe schreckliche Magenprobleme.

Als der Film zu Ende war, ging er einer Frau hinterher. Draußen verlor er sie aus den Augen, aber das machte ihm nichts aus. Er blieb auf dem Trottoir stehen und blickte lächelnd zum Denkmal des Restaurationskrieges. Er dachte, mit einem Satz könnte er auf den Obelisken springen, aber er sprang nicht. Über zehn Minuten lang sah er dem Verkehrspolizisten zu und hörte ihn pfeifen. Das alles gefiel ihm, und er betrachtete Menschen und Gegenstände, als sähe er sie zum ersten Mal, als hätte er nach langjähriger Blindheit sein Augenlicht zurückgewonnen. Ein junger Mann, der die Passanten porträtieren wollte, sprach ihn an, und Emílio lehnte nicht ab. Er stellte sich in Positur, und auf ein Zeichen des Fotografen ging er entschlossen und mit einem Lächeln auf den Lippen vorwärts.

Zum Abendessen betrat er das teure Restaurant. Das Essen

war gut und der Wein auch. Nach all diesen außergewöhnlichen Ausgaben blieb ihm nicht mehr viel Geld, doch er bereute es nicht. Er bereute gar nichts. Er hatte nichts Böses getan, was er hätte bereuen müssen. Er war frei, nicht so frei wie ein Vogel, denn Vögel haben keinerlei Verpflichtungen, aber doch so frei, wie er es hatte erwarten können. Als er aus dem teuren Restaurant trat, flimmerten alle Leuchtreklamen am Rossio. Er bestaunte sie eine nach der anderen, als wären sie Verkündigungssterne. Da war die Nähmaschine, die beiden Uhren, das Glas mit Portwein, das sich leerte, ohne dass es jemand austrank, die Kutsche, die sich nicht vom Fleck rührte, mit zwei Pferden, das eine blau und das andere weiß. Und dann waren da noch auf ebener Erde die beiden Brunnen mit Frauen nebst Fischschwanz und Füllhorn, so geizig, dass sie nur Wasser spien. Und die Statue des Kaisers Maximilian von Mexiko und die Säulen des Teatro Nacional und die Autos, die über den Asphalt rollten, und die Rufe der Zeitungsverkäufer und die reine Luft der Freiheit.

Leicht erschöpft kam er spätabends nach Hause. Die wenigen Straßenlaternen warfen spärliches Licht. Sämtliche Fenster waren geschlossen und dunkel. Auch seine.

Als er die Tür aufschloss, empfing ihn befremdende Stille. Er ging von Raum zu Raum, ließ die Lampen brennen und die Türen offen, wie ein Kind. Angst hatte er nicht, natürlich nicht, aber die starren Gegenstände, die Stille ohne die vertrauten Stimmen, eine undefinierbare Erwartungshaltung bereiteten ihm Unbehagen. Er setzte sich aufs Bett, in dem er nun drei Monate lang allein liegen würde, und zündete sich eine Zigarette an. Er würde in den Monaten Mai, Juni, Juli und vielleicht auch einen Teil des Augusts allein sein. Die beste Jahreszeit, um seine Freiheit zu genießen. Sonne, Wärme, frische Luft.

Jeden Sonntag würde er an den Strand gehen, sich wie eine aus dem Winterschlaf erwachte Eidechse in die Sonne legen. Er würde in den blauen, wolkenlosen Himmel blicken. Lange Ausflüge in die Natur machen. Die Bäume von Sintra sehen, das Castelo dos Mouros, die Strände in der Nähe. Und all das allein. All das und vieles andere mehr würde er tun, was er sich aber jetzt nicht ausmalen konnte, weil er verlernt hatte, sich etwas auszumalen. Er war wie ein Vogel, der vor der offenen Tür seines Käfigs zögert, bevor er zum Flug in die Freiheit ansetzt.

Die Stille in der Wohnung legte sich wie eine geschlossene Hand um ihn. Wollte er seine Pläne, gleich welchen, verwirklichen, brauchte er Geld. Er musste viel arbeiten, und das würde ihm Zeit rauben. Aber er würde mit mehr Freude arbeiten, und wenn er sich irgendwo einschränken musste, dann beim Essen. Er bereute das teure Abendessen und die ausländischen Zigaretten. Es war der erste Tag, da war es nur natürlich, dass er es übertrieben hatte. Andere an seiner Stelle hätten noch mehr übertrieben.

Er stand auf und ging die Lampen ausschalten. Dann setzte er sich wieder. Er war ratlos, als hätte er das große Los gezogen und wüsste nicht, was er mit dem Geld anfangen sollte. Er stellte fest, dass er die Freiheit, die er so sehr herbeigesehnt hatte, nicht voll genießen konnte. Die kurz zuvor geschmiedeten Pläne kamen ihm nun schäbig und nichtig vor. Letztlich wollte er allein unternehmen, was er schon mit der Familie unternommen hatte. Dieselben Orte besuchen, sich unter dieselben Bäume setzen, in denselben Sand legen. Das konnte es nicht sein. Er musste etwas Bedeutenderes tun, etwas, woran er sich nach der Rückkehr von Frau und Kind würde erinnern können. Aber was konnte das sein? Orgien? Wilde Partys? Abenteuer mit Frauen? All das hatte er als Junggeselle erlebt, er verspürte keine Lust, wieder damit anzufangen. Er wusste, dass solche Exzesse immer einen bitteren Nachgeschmack hinterlassen. Damit würde er seine Freiheit besudeln. Aber abgesehen von Ausflügen und unzüchtigen Abenteuern fiel ihm nichts ein, womit er die drei Monate, die vor ihm lagen, verbringen konnte. Er wollte etwas Besseres, Würdigeres, wusste aber nicht, was.

Er zündete eine neue Zigarette an. Zog sich aus und legte sich hin. Im Bett gab es nur ein Kissen – als wäre er Witwer oder Junggeselle oder geschieden. Und er dachte: »Was mache ich morgen? Ich muss arbeiten gehen. Am Vormittag mache ich eine Runde. Ich brauche ein paar gute Aufträge. Und am Nachmittag? Ins Kino? Ins Kino gehen ist Zeitvergeudung, es gibt keinen Film, der sich lohnt. Wenn nicht ins Kino, was dann? Einen Ausflug machen natürlich. Irgendwohin. Aber wohin? Lissabon ist eine Stadt, in der man nur leben kann, wenn man viel Geld hat. Wer kein Geld hat, muss arbeiten, um die Zeit auszufüllen und Geld zu verdienen, damit er zu essen hat. Ich habe nicht viel Geld ... Und am Abend? Was mache ich am Abend? Wieder ins Kino ... Na wunderbar! Will ich etwa meine Tage in einem Kino verbringen, als gäbe es nichts anderes zu sehen und zu tun?! Und was ist mit Geld? Nur weil ich allein bin, kann ich ja nicht aufhören zu essen und die Miete nicht mehr bezahlen. Ich bin frei, keine Frage, aber was hilft mir meine Freiheit, wenn ich nicht die Mittel habe, sie zu nutzen? Wenn ich weiter so denke, endet es noch damit, dass ich sie mir zurückwünsche ...«

Entnervt setzte er sich im Bett auf: »Ich habe mich so auf diesen Tag gefreut ... Habe ihn voll und ganz genossen, bis ich nach Hause gekommen bin, und kaum bin ich hier, tauchen diese blöden Gedanken auf. Sollte ich mich so verändert haben, dass ich wie die Frauen bin, die von ihren Männern geprügelt werden, es aber trotzdem nicht ohne sie aushalten? Das wäre idiotisch. Absurd. Es wäre komisch, sich erst so viele Jahre lang die Freiheit zu wünschen und schon nach dem ersten Tag am liebsten hinter der herlaufen zu wollen, die sie einem verwehrt hat.« Er nahm einen tiefen Zug und murmelte:

»Es ist die Gewohnheit, klar. Rauchen schadet auch der Gesundheit, trotzdem gebe ich es nicht auf. Allerdings könnte ich es aufgeben, wenn der Arzt zu mir sagte: ›Rauchen ist tödlich.‹ Der Mensch ist eindeutig ein Gewohnheitstier. Diese Unentschlossenheit ist eine Folge der Gewohnheit. Ich habe mich noch nicht an die Freiheit gewöhnt ...«

Durch diese Schlussfolgerung beruhigt, legte er sich wieder hin. Er warf die Kippe zum Aschenbecher, traf ihn aber nicht. Die Kippe rollte über die Marmorplatte des Nachttischs und fiel auf den Fußboden. Um sich selbst zu beweisen, dass er frei war, stand er nicht auf, um sie aufzuheben. Die Zigarette glomm weiter und verbrannte das Holz auf dem Fußboden. Der Rauch stieg sacht auf, die Kippe verschwand unter der Asche. Emílio zog sich die Decke bis zum Hals hoch. Löschte das Licht. In der Wohnung wurde es noch stiller. »Es geht um Gewöhnung ... Gewöhnung an die Freiheit ... Ein Halbverhungerter stirbt, wenn man ihm zu viel auf einmal zu essen gibt. Er muss sich langsam daran gewöhnen ... sein Magen muss sich daran gewöhnen ... er muss ...« Er schlief ein.

Es war schon später Morgen, als er aufwachte. Er rieb sich ausgiebig die Augen und merkte, dass er hungrig war. Er wollte gerade den Mund aufmachen und rufen, da fiel ihm ein, dass seine Frau weggefahren und er allein war. Mit einem Satz sprang er aus dem Bett. Barfuß lief er durch die ganze Wohnung. Niemand da. Er war allein, wie er es sich gewünscht hatte. Und anders als vorm Einschlafen kam ihm gar nicht der Gedanke, dass er nicht wisse, wie er seine Freiheit genießen solle. Er dachte nur, dass er frei war. Und lachte. Lachte laut. Er wusch sich, rasierte sich, zog sich an, griff nach dem Musterkoffer und verließ das Haus, und all das, als wäre es ein Traum.

Der Morgen war klar, der Himmel blank, die Sonne warm. Die Häuser waren hässlich, und hässlich waren die Menschen, die an ihm vorübergingen. Die Häuser waren fest im Erdboden verankert, und die Menschen sahen wie Verurteilte aus. Emílio lachte wieder. Er war frei. Ob mit oder ohne Geld, er war frei. Auch wenn er nichts anderes tun konnte, als schon gegangene Wege zu gehen und schon Gesehenes zu sehen, war er frei.

Er schob den Hut in den Nacken, als störte ihn der Schatten. Und ging die Straße hinunter, in den Augen einen neuen Glanz und im Herzen einen singenden Vogel.

34

Endlich war der Tag gekommen, an dem sie das Geheimnis würde aufdecken können. Mit Engelszungen überredete Amélia ihre Schwester, Isaura zum Hemdengeschäft zu begleiten. Der Tag sei so schön, die frische Luft und die Sonne werde ihr guttun, es sei ein Verbrechen, in den vier Wänden zu hocken, während draußen der Frühling vor Lebensfreude nur so sprühe. Die Lobpreisungen des Frühlings gerieten ihr geradezu poetisch. Sie drückte sich so wortgewandt aus, dass ihre Schwester und Nichte sich darüber etwas lustig machten und fragten, ob sie nicht auch hinausgehen wolle, wenn sie so inspiriert sei. Amélia redete sich mit dem Abendessen heraus und schob sie zur Tür. Aus Furcht, eine von beiden könnte zurückkommen, sah sie ihnen vom Fenster aus hinterher. Cândida war sehr vergesslich, fast immer ließ sie etwas liegen.

Jetzt war sie allein in der Wohnung – ihre Schwester und Nichte würden gut zwei Stunden wegbleiben, und Adriana würde erst später nach Hause kommen. Sie holte die Schlüssel aus dem Versteck und ging in das Zimmer der Nichten. Die Kommode hatte drei kleine Schubladen – die mittlere war Adrianas.

Als sie vor die Kommode trat, schämte sie sich plötzlich. Sie hatte etwas Ungehöriges vor, das war ihr bewusst. Selbst wenn sie damit in Erfahrung bringen konnte, was die Nichten so sorgfältig verheimlichten, wie würde sie, falls sie gezwungen wäre zu sprechen, zugeben können, dass sie sich heimlich an der Schublade zu schaffen gemacht hatte? Wenn das herauskäme, würden die anderen noch mehr Übergriffe befürchten, und sie, Amélia, sah ein, dass man sie dafür hassen würde. Es zu erfahren, durch Zufall oder auf eine andere, würdigere Art, hätte ihre moralische Autorität selbstverständlich nicht untergraben, doch hinterrücks einen nachgemachten Schlüssel zu benutzen und diejenigen wegzuschicken, die sie an ihrem Tun hätten hindern können, das war der Gipfel an Unredlichkeit.

Mit den Schlüsseln in der Hand schwankte Amélia zwischen ihrer Wissbegier und dem Bewusstsein, dass ihr Tun verwerflich war. Und wer garantierte ihr, dass sie nicht womöglich etwas entdeckte, das besser unentdeckt geblieben wäre? Isaura war guter Dinge, Adriana fröhlich wie immer, Cândida hatte, wie stets, uneingeschränktes Vertrauen in ihre Töchter. Ihr Leben zu viert schien wieder in die alten Gleise zurückzufinden, ruhig, friedlich, gelassen. Würde das Eindringen in Adrianas Geheimnisse ein friedliches Zusammenleben nicht unmöglich machen? Würde nicht eine unabänderliche Situation entstehen, wenn ihre Geheimnisse erst einmal aufgedeckt waren? Würden sich nicht alle gegen sie wenden? Auch wenn die Nichte große Schuld auf sich geladen hätte, wäre ihre, Amélias, gute Absicht eine ausreichende Rechtfertigung für die Missachtung des Rechts, das jedem zusteht, seine Geheimnisse für sich zu behalten?

All diese Skrupel hatten Amélia schon zuvor bedrängt, aber sie hatte sie abgewehrt. Doch nun, da eine kleine Bewegung ausreichte, um die Schublade zu öffnen, kamen sie umso stärker zurück, bäumten sich mit der verzweifelten Kraft der Todgeweihten auf. Amélia betrachtete die Schlüssel in ihrer Hand. Während sie noch nachdachte, bemerkte sie unbewusst, dass der kleinste Schlüssel nicht passen konnte. Die Öffnung im Schubladenschloss war viel zu groß.

Amélia griff nach einem der größeren Schlüssel und steckte ihn ins Schloss. Das Metallgeräusch des Schlüssels im Schloss vertrieb die Skrupel. Der Schlüssel passte nicht. Ohne daran zu denken, dass sie noch einen anderen ausprobieren konnte, versteifte sie sich auf diesen. Als sie feststellte, dass der Schlüssel sich verklemmt hatte, erschrak sie. Die ersten Schweißperlen traten ihr auf die Stirn. Sie zog am Schlüssel, rüttelte, Panik hatte sie gepackt. Mit einem kräftigen Ruck gelang es ihr, ihn herauszuziehen. Fraglos war der andere Schlüssel der richtige. Aber nach dieser Anstrengung war Amélia so erschöpft, dass sie sich auf das Bett der Nichten setzen musste. Ihr zitterten die Beine. Nach ein paar Minuten stand sie, nun ruhiger, wieder auf. Sie steckte den anderen Schlüssel ins Schloss. Drehte ihn langsam. Ihr Herz klopfte, es pochte so heftig, dass sie wie benommen war. Der Schlüssel passte. Jetzt gab es kein Zurück mehr.

Das Erste, was sie beim Öffnen der Schublade wahrnahm, war ein intensiver Duft von Lavendelseife. Bevor sie die Gegenstände herausnahm, prägte sie sich ein, wo sie sich befanden. Vorne lagen zwei Taschentücher mit gesticktem Monogramm, das sie sofort erkannte – sie hatten ihrem Schwager gehört, Adrianas Vater. Links lag ein Stapel alter Fotos, mit einem Gummiband zusammengehalten. Auf der rechten Seite ein schwarzes Kästchen ohne Verschluss mit silberner Verzierung. Darin ein paar Perlen von einer Kette, eine Brosche, der zwei Steine fehlten, eine Orangenblütenknospe (Erinnerung an die Hochzeit einer Freundin) und wenig mehr. Hinten in der Schublade ein größerer Kasten, geschlossen. Die Fotos beachtete sie nicht weiter, sie waren zu alt, um von Interesse zu sein.

Vorsichtig, um die Lage der anderen Dinge nicht zu verändern, nahm sie den größeren Kasten heraus. Sie schloss ihn mit dem kleinsten Schlüssel auf und erblickte, was sie suchte: das Tagebuch. Und mehr noch: ein Bündel Briefe, mit einem ausgeblichenen grünen Band verschnürt. Sie löste das Band nicht; die Briefe kannte sie, alle von 1941 und 1942. Überbleibsel einer gescheiterten Liebelei von Adriana, ihrer ersten und einzigen Liebelei. Sie fand es abwegig, diese Briefe zehn Jahre nach dem Bruch noch immer aufzubewahren.

An all das dachte Amélia, während sie das Tagebuch aus dem Kasten nahm. Äußerlich hätte es nicht banaler und prosaischer sein können. Es war ein einfaches Kollegheft, wie es Studenten benutzen. Auf den Deckel hatte Adriana, abgesehen von ihrem vollständigen Namen, in die dafür vorgesehene Zeile mit schönster Schrift in leicht gotisch anmutenden Großbuchstaben das Wort TAGEBUCH geschrieben, hingebungsvoll und kindlich zugleich. Wahrscheinlich hatte sie sich auf die Zunge gebissen, während sie die Buchstaben malte, so als setzte sie ihr ganzes kalligraphisches Können ein. Die erste Seite war vom 10. Januar 1950 datiert, also von vor mehr als zwei Jahren.

Amélia begann zu lesen, stellte aber schnell fest, dass es nichts Interessantes gab. Sie übersprang Dutzende Seiten, alle in derselben steilen, eckigen Schrift beschrieben, und blieb auf der letzten Seite hängen, die ihre Nichte geschrieben hatte. Schon bei den ersten Zeilen hatte sie das Gefühl, fündig geworden zu sein. Adriana sprach von einem Mann. Sie nannte keinen Namen, bezeichnete ihn nur als »er«. Es war ein Kollege, das ging klar daraus hervor, doch nichts ließ den schweren Fehltritt vermuten, den Amélia erwartet hatte. Sie las die Seiten davor. Klagen über Gleichgültigkeit, ein Anflug von Ärger über die Schwäche, einen Menschen zu lieben, der, wie sie folgerte, es nicht wert war, all das vermischt mit Einträgen über kleine Ereignisse des häuslichen Lebens, Beurteilungen von Musik, die sie gehört hatte, kurz nichts, was Amélias Verdacht gerechtfertigt hätte. Bis sie zu der Stelle kam, wo Adriana darüber schrieb, dass Mutter und Tante am 23. März die Cousinen in Campolide besucht hatten. Amélia las aufmerksam: ein langweiliger Tag ... das Besticken des Lakens ... die Selbstbezichtigung, hässlich zu sein ... der Stolz ... der Vergleich mit Beethoven, der auch hässlich war und nicht geliebt wurde ... »Hätte ich zu seiner Zeit gelebt, dann wäre ich imstande gewesen, ihm die Füße zu küssen, und das, wette ich, hätte keine schöne Frau getan.« (Arme Adriana! Sie hätte Beethoven geliebt, hätte ihm die Füße geküsst, als wäre er ein Gott ...) Isauras Buch ... Isauras Gesicht, froh und schmerzerfüllt ... Schmerz, der ein schönes Gefühl auslöste, und das schöne Gefühl, das Schmerz auslöste ...

Amélia las es immer wieder. Sie ahnte dumpf, dass hierin die Erklärung für das Geheimnis lag. An einen schweren Fehltritt dachte sie inzwischen nicht mehr. Adriana hatte Gefallen an dem Mann, keine Frage, aber dieser Mann liebte sie nicht ... »Wie soll er mich eifersüchtig machen wollen, wenn er gar nicht weiß, dass ich ihn mag?« Selbst wenn Adriana in jener Nacht ihrer Schwester von ihrer Liebe erzählt haben sollte, hätte sie nicht mehr sagen können, als da stand. Und auch wenn sie, um eine eventuelle Indiskretion zu vermeiden, nicht alles in ihr Tagebuch schrieb, was sie erlebte, hätte sie nicht geschrieben, dass »er« sie nicht liebte! Selbst wenn sie noch so unaufrichtig gewesen wäre, die ganze Wahrheit hätte sie nicht verbergen können. Sonst wäre ihr Tagebuch sinnlos. Denn ein Tagebuch dient dazu, sich die Dinge von der Seele zu schreiben. Und das Einzige, was sie sich von der Seele geschrieben hatte, war der Kummer über eine nicht erwiderte Liebe, von der der Betreffende obendrein nicht einmal wusste. Was also war der Grund dafür, dass die beiden Schwestern so kühl geworden waren, sich so zurückgezogen hatten?

Amélia blätterte zurück und las weiter. Immer dieselben Klagen, der Ärger im Büro, die Geschichte mit einer falschen Berechnung, Musik, Namen von Musikern, Nörgeleien der beiden Alten, ihr eigenes Genörgel bei der Gehaltsfrage ... Sie wurde rot, als sie die Worte der Nichte über sich selbst las: »Tante Amélia ist heute besonders kratzbürstig ...« Aber gleich darauf war sie gerührt: »Ich habe Tante Amélia lieb. Ich habe Mama lieb. Auch Isaura.« Und dann wieder Beethoven, seine Maske, Adrianas Gott ... Und immer unverändert und nutzlos: »er« ... Noch weiter zurück: Tage, Wochen, Monate. Hier gab es keine Klagen. Jetzt ging es um die keimende Verliebtheit und um Selbstzweifel, für Zweifel an »ihm« war es noch zu früh. Vor der Seite, auf der »er« zum ersten Mal auftauchte, nur Banalitäten.

Amélia hielt das aufgeschlagene Heft auf den Knien und war enttäuscht, aber gleichzeitig froh. Es gab also nichts Schlimmes. Eine heimliche Liebe, mit sich selbst beschäftigt, gescheitert wie die Liebe, an die das mit grünem Band verschnürte Bündel Briefe erinnerte. Wo also steckte das Geheimnis? Was war der Grund für Isauras Tränen und Adrianas Heuchelei?

Sie blätterte im Tagebuch, bis sie wieder auf die Seite vom 23. März stieß: Isaura hatte rote Augen ... offenbar hatte sie geweint ... nervös ... Isauras Buch ... Schmerz – schönes Gefühl ... schönes Gefühl – Schmerz ...

War das die Erklärung? Sie legte das Tagebuch in den Kasten. Schloss ihn. Schloss die Schublade. Daraus würde sie nicht mehr erfahren. Adriana hatte also keine Geheimnisse. Aber es gab ein Geheimnis. Nur wo?

Sämtliche Wege waren versperrt. Das Buch ... Wie hieß das letzte Buch, das Isaura gelesen hatte? Amélias Gedächtnis verweigerte sich, es versperrte ebenfalls sämtliche Türen. Dann öffnete es sie wieder, und plötzlich tauchten Namen von Autoren und Romantitel auf. Keiner kam in Frage. Das Gedächtnis hielt eine Tür verschlossen, eine Tür, zu der kein Schlüssel vorhanden war. Amélia konnte sich an alles erinnern. Das schmale Buch, in Papier eingeschlagen, auf dem Radiotisch. Isaura hatte gesagt, wie es hieß und von wem es war. Dann (das wusste sie noch genau) hatten sie den *Totentanz* von Honegger gehört. Sie erinnerte sich an die dröhnende Musik aus der Nachbarwohnung und die Diskussion mit der Schwester.

Aber ... vielleicht hatte Adriana es ins Tagebuch geschrieben. Sie schloss die Schublade wieder auf, suchte und fand den Tag. Da stand Honegger und »er«. Sonst nichts.

Nachdem sie die Schublade erneut geschlossen hatte, blickte sie auf die Schlüssel in ihrer Hand. Sie schämte sich. Sie selbst hatte einen schlimmen Fehltritt begangen. Sie wusste von etwas, was niemand wissen sollte: von Adrianas enttäuschter Liebe.

Sie verließ den Raum, ging durch die Küche, öffnete das Erkerfenster. Die Sonne stand noch immer leuchtend hoch am Himmel. Der Himmel leuchtete, der Fluss leuchtete. Weit drüben am anderen Ufer die Hügel, bläulich getönt in der Ferne. Traurigkeit drückte ihr die Kehle zu. So war das Leben, ihr Leben, trist und glanzlos. Auch sie hatte jetzt ein Geheimnis zu hüten. Sie presste die Schlüssel in der Hand. Gegenüber standen niedrigere Häuser. Auf einem Dach räkelten sich zwei

Katzen in der Sonne. Kurz entschlossen warf sie einen Schlüssel nach dem anderen hinüber.

Die Katzen flohen vor dem überraschenden Beschuss. Die Schlüssel purzelten das Dach hinunter und fielen in die Regenrinne. Es war vorbei. Und erst in diesem Augenblick dachte Amélia, ihr bliebe noch eine Möglichkeit: in Isauras Schublade nachsehen. Aber nein – das wäre nutzlos. Isaura hatte kein Tagebuch, und selbst wenn sie eins hätte ... Auf einmal war sie todmüde. Sie ging in die Küche zurück, setzte sich auf einen Hocker und weinte. Sie war erledigt. Sie hatte gespielt und verloren. Und zum Glück hatte sie verloren. Sie hatte nichts erfahren, wollte nichts erfahren. Selbst wenn ihr der Titel des Romans einfallen sollte, wollte sie ihn nicht aus der Bibliothek holen, um ihn zu lesen. Sie wollte alles tun, um sich nicht zu erinnern, und sollte sich die verschlossene Tür in ihrem Gedächtnis öffnen, wollte sie sie mit allen Schlüsseln, die sie finden konnte, wieder verschließen. Nachgemachte Schlüssel ... Verletztes Geheimnis ... Nein! Sie schämte sich viel zu sehr, um es noch einmal zu tun.

Sie trocknete sich die Augen und stand auf. Sie musste sich um das Abendessen kümmern. Isaura und ihre Mutter würden bald zurückkommen. Sie ging ins Esszimmer, um von dort etwas zu holen, was sie brauchte. Auf dem Radio lag das Wochenprogramm von *Radio Nacional*. Sie dachte, dass sie schon seit langem nicht mehr bewusst Musik gehört hatten. Sie griff nach der Zeitschrift, schlug sie auf und suchte nach dem Programm des Tages. Nachrichten, Reden, Musik ... plötzlich blieb ihr Blick fasziniert an einer Zeile hängen. Sie las die drei Wörter immer wieder. Drei Wörter nur: eine ganze Welt. Langsam legte sie die Zeitschrift ab. Ihr Blick hing noch immer an einem Punkt irgendwo im Raum. Als hoffte sie auf eine Offenbarung. Und dann kam die Offenbarung.

Rasch legte sie die Schürze ab, schlüpfte in die Schuhe und zog den Mantel an. Sie öffnete ihre eigene Schublade, nahm ein kleines Schmuckstück heraus, eine alte goldene Brosche in Form einer Lilienblüte. Auf einen Zettel schrieb sie: »Ich musste weg. Macht bitte das Essen. Keine Sorge, es ist nichts Ernstes. Amélia.«

Als sie so erschöpft, dass sie kaum mehr gehen konnte, gegen Abend nach Hause kam, brachte sie ein Päckchen mit und trug es in ihr Zimmer. Sie weigerte sich, zu erklären, warum sie aus dem Haus gegangen war.

»Du bist ja so müde!«, bemerkte Cândida.

»Das stimmt.«

»Ist irgendetwas passiert?«

»Das ist ein Geheimnis, vorläufig.«

Sie saß auf einem Stuhl und lächelte ihre Schwester an. Lächelnd sah sie Isaura und Adriana an. Und ihr Blick war so sanft, ihr Lächeln so liebevoll, dass die Nichten gerührt waren. Wieder fragten sie, doch Amélia schüttelte stumm den Kopf, mit dem gleichen Blick und dem gleichen Lächeln.

Sie aßen zu Abend. Danach saßen sie zusammen. Kleine Arbeiten, lange Minuten. Irgendwo nagte ein Holzwurm. Das Radio schwieg.

Gegen zehn Uhr stand Amélia auf.

»Gehst du schon schlafen?«, fragte ihre Schwester.

Wortlos schaltete sie das Radio ein. Musik erfüllte die Wohnung, Orgelklänge, die wie ein nie versiegender Strom durch den Raum fluteten. Cândida und ihre Töchter blickten überrascht auf. Etwas in Amélias Miene machte sie neugierig. Das gleiche Lächeln, der gleiche Blick. Dann, nach einem Finale von barocker Klanggewalt, verstummte die Orgel. Sekundenlange Stille. Der Sprecher kündigte das nächste Stück an.

»Die Neunte! Oh, wie schön, Tante Amélia!«, rief Adriana und klatschte wie ein Kind in die Hände.

Alle setzten sich bequemer zurecht. Amélia verließ den Raum und kehrte zurück, als der erste Satz schon begonnen hatte. Sie legte das Päckchen auf den Tisch. Ihre Schwester sah sie fragend an. Amélia nahm ein Foto von der Wand. Langsam, als ginge es um ein Ritual, wickelte sie das Päckchen aus. Die Musik wurde nicht mehr so recht beachtet. Das Papierknistern störte. Noch eine Bewegung, das Papier fiel zu Boden, und es erschien – die Beethoven-Maske.

Es war wie das Ende eines Aktes. Doch es fiel kein Vorhang. Amélia sah Adriana an und erklärte, während sie die Maske an die Wand hängte:

»Ich kann mich erinnern, dass du einmal gesagt hast, du hättest gern seine Maske ... Ich wollte dir eine Überraschung bereiten ...«

»Oh, liebe Tante Amélia!«

»Aber ... aber das Geld?«, fragte Cândida.

»Das ist egal«, antwortete Amélia. »Das ist ein Geheimnis.«

Bei diesem Wort sahen Adriana und Isaura ihre Tante verstohlen an. Aber in deren Blick lag kein Misstrauen mehr. Nur sehr viel Zärtlichkeit, eine Zärtlichkeit, die durch etwas hindurchschimmerte, das man für Tränen hätte halten können, wenn Tante Amélia nah am Wasser gebaut hätte ...

35

»Abel verspätet sich wohl. Willst du jetzt essen?«

»Nein. Lass uns noch etwas warten.«

Mariana seufzte.

»Vielleicht kommt er auch gar nicht. Nun warten zwei auf einen ...«

»Wenn er nicht zum Essen käme, hätte er Bescheid gesagt. Wenn du nicht warten willst, kannst du ja essen. Ich habe nicht so großen Hunger.«

»Ich auch nicht ...«

Als sie die Tür hörten, zuckten sie zusammen. Abel kam herein.

»Nun?«, fragte Silvestre.

»Nichts.«

»Sie haben nichts erreicht?«

Der junge Mann zog einen Hocker heran und setzte sich.

»Ich bin ins Büro gegangen. Habe zum Bürodiener gesagt, ich sei ein Kunde und wolle mit Senhor Morais sprechen. Ich wurde in einen Raum geführt, und kurz darauf kam er. Kaum hatte ich erklärt, weshalb ich gekommen war, klingelte er, und als der Bürodiener erschien, wies er ihn an, mich zur Tür zu bringen. Ich wollte noch etwas sagen, aber er drehte mir den Rücken zu und ging. Im Flur begegnete mir die Kleine aus dem zweiten Stock, die sah mich verächtlich an. Kurz, man hat mich rausgeschmissen.«

Silvestre schlug mit der Faust auf den Tisch.

»Der Mann ist ein Dreckskerl!«

»Das hat er zu mir gesagt, als ich ihn vorhin zu Hause angerufen habe. Und dann hat er aufgelegt.«

»Und was nun?«, fragte Mariana.

»Was nun? Wenn der nicht so alt wäre, würde ich ihn rechts und links ohrfeigen. Aber so kann ich nicht mal das ...«

Silvestre stand auf und lief erregt durch die Küche.

»Dieses Leben ... Dieses Leben ist ein einziger Dreckhaufen. Überall nur Schweinereien! Dann ist also nichts zu machen?«

»Ich fürchte, nein. Ich kann nur das tun, was ich tun muss ...«

Silvestre blieb stehen.

»Was Sie tun müssen? Ich verstehe nicht ...«

»Ganz einfach. Ich kann nicht hierbleiben. Die ganze Nachbarschaft ist im Bilde. Man würde es für den Gipfel an Dreistigkeit halten, wenn ich bliebe. Außerdem wird sie sich bestimmt auch nicht wohl fühlen, wenn ich hier bleibe, weil sie ja weiß, was die Nachbarn sagen.«

»Wie bitte? Sie wollen gehen?«

Abel lächelte, sein Lächeln wirkte etwas müde.

»Ob ich gehen will? Nein, ich will nicht, aber ich muss. Ich habe mir schon ein Zimmer gesucht. Morgen ziehe ich um ... Bitte sehen Sie mich nicht so an ...«

Mariana weinte. Silvestre ging zu ihr, legte ihr die Hand auf die Schulter, wollte etwas sagte, brachte aber nichts heraus.

»Dann ... dann ...«, sagte Abel.

Silvestre rang sich ein Lächeln ab.

»Wenn ich eine Frau wäre, würde ich auch weinen. Weil ich aber keine Frau bin ...«

Er drehte sich abrupt zur Wand um, als wollte er verhindern, dass Abel sein Gesicht sah. Der junge Mann stand auf und drehte ihn wieder zurück.

»Was ist? Wollen wir jetzt alle weinen? Das wäre eine Schande ...«

»Es tut mir so leid, dass Sie gehen!«, schluchzte Mariana. »Wir hatten uns schon so an Sie gewöhnt. Als gehörten Sie zur Familie!«

Abel war gerührt. Er sah sie abwechselnd an, dann fragte er langsam:

»Meinen Sie wirklich, ich soll bleiben?«

Silvestre zögerte einen Moment, dann antwortete er:

»Nein.«

»Silvestre«, rief seine Frau, »warum sagst du nicht ja? Vielleicht würde er dann bleiben!«

»Du bist naiv. Abel hat recht. Es fällt uns schwer, aber was bleibt uns übrig?«

Mariana trocknete sich die Augen und schnäuzte sich kräftig. Sie versuchte zu lächeln.

»Aber Sie kommen uns hin und wieder besuchen, ja, Senhor Abel?«

»Nur wenn Sie mir eines versprechen ...«

»Ich verspreche Ihnen alles ...«

»Dass Sie endgültig den Senhor weglassen und mich nur noch mit Abel anreden, ohne den Herrn. Einverstanden?«

»Einverstanden.«

Sie waren glücklich und traurig zugleich. Glücklich, weil sie sich liebten, traurig, weil sie sich trennen mussten. Es war das letzte gemeinsame Abendessen. Gewiss würde es noch weitere geben, später, wenn sich alles beruhigt hätte und Abel wieder zu ihnen kommen könnte, doch dann würde es anders sein. Dann würden nicht mehr drei Menschen zusammensitzen, die unter demselben Dach wohnten, ihre Freuden und ihren Kummer miteinander teilten, so wie Wein und Brot. Der einzige Ausgleich bestand in Liebe – nicht in Liebe, zu der Verwandtschaft verpflichtet, eine so manches Mal von Konventionen aufgezwungene Last, sondern spontane Liebe, die sich aus sich selbst nährt.

Während Mariana nach dem Essen das Geschirr spülte, packte Abel mit Silvestres Hilfe seine Sachen. Sie waren schnell fertig. Abel streckte sich mit einem Seufzer auf dem Bett aus.

»Verärgert?«, fragte der Schuster.

»Allerdings. Es reicht doch, dass uns quält, was wir bewusst an Bösem tun … Aber wie man sieht, kann schon allein die Tatsache, dass wir existieren, schlecht sein.«

»Oder auch gut.«

»In diesem Fall war es das nicht. Wäre ich nicht bei Ihnen eingezogen, wäre das vielleicht nicht passiert.«

»Vielleicht … Aber wenn der Briefschreiber fest entschlossen war, den Brief zu schreiben, hätte er so oder so eine Möglichkeit für seine Verleumdung gefunden. Sie passten ihm gerade gut in den Plan, es hätte auch jeder andere sein können.«

»Sie haben recht. Aber ausgerechnet mir musste das passieren!«

»Ja, Ihnen, wo Sie doch so vorsichtig sind und alle Tentakel durchschneiden …«

»Machen Sie sich nicht über mich lustig!«

»Das tue ich auch nicht. Tentakel durchschneiden reicht nicht. Sie ziehen morgen aus. Sie verschwinden, der Tentakel ist durchgeschnitten. Aber er bleibt hier, in Form meiner Freundschaft zu Ihnen, in der Veränderung von Dona Lídias Leben.«

»Das habe ich doch vorhin gesagt. Allein die Tatsache, dass wir existieren, kann schon schlecht sein.«

»Für mich war es gut. Ich habe Sie kennengelernt und bin Ihr Freund geworden.«

»Und was haben Sie davon?«

»Freundschaft. Ist das wenig?«

»Nein, sicherlich …«

Silvestre antwortete nicht. Er zog den Stuhl ans Bett und setzte sich. Dann nahm er Tabak und Zigarettenpapier aus der Westentasche und drehte sich eine Zigarette. Durch die aufsteigende Rauchwolke sah er Abel an und murmelte halb im Scherz:

»Ihr Problem, Abel, ist, dass Sie nicht lieben.«

»Ich bin Ihr Freund, und Freundschaft ist eine Form von Liebe.«

»Stimmt …«

Wieder trat eine Pause ein, während Silvestre den jungen Mann unverwandt ansah.

»Woran denken Sie?«, fragte Abel.

»An unsere alten Diskussionen.«

»Ich sehe keinen Zusammenhang mit …«

»Alles hängt zusammen … Als ich sagte, Ihr Problem ist, dass Sie nicht lieben, haben Sie da angenommen, ich meine die Liebe zu einer Frau?«

»Ja, das dachte ich. Tatsächlich habe ich viele Frauen gerngehabt, aber keine geliebt. Ich bin verdorrt.«

»Mit achtundzwanzig Jahren? Dass ich nicht lache! Werden Sie erst mal so alt wie ich!«

»Mag sein. Meinten Sie nun eigentlich die Liebe zu einer Frau oder nicht?«

»Nein.«

»Was dann?«

»Die andere Art von Liebe. Passiert es Ihnen nie, dass Sie auf der Straße plötzlich am liebsten alle Menschen umarmen möchten?«

»Wenn ich witzig sein wollte, würde ich sagen, dass ich nur die Frauen umarmen möchte, und auch nicht immer alle ... Aber warten Sie ... Nicht böse werden. Nein, das ist mir tatsächlich nie passiert.«

»Das ist die Liebe, von der ich gesprochen habe.«

Abel stützte sich auf die Ellbogen und sah den Schuster neugierig an.

»Wissen Sie was? Sie gäben einen hervorragenden Apostel ab.«

»Ich glaube nicht an Gott, falls Sie darauf hinauswollen. Vielleicht halten Sie mich für sentimental ...«

Abel protestierte:

»Nein, keineswegs!«

»Vielleicht denken Sie, das liegt am Alter. Wenn es so ist, bin ich schon immer alt gewesen. Ich habe schon immer so gedacht und gefühlt. Und wenn ich heute an irgendetwas glaube, dann an die Liebe, diese Art von Liebe.«

»Das ... das ist schön, wie Sie das sagen. Aber es ist eine Utopie. Und auch ein Widerspruch. Haben Sie nicht gesagt, dass das Leben ein einziger Dreckhaufen ist und voller Schweinereien?«

»Ich widerspreche mir nicht. Das Leben ist ein Dreckhaufen und voller Schweinereien, weil einige es so gewollt haben. Und die hatten und haben immer noch Nachfolger.«

Abel setzte sich auf. Das Gespräch begann ihn zu interessieren.

»Würden Sie die auch umarmen wollen?«

»So weit geht es mit meiner Sentimentalität nicht. Wie könnte ich die lieben, die für die Lieblosigkeit unter den Menschen verantwortlich sind?«

Dieser Satz weckte in Abel eine Erinnerung.

»*Pas de liberté pour les ennemis de la liberté* …«

»Das verstehe ich nicht. Es klingt französisch, aber ich verstehe es nicht …«

»Das ist ein Satz von Saint-Just, einem Mann der Französischen Revolution. Es bedeutet ungefähr, dass es für die Feinde der Freiheit keine Freiheit geben darf. Auf unser Gespräch übertragen könnte man sagen, dass wir die Feinde der Liebe hassen müssen.«

»Er hatte recht, dieser …«

»Saint-Just.«

»Ja. Finden Sie nicht auch?«

»In Bezug auf den Satz oder auf alles andere?«

»Beides.«

Abel schien konzentriert nachzudenken. Dann antwortete er:

»In Bezug auf den Satz stimme ich Ihnen zu. Aber was den Rest betrifft … Mir ist nie jemand begegnet, den ich mit dieser Liebe hätte lieben können. Und ich habe wirklich viele Menschen kennengelernt. Die sind alle einer schlechter als der andere. Vielleicht ist mir mit Ihnen die Ausnahme begegnet. Nicht wegen der Dinge, die Sie mir gesagt haben, sondern wegen all dem, was ich von Ihnen und Ihrem Leben weiß. Ich verstehe, dass Sie auf diese Weise lieben können, ich kann es nicht. Ich habe viele Schläge einstecken müssen und zu viel gelitten. Ich werde nicht, wie es da heißt, die linke Wange dem hinhalten, der mich auf die rechte geschlagen hat …«

Silvestre fiel ihm vehement ins Wort.

»Das würde ich auch nicht. Ich würde die Hand abhacken, die mich geschlagen hat.«

»Wenn alle sich so verhielten, hätte kein Mensch mehr beide Hände. Wer geschlagen wurde, wird eines Tages zurückschlagen, wenn nicht sofort, dann später. Es ist nur eine Frage der Gelegenheit.«

»Diese Art zu denken nennt man Pessimismus, und wer so denkt, hilft denen, die keine Liebe unter den Menschen wollen.«

»Entschuldigen Sie bitte, wenn ich Sie kränke, aber das ist alles utopisch. Das Leben ist ein Kampf, jederzeit und überall. Es ist ein ›Rette-sich-wer-kann‹, nichts anderes. Die Schwachen predigen Liebe, Hass ist die Waffe der Starken. Hass auf ihre Rivalen, ihre Konkurrenten, auf alle, die dasselbe Stück Brot, dasselbe Stück Land, dieselbe Erdölquelle haben wollen. Liebe dient nur dazu, andere zu verhöhnen oder den Starken Gelegenheit zu geben, sich an der Schwäche der Schwachen zu weiden. Dass es Schwache gibt, ermöglicht ihnen Entspannung, ihre Existenz dient als Überlaufventil.«

Silvestre gefiel der Vergleich offenbar nicht. Er sah Abel sehr ernst an. Dann lachte er abrupt und fragte:

»Gehören Sie zu den Starken oder zu den Schwachen?«

Der junge Mann fühlte sich ertappt.

»Ich? ... Die Frage ist nicht fair!«

»Dann helfe ich nach. Wenn Sie zu den Starken gehören, warum verhalten Sie sich dann nicht wie die? Wenn Sie zu den Schwachen zählen, warum verhalten Sie sich dann nicht wie ich?«

»Lächeln Sie nicht so siegessicher. Ich sage es noch einmal, das ist nicht fair.«

»Aber ich möchte eine Antwort!«

»Ich kann das nicht beantworten. Vielleicht gibt es eine Zwischenart. Auf der einen Seite die Starken, auf der anderen die Schwachen und in der Mitte ich und ... alle anderen.«

Silvestre hörte auf zu lächeln. Er richtete den Blick fest auf Abel und antwortete bedächtig, wobei er seine Aussagen an den Fingern abzählte.

»Dann will ich für Sie antworten. Sie wissen nicht, was Sie wollen, Sie wissen nicht, wohin Sie gehen, Sie wissen nicht, was Sie haben.«

»Kurzum: Ich weiß nichts!«

»Ich meine es ernst. Was ich Ihnen jetzt sage, ist sehr wichtig. Als ich seinerzeit erwähnte, Sie müssten für sich herausfinden, welchen ...«

»Nutzen ich davon habe, ich weiß ...«, fiel ihm Abel gereizt ins Wort.

»Als ich das sagte, ahnte ich ja nicht, dass Sie so schnell wieder ausziehen würden. Ich sagte damals auch, ich könne Ihnen keinen Rat geben. Ich sage all das jetzt noch mal. Aber Sie gehen morgen weg, vielleicht sehen wir uns nie wieder ... Ich dachte, wenn ich Ihnen keinen Rat geben kann, dann kann ich Ihnen doch zumindest sagen, dass ein Leben ohne Liebe, das Leben, so, wie Sie es eben beschrieben haben, kein Leben ist, sondern ein Dreckhaufen, eine Gosse!«

Abel sprang impulsiv auf.

»Ja, genau das ist es! Und was können wir tun?«

»Es verändern!«, antwortete Silvestre und stand ebenfalls auf.

»Und wie? Indem wir einander lieben?«

Abels Lächeln verschwand angesichts Silvestres ernster Miene.

»Ja, aber mit bewusster, aktiver Liebe, einer Liebe, die den Hass besiegt!«

»Aber der Mensch ...«

»Hören Sie, Abel. Wenn jemand ›der Mensch‹ sagt, sollten Sie an die Menschen denken. Der Mensch, wie man mitunter in der Zeitung liest, ist eine verlogene Erfindung, die als Deckmantel für sämtliche Schweinereien dient. Alle wollen ›den Menschen‹ retten, aber niemand kümmert sich um ›die Menschen‹.«

Abel zuckte mutlos die Achseln. Er wusste, dass Silvestre mit seinen letzten Worten etwas Wahres gesagt hatte, er selbst hatte dies schon oft gedacht, aber er besaß nicht des Schusters Zuversicht. Er fragte:

»Und was können wir tun? Sie? Ich?«

»Wir leben unter den Menschen, also helfen wir ihnen.«

»Und was tun Sie, um ihnen zu helfen?«

»Ich flicke ihnen die Schuhe, denn etwas anderes kann ich nicht tun. Sie sind jung, Sie sind intelligent, Sie sind nicht auf den Kopf gefallen ... Machen Sie die Augen auf und sehen sich um, und wenn Sie dann noch nicht verstanden haben, schließen Sie sich zu Hause ein und bleiben da, bis die Welt über Ihnen zusammenbricht!«

Silvestre hatte die Stimme erhoben. Seine Lippen zitterten vor Erregung. Die beiden Männer standen sich Auge in Auge gegenüber. Zwischen ihnen schwang Verständnis, ein stummer Gedankenaustausch, der beredter war als alle Worte. Abel murmelte widerstrebend lächelnd:

»Sie müssen zugeben, dass es ziemlich subversiv ist, was Sie sagen ...«

»Meinen Sie? Ich glaube nicht. Wenn dies subversiv ist, dann ist alles subversiv, sogar das Atmen. Ich denke und fühle so, wie ich atme, es ist für mich gleichermaßen selbstverständlich und notwendig. Wenn die Menschen sich hassen, kann man nichts machen. Dann werden wir alle dem Hass zum Opfer fallen. Wir alle werden uns in Kriegen umbringen, die wir nicht wollen und die wir nicht zu verantworten haben. Man wird uns eine Fahne vor Augen halten und uns die Ohren vollreden. Und letztlich wozu? Um die Saat für einen neuen Krieg zu säen, um neuen Hass zu schüren, um sich neue Fahnen und neue Parolen auszudenken. Und dafür leben wir? Um Söhne zu zeugen und sie zu verheizen? Um Städte zu erbauen und sie zu zerstören? Um Frieden zu wünschen, aber Krieg zu führen?«

»Und die Liebe wäre für all das ein Ausweg?«, fragte Abel traurig und eine Spur ironisch.

»Ich weiß nicht. Das ist das Einzige, was man noch nicht ausprobiert hat ...«

»Und dafür ist es noch nicht zu spät?«

»Vielleicht nicht. Wenn alle, die leiden, einsehen, dass dies die Wahrheit ist, dann ist es vielleicht noch nicht zu spät ...« Er unterbrach sich, als wäre ihm ein Gedanke gekommen: »Aber denken Sie daran, Abel ... Mit bewusster, aktiver Liebe! Der aktive Einsatz darf nicht zur Folge haben, dass die bewusste Liebe in Vergessenheit gerät, darf nicht dazu führen, dass Schändlichkeiten begangen werden wie von denen, die sich gegen Liebe unter den Menschen richten! Aktive Liebe, ja, aber in vollem Bewusstsein! Und das vor allen Dingen!«

Wie eine Feder, die nach zu starker Anspannung zerbirst, fiel die Begeisterung von Silvestre ab. Er lachte.

»Der Schuster hat gesprochen. Hätte mich ein anderer gehört, hätte er gesagt: ›Der spricht für einen Schuster viel zu gut. Ist er vielleicht ein verkappter Gelehrter?‹«

Nun lachte Abel und fragte:

»Sind Sie ein verkappter Gelehrter?«

»Nein. Ich bin nur ein Mann, der denken kann.«

Abel ging wortlos ein paar Schritte durch den Raum. Er setzte sich auf den Koffer, in dem seine Bücher lagen, und sah den Schuster an. Silvestre wirkte verlegen, während er sich mit seinem Tabaksbeutel beschäftigte.

»Ein Mann, der denken kann ...«, murmelte Abel.

Der Schuster blickte fragend auf.

»Wir alle können denken«, sprach Abel weiter. »Aber Tatsache ist, dass wir meistens nicht richtig nachdenken. Oder aber, dass eine tiefe Kluft besteht zwischen dem, was wir denken, und dem, was wir tun ... oder getan haben ...«

»Ich weiß nicht, worauf sie hinauswollen«, bemerkte Silvestre.

»Ganz einfach. Als Sie mir Ihr Leben erzählt haben, wurde mir deutlich, wie nutzlos ich bin, und das schmerzte mich. Jetzt fühle ich mich ein wenig entschädigt. Letztlich haben Sie, mein Freund, eine Position bezogen, die so negativ ist wie meine, oder noch negativer. Gegenwärtig sind Sie nicht nützlicher als ich ...«

»Ich glaube, Sie haben mich nicht verstanden, Abel.«

»O doch. Was Sie denken, dient Ihnen nur als Argument dafür, dass Sie besser sind als andere ...«

»Ich halte mich nicht für besser als irgendjemand sonst.«

»Doch, das tun Sie. Ich bin ganz sicher.«

»Ich gebe Ihnen mein Wort!«

»Nun gut. Ich glaube Ihnen. Was im Übrigen gar keine Rolle spielt. Wohl aber spielt eine Rolle, dass Sie, als Sie handeln konnten, nicht so gedacht haben, da waren Sie von anderem überzeugt. Heute, da das Alter und die Umstände Sie zum Schweigen zwingen, versuchen Sie, sich mit dieser fast missionarischen Liebe etwas vorzumachen. Wehe dem, der seine Taten durch Worte ersetzen muss! Am Ende hört er nur noch seine eigene Stimme ... In Ihrem Mund, mein Freund, ist das Wort ›handeln‹ nur noch eine Erinnerung, ein leeres Wort ...«

»Gleich werden Sie sagen, ich sei nicht ehrlich!«

»Keineswegs. Aber Sie haben den Kontakt zum Leben verloren, Sie sind entwurzelt, Sie glauben, Sie befänden sich im Kampf, wo Sie in Wahrheit nur den Schatten eines Schwertes in der Hand halten und rings um Sie herum nichts als Schatten sind ...«

»Seit wann denken Sie so über mich?«

»Seit fünf Minuten. Nach allem, was Sie durchgemacht haben, glauben Sie an die Liebe!«

Silvestre antwortete nicht. Mit zitternden Händen drehte er sich eine Zigarette, zündete sie an, blinzelte, als der Rauch ihm in die Augen stieg, und wartete ab.

»Sie haben mich einen Pessimisten genannt«, fuhr Abel fort, »und mir vorgeworfen, mit meinem Pessimismus würde ich all jenen helfen, die keine Liebe unter den Menschen wollen. Ich möchte Ihnen nicht absprechen, dass Sie recht haben. Aber vergessen Sie nicht, dass Ihre – ja rein passive – Haltung ihnen nicht weniger hilft, zumal diese Leute sich fast immer der Sprache der Liebe bedienen. Dieselben Worte aus deren oder Ihrem Mund verkünden oder verbergen unterschiedliche Ziele. Ich würde sogar sagen, dass Ihre Worte deren Zielen nützen, denn ich glaube nicht, dass Sie heute ein realisierbares Ziel haben. Sie geben sich mit den Worten ›Ich liebe die Menschen‹ zufrieden, wobei Sie vergessen, dass Ihre Vergangenheit mehr als eine schlichte Aussage verlangt. Sagen Sie mir bitte, was dieser Satz, selbst wenn er von Millionen Menschen ausgesprochen wird, für die Welt bedeuten kann, solange diese Millionen

Menschen keinerlei Möglichkeiten haben, daraus mehr als das Ergebnis einer Gefühlsaufwallung zu machen?«

»So, wie Sie sich ausdrücken, verstehe ich fast gar nichts ... Haben Sie vergessen, dass ich gesagt habe: bewusste und aktive Liebe?«

»Auch so eine Phrase. Wo ist denn Ihre Aktivität? Wo ist die Aktivität all derer, die wie Sie denken, sich aber nicht mit ihrem Altsein herausreden können, weil sie nichts tun? Wer sind sie alle?«

»Jetzt sind Sie derjenige, der mir Ratschläge gibt ...«

»Den Anspruch habe ich nicht. Ratschläge nützen nichts, haben Sie das nicht selbst gesagt? Eines scheint mir richtig zu sein: Das große Ideal, die große Hoffnung, über die Sie gesprochen haben, bleiben nichts als schöne Worte, wenn wir sie mit Hilfe von Liebe verwirklichen wollen!«

Silvestre zog sich in eine Ecke des Raums zurück. Von dort aus fragte er unvermittelt:

»Was werden Sie tun?«

Abel antwortete nicht sofort. In der Stille, die nach Silvestres Worten eingetreten war, erklang von irgendwoher ein vielstimmiger Gesang.

»Ich weiß es nicht«, erklärte er. »Zurzeit bin ich nutzlos, ich akzeptiere Ihren Vorwurf, aber mir ist die vorübergehende Nutzlosigkeit lieber als Ihre Haltung.«

»Die Rollen haben sich umgekehrt. Jetzt kritisieren Sie mich ...«

»Nein, ich kritisiere Sie nicht. Was Sie über die Liebe gesagt haben, ist sehr schön, nützt mir aber gar nichts.«

»Ich habe vergessen, dass zwischen uns ein Altersunterschied von vierzig Jahren besteht ... Sie konnten mich gar nicht verstehen ...«

»Und der Silvestre von vor vierzig Jahren hätte Sie auch nicht verstanden, mein Freund.«

»Sie meinen, es ist das Alter, das mich so denken lässt?«

»Vielleicht«, Abel lächelte. »Das Alter vermag viel. Mit dem Alter kommt Erfahrung, aber auch Überdruss …«

»Wenn man Sie so hört, käme keiner darauf, dass Sie bis heute nichts anderes getan haben, als einzig für sich zu leben …«

»Das stimmt. Aber warum sollte man mir das vorwerfen? Vielleicht braucht der Lernprozess bei mir mehr Zeit, vielleicht muss das Leben mir mehr Wunden schlagen, bis ich wirklich zu einem Mann heranreife … Vorläufig bin ich einer, den man als nutzlos bezeichnet hat und der geschwiegen hat, weil er wusste, dass es zutraf. Aber das wird nicht immer so sein …«

»Was haben Sie vor, Abel?«

Abel stand langsam auf und ging auf Silvestre zu. Zwei Schritte vor ihm sagte er:

»Etwas ganz Einfaches: leben. Wenn ich jetzt hier ausziehe, werde ich sicherer sein als zu dem Zeitpunkt, da ich eingezogen bin. Nicht, weil ich den Weg einschlagen will, den Sie mir gezeigt haben, sondern weil Sie mir klargemacht haben, dass ich meinen eigenen Weg finden muss. Es ist eine Frage der Zeit …«

»Ihr Weg wird immer der Pessimismus sein.«

»Daran habe ich keinen Zweifel. Ich wünsche mir nur, dass dieser Pessimismus mich vor bequemen, einlullenden Illusionen wie Liebe bewahrt …«

Silvestre packte ihn an den Schultern und schüttelte ihn.

»Abel! Alles, was nicht auf Liebe gebaut ist, bringt Hass hervor!«

»Sie haben recht, mein Freund. Aber vielleicht muss es eine gewisse Zeit lang so sein … Der Tag, an dem es möglich sein wird, auf Liebe zu bauen, ist noch nicht gekommen …«